王树增战争系列

长征

下

王树增 著

人民文学出版社

目　录（下）

第十二章　金沙水畔　/ 431
1935 年 5 月·金沙江

第十三章　喜极之泪　/ 481
1935 年 6 月·四川达维

第十四章　黑暗时刻　/ 537
1935 年 8 月·松潘草地

第十五章　北斗高悬　/ 599
1935 年 9 月·陕南与甘南

第十六章　天高云淡　/ 653
1935 年 10 月·陕北与川西

第十七章　北上北上　/ 711
1936 年 7 月·四川甘孜

第十八章　江山多娇　/ 763
1936 年 10 月·甘肃会宁

引文参考书目　/ 813

后记　/ 819

第十二章　金沙水畔

1935年5月·金沙江

红三军团地方工作部部长罗明没能跟随中央红军走出贵州。

部队接近云南边境的时候,他接到这样一个通知:留下来坚持地方工作。

那时,中央红军正以急促的行军速度接近纵贯黔西的北盘江。接到这个通知后,罗明意识到,他不能跟随中央和红军到达长征的目的地了。

任何人都知道离开红军大部队意味着什么。

妻子谢小梅急切地问他:"为什么不让我们跟随队伍?为什么不让我们北上抗日?"

罗明简单地回答:"这是组织的需要。"

罗明,广东大埔人,原名罗善培。一九二五年成为中国共产党党员。一九二六年任中共汕头地委书记。一九二八年任中共福建临时省委书记,领导了闽西农民暴动。一九二九年二月,二十五岁的罗明出任中共福建省委书记。

在一九三三年博古到达中央苏区之前,罗明的名声与职务并不显赫。而他之所以迅速成为人人皆知的人物,是因为他的一个报告,或者说是因为这个报告中的一种表述。这种表述与毛泽东密切相关,并随即导致了中央苏区内部的一场政治风波。

那时,毛泽东正处在政治生涯的低落时期,宁都会议后他被剥夺了军事指挥权,心情和身体都欠佳的他,在老朋友傅连暲的邀请下,来到福建长汀医院休养。在长汀医院后山散步的时候,毛泽东碰见也在散步的罗明,罗明正在这里养腰伤。高大的毛泽东消瘦得让罗明很是惊讶,他们走到了一起。在常常一起散步的十几天里,罗明从毛泽东那里得到了什么教诲无从考证,但是随后发生的事情足以说明,至少在如何抵制"左"倾路线的影响,如何避免死打硬拼的军事指挥原则,如何争取第四次反"围剿"的胜利等问题上,毛泽东说服了走在他身边的这位年轻的共产党干部。

罗明结束休养后,召开福建省委会议,传达了毛泽东的谈话精神,并决定立即去福建的上杭、永定和龙岩地区开展游击战争,以配合中央红军的反"围剿"作战。几个月后,经过游击战实践的罗明写出《关于杭、永情形给闽粤赣省委的报告》,报告针对博古和李德现行的战略战术提出了不同意见:"积极行动,向外游击,打击敌人的进攻";灵活机动,"用最大的力量迅速的方法与最短的时间",攻击敌人的薄弱之处;把猛烈地扩大红军的运动与发展地方武装结合起来,以巩固根据地的边缘地带……报告的行文,显示出这位二十九岁的共产党省委书记锋芒毕露的性格:

> ……如果只注意局部某一地方的转变,不注意很好地配合起来,发展武装斗争,那就请我们最好的领袖毛主席、项英、周恩来同志,任弼时同志,或者到苏联去请斯大林同志,或者请列宁同志复活,一齐到下溪南或者其他已受摧残的地方,去对群众大演讲三天三夜,加强政治宣传,我想也不能彻底转变群众斗争的情绪!

可以想见博古读到这样的文字会是多么愤怒。罗明不但反对他的军事指挥原则,还把毛泽东列入了"最好的领袖",博古当即质问罗明:党的文件和党的提法,什么时候把毛泽东说成是"最好的领袖"了?毛泽东怎么能和斯大林、列宁相提并论呢?

一九三三年二月十五日,苏区中央局做出《关于闽粤赣省委的决定》。决定表明福建省委之所以不执行积极的进攻路线,显然是因为"形成了以罗明同志为首的机会主义路线",而"这一路线对于目前革命形势的估计是悲观失望的,对于敌人的大举进攻表示了张皇失措"。博古发动的"在党内立刻开展反对以罗明同志为代表的机会主义路线的斗争"声势浩大。先是罗明被撤职,毛泽东也因此更加孤立。福建省军区司令员谭震林、省苏维埃政府主席张鼎丞、省委常委郭滴人、组织部部长刘晓、团委书记陈荣等都受到批判甚至是撤职。接着,运动扩大到江西的苏区,邓小平、毛泽覃、谢唯俊、古柏也被撤了职,而他们毫无例外都是毛泽东的支持者。运动还波及中央红军,罗荣桓、萧劲光、滕代远、李井泉等人受到不同程度的批评。

如果不是苏区的军事形势不断恶化,这个运动很可能会持续相当长的时间。

博古后来在党的七大上对此进行了这样的自我批评:

> 苏区中反对罗明路线,实际是反对毛主席在苏区的正确路线和作风,这个斗争扩大到整个中央苏区和周围的各个苏区,有福建的罗明路线,江西的罗明路线,闽赣的罗明路线,湘赣的罗明路线等等。这时的情形可以说"教条有功,钦差弹冠相庆;正确有罪,右倾遍于国中……"更沉痛的是由于路线的"左"倾错误,宗派主义的干部政策,再加一个错误的"肃反"政策,而使得许多同志,在这个时期中,在这个"肃反"下面被冤枉了,诬害了,牺牲了。这是无可补救的损失。

对于罗明来讲,他从没想到自己会卷入如此巨大的政治旋涡。他本来的出发点十分简单,那就是在国民党军的大举进攻面前,红军必须纠正被实践证明是错误的军事指挥原则,尽一切可能保住中央苏区。而对于毛泽东,罗明并没有"吹捧"的初衷,因为当时毛泽东已经失去了领导地位。罗明经历过创立中国红军的艰苦岁月,他接受毛泽东的军事思想是发自内心的。

中央红军大规模军事转移前夕,罗明正在瑞金中央党校担任教务长的工作。因为中央要求他挑选一百名优秀学员送到主力部队去,他这才预感到中央红军可能要有重大的行动了。后来,他和妻子一起接到跟随中央红军出发的通知。妻子谢小梅刚生完孩子十几天,他们把孩子匆忙送给当地的一位老乡,然后踏上了长征的征途。

罗明最后被批准跟随转移的原因不明。

罗明被派到后勤司令部政治部当宣传联络员,负责收容掉队的伤员和病号。遵义会议后,他出任红三军团政治部地方工作部部长,他的秘书是红三军团十三团俱乐部主任兼团总支书记胡耀邦。

罗明刚被重新起用就负了重伤。那是在红军再次攻打遵义的时候,他和胡耀邦一起救护战场上的伤员,一颗炮弹在他们的身边爆炸,胡耀邦的伤势不重,而罗明右臂的大动脉被弹片击中,那一刻他血流如注。

负伤后的罗明被送到休养连,他和妻子谢小梅相聚了。

妻子精心地照料着他,希望他能够早日康复。

当中央红军经过艰苦的奔袭转战,即将从贵州进入云南的时候,罗明对中央让他留下来在贵州"坚持地方工作"颇感意外。

北盘江边,罗明和谢小梅与红军战友们一一告别。

中央红军远去了。

罗明和谢小梅开始往回走。

无法知道这个决定是如何做出的。虽然身负重伤的罗明继续跟随部队转战比较困难,可当时因为负伤被担架抬着的红军团以上干部不止罗明一人。

组织上给他们留下一笔钱和一枚可以充当货币使用的金戒指。钱放在了组织指定与他们同行并领导他们的朱祺手上,红军军事转移前,朱祺是中央苏区总工会委员长。而那枚金戒指藏在了谢小梅身上。

他们乔装打扮成到贵州做生意的广西人。但是,仅仅两天之后,他们就被黔军犹国才部的士兵抓了起来。那时他们刚走到距离黄果树瀑布不远的关岭县城城门口,罗明浓重的闽粤口音与他装扮的广西商人身份严重不符。

第一个受审的是朱祺,当晚他就被释放了。关于释放的原因,有史料说他用组织留下的那些经费贿赂了黔军,也有史料说朱祺供出了罗明的真实身份。在接下来的审问中,罗明和谢小梅一口咬定自己是做生意的商人,无论黔军怎样威逼就是不改口。最后,在审问者把谢小梅身上的那枚金戒指据为己有后,罗明和谢小梅被释放了。

从此,罗明和谢小梅不仅与组织失去了联系,而且成了生活毫无着落的流浪者。他们一直流浪到贵阳,希望能在贵阳找到党组织,但当时蒋介石正在贵阳督战,贵阳城里戒备森严,找到党组织的可能性微乎其微。为了活下去,谢小梅在一个保长家当女佣,没有工钱只管饭;罗明则在贵阳当了一名清洁工,他终于有了一件像样的衣服,虽然背上写有"清道夫"三个字。可是,没过多久,伤口还没痊愈的罗明开始吐血,他很快就被解雇了。他们感到在贵阳寻找党组织无望,于是决定离开贵阳另寻他路。谁知在出城时,罗明再次被黔军扣留,在被吊打了一夜后,经谢小梅为其做女佣的那个保长的具保,罗明才被释放,只是他的身体情况更加恶化了。这时候,贵阳城里开始流传追查一对共产党夫妇的消息。他们决定去上海寻找党组织。两个年轻的共产党人自此开始了他们孤独而艰难的"长征":从贵阳至广西,经广州至香港,从香港辗转到达上海,漫长的流浪之路让他们尝尽人间辛酸。罗明刚一到达上海,立刻就被出卖了。出卖他们的是罗明的堂弟,这个鸦片吸食者为得到赏钱向警察局告了密,罗明和谢小梅遭到国民党当局的逮捕。无论审问者使用什么手段,罗明和谢小梅一口咬定自己是流浪者,急得罗明的那个堂弟在一旁不断地对审问者说:"他就是'罗明路线'的那个罗明!"

被折磨得奄奄一息的罗明在同乡的多方周旋下,最终得以保释出狱就医。

一九三六年春,谢小梅陪同丈夫回到罗明的故乡广东大埔。

一九三七年抗日战争爆发,罗明和谢小梅秘密前往闽西抗日根据地寻找党组织,由于他们离开组织的时间太长了,党组织只能建议他们用党外爱国人士的身份回乡开展抗日救亡运动。他们又一次往回走,回到大埔后,分别以罗亦平和谢章萍的名字,一边在学校当教员一边宣传抗日主张。

　　罗明和谢小梅,两个历尽苦难的共产党人,虽然没能走在革命队伍中,但是在漫长的岁月里他们始终没有停止找寻革命队伍的脚步。

　　一九八七年四月二十八日,罗明在广州逝世。

　　谢小梅曾经担任过小学教员、图书管理员、百货公司采购员,一九七三年退休时工资仅四十五元五角。让她感动得泪流满面的是,一九八一年,广州市委恢复了她的中国共产党党籍,那时距离她和罗明在北盘江边目送中央红军远去已经过去了整整四十六年。

　　渡过北盘江的中央红军一路向西。

　　左翼红一军团由贵州猪场进入云南,右翼红三军团由贵州盘县进入云南,中央纵队居中,红五军团担任后卫。

　　至一九三五年四月下旬,中央红军已全部由黔西进入云南。

　　云南真是个好地方!

　　春日的阳光照射在高高的梧桐树上,洒下一片又一片斑驳的影子。远方山坡上的梯田层层叠叠,菜花金黄。此时,滇军主力仍在贵州,留守云南的刘正富旅也接到命令,准备立即前去贵州的兴仁防堵。云南境内龙云能够派出的部队,只有李嵩的独立团了。因此,中央红军所面临的严重军情暂时得到了缓解。云南境内的教堂很多,红军尚未到达的时候,外国传教士就跑了,红军在教堂里发现了火腿、罐头、奶粉和果酱,这些西式食品令官兵们惊奇不已。

　　四月二十四日,红一军团先头部队第一师二团,在滇东边界的富源县境内与李嵩独立团遭遇。二团抢先夺取了滇军侧翼的一个高地,然后采取两侧迂回的方式将滇军包围。滇军不顾一切地突围后,向沾益、曲靖方向退去。二十五日,中革军委在富源发出《关于消灭沾益、曲靖、白水之敌的指示》:"最近时期,将是我野战军同敌人决战争取胜利的转变战局的紧急关头,首先要在沾益、曲靖、白水地区消灭滇军安旅,以我们全部的精力和体力去消灭万恶的敌人,一切牺牲都是为了目前决战的胜利。"

滇军安旅,即滇军第三纵队第二旅,纵队司令孙渡,旅长安恩溥。这个旅可谓中央红军的死对头,因为在贵州的时候,这个旅就一直跟在中央红军的后面或是侧翼,始终威胁着中央红军。中央红军四渡赤水河,滇军第二旅的官兵脚都跑肿了。旅长安恩溥后来回忆说:"我们毫无按照实际情况处理军务的一点自由,很多时间在毕节、瓢儿井、大定这一带旋磨打圈。有时候早晨得令兼程往东,夜间复奉命兼程往西,司令部仅往返瓢儿井就有三次之多。接到向打鼓新场前进的命令,刚出发一小时,又接到命令到大定集结。这一阶段连红军的影子都没有看到。"

滇军旅长安恩溥来回奔波,没能追击到红军的部队,却在黔西遇到一路溃逃的王家烈的部队。安恩溥去拜访王家烈,王家烈一个劲儿地夸奖滇军能打仗——滇军的一个团曾把黔军的三个团打得满山跑——继而,王家烈对安恩溥说:只要红军还在,"黔军和滇军就是一家人"。"不要听蒋介石的指挥,咱们自己干自己的事"。但是,在那些日子里,连龙云和孙渡都无法指挥安恩溥旅,因为蒋介石甚至把电报直接打给了深入贵州境内的这支滇军的团长们。中央红军逼近贵阳机场的时候,安恩溥旅被蒋介石紧急调往贵阳。这让龙云十分不满,他立即命令安恩溥旅返回云南。因为,中央红军已经接近云南边界了。

中央军和滇军一起从贵阳出发向云南推进。

安恩溥旅一直跟在薛岳的中央军的后面,而薛岳的部队则一直跟在中央红军的后面。

四月二十四日,中央红军越过滇黔边界,国民党军的追击部队紧跟着逼近边界上的黄泥河镇。刚刚能看见镇子上空飘着的炊烟,安恩溥就听见前边传来了枪声。可是,薛岳的第九十师并没有发生战斗,官兵们统统坐在公路边上呢。师长欧震走过来对安恩溥说:"进入云南的地盘了,你们熟悉情况,你们走在前面吧,我们支援你们。"确实进入自己的地盘了,安恩溥无话可说,于是命令三团团长郭建臣率部向黄泥河镇发动攻击。

三团在攻击中发现,前面的红军似乎并不想真正作战,而是一边打一边退,三团摸不清红军的真实意图,虽不能退但也不敢贸然推进。此时,只有蒋介石派来的飞机在这个小镇的上空不断盘旋。卫兵给安恩溥送来一张字条,说是飞机上投下来的。字条上写着:"右前方小羊场有一千多红军干部正在集合讲话,盼速派部队围剿歼灭。"签字:航空队队长张有谷。安恩溥立即派四团团长万保邦率部攻击小羊场。可是,滇军一路冲到那个地方,并没有发现红军大部队的影子,依旧只有零散的红军阻击部队。

阻击滇军的,是中央红军的后卫部队第五军团。

早晨的时候,万保邦团被告知,在一个名叫沙寨的村庄里发现红军的踪迹。万保邦当即命令部队进攻。滇军刚冲到村口,就发现大树下坐着一些负伤的红军,双方的枪几乎同时响了。在这个村庄里,红军与滇军的战斗是一场不明情况的战斗。云南特有的浓雾使滇军无法准确地辨认出红军的方位,因此发生的都是近距离的搏斗。混战持续大约一个小时,红军撤退了。晨雾散去后,安恩溥进了村,看见地上有很多大桶,里面是温热的米饭和刚煮熟的豆子稀饭,周围还有一些散落的碗筷。那几个坐在大树下的红军伤员,因重伤无法走动,他们坐在那里一动不动,看着饿急了眼的滇军士兵围在红军留下的大桶周围抢饭吃。

中央红军一进入云南,部队出现伤亡的原因不是滇军的追击而是飞机的轰炸。

轰炸突然来临,红军休养连根本没有躲避的时间。一阵猛烈的爆炸声响过之后,硝烟中是一片悲惨的景象:到处是被炸死的马匹和散落的担架。董必武、徐特立和谢觉哉三位老人被土埋了半个身子,躺在担架上的重伤员张宗逊被气浪推出去很远,负责抬钟赤兵的担架员和警卫员都负伤了,而毛泽东的妻子贺子珍军衣已被鲜血浸透。

奄奄一息的伤员对休养连指导员李坚贞说:"不要管我们了,快去追队伍吧。如果我们能活下来,就去找部队;如果活不下来,就当是牺牲了。"一个负伤的理发员要求李坚贞把他打死:"给我补上一枪吧,我死也不当俘虏!"李坚贞哭了,她说:"你们都是为革命负伤的,我们怎么能丢下你们不管呢?"

红军卫生员不得不就地抢救贺子珍,她的身上一共嵌进大小不一的十七块弹片,其中的一块弹片从她的后背一直划到右臂,形成了一条又长又深的血口子。紧急手术在没有麻醉的情况下开始了,这位坚强的女红军在难以想象的剧痛中没有呻吟一声。

为了不拖累部队,贺子珍要求把自己留下,她觉得自己这一回活不了了。她把警卫员叫到面前说:"我不能和你们一起走了。等革命胜利了,如果我还活着,我们会见面的。如果我不在了,有一件事托给你。有消息说毛泽覃已被杀害,我的毛毛不知道在哪里,你要想办法把这个孩子找到。找到了,就告诉他,他妈妈是为革命牺牲的。"

这里是少数民族地区,敌人又追击得很紧,一旦暴露身份必定十分危险。休养连把贺子珍的伤势和要求报告给毛泽东。当天晚上,毛泽东带着傅连暲医生和三个警卫员赶到贺子珍身边。毛泽东对依然要求留下来的贺子珍说:"我和同志们绝不会把你一个人留在这里。"在千般苦痛万般磨难面前始终不曾掉泪的贺子珍,在突然降临的难得的温存中双眼含满泪花。

安恩溥不知道,中央红军的主力正在前面等着他呢。

红军决心把这支滇军彻底消灭掉。

四月二十六日,中央红军主力集结于沾益、白水和曲靖一线。下午,红三军团一部包围了沾益县城。晚上,红一军团先头部队包围了曲靖县城,把滇军的一支别动队、一个机炮连、李嵩独立团的残余官兵以及城防民团共两千多人全都困在了县城里。中央红军的主力则部署在通向县城的交通要道上,一场伏击战已经准备完毕。可以肯定地说,如果安恩溥按照蒋介石的命令继续追击红军的话,覆灭近在眼前。但是,在昆明的龙云似乎更清醒地意识到了这个结局,他突然给所有追击中央红军的滇军部队,包括距离中央红军最近的安恩溥旅发去电报,命令他们立即脱离红军,掉头向南,火速返回昆明。至于蒋介石命令滇军追击中央红军的任务,龙云仅留下一小部分滇军走在薛岳的中央军前面做做样子——龙云的这个决定使他的安恩溥旅侥幸躲过了一劫。

滇军的调离使中央红军突然发现一个绝好的机会:国民党军追击部队的前锋没有了,其他国民党军距离中央红军还有好几天的路程,而龙云的调动使滇北金沙江沿岸一带出现了兵力空白,中央红军自南向北迅速穿越云南东部抵达金沙江边的条件已经成熟。

虽然没有等来安恩溥旅,但是为了中央纵队顺利通过沾益和曲靖,红三军团一部向被围困的沾益县城发动了攻击;同时,红一军团二师一部和红五军团三十七团也作出了攻击曲靖的态势。

二十七日,中央纵队安全通过沾益与曲靖之间的公路。

中央纵队刚一通过,周恩来就发现从公路上远远地开来三辆卡车,车上还插着国民党的青天白日旗。周恩来亲自指挥警卫部队伏击了这三辆卡车。押车的是国民党中央军的一个副官。周恩来对这个还没反应过来的副官进行了简单问讯,这才知道卡车上装的是龙云送给中央军的礼物。上车一清点,让周恩来十分惊喜:除了十箱名贵的云南白药、大量的普洱名茶和宣威火腿之外,还有十张精确到十万分之一的云南省作战地图——对于中央红军来讲,缴获地图比其他任何东西都重要。原来,这个副官是薛岳派去昆明面见龙云的,因为他的部队需要云南的作战地图。龙云本来准备用飞机送去,可是飞行员生病了,于是临时改用汽车。也许是因为这些地图太珍贵了,红军对这位国民党军副官给予了宽大处理。多年后,这位副官对自己的这次遭遇依旧心有余悸:"在昆明没有得到红军已经沿着黔滇公路西进的消息,听到向汽车射击的枪声后,才知道进入了伏击圈里。幸运的是,汽车驾驶室前的玻璃虽被子弹击碎,但鄙人没有中弹负伤,而且蒙官兵积德,免除一死,盖红军宽大恩情也。"

二十七日,中央纵队到达寻甸,在一个名叫哨口的村子里宿营。

中央红军走到这里,似乎来到一个岔路口,因为这里南距昆明和北距金沙江的距离几乎相等。

之前,中革军委接到第一军团军团长林彪和政委聂荣臻的电报,电报建议"野战军应立即改变原定战略,迅速脱离不利形势,先敌占领东川,应经东川渡过金沙江入川,向川西北前进,准备与四方面军会合"。林彪和聂荣臻的建议意味着中央红军立即北渡。而所谓"原定战略",是指中央红军不能实现北渡长江时,暂在川滇黔边区活动。

是日晚,中央红军在哨口村召开紧急会议。

会议一开始,由作战参谋孔石泉和王辉报告今晚中央红军各部队的宿营地点,然后由军委总参谋部二局局长曾希圣汇报对敌情的估计和判断,之后会议开始对中央红军如何抢渡金沙江发表意见。

毛泽东不同意经东川渡过金沙江,理由是:一、虽然敌人已经放弃在宣威、威宁一带围歼红军的计划,但是十多万滇军依旧在回援昆明的路上,而且回援的速度很快。宣威距离东川不远,或者说,东川距离正在回援昆明的滇军不远,一旦敌人发现了红军北渡金沙江的意图,会对红军造成巨大的威胁。二、原定的我军一部南下佯攻昆明、大部北出金沙江的计划是主动行为,滇北多山,民情封闭,滇北的元谋距离金沙江很近,对我军安全渡江十分有利。毛泽东让参谋吕黎平在刚刚缴获的云南省地图上标出了各军团和中央纵队从现驻地到达金沙江边的龙街、皎平和洪门三个渡口的行进路线和距离。然后毛泽东作了说明:自攻打遵义以后,红军大胆穿插,机动作战,已经把蒋介石的追击部队甩在了侧后。但是,蒋介石正调集近七十个团的兵力向我尾追而来。其前锋万耀煌的第十三师,距离红军后卫部队第五军团只有两三天的路程。现在,金沙江两岸没有敌人正规部队防守,这使我们北进四川与红四方面军会合有了实现的可能。对于中央红军来说,应趁金沙江沿江敌人布防空虚、尾追之敌尚有一段路程的时机,迅速抢渡金沙江。

接着,毛泽东详尽阐述了红军抢渡金沙江的具体部署和作战原则:第一军团为左纵队,从现驻地出发,西进至元谋,然后迅速向北,抢占龙街渡口;第三军团为右纵队,从现驻地出发,经寻甸北进,抢占洪门渡口;军委直属单位和中央纵队由刘伯承率领,干部团为其前锋,直插皎平渡口。以上三路,从明天拂晓起,均应日夜兼程前进,一路不要费时强攻县城,务必在五月三日前抢占上述各渡口,收集船只准备渡江。红军先头部队北渡之后,要不惜一切巩固与坚守阵地,为后续部队渡江创造有利条件。中央红军若能在五月三日前抢占龙街、洪门、皎平三个渡口最为有利。万一敌人发现红军的意图追击而来,能占领三个渡口中的一个或两个仍会不失时机。最忌的是,滇军得到消息,先我到达江边,下令把各渡口的船只烧毁或撤到北岸。因此,各部队要不怕疲劳,务必在四天之内赶到金沙江边抢占渡口。这是关系全军胜败的关键一步。第五军团为后卫,可派一个加强营进至寻甸以南的嵩明附近佯动以迷惑敌人,使之以为我军准备攻占昆明,其主力随后向西北方向跟进中央纵队渡过金沙江。

与会同志均同意毛泽东的意见。

一九三五年四月二十九日早上,中革军委正式发布《关于野战军速渡金沙江转入川西建立苏区的指示》,指示要求"全军指战员均能够以最高度紧张性与最坚强意志赴之"。

毛泽东的判断是基于对敌情的分析。

有证据显示,当时中央红军的情报部门有破译蒋介石电报密码的能力,还有通过其他渠道及时获取国民党军调动部署的能力。这种能力对在敌军重重围困中艰苦转战的中央红军来讲,是能够绝境逢生的重要原因之一。在贵州转战于赤水河边的那些日子里,如果没有及时准确的情报来源,红军就不可能在敌人密如蛛网的"围剿"缝隙中成功地来回穿越移动。

当时中央红军中有个情报局,又称二局,专门负责截获和破译敌台。二局的红军干部,大多是在情报工作方面经验丰富的共产党人,其中有后来担任外贸部部长的李强、邮电部部长的王子纲、总工会副主席的宋侃夫,还有担任过安徽省委书记的曾希圣以及后来成为新中国著名外交家的李克农,他们中的很多人都在苏联接受过情报工作的专业训练。中央负责这项工作的领导人是周恩来。

在蒋介石对中央苏区发动"围剿"作战的初期,由于国民党军的电报密码很原始,因此几乎国民党军的每一封作战电报都能出现在中央红军的指挥部里。甚至有时国民党军队还没有接到电报,中央红军的领导人就已经先看到了。随着国民党军对保密工作的加强,红军也在不懈地改进自己的破译水平。至少自中央红军离开苏区踏上长征的征途以来,国民党军方的电报依旧频繁地被中央红军的情报部门所获取。

蒋介石对红军破译国民党军作战电报的能力已经有所察觉。尤其是在中央红军进入云南后,红军的一名参谋不慎被俘,滇军在他身上搜出了已被破译的国民党军的电文。电文送到昆明,龙云大吃一惊,立即给蒋介石发去一封紧急电报:

急。

贵阳蒋委员长钧鉴,曲靖薛总指挥、宣威李军长勋鉴:

竭密。顷在羊街拿获共匪参谋陈仲山一名,瑞金人,现解省审讯。于其身上搜出情报一束,系我军各方往来密电,皆翻译成文。无怪其视我军行动甚为明了,如所趋避。现正研究其译电,系有我方电码本,抑以他种技术译出,并此后宜用何法通信,方免泄漏。特先报闻,详情续达。

龙云。冬末机印。

蒋介石立即回电:

特急。

云南龙总司令:

冬末机电悉。良密。我军电文被匪窃译,实属严重问题。此事只有将另行编印之密码多备,每日调换。凡每一密码,在一星期中至多只用一次,按日换用。密码每部各发十种密本,每日换一种,每十日再另发十种密码。一面如气候良佳,用飞机通信以补之。请兄就近编发密本,照此办理。盼复。

中正。江巳贵参一印。

不知道龙云和蒋介石的这两封往来电报,是否依然被中央红军所截获。

四月二十九日,从贵阳飞抵重庆的蒋介石发出两封重要电报。类似的电报以前蒋介石发过多次,只是这一次抬头更加复杂。复杂的抬头足以说明因为全国的红军都已处在移动中,蒋介石索性决心把他所推崇的堡垒政策推广到全中国,他要求各地的国民党军对修筑式样统一的碉堡要"忍痛奉行":

武昌行营张[张学良]主任、省府张主席,汉口绥署何[何成浚]主任,长沙何[何键]总司令、省府何主席,巴县刘[刘湘]总司令、省府刘主席,贵阳薛[薛岳]主任、省府吴[吴忠信]主席,昆明龙[龙云]总司令、省府龙主席,长安杨[杨虎城]主任、邵[邵力子]主席,兰州朱[朱邵良]主任、省府朱主席,西宁马[马麟]主席:

贻密。查江西剿匪胜利,得力于封锁者居多。从前徐匪窜川,南昌行营曾制有川、鄂、陕、甘封锁匪区办法颁布,惟各省多未切实遵行。本委员长此次入川,详察匪情,认为朱、毛流窜川、黔各省,既无固定地点可资封锁,即徐匪近来放弃通[通江]、南[南江]、巴[巴中]老巢,西向窜扰,原颁封锁办法今已不合实用。兹规定在详细封锁办法尚未改正颁布以前,各该省军政长官应速督促邻近各县,并村筑寨,辅以碉堡,一面遵照前鄂豫皖总部所发之民团整理条例,组织铲共义勇队或壮丁队,充实自卫力量。匪至则将人畜资粮完全集中于碉寨内,死守待援,实行坚壁清野,与匪断绝交通,使匪无可掠夺之物财,无可裹胁之民众,行之日久乃自消灭。此其前清曾文正、李文忠剿灭捻匪之良法。南昌行营师其用意办理封锁亦著大效。仰该军政长官务须督促奉谕各该县忍痛奉行。各省政府应速将该省应筑碉寨之县份查明电复,以凭察夺。一面令各该县将应筑碉寨之地点,需用之经费、材料,迅速筹办,依法赶筑。碉寨图样另行颁发,仰并知照。

蒋中正。艳末川行参战印。

蒋介石的第二封电报是发给龙云的,他授权龙云直接指挥入滇各部队,尤其是指挥国民党中央军的时候"不必客气":

限即到。

云南总司令龙:

俭戌机电悉。良密。匪窜元[元谋]、武[武定]渡江,殊为可虑。刘文辉在金沙江北岸之部队,兵单防广,恐难独任防堵。中[蒋介石]前令川军郭勋祺部开赴鲁甸、巧家,乃为就近协助文辉会理部队,以防堵金沙江北岸也。已饬该部整饬军纪,兄可无虑。至入滇之湘军及各纵队,仍请兄就近直接指挥,以免往返误时,不必客气。并已电令伯陵[薛岳]前进,一切遵兄命而行矣。如需严定任务或限期,可以中之名义发布之。此间已加电各部遵照。

中正。艳戌侍参筑印。

龙云在收到蒋介石的电报的同时,还收到一封署名"香港有影响的人士"发来的电报,电报说:"我同湘黔人士晤谈后得出印象,他们只希望红军早早离开这一地区,而红军是想借道进入四川,因此最好让他们过去,不要动武。"龙云在这封电报上的批示是:"此文符合西南利益。"

龙云,字志舟,原名登云。彝族,彝名纳吉乌梯。一八八四年出生于云南昭通炎山。他的父亲纳吉瓦蒂在四川凉山拥有奴隶主身份,但龙云出生后因为父亲病逝家境开始衰落。少年龙云长期流浪于云南的昭通与四川的凉山之间,金沙江两岸的险山峻岭使他拥有了圆滑强悍的性格。辛亥革命爆发后,龙云进入云南陆军讲武堂,与后来成为共产党红色武装领导人的朱德成为同班同学。一九一四年彝族青年龙云从讲武堂毕业,担任滇军护国军都督唐继尧的侍从副官,并开始一路青云直上,直至一九二八年被蒋介石任命为云南省政府主席兼国民革命军第十路军总指挥。

对于中央红军的动向,"云南王"龙云并不关心,直到中央红军进入贵州之后,他才开始警觉起来,但仍认为红军不会进入云南。中央红军还在贵州转战的时候,他曾就红军的走向与部下商讨,部下们有两种猜测:一是红军要到富裕的四川去;二是红军在四川过不去长江,很可能要绕道云南,渡过金沙江进入四川。龙云宁可相信前一种猜测,他害怕红军进入云南,更害怕蒋介石借机插手云南事务,以威胁到他在云南的统治地位。龙云的这种担心和害怕,是他根据蒋介石的命令出兵贵州的主要原因——他给滇军下达的命令并不是歼灭红军,而是阻止红军进入云南。

为了阻止红军进入自己的地盘,在短短一个月的时间里,龙云在云南边界地带修筑起两千多座碉堡,加上原来沿着进入云南的主要道路修好的碉堡,龙云修筑起的碉堡已达五千多座,使整个云南俨然成了一个被碉堡围起来的山寨。

但是,龙云担心的事情还是发生了。他派出的部队和他修筑的碉堡没能阻止中央红军长驱直入。这一下,他陷入了两难的境地:与红军打硬仗,不要说滇军没有这个实力,即使有实力,这种想法也是愚蠢的;但是如果不打怎么应付蒋介石呢?在这种矛盾的心情中,龙云盼望那位"香港有影响的人士"所说的话是确切的。如果红军仅仅是路过云南,那就让他们过好了,而且过得越快越好,云南用不着与红军动武。

龙云正在左思右想,消息传来了:红军有攻击昆明的迹象。一时间,龙云不禁又悲又喜。悲的是,如果红军真要攻占昆明,那就只有拼个你死我活了;喜的是,如果红军仅仅是虚晃一枪,那么正好有了把所有的滇军都调回来的借口。

龙云毫不犹豫地按着令自己窃喜的思路行事了,他在最短的时间内下达了将滇军主力全部从边界调回的命令。但是,接着传来的消息说,红军已经到达昆明郊区,贴出的标语是:拿下昆明,活捉龙云。

最先接近昆明的红军部队,是红一军团第二师。

按照中革军委发布的抢渡金沙江的作战计划,红一军团首先要掉过头来,背对金沙江攻击嵩明县城,然后继续南下逼近昆明。第一师为右翼,第二师为左翼。第二师政委刘亚楼在给干部们交代任务时说:"看看你们谁最先进城。"第二师的先头部队是五团二营。在向嵩明急行军的过程中,二营官兵不断地变换从被俘的民团身上扒下来的军装,接近嵩明县城的时候,他们已经全部变成了"国民党中央军"。二营的装扮引起当地豪绅的误会。云南地处西南一隅,当地人只听说过红军都没有见过。于是,豪绅们不但酒肉招待,还把奉命筹集的军款和军粮都拿了出来,直到吃饱了的红军官兵高喊一声:"同志们!"豪绅们这才恍然大悟,因为国民党军中从来没有这样的称呼。之前,豪绅们甚至还主动强征了挑夫队,于是红军不得不向挑夫们说明身份,同时宣布:愿意留下为红军服务的每天给五角钱,先付半个月的工钱;不愿意的,每人发给一块大洋回家。结果十有八九的挑夫愿意留下跟着红军走。

占领嵩明之后,红一军团立即派出部队配合红五军团一部逼近昆明。其先头连依旧装扮成国民党中央军,在连续夺取了沿途的几个小镇后,一直到达距昆明仅五十公里的杨林。杨林是个大集镇,在这里防守的滇军早已没了踪影。红军打开龙云设在这里的兵站仓库,把大量的布匹、粮食和盐巴分发给贫苦百姓,同时到处张贴"打倒军阀龙云"和"占领昆明"的标语。同时,红军官兵还装扮成当地百姓,在群众中散布"昆明马上就要落入红军之手"的消息。红一军团侦察科科长刘忠率领的侦察连和军团便衣队,通过距离昆明仅十五公里的大板桥接近了昆明的城墙,并在那里发动群众制造攻城用的云梯。

"一个散发着淡淡的法国风情的城市。"曾有外国记者这样描述昆明。这座位于中国西南边陲的省城,在中国近代史上曾经成为法国人的势力范围,因此,无论是建筑风格还是生活情调,都弥漫着宁静的欧洲小镇的气息。红军将要攻打昆明的消息,引起了这座城市的恐慌。滇军主力依旧在回援昆明的路上,城里仅有五百多人的民团。龙云急忙动员所有的警察和宪兵实行戒严,同时不断地催促回援的滇军加快行军速度,而他自己已经做好了一旦昆明陷落即刻逃往缅甸的准备。

四月三十日,就在滇军主力火速回援昆明之际,中央红军分为三路纵队突然北返,开始了对金沙江渡口的偷袭。

红一军团的预定渡口是龙街;红三军团的预定渡口是洪门;红五军团掩护中央纵队,在嵩明和寻甸之间越过红一军团和红三军团,抢夺皎平渡口。在中央红军确定的三个渡口中,皎平渡口被寄予了最大的希望,因为这个渡口的两岸是悬崖峭壁,在这里渡江会出乎国民党军的预料。为了确保抢渡成功,中革军委在皎平渡口方向上投入了最精锐的部队:干部团。

在禄劝县城北面的一个小山村里,周恩来在刘伯承的陪同下来到干部团。充满旱烟味道的小屋挤满了人,周恩来和刘伯承对抢占皎平渡口的作战计划进行了详尽研究,最后决定:以干部团三营为先头部队,由刘伯承和干部团政委宋任穷率领,以当天一百六十里的急行军速度赶到渡口,消灭渡口敌人继而强渡金沙江,巩固北岸阵地;南岸部队迅速收集船只并组织架桥,为主力部队渡江做好一切准备。干部团团长陈赓率领其余的两个步兵营、一个特科营和上干队为后梯队跟进,以当天一百里的速度急行军,然后宿营休息,随后在先头部队抢占的渡口渡过金沙江,占领江北二十公里处的通安,阻击和消灭向渡口增援的川军。最后,周恩来交代了一旦发生最坏情况的处置方式:如果干部团已经渡江,但是渡口没有保住,主力部队无法渡江,干部团要准备在江北单独打游击。

干部团的先头营和后梯队同时出发了。

先头营的前锋是政治八连。政治八连全部由中央红军中年轻可靠的共产党员和共青团员组成,并且全部是干部,有连队指导员、副指导员和政治干事,年龄最小的十六岁,最大的二十岁。他们换上国民党军的军装,不顾一切地向皎平渡口急速奔袭。山路崎岖,走了一个晚上,仅仅休息了十分钟,吃了几口干粮,然后又急促行军。带路的向导是当地常走山路的脚夫,即使是脚夫也被这种强度极大的行军累垮了,于是不得不走一段路更换一个向导。最后找到的向导,是一个熟悉山路的四十多岁的山民,但是这个山民吸食鸦片,烟瘾一上来就无法走路了,因为没有时间让山民停下来吸烟,红军官兵只好两个人架着他疾行。

在距离渡口六十里的一个名叫沙老树的地方,先头营停下来休息了一会儿。先头排带来个胖胖的民团,胖民团挤出一脸笑容向刘伯承报告说:"民团正在奉命烧船。"刘伯承立刻说明了自己的身份,并且要求他为红军提供船只。胖民团说:"报告红军长官,皎平渡口的江边还停着两只船。"刘伯承立即命令先遣连火速赶往渡口。先遣连在三营政委罗贵波、副营长霍海元和连长萧应棠的率领下,在已经暗下来的天色中开始奔跑。午夜,他们听见了江水拍打崖壁的声音。

金沙江,长江的上游。江水沿着川藏边界奔腾而下,在云南的石鼓突然北流,形成了一百一十度的急转弯,在高山峻岭中切出三千多米深的大峡谷。

就在中央红军开始北返渡江的时候,蒋介石急电龙云把沿江所有的渡船全部销毁——"竹木片亦应严密收集或烧毁"。龙云当即下达了封锁金沙江沿江渡口的命令。

皎平渡是金沙江边一个重要的渡口,四川和云南两省往来的盐巴、粮食、皮革、金银、药材都要从这个渡口通过。从皎平镇到江边的渡口一路下山,两边全是峭壁,一不小心就会从山路上滚下悬崖。

干部团先遣连到达江边的时候,皎平渡口已经处于封锁状态,但确实有两只渡船靠在江南岸。红军询问船工之后才知道,这是北岸川军的船。控制了这两条渡船后,干部团的宣传员把在江边开小客栈的张姓兄弟说服了,红军宣传员们说:"红军是专门打土豪劣绅的,现在你们帮助红军,以后红军胜利了给天下的穷苦人分土地。"在张氏兄弟的帮助下,先遣连又找到三条船。

与当地的船工讲好价钱后,先遣连的两个排在连长萧应棠的带领下上船了。渡江的时候没有发生危险情况。船顺利靠岸后,萧应棠立即燃起一堆火,这是顺利登岸的信号。同时,两个排的红军官兵在船工的带领下扑向川军保安队的一个据点。这个据点是厘金局设在这里专门收来往百姓渡船税的。百姓对这个据点痛恨之极,因此带路的积极性很高。红军敲门的时候,里面正在打麻将,话喊出来很是不耐烦,说交税等天亮再说。话音未落,门就被红军官兵踢开了。

萧应棠报告控制渡口的第二堆火也点燃了。

正在往渡口赶的刘伯承悬着的心放下了,他说:"告诉先遣连,往北岸的纵深发展,把川军顶住。命令后梯队赶上去,抓紧时间渡江。"

先遣连奉命继续向北。大家的肚子实在是饿了,路边一个小铺子的主人已经跑了,红军官兵在里面放了十几块银元,敛了大约三十斤点心,然后每人分几块边吃边赶路。走了大约十几里,萧应棠连长决定休息。安排警戒哨兵后,红军官兵倒在地上就睡了。但是,刚睡一会儿,萧连长就被推醒了,副营长说前边的路边有座山,如果让川军占领了,可能对主力渡江有威胁。萧应棠立即把官兵们一一叫醒。天亮的时候,先遣连到达山顶,开辟出阻击阵地。

增援的是川军刘文辉部。

刘文辉是一个倒霉的军阀。在争夺对四川控制权的军阀混战中,刘文辉因战败被迫退到川南的偏僻地区。部队编制缩小,士气低落,缺乏战斗力。他的侄子刘元瑭原来是川军的师长,现在不得不勉强混个旅长,手下有四个步兵团、一个手枪营和一个工兵营,驻守在川南会理和西昌一带。刘元瑭得知红军抢渡金沙江的消息后,就一直处在惶恐不安中,因为他和他的官兵被告知,如果当了红军的俘虏一律会被砍头。只是,刘元瑭的官兵也不知如何是好:红军真的来到这里,打吧,不是战死就是当俘虏;不打,避战也会被军法从事。而他们的"上级"刘文辉说:"红军找我这个穷光蛋,拼也完,不拼也完!"进入四月下旬,刘元瑭接到刘文辉的命令:一、红军已向金沙江逼近,有渡江向西康前行的意图;二、红军长途跋涉,疲惫不堪,西康地区地瘠民贫,给养困难,后面又有追兵,必然不能久支,只要我据险阻击,等到中央军到达再转守为攻,定能胜利;三、西康崇山峻岭,悬崖峭壁,山路崎岖,人烟稀少,不利于大军周旋运动,红军必会被消灭在这里。然而,在分析了自己的实力后,刘元瑭的军官们普遍认为:一旦金沙江江防被红军突破,川军就会即刻全线崩溃。虽然兵马未动就已心虚异常,刘元瑭还是强打精神布置了阻击任务。现在,他唯一祈求的是:红军将从云南的巧家和会泽附近渡江,然后直接攻击西昌。因为自己这里是渡江的正道,而红军一向擅长避重就虚。所以,刘元瑭在这个方向上仅仅部署了一个营的兵力,同时命令江防大队大队长汪保卿协助防守。

汪保卿已经被红军干部团的先遣队俘虏了。

汪保卿是当地人,厘金局的头目,他的手下都是江两岸的农民或船夫。他从没见过红军,不知道红军有多厉害,因此,不但没把江防当回事,而且认为发财的时机到了。刘文辉命令必须把南岸所有的船只拉到北岸,可他偷偷留下两条船做起了生意:单客渡江每人收洋一元,挑担子的加收半元;空马一匹收一元,马背上驮货物的收两元。汪保卿的命令是:"无论谁要渡江都得收钱,连邮差也不例外。"中央红军干部团先遣连最先控制的那两条船,就是汪保卿为了自己发财留在南岸的。

干部团先遣连攻击厘金局的时候,听见枪声的汪保卿从睡梦中惊醒,他带着几个心腹刚一跑到江边,就看见江面上的船正在运送红军。这是他第一次见到传说中的红军。当他听说据点里的人都已被红军俘虏时,立刻顺着通往通安的山路向北逃去。逃着逃着,汪保卿实在害怕对渡口的丧失承担负责,于是又重新组织队伍开始反扑。

萧应棠的先遣连占领路边的高地后,遇到的川军就是江防大队长汪保卿的队伍。

红军仅打了个把小时的战斗,汪保卿的队伍就逃得没了踪影。

小小的阻击战结束后不久,陈赓率领的后梯队跟上来了。为了夺取通安县城,干部团在陡峭狭窄的山路上快速行军。山路的一面是万丈绝壁,川军不断地从山上向下射击,不少干部倒在山路上,但是队伍并没有停止前行。接近通安的时候,川军的阻击更加猛烈,刘元瑭几乎投入了他所有的部队,数团的川军阻击着一个团的红军,战斗进行得十分激烈。肉搏战中,刘元瑭手枪团二连连长被红军的刺刀刺死。红军的冲击部队最后冲到了指挥战斗的刘元瑭身边,刘元瑭立刻下达了撤退命令,率领残部仅四百多人向会理县城逃去。

至此,金沙江皎平渡口的南北两岸,都已在红军的控制之下。

刘伯承在江边仔细查看水情,发现这里根本不能架桥。这时,红军官兵报告又找到两条船,刘伯承大喜过望。在江边的一个山洞里开辟了指挥所后,刘伯承给中革军委发去电报:"皎平渡已在我手中。有船七只,一日夜可渡万人。军委纵队五日可渡完。"电报发完,极度疲惫的刘伯承不禁心生万般感慨,他对身边的人说:"干部团的同志一天走近两百里的路程,是黑夜,又是难走的山路,还有敌人。一个人怎么能一天走这么远的路?他们走到了,而且还打了胜仗。靠什么?靠觉悟,靠党。没有这些,根本做不到。"

红一军团官兵在完成佯攻昆明的任务后,奉命火速返回赶往金沙江边,于是官兵们开始了超出常人极限的急行军,四十八小时内跑出整整三百里路。有些官兵因极度疲劳而掉队,遭遇国民党军和民团的追杀。红一军团第一师好容易赶到龙街渡口,却发现这里的渡船已全被敌人烧毁。师长李聚奎为了把浮桥架起来,能想到的办法都试了。多年后,李聚奎回忆说:"我们用绳拴住门板,然后从上游一块挨着一块往水里放,可是由于水流太急,只架了江面的三分之一,就无法再架了。这时虽刚入五月,但金沙江夹在两岸高山之中,在炎热的太阳暴晒下,汗流浃背。我们整整架了两天桥,毫无进展。"同样心急如焚的军团长林彪,在电话里不让李聚奎讲情况,只要求他干脆地回答"队伍什么时候能过江"。李聚奎被逼得一下子火了,在电话里跟林彪顶了起来:"要是干脆回答的话,那桥架不起来,什么时候也过不了江。"林彪一听,比李聚奎火更大地骂起来,骂完了问:"为什么桥架不起来?"李聚奎就把龙街渡口的江宽、流速、没有渡船、没有架桥器材等一口气全说了。

林彪必须让第一军团尽快渡过金沙江,因为龙街渡口的情况已被国民党军的飞机侦察到,如果部队再拥挤在没有任何遮蔽的渡口,定会在敌人猛烈的轰炸中遭遇重创。但是没有船又架不起浮桥怎么办?中革军委决定红一军团紧急向皎平渡口转移。于是,已经奔走了数百里的红军官兵,仅仅吃了一顿饭,又接着开始了向东的急行军。后来才知道,红一军团在龙街渡口的行动,令蒋介石一直判断中央红军的主力集中在龙街,这在无意间掩护了中央纵队在皎平渡口的渡江。

红三军团占领洪门渡口后,只找到一条船,仅仅把十三团渡了过去。这里的江水同样湍急,红三军团的架桥也失败了,于是中革军委命令红三军团向西往皎平渡口转移。

五月三日晚,毛泽东赶到皎平渡口,并从那里渡过金沙江。

从五月四日开始,金沙江的皎平渡口喧闹异常。数万红军聚集在这个峡谷中,从容而有序地乘船摆渡。摆渡全部靠七条木船完成。大船每次渡三十人,小船每次渡十几人,昼夜不停。木船都是旧的,即使使用买来的布匹做了防漏处理,每次渡江的时候依旧漏水严重。白天还可以边渡江边观察,晚上便险象环生。为了保证渡江安全,皎平渡口两岸燃起了大火,大火将金沙江照得满江通明。中革军委制定了十分严格的渡江纪律,官兵还没到达江边就会拿到这个纪律。因此,仅靠七条渡船将数万人渡过水流湍急的金沙江,而且是在前有阻截后有追兵的情况下进行的,如此大规模的成功摆渡不能不说是一个奇迹。帮助红军渡江的船工报酬极其优厚,每昼夜五块大洋外加六顿饭,尽管红军官兵每天只吃青豆,但是他们每顿饭都为船工们杀猪。

红三军团十一团的官兵在皎平渡口过江后,奉命沿江北岸西行阻击增援而来的川军。他们行军的时候,看见江南岸也有一连串的火把,经过联络才知道那是红一军团第一师的部队。于是十一团的官兵一齐喊,让第一师的战友们迅速到皎平渡口去渡江——年轻的红军官兵在深夜的峡谷里喊叫自己的战友,这让荒凉的西南山川间有了从未有过的生命震荡。自从进入云南就没有停下过脚步的红军官兵,隔江看见了同样是红军队伍的火把,他们既紧张又兴奋,所有经历过的疲劳、伤病和牺牲在这一刻都可以忘掉。红军官兵们坚信,无论还要奔袭多远的路途,终会有那么一天,他们能够到达让他们尽情欢笑与歌唱的红色根据地。

蒋介石终于发现了中央红军大规模的渡江行动。他命令国民党军追击部队全力向金沙江南岸推进,要求"不顾任何牺牲,追堵兜截,限歼匪于金沙江以南地区,否则以纵匪论罪"。

作为中央红军的后卫部队,红五军团奉命在一个名叫石板桥的地方阻击国民党军的追击。阻击先是被要求必须坚持三天三夜,然后改成六天六夜;最后,中央红军总政治部代主任李富春亲自来到红五军团,传达了中革军委的最新命令,要求红五军团在这里阻击九天九夜。李富春召集军团团以上干部会议,解释了红一、红三军团在龙街、洪门渡口遇到的困难。李富春说,现在千军万马都要从一个渡口渡江,严峻的情况要求红五军团用鲜血和生命保证中央和全军的安全。会后,军团长董振堂陪同李富春来到三十七团的前沿阵地。在阵地上,李富春听到红军战士们正在唱歌:

  金沙江流水响叮当,
  常胜的红军来渡江。
  不怕水深河流急,
  不怕山高路又长。
  ……

追击而来的是国民党中央军万耀煌部第十三师。

阻击的红五军团三十七团,原来的番号也是第十三师。

虽然两个第十三师在数天内进行了数次战斗,但是国民党军始终没能突破红五军团的阻击线。

五月四日,中央红军各军团开始从皎平渡口大规模渡江。蒋介石对追击行动进行得十分迟缓的国民党军火冒三丈,他接连发出一封封电报,告知国民党军各部队将领:"须知,不求有功,但求无过,绝非革命军人应有之心理。"同时,蒋介石根据一份避重就轻的情报,给国民党军三十八团代理团长袁镛发出一封"严禁士兵声言与红军无仇"的电报。小小的团长承蒙委员长亲自电示,不敢怠慢,袁镛立即把电报内容向各部队作了详细传达:"……据报各军多有兵声言我等与匪无仇,如匪反攻不战而退,至后有好处,有白米饭吃等语。希即立饬注意严禁,并设法训诫……"

龙云接受了贵州的王家烈被蒋介石搞掉的教训,在薛岳率领国民党中央军到达昆明城下的时候,他虽与薛岳拜了把兄弟,但却用蒋介石刚刚赋予他的"直接指挥"入滇各部队的权力,下令中央军不得进驻昆明——蒋介石要龙云对中央军"不必客气",龙云这次果然没有客气。由此,薛岳给蒋介石发去电报,密告龙云与朱德是云南陆军讲武堂的同学,而且怕是与罗炳辉之间也有往来。

最终完成阻击任务的红五军团于九日晚顺利渡过金沙江。

最后一个过江的三十七团官兵到达江边的时候,看见总参谋长刘伯承浑身汗透正站在闷热的江边渡口边等着他们,红军官兵们顿时心生敬佩。

中央红军的后卫部队渡过金沙江后,在北岸烧毁了所有的船只。

坚持到底的船工每人得到三十块大洋的奖励。

七条船中有一条船被确定是船工自己的,红军给了这个船工八十块大洋作为补偿。

中央红军全部渡过金沙江两天以后,第一支国民党军追击部队才到达金沙江边,除了从江北岸的悬崖上不断向他们打来的冷枪之外,他们连红军的影子都没有看到。

中央红军主力部队开始抢渡金沙江的时候,自四渡赤水后便离开了红军主力的第九军团也在抢渡金沙江。这支红军部队的渡江地点是皎平渡口以东约三百里处的巧家。

被红军官兵称为"掉队掉大了"的第九军团,在中央红军中是一支新部队。一九三三年,第九军团以红三师和红十四师为基础组建。遵义会议后,部队由两个师缩编为三个团,实际兵力仅相当于一个师。因为队伍小,机动方便,因此他们自乌江边重返黔北的大山中后,蒋介石始终无从判断从中央红军主力部队中脱离出来的这支红军到底要干什么以及到底要去哪里。

还在三月下旬的时候,由于佯装红军主力在黔北与敌人周旋的时间太久,当第九军团赶到乌江边的时候那里的浮桥已被拆掉。眼看着红军主力远去,第九军团在瓢泼大雨中陷入困境:追赶主力已经不可能,而身后五倍于己的敌人正向乌江岸边压来。中革军委的电报很简单:第九军团暂时留在贵州,作为一支特殊的游击部队,另寻机会与主力会合。可是眼下的问题是:往哪个方向走才相对安全?军团长罗炳辉和政委何长工经过紧急磋商,最后决定往回走出约二十里,然后转向西北方向迅速脱离敌人。

沿着乌江边崎岖的山路,第九军团整整走了一昼夜。四月三日下午的时候,他们到达中央红军曾经痛苦徘徊的打鼓新场附近。那里有一个名叫老木孔的地方,被泥泞和暴雨弄得万分疲惫的红军官兵刚想在老木孔休息一下,侦察员的报告使气氛立刻紧张起来:附近发现黔军。部队只好接着走,在老木孔以南二十里的地方又停下来,然而侦察员又报告说:黔军犹国才部的三个团正向这里追击。

打还是不打?

如果打,部队疲惫,打不赢就更无法摆脱敌人了;不打,总是处在被追击的状态中,以后的日子就会处处被动。

军团领导最后决定:打!把敌人打垮了,才能行动自如,才有可能追上主力。

寻找好伏击点,红军官兵埋伏在山路两侧的竹林中。九团在正面,七团在右翼,八团在左翼。战斗的原则是:集中力量打击敌人的指挥机关,把这股黔军打跑就是胜利。战斗开始的时间定在中午,因为这是黔军普遍犯鸦片烟瘾的时候。伏击圈布置好了,除了警戒人员外,其他的官兵正好休息,他们实在是太累了。

军团长罗炳辉和政委何长工却因高度紧张而无法休息。

三十八岁的罗炳辉是云南彝良人,十八岁那年从家乡步行十七天走到昆明参加了滇军,一九二六年北伐战争时,他已经是滇军中的一名营长。一九二九年,时任江西吉安国民靖卫大队长的罗炳辉率部起义,加入中国工农红军。在红军中,他历任团长、旅长、军长,一九三三年第九军团组建时出任军团长。他的枪法是军中传奇,百发百中,绝无失手,常常听到子弹的呼啸,就可分辨出是盲目射击还是瞄准射击以及射击的距离有多近多远。在后来的抗日战争中,他的一颗子弹竟从两个鬼子的胸膛穿过,钻入第三个鬼子的脑袋,最后嵌进第四个鬼子的胳膊里。罗炳辉身材魁梧,胆力过人,立如一座山,坐似一尊塔,是个能打硬仗的优秀红军将领。他的妻子杨厚珍一直跟随着他,是中央红军中唯一的缠足女性,这位令人钦佩的女性用一双小脚走完了红军的长征。

中午的时候,黔军来了。

红军官兵按照作战部署,看着黔军一队一队地走过去,走了一会儿仍没发现黔军的指挥部在哪里,这才明白情报有误:追击的黔军远不止三个团。但是红军不打也得打了。

下午一时,黔军的行军队伍越来越杂乱,骑马的、乘滑竿的、挑担子的,还有抬担架的,在山路上拉得很长。终于,黔军指挥部开来了——红军的伏击突然间开始了。

没有准备的黔军顿时大乱,指挥部被冲击后瞬间散开。红军官兵跃出阵地追击,没追出多远,黔军就开始了反击。反击的方向是左翼的八团。由于兵力不足,八团边打边退,几乎退到了军团指挥部跟前。危急时刻,罗炳辉把战斗力最强的军团侦察连用上了。一百八十人的侦察连呐喊着向黔军冲去,八团也跟着冲了回去。打扫战场时一清点,俘虏黔军一千八百多名。第九军团无心恋战,把缴获的枪支都毁了,俘虏每人发三块大洋释放,即使有俘虏愿意当红军,第九军团也没要,因为黔军普遍有吸食鸦片的习惯。

四月五日,军团侦察连在长岩镇化装成国民党军,拿着在老木孔战斗中缴获的黔军团长的名片,未费一枪一弹把一个民团收拾了。第二天到达瓢儿井的时候,依旧用老办法,但是被敌人识破,于是伪装变成了强攻。

瓢儿井是大集镇,物产丰富,市面繁华,第九军团自离开遵义北上以来从来没有休息过,打下瓢儿井后,部队在这里休整了三天。三天中,红军官兵打土豪,开粮仓,分浮财,宣传红军的主张,招收了三百多名青年农民参加红军,还在镇上做了八百多套军装。休整之后,他们四天之内走了两百多里,十三日下午到达黔西织金县猫场镇。

这里也是大集镇。与瓢儿井不同的是,猫场镇嵌在深深的峡谷里,镇子的出口是一条名叫梯子岩的小路。小路在一座岩石峭壁上凿出,一百多级台阶,狭窄的地方仅容一人通过。

从军事上讲,这里不适合驻扎。但是,连续的胜利使军团领导产生了麻痹思想,认为仅驻一夜不会有大问题。于是布置警戒后,通知部队凌晨四点半起床出发。

可是,凌晨时分还是出事了。

跟踪而来的是王家烈的一个师。这个师在距离猫场镇不远的一个村庄里宿营。半夜的时候,红军的警戒哨兵看见那个村庄里有手电筒的闪光,立即把情况向自己的团长作了汇报。而这个红军团长麻痹了,认为敌人半夜不敢来,也没向军团首长报告就继续睡觉了。

凌晨四点,距第九军团动身出发还有半个小时,枪声骤响,敌人已经冲进了猫场镇。

混乱中,军团侦察连首先冲上去堵截敌人,军团机关开始沿着那道悬崖上的陡峭台阶转移。部队仓促集合后,三个团想先于敌人抢占有利地形,各团都与敌人展开了白刃战。黔军已经判断出这支红军不是主力部队,因此攻击十分凶狠,迫使第九军团各部队不断地压缩阻击阵地,直至退到那道陡峭的台阶跟前。军团机关直属队仍在通过,大行李和驮着大洋的几十匹马拥挤在悬崖下。如果要想部队全部撤离,必须把敌人顶住相当长的时间,但是,军团可以指挥的只剩下一个三百多人的教导队了。教导队奉命向最危急的右翼堵上去。

军团参谋长郭天民显示出惊人的冷静。他带人先把身体尚未恢复的何长工转移到安全地带,又和警卫人员用肩膀把军团长罗炳辉一步一步地顶上悬崖。然后返回指挥战斗。这个被罗炳辉称为"大管家"的红军指挥员毕业于黄埔军校,一九二七年加入中国共产党,在红军队伍中担任过各级军事指挥员,战斗经验十分丰富。猫场镇战斗从凌晨四点一直持续到下午三点才结束。第九军团损失严重,除了大量的弹药物资被丢弃外,军团一共伤亡四百多人。

从猫场镇撤离后的第九军团在滇黔边界反复迂回,试图摆脱敌人的追击。中革军委曾给他们发来电报,命令他们迅速渡过北盘江进入云南。但是,北盘江上所有的渡口都已被敌人封锁。第九军团又开始在北盘江以北地区不断地徘徊。

最困难的时刻,一位当地的老人给他们带来了希望。这个被当地人称为王三爷的老人主动找到红军,说他赞成红军帮助穷人的主张,又说他曾在私运鸦片的时候用过一个秘密渡口。在老人的带领下,第九军团到达北盘江边的一处荒无人烟的地段,没有船,也没有桥,但是这段江面上耸立着无数块巨大的岩石,形成一排天然的桥墩。红军官兵把木板搭在岩石上,终于渡过了北盘江。

一进入云南境内,军团长罗炳辉利用他在滇军中的影响,率领部队顺利占领了宣威和会泽两座县城。尤其是攻击会泽的时候,城里的绅士和百姓听说"滇人罗炳辉"回来了,坚决要求县长把城门打开,大部分团丁也不愿抵抗,他们把坚持要与红军作对的县长抓起来枪毙了,然后打开城门迎接红军。红九军团不但获得了大量的物资,还发展了数量可观的新战士。罗炳辉后来很有感慨地说:"这一带群众对共产党红军很有认识,欢迎拥护我们,这种情况很难得。"

占领会泽县城后,军团侦察连立即准备渡过金沙江。渡口附近虽没有可以造成威胁的敌人,但是没有足够的船只。当地的贫苦百姓听说后,自发地组织起来为红军找船,竟然很快找到大小船只四十多条。

就在中央红军主力在皎平渡口渡江的时候,第九军团在金沙江下游的树节、盐井坪渡口安全渡过了金沙江——一九三五年五月十日云南《民国日报》:"罗炳辉匪部,已于五日午后在会泽西方之树节[距会泽约一百七十里]附近,利用多数盐船,渡过长江。"

经过艰苦的奔波转战,渡过了金沙江的第九军团,不但兵力没有减少而且还壮大了。他们携带着一路缴获的多达九万的大洋——这一数目惊人的货币在数月之后给红一、红四方面军采购物资提供了极大的方便——但是大洋实在是太重了,虽雇用了不少骡子,第九军团行军的速度还是缓慢。然而,红军官兵一路上心情很好,因为他们知道与主力部队越来越近了。

第九军团径直向西北方向进入了莽莽苍苍的大凉山中。

就在毛泽东渡过金沙江的那一天,红四方面军脱离嘉陵江狭窄地域向西突击的战斗开始了。

在红四方面军战史上,这次惨烈的战斗被称为土门战役。

从川北的江油西去,便会进入川西北山河交错的地带。这里的山势由东向西逐渐高耸,最初的北川河谷还可以蜿蜒通过,再向西便是绵亘南北、横断东西的一道道巨大山脉,大军根本无法通过。红四方面军一出江油,便进入了干沟、土门和土地岭一线,红军官兵试图通过这里仅有的一条狭长隘路。这条隘路两边山势陡峭,断岩矗立,一路处处是险关:伏泉山、大垭口、千佛山、老君山、观音梁子等,每一处关口海拔都在两千米以上,其中千佛山海拔高达两千两百五十米。红四方面军十万大军一旦决定西进,就必须从这条隘路上通过。

一九三五年四月下旬,包括蒋介石在内的国民党军方高层,依旧对放弃了根据地的红四方面军到底要去哪里猜疑不定。有人认为红四方面军将北出陕南,也有人认为红四方面军将南下威逼成都,唯独没有人想到这支十万人的大军会西进高山草滩。

由于川西北一直是川军将领邓锡侯的地盘,于是当红四方面军渡过嘉陵江开始西进后,邓锡侯多次召集军事会议研究红军的动向。军官们普遍认为,从土门向西便是藏族高寒地区了,语言和风俗不同,少衣缺食,红军断不会向西进入绝路。但是,在茂县代理邓锡侯行使督办权的第二十八军参谋长刘铭吾却三番五次地来电,要求军长尽快派出部队封锁土门隘路——这个刘铭吾如果不是对红军的行动有所察觉,就是害怕红军打到自己的头上来。

最后,邓锡侯决定封锁土门隘路。

茂县地区有森林和黄金资源,封锁了这条隘路,既可以阻截红军进入茂县地区,还可以防止红军经过这里迂回成都平原。

邓锡侯任命第五师副师长兼第十三旅旅长陶凯为松、理、茂、懋、汶屯区"剿共"总指挥,第五旅旅长黄绍猷为副总指挥,临时拼凑起八个旅的兵力负责土门隘路的封锁。这支部队确实是一个大杂烩,八个旅来自哪一个师的都有:其中一支由第二旅三团、第十旅十九团、第十三旅二十六团和二十五团三营、第十五旅的三十团组成,由总指挥陶凯率领,经观音梁子到土门;另一支由第四旅七团、第五旅十团、第八旅十五团、第二师警卫团的四个步兵连和一个炮兵连组成,由副总指挥黄绍猷率领,经灌县到土门。同时,邓锡侯命令在广汉担任城防的第二十五团也向土门前进,另外还征集了藏族马队约六百人归陶凯指挥。

五月一日,川军全部到达土门阻击阵地:一个团在墩上,五个团加两个营在观音梁子一线,两个团在土地岭一线,马队被部署在干沟。如果加上地方武装,川军在这条狭窄险要的隘路上共计部署了约一万五千人的兵力。且不说"一夫当关,万夫莫开",仅这一万多人的兵马就快把隘路塞满了。

红四方面军的作战计划是：夺取伏泉山、千佛山、观音梁子等要点，控制北川河谷，然后全军突破土门要隘。

正是初夏，天热多雨，山路泥泞而崎岖。

红四方面军第三十军第八十八、第八十九师和第四军、第九军的一部同时向川军发动进攻。

第八十八师师长熊厚发和政委郑维山接到攻击伏泉山的任务后，在山脚下对这处险峻的高地进行了近距离观察。这是卡在山路边的一连串悬崖，山头呈锯齿形，彼此距离很近，可以形成相互的火力支援。川军从山脚到山顶，修筑起一层层的阻击工事，并配备了炮兵支援。第八十八师刚发起进攻，正面的攻击部队就被压了下来，这使两个师指挥员几乎同时想到了二六五团。这个团以打硬仗闻名，特长是搭人梯、登悬崖、攀绝壁、钻草丛、潜深谷，凡是敌人认为根本进不去、攻不进的地方，都可以成为他们的突击方向。这个团的官兵个个不怕死，守纪律，就是在偷袭的时候被敌人发现，也是宁可牺牲绝不暴露目标。团长邹丰明和政委黄英祥都是身先士卒的硬汉子，只要这两个人大刀一挥，驳壳枪一举，全团的官兵就会前仆后继。熊厚发和郑维山决定，让二六五团从川军阻击阵地侧后的一道绝壁攀登上去，进行偷袭。

政委黄英祥带领一营在前，团长邹丰明带领二营和三营跟进，师政委郑维山跟随一起行动。

天黑下来了。二六五团顺着川军阻击阵地之间的一条峡谷摸进去。没有道路，悬崖峭壁上长满带刺的灌木，尖利的岩石像一把把尖刀。不能点火把，更不能出声响，攀登的时候有红军战士滚落下去，但他们即使在滚落的那一瞬间也没有呼喊。从黄昏开始一直到凌晨三时，一营终于摸上了主峰。红军登上伏泉山的时候，防守的川军依旧在睡梦中，即使是哨兵也没有发现身后的动静。待后续营上来之后，红军突然一声呼哨，手榴弹随即在川军构筑的工事中爆炸了。川军在漆黑的夜晚不知道发生了什么，眼前隐约看见的全是胳膊上缠着的白布条和闪着寒光的大刀。川军在狭窄的峰顶上无处可逃，除了被杀和被俘的之外，不少人跌下了悬崖。天色渐亮，占领伏泉山主峰的二六五团开始向山下冲击，山下的二六三团和二六八团也开始向山上冲锋。曙光中，红军的号声震撼山谷，两面受到夹击的川军争相逃命，伏泉山落入红军手中。

九日，红四方面军主力逼近千佛山。

山势极险的千佛山是土门隘路的中心支撑点。一条山路通向主峰，山路的左右都是万丈悬崖。半山有一天然石洞，可以用来藏兵，叫天门洞。第三十军第八十八师和第九军第二十五师多次向千佛山发起正面攻击，都因遇到凌厉的阻击而被迫后撤。黄昏后，第八十八师采用了与攻击伏泉山一样的办法，派出一支精悍的小分队，趁夜晚从天门洞侧后方的悬崖摸上去。天亮的时候，红军小分队突然袭击了防守天门洞的敌人。埋伏在山路上的红军后续部队一拥而上，通过天门洞向千佛山主峰发动强攻，一举攻占了峰顶上的制高点佛祖庙。

邓锡侯这时才意识到，这条固若金汤的隘路很可能就此被红军占据，于是他开始大量地派出增援部队，对所有失去的阵地进行猛烈的反击。连续几个昼夜，土门隘路上各要点的搏斗没有停止过一刻。在川军的作战记录中，到处可见"往复肉搏"、"血战冲锋"和"几全覆没"、"尸骸狼藉"等字样，川军称此一战"为剿匪以来最惨壮之一幕，计共伤亡官兵约二千八百余员名"。

红四方面军的攻击部队准备对隘路上最后一个要点土门实施攻击。

川军总指挥陶凯此刻坐镇在土门。

这里之所以叫土门，是因为地形确如一道坚固的城门。险峻的山岭在茂县、安县和北川交界处形成一道狭窄的山门，山门两侧"把守"着几座险要的高地。为了把土门封死，陶凯设置了三道阻击阵地，每道阻击阵地都配备着机枪和迫击炮，以构成猛烈的火网，主阵地是观音梁子。

徐向前到达了最前沿。

攻击时间定在十五日。

攻击的部署依旧是先由二六五团的一个营夜袭观音梁子主峰，然后第二十五师的两个团担任正面主攻，第二十七师一部和第八十八师的两个团负责侧翼迂回。

红军夜袭成功，接着就发动了总攻。

两个小时后，防守土门的川军前沿阵地被突破。二六三团奉命扼守占领的阵地，其他部队继续向主峰攻击。这里是土门隘路最后的防线了，因此川军表现得十分凶狠，在飞机和炮火的掩护下，川军与红军混战在一起。悬崖上的山路上长满灌木，双方搏斗的官兵被淹没在灌木丛中，只能听见呐喊声和厮杀声，却无法分辨交战的界限。川军的飞机为了给予地面准确的支援，不得不超低空飞行，这令其中的一架飞机由于飞得过低而撞在山崖上。

午后，观音梁子主阵地的顶端出现了红军的旗帜，但是战斗却更加激烈了。川军反复地进行反扑，两小时后，观音梁子上的枪声似乎减弱了一些，原来红军已经分成两路越过观音梁子，包抄了防守土门的川军的侧后，后续的红军部队也开始不断向这里增援。川军营长古友君指挥的部队被完全打散，古营长自己逃进了深山中，川军的作战记录中说此人"从此失踪"。在红军攻击川军的二线阵地时，副总指挥黄绍猷率领的五个营被击溃，他自己和坐镇土门的陶凯一样在卫兵的掩护下逃走了。

防守土门各阻击阵地的川军，分成若干小股在深谷老林中乱窜，给红军的追击带来极大的困难。土门附近密林中的枪声延续了一个昼夜，十六日清晨时分才暂时停歇下来。

川军的作战记录对土门战况的描述是：

> 我陶副师长凯率龚[龚渭清]、黄[黄锡煊]等旅计龚[龚西平]、赵[赵云霖]、陈[陈永昌]、梁[梁冈]四团守土门附近。但各团均系作战残余部队，合计实力只有两团。该副师长奉令后，即以梁、陈、赵三团固守右自观音梁经赤土坡、黑山包之线；以龚团位置于土门为预备队。各团并须派出警戒部队。元日二十一军韩[韩任民]团接守观音梁

阵线。我乃改为关口、土门、黑山包至赤土坡之线,固守半月之久,虽经匪几次袭击,均被我击退。删日[十五日]午前一时,匪约四千余,向赤土坡我赵团阵地猛扑,并占领我黑山包高地。我当饬郭营率五、七两连飞援。我官兵奋勇挺进,激战约两小时半,毙匪数十名。我官兵伤亡二十余名,乃得恢复黑山包阵地。同时我陈团阵地亦被猛攻。该团在七星堡高地之苟连被匪包围。当时观音梁之韩团早已撤去,我梁团右翼甚形暴露,但仍努力撑持,以求挽回战势,并令古营竭力在右翼支撑。匪势愈炽,此时该副师长见战势已无挽回可能,乃向土地岭撤退,并令龚团在干沟收容。我古营与匪鏖战,无法脱离。匪复由人冲梁子直抄干沟,我古营被匪截断,完全覆没。各团退至土地岭时,匪部已直趋茂城[茂县]。我恐被匪截断,乃节节掩护向茂城撤退,但茂城城工颓废,且无粮食,人民逃避一空,兼退下时部队混乱,不易整理,匪复乘势跟进,不得已再向后撤退,以图固守雁门及过街楼一线。屯殖军之三营皆作战残余,在茂县附近被匪截断,向松潘引退后,经懋功回灌整顿。是役伤亡失踪官兵共二千二百余名。

土门战役是红四方面军在西渡嘉陵江后发起的一次大规模山地争夺战。从当时中国工农红军各方面军的战斗力来看,只有红四方面军可以与国民党军进行如此规模的阵地攻坚战。土门战役不仅为红四方面军大规模军事转移开出一条血路,同时还大量地吸引了国民党军作战部队,从而给中央红军在云南方向的北进减轻了压力。据不完全统计,国民党军先后投入到土门战场的兵力多达二十个旅共计十五万人。红四方面军对国民党大军的牵制,一直持续到他们与中央红军会合。

红四方面军突破土门后,各部队在隘路上的每一个要点都与反击的川军进行了艰苦作战。这一阻击过程漫长而残酷,川军从成都、绵阳方向大量地增援而来,猛烈向红军阵地进行反攻,企图将土门隘路截断,而红军作战部队必须不顾一切地保证隘路的安全,因为此时红四方面军的后方机关,包括从根据地撤出来的兵工厂、被服厂、造船队、医院等等,正从这条险峻的山路上通过。红军和挑夫抬着机器、粮食和各类物资经土门隘路走了数十天才全部通过。——在记录中国工农红军的战史中,这支红军部队此时的行动被称为红四方面军"长征的开始"。

红四方面军突破土门进入川西岷江地域;中央红军从贵州进入云南后急促北上,突破金沙江进入川西北。此时,包括蒋介石在内,没有人怀疑这样一个事实即将发生:中国工农红军中两支最重要的部队,在各自经历了太多的艰难险阻后,终于同处于中国的一个省内并且就要会合了。

土门战役进行到最激烈的时候,中央红军逼近了位于金沙江北岸的会理县城。

那时,从金沙江防线上溃败的川军刘元瑭部四百多人已经逃到会理,但是川军官兵都知道自己根本无法守住这座县城。这是刘元瑭万分痛苦的时刻:如果抵抗,凭着有限的兵力很难与红军较量;如果丢下县城继续逃跑,仍在一线防御的毛国懋和胡槐堂的两个团就会难逃覆没的命运,到那时自己的家当也就全部丢光了。几天前,他已经派人把自己的太太严容华和姨太太伍碧容送走,临走的时候他各自给了她们一包毒药,嘱咐她们只要被红军捉住就自杀。刘元瑭在无人可以商量的情况下徘徊犹豫,最终他给卫兵下了命令:把太太们追回来,与会理县城共存亡!——反正都是死,那就置于死地而后生。守金沙江是守一条线,守会理是守一个点。只要拼命守住这个点,反正有蒋介石的中央军在后面追呢,守到中央军来了,红军自然就会退去。

刘元瑭立即把防线上的部队全都调回会理县城,并且打电报给位于西昌的川康边防军司令刘元璋请求增援。同时,派出部队到县城外用武力征集百姓的粮食。然后,他开始清除县城周边的民宅,为城防火力打开射界——刘元瑭清除的办法是放火,连续几天会理城外大火熊熊。

川康边防军司令刘元璋下辖三个旅,除了驻守德昌的许剑霜旅外,其余两个旅的旅长分别是他的兄弟刘元瑭和刘元琮。中央红军渡过金沙江后,不愿与红军硬拼的刘元璋为了保存实力,把所有的部队都集中在各个县城里。现在,既然亲兄弟要求增援,他便派出一个团前去会理,团长叫聂秋涵。增援部队刚派出去,刘元璋又有点后悔了,他打电话给刘元瑭,建议把根本无望守住的会理放弃算了,免得自己的队伍遭受损失。可是,局势容不得刘元瑭再考虑了,中央红军的先头部队正向会理包围而来,县城附近已经响起了隐隐约约的枪声,刘元瑭即使想撤也撤不出去了。

刘元瑭怕增援的聂秋涵团半路听到枪声返回,亲自率领两个连冲出县城去迎接聂秋涵团。此时,聂秋涵的部队已经受到红军的袭击,聂团长本人大腿上中了一弹。在刘元瑭的掩护下,他仓皇跑进会理县城。刚进城,又有士兵向刘元瑭报告说,从金沙江边往回撤的胡槐堂团被红军截住了。刘元瑭把上衣脱掉,只穿一条短裤,腰上绑上一条红缎钱囊,手提马刀,命令聂秋涵的两个步兵连全部上刺刀,他的一个手枪连也全部子弹上膛,然后带着部队冲出县城北门。经过一场血战,他把胡槐堂团的大部分官兵接进了县城,然后命令立即关闭城门,再在城门上压上几条大石条。胡槐堂团落在后面的散兵到了会理城下,无论怎样叫喊城门也不开了。也有部分逃兵在城门关闭的最后时刻逃进县城,胡槐堂团特务连二排排长庞云就是其中的一个。庞排长和他带着的十多名士兵全部负伤。会理县城里的川军围着他们问县城外的情况。庞排长说,这几个弟兄此前全被红军捉了,红军不但不杀俘虏,还给他们包扎治疗。红军长官和士兵穿一样的衣服,在一起吃饭,对他们说话很和气。不久,会理县城的川军中间开始流传一副对联,没人能说清楚这副联是从谁身上发现的:

红军中,官、兵、夫,起居饮食一样
白军内,将、校、尉,阶级薪饷不同

刘元瑭很快就知道了。他先把包括庞云在内的十几个被红军俘虏过的官兵捆到旅部，不由分说全用马刀砍了。然后在追查对联的来历时又杀了十几个人，最后追究到一个十二岁的小道士身上，于是连同小道士的师傅在内也砍了头。

五月八日夜，中央红军包围了会理。

已经显得有些神经质的刘元瑭提着把大刀，疯子一样地满城乱窜，开始了他噩梦般的守城日子。

除了留一个手枪营和一个步兵营为预备队外，刘元瑭将所有的部队都派上了城墙，每一座垛口两个兵。为了防止红军偷袭，川军把松枝蘸上煤油，然后用弓射出去，燃烧的松枝把城墙四周照得如同白昼。川军还在垛口上摆了装满石灰的瓦罐，以对付搭云梯上来的红军突击队。为了进一步扫清射界，川军把接近城门的两条街道全部点燃，木结构的民居顿时火焰冲天，百姓扶老携幼匆忙逃离。大火一旦点燃就无法扑灭，两条街整整燃烧了两天，大火熄灭之后，半个县城成为一片废墟。

五月九日，中央红军野战司令部发出攻占会理的作战命令：第九军团在金沙江边阻击渡江的敌人；第三军团和干部团负责攻击县城；第一、第五军团负责消灭川军的增援部队。

红军攻击的重点是会理县城的西北角。

有人报告刘元瑭说红军在挖城墙，刘元瑭立即命令各部队在墙根挖大坑，把空坛子放进去，用以查听红军挖墙的位置。果然，川军士兵听见了咚咚的声音，于是就往发出声音的地方灌水。也许是红军真的挖城墙了，也许是因为水灌得太多，十日凌晨，会理城墙的西北角突然发出一声巨响，那里的城墙塌了一大片。红军官兵异常欣喜，趁势往上爬。防守这段城墙的川军连长吴鸣恩顿时慌了手脚，刚要准备撤退，就见刘元瑭提着马刀上来了。子弹横飞，手榴弹的爆炸声震耳欲聋，刘元瑭带领着手枪团和便衣队开始与红军肉搏。负了伤的刘元瑭满脸是血，大喊大叫地督战。由于塌陷的城墙被水弄得十分泥泞，红军的后续部队无法及时增援，再加上吴鸣恩的士兵不断地往城墙缺口处投手榴弹和石灰罐,最后,冲击进来的那些红军官兵全部牺牲。

上午,蒋介石派来的飞机飞临会理县城,向包围县城的红军阵地和所有怀疑有红军驻扎的城外民房开始了狂轰滥炸。在轰炸的掩护下,刘元瑭组织起大量的民夫抢修塌陷的城墙。城里的关帝庙里挤满地主士绅们的家眷,都说是关公保佑县城没让红军攻破,因此那里的香火被烧得浓烟滚滚。中午,一架飞机投下一封信,竟然是蒋介石亲笔写的,内容是:奖励守城官兵赏金一万,刘元瑭晋升为陆军中将。

没有参加攻城的红军部队普遍会了餐,红军官兵还得到了用以购买物品的银元。但是,官兵们都把刚分给自己的银元塞在了伤员的担架上。在红军中,从高级指挥员到年仅十五六岁的小战士,人人都没有个人财产的观念。红军官兵普遍认为,自己只要不掉队不负伤,留着银元没什么用处;而那些担架上的伤员,万一被留下,这些银元可以救他们的命。红军宣传队还编了一出名为《一双草鞋》的活报剧给官兵们演出,内容是中央红军突破了金沙江,追到江边的薛岳只捡到红军的一双草鞋,气得蒋介石直骂娘。剧里的蒋介石依旧由曾经扮演过王家烈的女红军王泉媛扮演。红军官兵很喜欢这个剧,边看边鼓掌。

此时的薛岳正在金沙江边发脾气。使他气恼的并不是一双草鞋,而是当国民党中央军全部到达金沙江边的时候,由于气候闷热,船只很少,各部队根本不听从渡江指挥官的调度,部队之间、官兵之间都发生了打架斗殴的现象,局面混乱得几乎令他无法控制。而且无论是南岸还是北岸,滇军早已经没了踪影。看来,只要红军渡过金沙江进入四川,龙云就可以高枕无忧了。

龙云确实很高兴,但他还是给蒋介石发去一封请求处分的电报:

限即刻到。

贵阳委员长蒋钧鉴:

吭密。今晚十一时接伯灵[薛岳]自富民电话称:我第三纵队本日已到达江边白马口,未与匪接触,江南岸似已无匪。但万[万耀煌]师与周[周浑元]纵队明晨方能到达指定之洪门、鲁车两渡,有无匪踪,明晨始能明了。等语。据此情形,现虽未接前敌确报,而匪已过江无疑。闻讯之后,五中如焚。初意满拟匪到江边,纵不能完全解决,亦必予痛惩,使溃不成军,借以除国家之钜害,而报钧座之殊恩于万一。讵料得此结果,愧对袍泽。不问北岸之有无防堵,实职之调度无方,各部队追剿不力,尚何能尤人。惟有请钧座将职严行议处,以谢党国。谨此鞠诚上闻,伏祈鉴核。

职 龙云。佳亥机印。

龙云说,听说红军渡过了金沙江,自己痛苦得"五中如焚",没能报委员长"殊恩于万一",无论如何请求"严行议处"。龙云的电报措辞实在虚假,让人读来确实能够感受到他对红军进入四川定在暗暗窃喜。

按照常理,中央红军不该滞留在金沙江北岸,因为身后依旧有国民党军的追击部队。但是,中央红军还是停了下来,因为必须停下来开会。

一九三五年五月十二日,中央红军各军团将领在一天之内接连收到朱德签署的两封电报。

其一:

林、聂、彭、杨、董、李、罗、何、邓、蔡:

甲、我军渡过金沙江,取得战略上胜利和进入川西的有利条件。现追敌企图渡江跟追,但架桥不易,至少须四五天,西昌来援之敌前进甚缓,并企图从两翼迂回。同时,爆炸会[会理]城亦须十四号始能完成坑道作业。

乙、因此,我野战军以扼阻追敌、打击援敌并爆炸会城之目的和部署,决在会理及其附近停留五天[十五日止],争取在长期行军后的必要休息与补充,如情况变化,当缩短此停留时间继续北进。

丙、依上述决定,我各兵团应以备战姿势进行部队中尤其新战士的战术教育、队列整理,开干部及连队会议传达战斗任务,检阅工作,加紧扩红、筹款及地方工作等。但牵制部队须加强沿江警戒,攻城部队须加强坑道作业与收买硝药,其他兵团则须以消灭援敌为一切部署中心,不得丝毫懈怠,以实现全部战斗胜利,以便继续夺取西昌而北上。

朱德

十二日

其二:

林、聂、彭、杨:

A、党中央决于今十二日召开政治局扩大会议,望彭、杨、少奇三人及林、聂赶于今午十四时到铁场。

B、彭、杨不在时,由叶[叶剑英]、袁[袁国平]代理指挥。

C、林、聂不在时,由左[左权]、朱[朱瑞]代理。

朱德

十二号

铁厂是会理城郊的一个小居民点,从地名上看似乎与铁匠铺有关。

五月十二日,中央政治局扩大会议在一个草棚子下召开。之所以选择这样一个地点,为的是容易对空观察,避免遭到国民党军飞机的轰炸——想必会理会议召开的时候,从这里可以望见县城方向冒出的滚滚硝烟。

中央红军渡过金沙江后,敌情暂时得到缓解,但是红军内部的不同意见却产生了。

导火索是红一军团军团长林彪写给党中央的一封信。信的原始内容无从查找,但众多的史料都引述了其核心内容:这段时间以来,部队在云贵川边东奔西跑,行军太多,走了许多不必要的弓背路。难道非走弓背不能走弓弦吗?部队已经精疲力竭,再这样下去会被拖垮。建议更换前线指挥,以改变目前的困境。毛泽东、周恩来、朱德应主持军事大计,前线指挥最好由彭德怀负责。

遵义会议之后,中央红军的行军路线确实极其复杂曲折。

并不是所有的人都能够理解毛泽东的战略意图。

在敌人重兵追堵的情况下,在生存成为唯一目的的时刻,不可能有时间就每一次行动对官兵做出更多的解释,而极度的疲惫令一些红军官兵产生牢骚可以理解。

回首历史,至少不能断言林彪的这封信是在搞阴谋,因为他在信上签上了自己的名字,而且他在信中直白地提出了彭德怀的名字。

会理会议上,还是张闻天首先发言。他在发言中严厉批评了林彪对毛泽东军事指挥战略的怀疑。接着,毛泽东在发言中详尽阐述了自四渡赤水开始,中央红军成功地运用机动灵活的运动战摆脱国民党军队合围和追击的过程。朱德和周恩来在随后的发言中支持了毛泽东的观点。但是,当彭德怀表示他也支持毛泽东的主张时,毛泽东的语气一下子变得严厉起来。他批评红军中有人对失去中央苏区不满,在困难中产生了动摇情绪。更为严重的是,彭德怀感到毛泽东的批评是针对他的,因为毛泽东的话语显示出他认为林彪是受人鼓动才写了这样一封信。果然,当毛泽东面对林彪时,竟是一番语重心长。他对林彪说,我们的战略方针是对的,这一点不容置疑。渡过金沙江后,我们不是摆脱了国民党军的追兵吗?不是实现了北渡长江的计划吗?下一步,要研究同四方面军会合。为了实现我们的战略目的,多跑一些路,走一些弓背,又有什么关系呢?打仗就是这样,为了进攻而防御,为了前进而后退,为了正面而向侧面,为了走直路而走弯路。这不值得发牢骚讲怪话。天下的事,有时并不以你的意志为转移。你想这样,却偏偏一下子办不到;等你转一圈回来,事情恰恰又办成了。遵义会议后,军事领导是正确的,要相信这一点,不要有怀疑和动摇。一直沉默不语的林彪想替自己辩解一下,毛泽东却说:"你是个娃娃,懂得什么!"

在中国革命漫长的征战岁月里,毛泽东与林彪之间有着令人难以置信的信任关系。林彪是中国工农红军中最年轻的军团将领,还是令所有的人无论是军事决策者还是冲锋陷阵的官兵最信服的军团将领;他所带领的第一军团是最能打仗的红军部队,与彭德怀率领的第三军团一起每每成为中央红军的前锋部队。林彪给中央写信,提出自己的不同意见,已经不止一次了。早在井冈山时期,他就给毛泽东写信对红军的前途表示担忧,毛泽东用了整整五天的时间给林彪写去一封长达六千多字的回信,这就是后来被收入《毛泽东选集》中的那篇名为《星星之火,可以燎原》的文章。在那封信的开头,毛泽东写道:"新年已经到来几天了,你的信我还没有回答。一则有些事忙着,二则也因为我到底写点什么给你呢?有什么好一点的东西贡献给你呢?"在这封信的最后,毛泽东充满深情地告诫林彪的话语后来传遍了整个中国:"我所说的中国革命高潮快要到来,决不是如有些人所谓'有到来之可能'那样完全没有行动意义的、可望而不可即的一种空的东西。它是站在海岸遥望海中已经看得见桅杆尖头了的一只航船,它是立于高山之巅远眺东方已见光芒四射喷薄欲出的一轮朝日,它是躁动于母腹中的快要成熟了的一个婴儿。"

中央红军进入云南扎西地区时,曾总结此前战斗失利的原因,大家认为林彪的红一军团没能打下土城和没有顶住川军的攻击,是导致中央红军被迫放弃北渡长江计划的主要原因。林彪作为中央红军主力军团的指挥员,连蒋介石都从来不敢小看他,部队的战斗失利和遭遇同志们的批评令他很是郁闷。接下来,中央红军连续在贵州境内声东击西,红一军团一直处在没日没夜的奔波转战中,甚至曾经一个昼夜奔袭两百里路,林彪的不满情绪更加严重了。中央红军进入云南北渡金沙江,红一军团奉命背离金沙江南下佯攻昆明,然后又奉命限时返回金沙江边,不少官兵在强度极大的行军中掉队。部队渡过金沙江后,林彪萌生了更换红军前线指挥员的念头。他把自己的想法对军团政委聂荣臻说了,遭到聂荣臻的反对。多年后,聂荣臻依旧记得他当时对林彪说过的话：

> 革命到了这样紧急关头，你不要毛主席领导，谁来领导？你刚参加了遵义会议，你现在又来反对遵义会议，你这个态度是不对的。先不讲别的，仅就这一点，你也是违反纪律的。况且你跟毛主席最久。过去在中央根据地，在毛主席的领导下，敌人几次"围剿"都粉碎了，打了很多胜仗。你过去保存了一个小本子又一个小本子，总是一说就把本子上的统计数字翻出来，说你缴的枪最多。现在，你应该相信毛主席，只有毛主席才能挽救危局。

彭德怀，这个耿直倔强从来不肯低头的硬汉，在以后漫长的岁月里，只要一回忆起会理会议上发生的事，便会心情沉闷："当时也未介意，以为这就是战场指挥呗，一、三军团在战斗中早就形成了这种关系：有时一军团指挥三军团，有时三军团指挥一军团，有时就自动配合。"尽管彭德怀并不知道林彪给中央写信的事，但是在会上，面对毛泽东的批评他没有辩解——"当时听了也有些难过，但大敌当前，追敌又追近金沙江了，心想人的误会总是有的……我就没有申明，等他们将来自己去申明，我采取了事久自然明的态度……"

彭德怀与毛泽东首次见面，是一九二八年平江起义之后。那时，彭德怀率领起义部队到达井冈山宁冈县，在一间农舍中，他见到了早已听说的那个高个子的红军领袖。毛泽东用彭德怀熟悉的湘潭乡音对他说："你也走到我们这条路上来了，以后我们要在一起战斗了。"从那时起直至红军转战到会理，他们之间从未有过严重的分歧。然而会理会议以后，毛泽东用一句"你是个娃娃，懂得什么"原谅了林彪，而认为是彭德怀鼓动了林彪的阴影始终在毛泽东的心里。彭德怀说："主席大概讲过四次，我没有去向主席申明此事，也没有同其他同志谈过此事。"直到一九五九年庐山会议召开时，毛泽东又一次提到会理会议，在场的林彪才表明："那封信与彭德怀同志无关。"三十五年后，为了新中国浴血奋战一生的彭德怀身陷囹圄，他在一份又一份的自述材料中写下这样一句话:"从现在的经验教训来看,还是应当谈清楚好。"

会理会议进行了两天。

在重大军事决策上没有出现任何争论。

会议确定了中央红军下一步的行动计划:向北前进,穿过彝区,抢渡大渡河,实现与红四方面军的会合。

会理会议召开的时候,红三军团和干部团对会理县城的攻击始终没有停止。五月十五日,随着一声巨响,会理城墙终于被红军利用挖地道的办法炸开一个缺口。但是,由于守城的川军还在大量灌水,爆炸的威力受到严重减损,城墙坍塌处的缺口不大,虽然红军官兵拼死突击,最终仍被川军的火力所封堵。

这个夜晚,会理成为一个癫狂之地,枪炮的闪光横贯县城上空,川军点燃的大火将四野照得一片通亮,城墙上的川军大喊大叫如同开了锅一样,刘元瑭甚至把县城里的小学生都动员起来上了城墙跟着喊叫,似乎喊叫得越凶会理县城就越安全。结果,成百上千人的叫喊此起彼伏,连绵不断,震荡夜空。喊叫持续了一个晚上,清晨时分,刘元瑭却发现红军没了踪影。

五月十五日,中央红军从会理出发了。

这支经历了重重艰难险阻的红军,此刻已经有了十分明确的前进目标:北上,与强大的红四方面军会合。

就在中央红军从会理出发的第二天,红四方面军在茂县召开了高级干部会议。还在江油的时候,红四方面军破译了蒋介石与川军的通电。从敌人的电报中,张国焘得到一个令他吃惊的消息:中央红军仅剩不足三万人了。茂县会议的议题之一就是:如何尽快占领有利地区,迎接中央红军的到来。会议决定由第三十军政委李先念率领第八十八师、第二十五师、第二十七师各一部西进小金川地区,扫清敌人,并派出联络部队去寻找中央红军的先头部队。会上引发争论的是关于欢迎中央红军的口号。徐向前不赞同陈昌浩提出的"欢迎三十万中央红军"的口号,尽管当时红四方面军的官兵都认为中央红军有三十万之众,但至少红四方面军的高级将领们已经获悉中央红军遭受了巨大损失。最后,会议决定成立中华苏维埃共和国西北联邦政府。

一九三五年五月三十日,张国焘以中华苏维埃共和国西北联邦政府主席的名义发布《中华苏维埃共和国西北联邦政府成立宣言》。宣言指出:"中华苏维埃西北联邦政府的成立,树立了西北革命斗争的中心,统一了西北各民族解放斗争的领导,从此南取成都、重庆,北定陕、甘,西通青、新,进一步与中央红军西征大军打成一片。中华苏维埃革命不仅在东南各省更加巩固发展,从此在西北也打下了强固的基础,这便是给帝国主义国民党蒋介石一个致命的打击,同时也是赤化全西北具体的开始。"宣言表明:"只有中华苏维埃中央政府和西北联邦政府,才是中国和西北民众自己的政府,唯一救中国救西北救穷人的政府。苏维埃西北联邦政府坚决实行中华苏维埃政府的全部政纲!"宣言最后号召:"全中国工农群众们!各民族穷苦弟兄们!快快起来为中国和本民族的独立自由,为了民众自己的生路,快快武装参加作战,苏维埃西北联邦政府誓率红四方面军三十万健儿和你们拼最后的一滴血!"

西北联邦政府的成立,日后成为张国焘架空中央的证据之一。

另一个证明张国焘野心的证据,是他随后以主席名义发布的《中华苏维埃共和国西北联邦临时政府布告》:

西北革命的总指挥部中华苏维埃西北联邦临时政府,遵奉中华苏维埃中央政府的命令,于苏共五年五月三十日在红四方面军伟大胜利,西北一万万五千万汉、回、番、蒙、藏、苗、夷劳苦群众热烈斗争和拥护之下正式宣告成立。

本政府自成立日起,坚决率领红四方面军三十万健儿,陕甘红二十六军、陕南红二十五军、川南红九十三军,并团结和领导西北一万万五千万民众配合中央红军六十万西征大军,以钢铁力量贯彻下列主张:

一、联合一切反蒋反帝的力量,工农劳苦民众武装打倒出卖康、藏和西北，出卖中国的卖国汉奸蒋介石、刘湘、胡宗南、邓锡侯和一切卖国的国民党军阀，驱逐帝国主义出四川出中国，收复康、藏，收复东北、华北，保卫西北领土，为救中国救西北血战到底；

二、实行各种保护劳苦群众利益的政策，取消国民党军阀的苛捐杂税，没收地主阶级的财产、土地、粮食、衣物、茶叶、布疋、牛、羊，分给穷人和回、番、蒙、藏、苗、夷民众，工人八小时工作，增加工资，保护劳动妇女和劳动青年的利益，穷人有吃有穿；

三、实行民族自决权，回、番、蒙、藏、苗、夷各民族得组织自己苏维埃或人民革命政府，各民族一律平等，得各以自己的意志，各族联合起来加入本西北联邦政府，政教分离，信教自由；

四、给广大工农劳苦民众以言论出版集会结社的自由，欢迎革命学生和脱离反动统治的知识分子和专门家到苏维埃政府下边工作，欢迎白色官兵投诚，参加红军分土地，和红军一路去打帝国主义国民党。

本政府号召各地工农和弱小民族的劳苦民众一致武装起来参加作战，为实现这些主张而斗争，实现赤化全川、赤化西北的完全胜利。

本政府是西北一万万五千万工农和回、番、蒙、藏、苗、夷劳苦群众的政府，一切对穷人和弱小民族有好处的事情，本政府誓以全力实行，一切危害和侵犯穷人和弱小民族利益的匪类，本政府坚决消灭之。

特此布告周知。

主席　张国焘

中华苏维埃共和国五年五月

尽管张国焘自任主席的这个"联邦政府"打着"遵奉苏维埃中央政府的命令"的旗帜，但是，苏维埃中央政府从来没有批准成立这样一个"联邦政府"——与彻底放弃川陕根据地一样,这是张国焘独自作出的决定。

在中国工农红军两支重要的主力军即将会合之际,张国焘成了政府主席的确令人疑窦丛生。

尽管在红四方面军与中央红军的中间,还横着一条比金沙江更危险的大河,但是,对于经历了太多苦难与艰辛的红军官兵来说,两军会合无异于一个盛大的节日。

红四方面军为迎接中央红军开始大量地筹集物资,并且号召全体官兵每人都要准备一个礼物送给中央红军的官兵。

张国焘给毛泽东准备的礼物是一个"联邦政府"。

第十三章 喜极之泪

1935年6月·四川达维

川军旅长许剑霜驻守德昌。

红军将领刘伯承在川军中任第一路前敌指挥时,许剑霜曾是刘伯承手下的一个团长,一九二六年参加朱德、刘伯承领导的泸州起义和安顺起义。起义失败后,他投靠了在四川陆军讲武堂时的同学刘元璋。

德昌原来的守军只有许剑霜旅的一个营。当得知中央红军从会理继续北上很快就要达到德昌时,川康边防军司令刘元璋本来准备把德昌也放弃,以便集中兵力守卫川南重镇西昌。但是,德昌是一个富裕的县城,县城里的不少豪绅又是他的相识,在这些豪绅的一再恳求下,刘元璋觉得这个时候无论如何不能抛弃朋友,于是命令许剑霜率一个团前往德昌加强防守力量。

许剑霜到达德昌的时候,刘伯承写给他的信也到了。刘伯承在信中除了重叙旧谊之外,奉劝许剑霜不要与红军为敌,让开一条道路给红军通过。许剑霜反复权衡利害之后,让亲信把这封信火速送交刘元璋,并恳切地建议刘元璋接受刘伯承的要求。

信送走之后,许剑霜没有得到刘元璋的回音。

一九三五年五月十六日黄昏,中央红军先遣部队红一军团第一师一团到达德昌外围的隘口丰站营和八斗冲,川军仅仅打了几枪就撤退了,而且一退便无影无踪,中央红军顺利地进入德昌县城。

德昌果然物资丰富。

中央红军的后续部队在这里休整了两天,想必刘元璋的那些豪绅朋友们损失巨大。

丢弃德昌的许剑霜退回西昌,立刻遭到刘元琮和那个被蒋介石擢升为陆军中将的刘元瑭两兄弟的辱骂。刘元琮早就有兼并许剑霜旅之意,因此两兄弟坚决要求把"通敌"的许剑霜杀了。刘元璋平时就很难驾驭这两兄弟,他也明白他们杀许剑霜的真正意图;而如果真把自己昔日的这个同学杀了,恐怕连自己的地位也很难保住。于是,刘元璋说:"哪有通敌的人会把敌人的信送给我的?"

天很蓝,风很猛,从会理北上,中央红军的队伍一直沿着安宁河谷前进,河谷东为大凉山,西为雅砻江流域山脉。这里是四川西南部最偏僻的地区,但却草木葱郁,山花怒放,整个河谷犹如一条景色秀丽的走廊。沿途集镇和村庄里的百姓大部分跑了,因此,红军的队伍穿行时寂静无声。最穷苦的人照例对红军的到来很感兴趣,红军官兵和他们搭话,送给他们食物。胆子大些的小贩在路边卖面饼和汤圆,冲着红军的队伍大声吆喝。

过了德昌,再往北就是西昌了。

刘元璋坐镇西昌,决定死守,并调集自己指挥的所有部队向西昌靠拢。

在西昌,比刘元璋的国民党正规军更霸道的,是地方武装邓秀廷的队伍。邓秀廷在西昌一带是著名人物。邓家世代居住在这里,家族上溯几代就已形成强大的势力,其祖父被称为"九蛮王",在这里的彝民中具有相当的号召力。邓秀廷接了其祖父的班当上地方团总。他照搬祖父"以夷治夷"的办法,挑拨彝民不同分支族系之间的冲突,自己从中操纵控制,并动用武力屠杀反对他的彝民。几年前,他"征剿"西昌附近的马家彝人,竟一口气烧毁三十多个彝寨,杀死一千多人,灭了彝族中的五个分支族系,结果"远近支彝望风投降"。这样一个土匪式的人物,却被国民党政府正式任命为"彝务指挥官"。邓秀廷的部队虽然仅有两个团,但是他有随时调集上万彝兵的能力。中央红军北渡金沙江的时候,邓秀廷奉命防守距西昌上百公里的宁南一带。他率领一个团和五千彝兵赶赴宁南,中途遇到从金沙江前线溃逃回来的刘元璋的部队。国民党正规军的狼狈溃逃，令邓秀廷平生第一次感到了恐惧。因此，在接到增援西昌的命令后，他的部队一路行动迟缓。走到一个名叫黄水塘的地方时，邓秀廷接到了刘伯承的信。信的内容有两点：一是红军不以彝民为敌，即使彝兵向红军开枪红军也不会还击；二是红军北上的目的是去抗日，因此路是一定要过的，如何对待红军请邓秀廷自己考虑。这个著名的红军将领曾经是著名的川军将领，刘伯承的信让邓秀廷很是犹豫不决。打吧，刘伯承的厉害人人皆知，自己恐怕打不过红军；不打吧，在刘氏兄弟那里怕是说不过去。邓秀廷召集手下人反复商量对策，最后决定看情况再说，能打就打一下，不能打就赶快跑，当然要是能趁机捡回点枪支弹药什么的更好。邓秀廷把部队布置在安宁河谷两边的山上，然后对彝兵军官们说："今天的事，不比往常，要当心些，非有我的命令，不能开枪。"

在德昌通向西昌的河谷中，中央红军的先头部队走进邓秀廷的防区。趴在草丛中观察的邓秀廷，在看见红军的那一瞬间就决定绝不能开枪，因为"红军的部队来得很密"。眼看着红军陆陆续续走过了河谷，突然，枪声响了，是一个不听约束的彝兵开的枪。这一枪响过之后，不少彝兵跟着开了枪。邓秀廷怒火万丈地用彝话大声制止，而河谷里的红军不但没有还击，而且还大声地喊叫起来。懂得汉话的邓秀廷听见红军在喊："汉彝一家，汉彝是兄弟。"混乱很快就平息了。但是红军刚过去，国民党军的飞机来了。彝兵绝大多数没见过飞机，他们像打鸟一样开始朝飞机射击。邓秀廷马上命令他的副官把事先发下来的对空识别标志拿出来铺在地上。可副官仅记得对空识别标志似乎是在哪个马驮子里，于是开始一个挨一个地找。正找着，炸弹就朝他们扔了下来。一阵猛烈的轰炸之后，邓秀廷的部队二十多人被炸死，其中包括一个名叫邓华钦的连长。收拾了混乱不堪的部队，邓秀廷一撤就撤到西昌以北六十公里处的冕宁。他的撤退使西昌外围没有了任何防守部队，川西南的这座重镇被彻底暴露在中央红军面前。

西昌城坐落在富饶的西昌坝子中。这里是川军刘元璋部的最后防线,如果西昌失守,刘元璋的部队将无处可去。因此,为了守住西昌,刘元璋构筑起三道阻击线:第一道是城外的旧城城墙;第二道是依安宁河构筑的工事;第三道是拆除南门外西街商业街的所有房子,只留下那面沿街的墙壁作为阻击掩体。对于这道阻击线的修筑,刘元璋很是动了脑筋,因为约两里长的西街是西昌城最繁华的地段,店铺林立,商贾云集,如果要彻底烧毁,定会激起民愤。但是,刘元琮坚决主张烧,说如果不烧,红军的攻城部队就会利用这些房屋接近城墙。西昌一旦失守,命都保不住,还管什么民愤不民愤。刘元璋还是犹豫,说烧也要等红军接近时再烧,那时候可以说是红军放的火。两人之间关于烧与不烧争吵不休,最后用电报请示位于雅安的军部,军部回电说等红军接近的时候再烧不迟。但是,刘元璋还是放心不下,那些靠近城墙的民房确实是大患。想了一夜,第二天刘元璋召集商会代表和士绅代表开会。会上,刘元璋极力渲染红军的厉害,说要守住西昌城必要烧掉西街,但是烧街又会使民众损失很大。说到这里的时候,他真是一副痛苦为难的样子。结果士绅们纷纷表示,为了保全西昌,愿意承担烧街的损失。刘元璋趁势赶紧暗示士绅,让他们联名写一个请求烧街的请愿书。拿到了"请愿书"的刘元璋胆子一下子大起来,在中央红军的先头部队距离西昌至少还有三十里的时候,刘元琮就下达了放火的命令——先是把城门用石条顶死,然后从城墙上往下泼洒煤油。火一点燃,不但繁华的商业街被烧毁,比邻的两条街也被焚毁了。

刘元璋和他的官兵紧张地等着红军的攻击。

等了一夜,未见动静。

天亮的时候,有人报告说,红军的队伍在西南十五里的地方整整走了一夜,现在往泸沽方向去了。

消息在西昌城内传开,刘元璋立即受到猛烈抨击,士绅们纷纷要求他赔偿损失。

中央红军绕过西昌北上泸沽县城。

从这里再向北前去大渡河有两条路:一条是大路,偏向东北,从越西到大树堡渡河,河对岸是富林,直通成都。另一条是小路,偏向西北,经冕宁,通过彝区,到达安顺场,渡过大渡河后是雅安地区。自古以来,从川西南北渡大渡河,来往行旅客商只知大路,因为那条小路不但崎岖难行,而且彝区不准汉人通过。

在大渡河布防的是川军刘文辉的第二十四军,其中,第四旅守泸定桥一带,第五旅守安顺场和富林一带。同时,刘湘派出的增援部队正沿着大路向富林开进——国民党军判断中央红军要走大路。

五月二十日,中央红军先遣队到达泸沽。

刘伯承认为,如果川军死守横在大路上的富林,中央红军要从大树堡渡口渡过大渡河十分困难,因此建议中革军委改变行军路线,选择小路从安顺场方向渡过大渡河。关于必经彝区的问题,先遣队司令员刘伯承说,彝族分黑彝和白彝,黑彝是纯粹的彝族血统,是彝族的上层;白彝是彝汉混血,属彝族的下层。他们之间有矛盾,矛盾的主要起因是彝人对汉人的猜疑和敌对,这是国民党当局长期奉行民族歧视政策的后果。但是,只要红军工作得当,是有通过的可能的。聂荣臻对刘伯承说:"不管黑彝白彝,总比刘文辉好说话吧?"两个人统一意见后,立即给中革军委起草电报,电报的具体建议是:从泸沽兵分两路,主力部队和中央纵队秘密改走小路,从安顺场附近渡过大渡河。同时,派左权和刘亚楼带领红一军团第二师五团,佯装主力,继续顺着大路前进以迷惑敌人。由于中革军委正在行军的路上,电报无论如何也联系不上,时间不能耽误,刘伯承命令继续呼叫军委电台,同时先遣队向冕宁前进。出发前,刘伯承专门给先遣队作了动员:红军就要通过彝区了,彝人对汉人猜疑很深,语言又不通,他们可能会向我们开枪射箭,没有命令绝对不能还击。

晚上,在中共冕宁地下党员廖志高和陈野萍的带领下,刘伯承率领中央红军先遣队进入冕宁县城。这座县城里竟然没有任何一支川军防守。为了不打扰居民,先遣队司令部设在县城内的一座天主教堂里。红军进驻的时候，刘伯承把教堂里的神职人员集合起来，向他们宣传了红军的宗教政策。教堂里的几个法国修女对面前这个被传说为"土匪首领"的红军将领居然能讲一口流利的法语万分惊讶。

五月二十一日，中革军委在接到刘伯承、聂荣臻的电报的当天，向中央红军各军团下达了向安顺场前进的命令：

林、刘、聂、彭、杨、董、李、罗、何、邓、蔡：

......

各兵团今二十一晚至明二十二日晚行动部署如下：

1. 刘、聂率我先遣第一团续向拖乌、筲箕湾前进，日行一百二十里，准备至迟二十四号午前赶到渡口。左［左权］、刘［刘亚楼］率我第五团，如查明越西无敌或少敌应迅速进占越西，并侦察前至大树坪、富林及由越西至海棠之线中间向西去的道路、里程；如小相岭或越西有敌扼守，则五团应伪装主力先头在登相营或小相岭扼制该敌。一军团主力今晚二十一时起开往冕宁，以便随一团前进并策应其战斗。

2. 军委纵队今夜进至石龙桥［冕宁］。

3. 五军团今晚二十一时起经泸沽开至石龙地域，准备二十三日超过军委纵队，仍归林、聂指挥。

4. 三军团除留必要部队带电台监视西昌之敌，以掩护和接应九军团今夜或明日通过西昌外，其主力今夜应进至起龙、礼州地域。

5. 九军团通过西昌城外进至锅盖梁及其西北地域后，应即布置掩护阵地，筑野战工事，以便扼阻西昌及由南来之追敌。

C．为绝对保持改道秘密，必须：

1. 泸沽至冕宁道上严禁被敌机发现目标，不准挂露天标语，上午七时半至十时半，下午三时半至五时半，严禁部队运动。

2.一军团部队对去路,三、九军团对来路,要断绝行人出去。

3.严密搜捕敌探。

D、冕宁至渡口有两站缺粮,各兵团应在礼州、冕宁之线补充粮食,离冕宁时带足三天。

E、关于搜集架桥材料,经冕宁起应严格执行昨日电令。

朱德

二十一号十八时

对于中央红军来讲,在遭遇巨大损失的湘江战役之后,一次近乎赴汤蹈火的行动就此开始了。

毛泽东和蒋介石此时都在读同一本书:清末北洋幕僚薛福成所著的《庸庵文续编》,书中记述了一八六三年一支农民起义军在大渡河边全军覆没的悲惨遭遇。

大渡河,长江的支流之一。河不甚宽阔,但水流汹涌,河床上乱石丛生,河面上旋涡处处,自古无法泅渡,一旦失足落水,无论水性多高超也必死无疑。大渡河两岸悬崖陡立,一条在悬崖上凿出的小路沿河而去。要想渡过大渡河,只能靠木船摆渡,由于河水流速极快,必须把渡船拉到渡口上游几里之外,然后放船,船工奋力闯渡,才能将船斜冲到对岸。

七十二年前,太平天国石达开的部队在大渡河边被清军包围,结果是伏尸遍地,血流成河,四万农民起义军最终全军覆灭。

太平天国翼王石达开的命运起伏,几乎是太平天国起义兴衰史的写照。一八五四年,石达开受命主持军务,这个聪慧勇猛的农民领袖很快以痛歼湘军水师、收复武昌、进军江西而声名大振。在接连占领了五十余座县城后,石达开的农民起义军把湘军将领曾国藩困在南昌城的大营里。接着,农民起义军的占领区连接了皖赣鄂三省的广大区域,开创了太平天国的鼎盛时期。一八五六年,太平天国内部的互相残杀开始,石达开受到洪秀全的猜疑,这迫使他于一八五七年率二十万起义军离开南京城,开始了长达六年之久的辗转作战。这是一支没有后方支援和保障的部队,先后进入浙江、福建、湖南、广西、湖北、云南、贵州和四川,不断地在清政府军的围剿下遭遇重创。一八六三年的春天,石达开率残部四万人从云南渡过金沙江北上,到达川西南西昌附近。

石达开的计划是:渡过大渡河,夺取四川平原。

石达开离开西昌之后的北上路线,正是现在中央红军要走的那条通往大渡河的小路:经冕宁到达大渡河边,渡河后至雅安地区。在这条崎岖的小路上,石达开买通彝族土司,于五月十四日到达安顺场。安顺场渡口三面临山,一面临河,没有任何回旋余地。被收买的土司突然改变立场,配合清军将四万农民起义军紧紧包围。石达开率部在大渡河南岸整整徘徊了一个多月,多次企图渡河,都因水流湍急以及清军的阻击而失败。其间,在一次强渡时,大军已经渡过一万人马,但是天黑了,石达开认为渡过河的前锋将背水作战,没渡过河的部队将与前锋被截为两段,于是,一向用兵谨慎的他下令已经渡过河的那一万人撤回来:"我生平行军谨慎,今师渡未及半,倘官军卒至,此危通也,不如俟明日毕渡。"——既然有时间又有能力把已经渡过河的一万人撤回来,为什么不连夜再抢渡过去一万人以巩固对岸渡口?——当农民起义军再一次准备强渡时,石达开的一个妻子在大渡河边生了个儿子,被围困的大军立刻停止渡河,决定在这个绝地"庆贺三天"。三天过去了,大渡河水由于山洪暴发"陡高数丈",石达开四万人的大军因此被困岸边。清军趁机连日发动猛攻,起义军苦战之后粮弹断绝,大渡河上漂满了起义农民的尸体——"浮尸蔽流而下者以万计余。"最后时刻,石达开决定率领起义军决死一战:"吾起兵以来十四年矣,越险岭,济江湖,如履平地,虽遭难,亦常噬而复奋,转退为攻,若有天佑。今不幸陷入绝境,重烦诸君血战出险,毋徒束手受缚,为天下笑,则诸君之赐厚矣!"但是,清军已经逼近起义军的大本营。面对即将全军覆没的悲惨结局,石达开决定"舍命以全三军"。他写信给清廷四川总督骆秉章,求自己一死而赦免他的部下。骆秉章假意受降。六月十三日,石达开命令士兵把他的五个妻妾全部扔进大渡河,然后自己一人走向清军的营帐。被俘后的石达开在成都经过严刑审讯,最终被清政府以极其残酷的"凌迟"处死。而他的部下两千多人并没有被赦免,在放下武器后全部被杀。

现在,进入大渡河地区的中央红军依然没有退路:后面,有国民党中央军薛岳和周浑元的追击部队;西面,有滇军孙渡部沿着雅砻江的布防;东面,有川军杨森的第二十军和郭勋祺、陈万仞等部的联合阻截;前面,大渡河上的主要渡口已经布满川军刘文辉的部队——中央红军进入了一个狭窄封闭的地域里,如果一旦被大渡河所阻挡,挣脱被围歼的命运必将是一场血战死拼。

蒋介石再读《庸庵文续编》时感受复杂。当中央红军渡过金沙江后,他曾经部署在金沙江与大渡河之间彻底消灭红军。但是,计划还没有执行,他就被中央红军在渡过金沙江后停留会理所困扰了。蒋介石并不知道红军在会理停滞不前是在开会解决问题,而是认为红军在会理停留多天必有蹊跷——在与共产党人的多年对立中,毛泽东给了蒋介石太多的意外,以致现在无论红军做出什么举动,蒋介石都会首先感到其中有诈。但是,等了几天之后,蒋介石发现毛泽东并没有什么惊人之举,而是沿着当年石达开的路线北上了。这时,他想起中央红军刚刚离开江西苏区的时候,鄂豫皖"剿匪"总司令部秘书长杨永泰说过,红军很可能渡过金沙江进入川西。当时,蒋介石认为这是绝对不可能的事:毛泽东是懂得历史的,中国版图如此之大,毛泽东为什么非要走石达开的死路?疑惑重重的蒋介石在忐忑不安中度过了几天,当情报最终证实中央红军向着大渡河边的安顺场走去时,蒋介石这才感到毛泽东成为"石达开第二"的结局已经注定。

之前,中央红军曾在无线电中收听到《四川日报》的一条新闻,题为《蒋介石委任杨森为大渡河守备指挥并以骆秉章诱杀石达开相勖勉》:

> 六日本报载杨森将衔新命,现此种新命已经发表。十

五日蒋委员长自昆明来电，任命杨森为大渡河守备指挥，并拨二十一军、川康军一部约四旅，归其指挥调遣，借以巩固雷〔雷波〕、马〔马边〕、峨〔峨边〕、屏〔屏山〕防务，保障川南。蒋委员长原电中，并以清代活捉石达开之川督骆秉章相勖勉。现杨森氏已遵命就职，亲赴大渡河积极设防，准备予匪以迎头痛击。

雷波、马边、峨边、屏山四县，全都位于通往大渡河的大路以东方向，蒋介石把防守的重点并没有放在从冕宁向北的安顺场，这说明他依旧不相信精通历史的毛泽东会选择与石达开完全一样的旧路。

对于川军杨森，毛泽东并不熟悉，与杨森熟悉的朱德说，蒋介石的这个任命是"一石两鸟"，既考验了杨森对他的忠诚，也可借此机会拉拢杨森，促使杨森率川军与红军血拼一场。蒋介石判断中央红军一定会避免走石达开的旧路，毛泽东对这样一种心理十分清楚；但是毛泽东认为，石达开之所以被围困在安顺场而不能渡河，根本的原因是他收买的那个彝族土司背叛和出卖了他，不然清军也无法顺利地通过彝区来到大渡河边。毛泽东说："顺利渡过大渡河的关键是和彝人关系的处理。"在给刘伯承率领的先遣队送行时，毛泽东特别嘱咐，先遣队的任务与其说是打仗开路，不如说是宣传党的民族政策。如果红军模范地执行民族纪律，取得彝人的信任，抢渡大渡河的行动就能取得胜利。为此，毛泽东特别命令十九岁的萧华带领一支红军宣传队跟随先遣队一起行动。

如果不是严峻的军事形势所迫，中央红军也不会走到这条路上来。

既然走到了这里，就要坚决地走下去。

虽然走的是同一条路，但是中国工农红军绝不是石达开的太平军。

读过了《庸庵文续编》的毛泽东深刻地知道这一点。

但是，读过了《庸庵文续编》的蒋介石绝不会从这个角度考虑问题。

这就是历史得以生动的原因。

最先受到彝人袭击的,是走在先遣队后面的工兵连。工兵连奉命跟随红一军团第一师一团赶往大渡河架设浮桥。临出发时,团长杨得志和政委黎林亲自到连里进行政治动员,强调说必须以实际行动取得彝人的信任,无论如何都不准向彝人开枪,谁开枪就是违反了红军的军纪。

工兵连跟在先遣队的后面。在古木参天的崎岖山路中行进的时候,他们越走越觉得不对劲儿,因为很多架设在山涧上的独木桥被拆毁了,这使得红军官兵不得不边走边砍树架桥。刚一走进俄瓦拉山口,他们发现掉队了。这时候,隐藏在山林中的彝人开始向他们开枪射箭。紧接着,前面有一队男男女女向他们跑来,而且无论男女一律赤身裸体,这使工兵连的红军官兵既紧张又惊讶。这些自称来自外省的过路客商说,他们遇到了彝人,不但东西全被抢光,连衣服也被扒光了。在进一步的询问中,红军官兵终于弄明白了,这些遭到彝人袭击的汉人根本不是什么客商,而是为了躲避红军从县城里逃出来的国民党官员和他们的家眷。工兵连的红军官兵有些担心起来。大家议论说,我们一不是压迫彝人的官员,二不是剥削穷人的财主土匪,彝人会把我们怎么样?正说着,四周呼哨声四起,工兵连被一群手拿土枪长矛的彝人包围了。尽管在队伍最前面的三排排长反复解释,但是根本没有用,随着号角的吹响,围上来的彝人越来越多,并开始动手抢夺红军官兵的武器和架桥器材,最后开始扒他们身上的衣服。红军官兵实在忍无可忍,拉开枪栓准备反抗。指导员罗荣大声地喊:"总部命令,不准开枪!"

光着身子的工兵连只好往回走,没走出多远,看见侦察连的几个同志带着一个彝人也在往回走。侦察连的同志说,他是这一带沽基家族彝人的头目,名叫小叶丹,我们要带他去见咱们的总部首长。工兵连还看见了坐在路边休息的六团一营的官兵。红军战士看见工兵连竟然赤身裸体,禁不住开玩笑说:"工兵连很凉快呀!这是到哪里洗澡去了?"营长曾保堂命令大家赶快凑衣服。衣服不够,又从供应处弄来不少麻袋让工兵连的官兵暂时围在身上。

这件事弄得工兵连官兵情绪很大。

事情反映到毛泽东那里,毛泽东表扬了工兵连执行纪律坚决。同时,毛泽东还跟工兵连的官兵打趣说:"到了人家倮倮国,你们也算是入乡随俗嘛。"

毛泽东让部队准备一些酒、绸缎和枪支,然后请来了那位彝族头人小叶丹。彝族头人对红军将领能够平等地对待他们很感动,因为平时国民党军队和国民党官员很看不起他们。从彝族头人那里,毛泽东了解了这一带彝人族系的情况,并且指示刘伯承尽快与彝人首领达成协议,以免红军主力和中央纵队通过的时候遇到不必要的麻烦。

红军总司令部以朱德的名义发布布告,布告是一段顺口溜:

中国工农红军,解放弱小民族;
一切彝汉平等,都是兄弟骨肉。
可恨四川军阀,压迫彝人太毒;
苛捐杂税重重,又复妄加杀戮。
红军万里长征,所向势如破竹;
今已来到川西,尊重彝人风俗。
军纪十分严明,不动一丝一粟;
粮食公平购买,价钱交付十足。
凡我彝人群众,切莫怀疑畏缩;
赶快团结起来,共把军阀驱逐。
设立彝人政府,彝族管理彝族;
真正平等自由,再不受人欺辱。
希望努力宣传,将此广播西蜀。

见到刘伯承,小叶丹首先解释说,刚才抢红军东西的不是他的家族,而是与他们对立的罗洪家族。在这个地区,彝人基本上分成三个族系,即沽基、罗洪和洛伍。经过三方代表的交谈,罗洪家族由于抢了红军,人都已经跑了,其头人不肯再露面;洛伍家族表示出中立的立场,而沽基家族的小叶丹愿意与红军继续谈判。刘伯承从解释共产党的民族政策,到红军北上抗日的道理,一直到满足彝人的各项要求以及红军过路的种种细节,耐心地与小叶丹商谈,最后以结为兄弟为条件结盟。

这是共产党人少有的举动,仪式按照彝族沽基家族的传统进行:两碗清水,杀一只雄鸡滴血入内,然后双方宣誓。刘伯承说:"上有天,下有地。刘伯承愿与小叶丹结为兄弟。"双方把血水一饮而尽。结盟仪式后,刘伯承邀请小叶丹和他的小头人们一起吃饭。红军把附近一个小集镇上的酒全部买了下来。酒席中,小叶丹表示,如果明天罗洪家族的人再袭击红军,他就带人把罗洪家族的村寨烧了。刘伯承劝解道:"彝人之间要团结一致,共同对付欺压彝人的国民党军阀。"这个观点令小叶丹很是折服。最后,刘伯承送给小叶丹十几支步枪。按照彝人的最高礼节,小叶丹把自己骑的大黑骡子和两名漂亮的彝族女子一起送给刘伯承。

黑骡子正好可以驮运物资和伤员。

彝族姑娘就算是参加红军了。

刘伯承把结盟的消息报告给毛泽东,毛泽东非常高兴地问一向严肃的刘伯承:"听说结盟的时候要跪下,你先跪的哪一条腿?"

红军将领和沽基家族的结盟,对中央红军顺利通过彝区至关重要。在以后的行军中,不但袭击红军队伍的事很少发生,粮食的筹集也相对顺利了一些。小叶丹还专门派出彝人武装,护送红军先遣队赶往大渡河渡口。

与沽基家族对立的罗洪家族,也曾经派人来试探红军,他们派来的探子是一个赤裸着身体的十四岁的彝族女孩儿。这个女孩儿径直走进中央纵队的队伍中,她立即受到朱德的妻子康克清的欢迎。女红军们不知道这个女孩子的身份和任务,对她表示出极大的友善和关爱。康克清给她穿上干净的衣服,招待她吃东西,还送给她很多女孩子喜欢的小礼物。女探子高兴得连蹦带跳地离开了。从此,罗洪家族的彝人再也没有攻击红军的举动。

为了加深共产党人在彝人中的影响，红军专门留下一名负伤的团政委，以帮助小叶丹组织起与国民党军对抗的武装力量。这支力量后来联合了包括罗洪、洛伍家族在内的一千多人，几乎相当于一支红色游击队。当薛岳的国民党中央军追击到这里的时候，虽然也按照蒋介石的命令给彝人准备了大量的礼物，但是薛岳发现共产党在这里的影响已经深入人心，于是他立即命令给每一个彝人紧急"消毒"。国民党政府任命的"彝务指挥官"邓秀廷，逮捕了红军留下的那位团政委，小叶丹家族倾家荡产，用一千五百块大洋把人赎了出来。但是，小叶丹最终还是被邓秀廷以"通共有据"的名义杀害于大桥镇。被害之前，小叶丹对弟弟沽基尼尔说："红军把咱们彝人当人看。刘伯承这样的大人物是守信用的。我死了之后，你要告诉刘司令，咱们彝人相信的是共产党和红军。"

五月二十四日，刚刚走出彝区的先遣队到达距安顺场渡口三十公里处的擦罗小镇。小镇上只有二十户人家，但却有一座刘文辉供给西昌守军的粮库。当穿着国民党军服的一团到达这里时，粮库守备官还以为来的是中央军，立即上酒端肉热情款待。一团团长杨得志带领官兵们故技重演，不但在宴席上大吃大喝了一顿，而且还接收了粮库守备官如数交出的军粮。在把川军守备官兵俘虏之后，这笔数目巨大的粮食让先遣队喜出望外但又不知如何处理：白花花的大米总计二十四万斤，用六十斤装的大麻袋一共装了四千包。——这批粮食被随后到达的红军总部分配给各个军团，剩余的全都分给了镇子周围的穷苦百姓，不论男女老幼一人一麻袋，百姓们个个兴高采烈，直说："红军好！红军来了把刘家的米给我们吃！"

当晚八时，在翻过最后一座山头后，刘伯承看见了从山峡间汹涌而出的大渡河，看见了令石达开四万农民军伏尸遍野的安顺场渡口。

与此同时，在大渡河下游的大路上，由红一军团第二师五团、侦察连和军团便衣侦察队组成的佯装主力的第二先遣队，由红一军团参谋长左权和第二师政委刘亚楼率领，也接近了大渡河。

这支部队顺着通往大渡河的大路,经泸沽向越西县城方向前进。大路上没有彝人的阻拦,却有川军的阻击。在小相岭隘口,川军挖断道路,架上吊桥。军团侦察科科长刘忠和便衣队副队长范昌标带领一个侦察班,在当地一位采药老人的引导下,绕到了川军阻击阵地的后面,突然向守卫吊桥的川军发动袭击,一举占领小相岭隘口。越西县城的川军向这里打来电话,电话始终没人接听,县城里的川军立即意识到隘口丢失了,而他们随即做出的决定竟然是放弃县城,向大渡河渡口方向撤退。川军的撤退导致包括越西县长在内的所有国民党地方官员的大逃亡。因此,通过小相岭隘口的红军第二先遣队没有经过战斗便占领了越西。

县城显然刚刚受到破坏,到处是残砖破瓦。原来三月的时候,四千彝民不满国民党政府的统治,在越西附近的三个县同时举行暴动,并且围困了越西县城。正当县城就要被彝民攻破的时候,由于中央红军的接近,大批川军的增援部队到达这里,暴动的彝民被迫跑到附近的山上。现在,他们听说越西城里的国民党军跑了,彝民断定能够吓跑国民党军的红军必定是自己的朋友,于是纷纷下山进入县城来欢迎红军。进入越西的红军做的第一件事就是把监狱打开。在彝族和汉族群众的注视下,红军战士用大木杠反复撞击监狱的大铁门,随着监狱大门的訇然倒塌,三百多名因参加暴动被俘的彝人一拥而出。红军给每个彝人发了布匹、食物和银元,给全城的穷人分了粮食。结果,越西城内要求参加红军的青年就有近千人,其中彝族青年达四百人。当第二先遣队从越西出发继续北进的时候,欢送他们的彝、汉群众抬着猪肉和酒站满了街道两旁。一些没被批准参加红军的彝、汉青年跟随着红军的队伍,一直跟出去很远。

五月二十三日,第二先遣队到达大树堡附近。

红军接近大渡河渡口的消息引起川军的恐慌,川军王泽浚旅派出一个连从大渡河的北岸渡过来。这个连到达南岸后,在大树堡渡口以南的鱼塘要隘上放了一个排,在渡口上放了一个排,其余的兵力驻扎在大树堡镇的街里。他们命令这里的群众在街面上堆放木柴和稻草，准备红军一到就放火烧街。

到达鱼塘要隘的红军第二先遣队决定兵分三路进攻大树堡：一路占领要隘，一路攻击大树堡镇，一路直接占领渡口。战斗短促，大树堡镇里的川军还没来得及放火，红军就冲了进去，俘虏了川军的连长。防守渡口的川军一听响起了枪声，争相上船逃往北岸。赶到渡口的红军没有向他们射击，故意放他们回去报信。

就在刘伯承看见了安顺场的灯火的时候，左权和刘亚楼也到达了大树堡渡口。

与刘伯承率领的这一路红军秘密接近渡口不一样，左权和刘亚楼率领红军官兵开始了大规模的"渡河"准备。他们公开征集造船和搭浮桥的材料，动员群众砍毛竹、拆房屋，甚至声势浩大地组织群众把国民党政府的区公所拆了。在把拆下来的木料运往河边的时候，红军官兵组织群众使劲儿地喊着号子。为了震慑川军和扩大声势，红军还把从越西逃到这里的县长彭灿拉到河边，先召开公审大会，然后当着对岸川军的面把彭灿的脑袋砍了下来。

川军急忙调兵加强大树堡渡口北岸的防守，一共调来五个团，再加上富林的地主武装羊仁安的部队。结果，杨森部署在大渡河下游的近两万川军，在中央红军抢渡大渡河的过程中，除了一个连曾一度与红军的一支小部队发生了接触外，竟然连红军的影子都没有看到。红军第二先遣队冒充主力的佯渡行动收到了效果，至少在五月二十五日以前，蒋介石依旧没有确定中央红军抢渡大渡河的确切位置。

五月二十四日夜，大雨。

大渡河在安顺场已经变成了南北流向。

到达安顺场附近的刘伯承从一团团长杨得志那里获悉了基本敌情：在安顺场防守的是川军第二十四军第五旅余味儒团的韩阶槐营。

韩营长原来是这一带有名的哥老会头目，他的部队里基本上都是上下拜了"把子"的袍哥兄弟。团长余味儒让他防守这里的原因，也是认为他能利用在安顺场的势力联合这里的地方武装。韩阶槐到达安顺场后,为确保渡口的安全,命令把西岸所有的船只和粮食全部弄到东岸,然后强迫安顺场的百姓们搬家,在街上堆起柴草,准备放火烧街以扫清射界。不知道是巧合还是韩营长有某种预感,他预定的放火时间是五月二十四日。正是这一天,中央红军先遣队赶到了安顺场。但在中央红军先遣队之前,还有一支队伍也赶到了安顺场,这就是从西昌逃到这里的邓秀廷部的残兵,带领这些残兵的是邓秀廷的营长赖执中。

要说在安顺场,赖执中的势力比韩阶槐还大,因为赖执中是安顺场最大的财主,安顺场大半条街的房屋都是他的财产。五月二十四日,赖执中刚到,正好碰见韩阶槐的一个连长准备放火烧街,结果烧街的举动被赖执中毫不迟疑地阻止了。赖执中与那个连长争执起来,两个人一直扭打到河东岸,打到了团长余味儒那里。舍不得自己家产的赖执中陈述了他的理由。他说自己刚从西昌那边跑回来,确切地知道红军已经顺着大路去了大树堡渡口,根本没有走安顺场这条小路。余味儒听了半信半疑,可赖执中一再保证说,只要红军到达安顺场,他立刻带头放火烧街。于是,余团长默许了。回到西岸的赖执中还不放心,私下里违反军令偷偷在西岸留下一条船,准备万一红军打来时自己逃到东岸去。

赖执中偷偷藏下的这条船,成全了即将渡河的中央红军。

二十四日夜晚,朝着安顺场方向,中央红军的主力部队冒雨奔袭。刘伯承知道,用不了一个昼夜,大渡河的西岸就会聚集起千军万马。眼下,大雨中的刘伯承只想着一件事:能否找到船?

刘伯承命令把一团一营营长孙继先找来。看见孙继先,刘伯承说的第一句话是:"知道石达开吗?就在这里,他的四万人没了。"

这位二十二年后成为新中国第一个导弹基地司令员的红军营长说:"我不管他十达开还是九达开,参谋长下命令吧!"

刘伯承说:"二营去下游牵制和吸引敌人,三营是先遣队的预备队,占领渡口的任务交给你们一营。你马上去完成三件事。第一是拿下安顺场,占领后放上一堆火作为信号;第二是迅速找到船,找到了再放一堆火;第三,把一切渡河工具准备好以后,再放一堆火。三堆火都点起来,后续部队就上去。"

晚二十二时,在团长杨得志的率领下,一营分为三路:一连攻正面,二连和营重机枪排从东面,三连从西面,在大雨中向安顺场扑了过去。

韩阶槐和赖执中都侥幸地认为红军走大路去了大树堡。当一营的红军官兵悄悄地摸进安顺场的时候,川军还在哨所里高声唱着川剧。枪声骤起,川军顿时混乱成一团,不是被打死打伤就是被俘。赖执中慌忙翻墙逃跑,翻墙的时候脚扭伤了,他的卫兵背起他跑到山上的彝民家里藏了起来。

一营二连的另一个任务是寻找船只。他们顺着河到处找,不见任何船,正着急,看见河边有个黑乎乎的东西,细一看,是赖执中的家丁正准备划船往东岸跑。红军官兵决不能让这条船跑了,他们在漆黑的雨夜里大叫起来,奋不顾身地扑上去,硬是把这条船给拉了回来。营长孙继先一看有了船,立即命令把船拉到上游去做渡河准备。但是,这条木船很大,红军官兵又没有拉船的经验,船在湍急的河水中不停地原地转圈,折腾了近一个小时才把船拉走。

刘伯承和聂荣臻在大雨中盯着安顺场方向,希望能看见孙继先点起的三堆火,但是一直等到凌晨三点,一堆火也没看见。侦察员回来报告说,渡口已经被占领。于是刘伯承跑到了河边,边跑边喊孙继先的名字。孙继先跑过来,刘伯承大怒:"你跑到哪里去了?为什么不点火?"孙继先这才发现自己只顾作战和弄船,把点火的事忘了。刘伯承听了孙继先的汇报,尤其是听到已经搞到一条船,火气顿时消了。本来准备立即渡河,但是安顺场的百姓说无论如何晚上不能渡,实在是太危险。刘伯承想了想说:"一营睡觉!天亮了,街里能够搞到什么好吃的全给你们吃,吃完了准备抢渡!"

这个夜晚,刘伯承没有睡觉,他找来有经验的船工,不但询问了渡河的种种问题,连操船的优厚报酬以及万一遇险的后事安排都谈妥了。看来红军准备在大渡河上架设浮桥的想法是不现实的,当地的船工们说,连在河中插一跟木桩都是不可能的,游水过去更是不可能。那么,红军只能靠唯一的一条船,先把对岸渡口占领了再说。

二十五日拂晓,大雨停了。

早晨七时,一营在大渡河边集合完毕,官兵们都要求第一个抢渡。

聂荣臻说:"谁也别争,由你们营长下命令,叫谁去谁就去。"

营长孙继先想起几个月前,在乌江边的回龙场渡口,也是他挑选的渡江突击队队员。

一营的三个连争起来。

杨得志团长决定,突击队队员在二连中挑选。

连长熊尚林点名。包括他自己在内,一共十七个人。每人一支驳壳枪,一支冲锋枪,一把马刀和八颗手榴弹。

天色逐渐亮了,被大雨洗刷过的悬崖高高矗立,悬崖脚下的大渡河奔流咆哮。

红军官兵看得很清楚:对岸一个小村的四周修筑着工事和碉堡。

连长熊尚林下达了命令,突击队队员开始上船。

刘伯承突然问:"赵章成来了没有?"

参谋回答说:"迫击炮和重机枪已设置完毕。"

刘伯承说:"告诉赵章成,咱们的炮弹没有几发,瞄准那几座碉堡,要打准!"

赵章成,那个红军中十分著名的神炮手,尽管他每次打炮前都要祈祷一番,但是关键的时候,他总能让红军宝贵的炮弹显示出惊人的威力。

木船离岸了。

八名船工奋力划桨。

对岸的川军很快就发现了红军的这条船,射出的子弹和炮弹把木船四周的河水打开了锅。西岸红军的掩护火力也异常猛烈。木船在急流和弹雨中艰难地向东岸靠近的过程显得十分漫长,站在西岸边的红军官兵眼看着船上的突击队队员中弹,眼看着船一头撞向河水中的礁石上。刘伯承万分紧张,如果唯一的一条船抢渡失败,西岸也就没有船了,其后果不堪设想。在红军官兵焦急的呐喊声中,操船的四个船工跳下水,脚踏礁石背靠船帮用力将船再次推进水里。船在极大的旋涡中随时有翻覆的危险,船上剩下的四名船工奋力掌握着船的平衡。岸上的红军官兵的嗓子都喊哑了:"机枪打呀!快撑船呀!"

红军的机枪手已经打红了眼,大渡河东岸硝烟弥漫。

船终于从礁石边的旋涡中挣脱出来,在距离东岸还剩下五六米远的时候,船上的红军突击队队员突然站立起来。川军也从东岸那座小村庄周围的阻击工事中冲出来。对于已经完全暴露在敌人面前的红军来说,这一刻只要稍有迟疑就会在瞬间内被消灭。

杨得志急促地命令重机枪压制川军的反击。

赵章成这一次没有事先祷告就开火了。这个有着丰富战斗经验的炮兵连长早已把射击参数算准。两发炮弹出去,不偏不倚地在川军冲击队伍的正中爆炸了。

重机枪手李得才的火力跟着赵章成的炮弹,死死地封锁住了川军的反击路线。

突然,从抢渡一开始就吹响的军号声停了。

刘伯承和聂荣臻几乎同时喊道:"怎么不响了?怎么不响了?"

原来,小司号员发现首长们都聚到了前沿,怕号声引来敌人的子弹就停止了吹号。

刘伯承说:"赶紧吹!"

小司号员再次举起军号时,不知是已把力气吹尽,还是因为首长在身边太紧张,竟然一时吹不出声了。当过号兵的萧华一把拿过号用力吹起来。

木船"轰"的一声撞上了河岸。

川军的手榴弹雨点一样滚下来,岸边的悬崖石壁上响起一连串的爆炸声。红军突击队队员从硝烟中穿过,沿着石壁上的台阶冲上川军的阻击阵地。

大渡河安顺场渡口东岸被红军突击队占领了。

在中国工农红军战史上,这些名字将永远熠熠生辉:

二连连长熊尚林。二连二排排长罗会明。二连二排三班班长刘长发。二连二排三班副班长张表克。二连二排三班战士张桂成、萧汉尧、王华亭、廖洪山、赖秋发、曾先吉。二连三排四班班长郭世苍。二连三排四班副班长张成球。二连三排四班战士萧桂兰、朱祥云、谢良明、丁流民、陈万清。

将突击队送过河的那条木船掉头返回,运送第二批突击队队员登上东岸。

然后是第三船、第四船、第五船……

刘伯承对参谋说,给军委发电报,大渡河渡口已经被我军突破。

二十六日,大雨倾盆。

中央红军主力部队和中央纵队在大雨中向安顺场急促前进。

中革军委命令每个官兵都要扛两根毛竹,毛泽东自己扛了四根。在路上休息的时候,毛泽东遇到一位当地的老秀才,他向老秀才问起当年石达开的事,老秀才看看毛泽东身前身后的队伍,半天才说出一句话:"大军切勿在此停留。"

部队必须迅速渡河,一刻也不能耽搁。

但是,当毛泽东赶到大渡河边的时候,他所担心的终于成了现实:目前,红军一共找到四条船,只有一条是好的,其余三条都需要修。刘伯承计算了一下:一条船的最大容量是三十个人,往返一次最少要一个小时。从红军占领东岸后到现在,一天一夜仅仅渡过去一个团。如果按照这个速度,中央红军全部渡过大渡河,需要整整一个月的时间。可是,薛岳的国民党中央军已经越过德昌正向大渡河急促挺进,川军杨森的部队距离安顺场也只有三四天的路程了。中央红军根本没有一个月的渡河时间。

一个新的渡河方案形成了:在此兵分两路。红一军团第一师和干部团继续从这里渡河,渡河后组成右纵队,由刘伯承和聂荣臻指挥,沿大渡河东岸向上游的泸定方向前进,以接应从那里夺桥渡河的红军大部队;红一军团第二师和红五军团为左纵队,由林彪指挥,沿大渡河西岸奔袭至上游的泸定桥,在那里夺桥渡过大渡河。其他部队和中央纵队随后,一律立即改变行军路线向泸定桥前进。

这是一个在没有其他选择的情况下做出的冒险决定。

首先,此刻红军无法确定位于大渡河上游的泸定桥现在是否还在,即使那座桥没有被川军破坏,红军也无法确定那里有多少守桥部队。其二,命令所有的部队改路前进,从安顺场到达泸定桥有一百六十公里的路途,沿途情况未知。其三,红一军团第一师和干部团继续在安顺场渡河,其他部队改由泸定桥渡河,这就意味着中央红军将被大渡河分隔成两部分。一旦从泸定桥渡河失败,中央红军将成为分散的两支部队,而会合将会再次付出代价。最后,中革军委决定:按照最坏的情况打算,如果从泸定夺桥渡河失败,导致两支红军不能会合,将由刘伯承和聂荣臻单独率领部队"到四川去搞个局面"。

二十六日,对于大渡河边的中央红军来讲,一个破釜沉舟的决定以命令的形式向各军团发布了:

林、刘、聂、彭、杨、董、李[抄送邓、蔡]、左、刘:

A、安顺场及其下游之小水、龙场三处共有渡船四只,因水流急,每天只能渡团余,架桥不可能。同时由安顺场至泸定桥之铁索桥仅三站路,由泸定桥可直趋天全、雅安或芦山。我第一团现在龙场对岸之老铺子,扼阻并监视其东北山地之刘敌第七团,一师明午可全部渡完。

B、我野战军为迂回雅安,首先取得天全、芦山乃至懋功,以树立依托,并配合红四方面军向茂县行动,决改向西北,争取并控制泸定桥渡河点,以取得战略胜利。其部署:我第一师及干部团为右纵队,归聂、刘指挥,循大渡河左岸;林率一军团军团部、二师主力及五军团为左纵队,循大渡河右岸,均向泸定桥急进,协同袭取该桥。军委纵队及三军团、第五团、九军团循一军团部及二师主力行进路线跟进。

C、一军团之第一师应于二十七日、二十八日两日由安靖坝先后经瓦狗坝、龙八布，以两天半行程达到泸定桥急进。经瓦狗坝、龙八布时，应向清溪方向各派出警戒部队，待干部团赶到后撤收。干部团主力明二十七日开安顺场渡河，接替老铺子第一团任务，以一部留龙场、小水警戒并监护渡船。

D、一军团部及二师主力，于明拂晓起亦以两天半行程由安顺场经田湾、楂维到建沙坝、泸定桥急进。五军团明晨由现地经新场、安顺场进至海罗瓦、草罗沟之线。

E、三军团明晨应由海棠或海棠以南西转至洗马姑、岔罗之线，并须到岔罗补充足五天粮米。

F、第五团仍留大树堡及万公堰、大冲南岸，续行佯渡，惑敌一天，并准备二十八号向海棠、洗马姑转移。

G、各兵团均须在岔罗、安顺场补足五天粮食。

H、军委纵队明日集中安顺场。

朱

五、二十六

中央红军各军团再次面临极大的困难：沿着大渡河东西两岸向上游泸定桥前进的部队，必须在两天半的时间里奔袭万分崎岖而又敌情未知的山路。仅就路程而言，一百六十公里的路途，意味着必须以每天五十公里以上的速度急行军。同时，此刻位于安顺场下游的红三军团必须立即向北靠拢，不然就无法追上突然转向的主力。尤其是由左权和刘亚楼率领的红一军团第二师五团，他们顺着大路到达大树堡佯装主力后，必须不顾一切地追上小路上的主力；但是现在主力部队改变了行动路线，从大树堡到泸定桥比到安顺场远了整整一倍，且他们被要求坚持到二十八日才能动身，其追赶路途的遥远和艰辛可想而知。

五月二十六日，中央红军兵分两路夺取泸定桥的决定，当天就被国民党军的情报部门所截获。

蒋介石紧急由重庆飞往成都，重新部署了对中央红军的"围剿"计划。川军第二十四军军长刘文辉不敢怠慢，立即命令第四旅袁国瑞部火速增援泸定方向。袁国瑞命令其三十八团团长李全山沿大渡河西岸阻击向泸定桥前进的红军，十一团团长杨开诚沿大渡河东岸阻击向泸定桥方向接应的红军，十团团长谢洪康率领部队为总预备队，第四旅旅部进驻龙八部。

从安顺场到泸定桥，一百六十公里的路途，全是沿大渡河两岸崖壁凿出来的山路。

这是敌对两军的赛跑，目标是泸定县城西面那座在十三根铁索上搭成的摇摇晃晃的吊桥。

西岸，中央红军的前锋是红一军团第二师四团，团长黄开湘，政委杨成武。

二十七日清晨，四团出发了。刚刚沿着河边小路走出十五公里，就遭到河对岸川军的射击。两岸距离很近，甚至可以相互喊话。川军的射击对急行军的红军干扰很大，四团决定不与对岸的川军纠缠，离开小路上山。他们在大山中绕来绕去，大约又走了十几公里，遇到一个连的川军正在这一带搜集粮食往东岸运。四团的先头连一个冲锋，把川军的这个连打跑了。追击的时候，由于一座小桥被川军炸断，水流湍急不能徒涉，红军官兵们耗费很大的力气架桥，因此耽误了追击的时机。继续前进不久，真正的敌情出现了，一个营的川军把守着一个名叫菩萨岗的隘口。黄开湘和杨成武为打还是不打商量了好一会儿，因为如果绕路时间损失太大，最后决定还是打上一仗在时间上更划算。隘口实在险要，左边的山陡峭之极，往上看帽子都要掉下来；右边是无法通过的一条河。敌人在隘口上修筑了碉堡。如果强攻，只能攀上左边的悬崖绕到敌人的后面。三营担任了攻击任务。营长曾庆林亲自率领一个连从左翼迂回，其他两个连负责正面进攻。迂回的战术起到了效果，川军没想到红军能从悬崖上爬到自己的身后，当他们还在与正面进攻的红军抵抗时，身后响起了一片杀声。川军的营长骑马逃跑，马腿被红军打断，这个营长被活捉了。此仗用的时间很短,但是战果很大:川军的三个连全部被歼,红军俘虏一百多人,缴获枪支一百多支,其中机枪就有十多挺。战斗结束后,四团接着赶路,午夜时分,他们在距安顺场四十公里的地方停下来休息,决定明天清晨五时继续前进。

第二天四团按时出发,没走出几公里,军团指挥部的通信员骑着匹大黑马旋风一样地追上来,交给黄开湘和杨成武一张字条。军团长林彪写来的这张条子,让两位年轻的红军指挥员倒吸了一口冷气:

黄、杨:

>军委来电限左路军于明天夺取泸定桥。你们要用最高速度的行军力和坚决机动的手段,去完成这一光荣伟大的任务。你们要在此次战斗中突破过去夺取道州和第五团夺鸭溪一天跑一百六十里的记录。你们是火线上的英雄,红军中的模范,相信你们一定能够完成此一任务。我们准备祝贺你们的胜利!

这就是说,四团必须在一天之内走完一百二十公里的路程,于明天早晨六时之前到达泸定桥。

如果要完成这一任务,即使按照急行军的速度,也得二十四小时不间断地奔跑才行。没有时间进行动员,四团立即跑步北进。团政治处的同志跑在最前面,说的最多的一句话是:"我们在跑,敌人也在跑。如果让敌人跑在了前面,整个红军就危险了。"官兵们就说:"咱们四团一直是红军的尖刀,这把刀什么时候都不能卷了刃。"

前面又出现一个川军把守的隘口。没有时间观察敌情,组织一个先头营就往上摸。仅仅用了十分钟,先头营摸上去,一个冲锋就把川军冲垮了。顺着山路,四团官兵在这股川军的屁股后面猛追,一直追出去十几公里,追到一个名叫摩西面的大山前,溃逃的川军和在这里防守的川军会合在一起,起码有两个营以上,但是四团犹如开了闸的洪水,根本停不住,没等命令就冲了上去。川军被冲得没了命一样拔腿就跑,跑的时候把小路上的一座桥给破坏了。重新架桥用了四团两个小时的时间。过了桥的四团继续奔跑,一口气又跑出二十多公里,傍晚七时,部队到达一个紧靠大渡河的小村庄时,杨成武计算了一下,距离泸定桥还有六十公里。

仅仅喘了一口气,四团继续奔跑。

夜深了,一道闪电划过山谷,暴雨瓢泼而下。

这是一个万分艰难的夜晚。大雨中四周一片漆黑。因为有敌情,不能点火照明;但山路湿滑崎岖,一脚踏空就会跌下深渊。在这样的路上,红军官兵不能缓慢地移动,而是要竭力奔跑。更严重的是,官兵们已经整整一天没有停下来吃口饭了,每个人的体力透支几乎都到了极限,如果一旦倒下就很可能再也起不来了。这时候,红军各连队党支部的同志被分散到战士们中间,所有的党团员都配上帮助对象,他们用绳子把体力不支的战士绑在自己的身上,用最后一点体力拉着他们,显示出与每一个战士同生共死的决心。他们在黑暗的大雨中,把身上背着的米拿出来,让战士仰起脸喝一口雨水,然后边跑边嚼湿漉漉的生大米。

四团在不顾一切地奔跑,但还是来不及了。黄开湘和杨成武算了一下,按照现在的速度,天亮时无法到达泸定桥。这时候,大雨停了,突然间,他们看见大渡河对岸出现了一串火把,经过辨认,认出是川军的行军队伍。川军能够打着火把走,我们为什么不能?如果对岸向这边联络,就让队伍里的川军俘虏用四川话骗他们。于是,四团官兵也点起了火把,而且比对岸川军的火把还要亮。点着火把之后,黄开湘和杨成武命令把所有的牲口、行李和重武器统统留下,由一个排在后面看管,其余的官兵必须以每小时奔跑十里以上的速度前进。黄开湘要求给腿上有伤的杨成武留下一匹马,杨成武说:"咱们要走就一起走,看谁先到泸定桥。"

暗夜中的大渡河两岸,红军在西岸,川军在东岸,敌对双方的两条火龙齐头并进。

与四团齐头并进的是川军三十八团的一个营,营长名叫周桂。周桂正奉命率部火速前往泸定桥。他挑选出全营最精壮的官兵组成一个突击排,远远地跑在了全营的前面。这个排的任务是把这支部队的军旗插到泸定县城的城墙上,同时负责把泸定铁索桥上的木板拆卸下来。

周桂营果然向西岸的四团发出了询问信号,红军司号员根据川军俘虏的指点,用号声回答说是"自己的队伍",并且说出了刚才被击溃的川军部队的番号。并行跑出几十里后,东岸川军的火龙突然不见了,司号员赶紧吹号询问,对岸的川军用号声回答说:"我们宿营了。"

大雨又下起来了。

四团官兵被对岸川军宿营的消息所鼓舞,以更快的速度向前跑去。大雨中的大渡河山洪暴发,河水冲击着黑暗中的岩石发出震耳欲聋的怒吼。山路上不断有官兵跌倒。为了防止有人跌入河中,极度疲惫的官兵用绑腿带子把自己与队伍连接在一起,这样即使在奔走中睡着了也会不断地被拉醒。

天色逐渐亮起来。

前面就是泸定桥了。

在大渡河东岸,由刘伯承率领的红一军团第一师和干部团也在向泸定桥奔跑。

队伍出发不久,就遇到川军的一个团,这支部队是奉命前往安顺场阻击红军的。二团政委邓华指挥部队与川军的前哨刚一接触,川军就边打边撤,红军官兵紧追不舍,一直将这股川军追到瓦坝附近,川军向富林方向退去了。第三天,部队快要接近泸定桥了,一个名叫铁丝沟的险要隘口横在了路上。隘口的一面是大渡河,另一面是高耸的海子山,这里是川军袁国瑞旅十一团杨开诚部的防区。因为没有时间与川军周旋作战,刘伯承命令对川军的阻击阵地发动强攻。担任先头部队的二团分成两路:政委邓华率领二营向川军主阵地的侧后迂回包抄,攻击海子山主峰;另一路由萧华率领二团主力,向海子山下的川军阵地发起正面进攻。铁丝沟果然名不虚传,一道参天的石壁中裂开一条狭窄的缝隙,隘口的通道正好从缝隙中穿过。川军用猛烈的火力封锁了这条缝隙,红军几次正面攻击都未能得手。眼看着时间一分一秒地过去,萧华与突击连连长商量了一下,决定在火力的掩护下冲击到石壁下面,用搭人梯的办法登上敌人的阵地。掩护火力很快组织起来,十九岁的红军指挥员萧华大喊:"共产党员们!跟我上!"对于红军来讲,这里的战斗是不进则退的背水一战。官兵们冒着巨大的牺牲,冲到石壁下一个川军射击的死角里,然后搭成人梯翻了上去,在石壁顶上与川军展开搏斗。支持不住的川军开始向龙八部方向撤退,一直退到第四旅谢洪康团的阵地上。但是红军的追击不但没有停止,反而更加凶猛。在红军的连续攻击中,川军团长谢洪康自己开枪打伤自己,并借此早早地逃出了阻击阵地。旅长袁国瑞派出增援部队,试图继续与红军作战,但是随着伤亡的逐渐增大,川军最终开始了全线撤退。撤退之前,旅长袁国瑞接到三十八团团长李全山从泸定打来的电话,李团长语气慌张,说是泸定桥遭到红军的攻击,请求袁旅长赶紧派部队增援。袁国瑞一听便显得很不耐烦,只说了句"我这里也很紧张"便把电话挂断了。

铁丝沟距离泸定桥仅剩二十五公里。

二十九日清晨,沿着大渡河西岸一路奔袭而来的红一军团四团,已经向泸定桥守军川军李全山部发起了进攻。

大渡河经泸定的这段河段古称"泸水"。海拔七千多米的贡嘎雪山和海拔三千多米的二郎山隔河对峙,大渡河在奇峰险山切出的深谷中冲出,河水犹如脱缰的野马奔腾咆哮。这里是川康要道上的天堑。康熙四十四年,为了打通京城、成都至拉萨的通道,清廷下令在这个巨大的峡谷上架桥。这是一座由铁索支撑起来的空中吊桥,十三根碗口粗的铁索连接两岸,其中九根为桥面,四根为扶手。铁索分别固定在两岸的铁桩上。桥的两端各建有亭式桥楼。东端紧邻泸定县城。

一九三五年五月二十九日,大渡河两岸间的河谷上铁索空悬。

泸定桥桥长一百零一点六七米。此刻,桥面铁索上铺的木板已被拆去,东岸桥头的桥楼已被沙袋紧围,形成了一个坚固的桥头堡垒,从堡垒的射击孔中伸出的机枪正对着铁索。泸定城一半在山腰,一半紧贴河边,城墙高约两丈,上面的堡垒所配置的火力在桥面上形成了一张火网。

在东岸防守的是川军李全山的三十八团。这个团的先头部队三营,就是与红军隔河举着火把齐头并进的那支川军。三营的先头连比红一军团四团早两个小时到达泸定桥,连长饶杰命令士兵立即拆除桥板,但是由于士兵实在太累了,又有不少人犯了鸦片烟瘾,因此桥板拆除得极其缓慢。三营营长周桂到达后,增派了士兵去拆桥板,同时开始构筑阻击工事。天亮的时候,团长李全山率领李昭营到达东岸桥头堡,西岸红军的四团也到了,双方没有犹豫就开始了射击。团长李全山命令周桂的三营负责守卫桥头堡,李昭营配置在两翼火力掩护。在持续了一个上午的相互射击中,李全山团竟然有五十多人受伤。

万丈深渊之间,仅凭几根铁索就想突击到河对岸,几乎是一件不可能的事。至少川军是这么想的。因此,他们一边向河对岸射击,一边不断地向红军高喊:"有种的你们飞过来!"

下午,四团夺桥的作战方案制定了:二营和三营火力掩护,特别注意用火力阻击两侧的增援之敌;一营分三个梯队正面强攻。

首先发动进攻的是一营二连连长廖大珠带领的二十二人突击队,他们必须强行攀索到达东岸;三连在他们的身后,任务是跟在后面铺桥板;三连的后面是一连,任务是在铺好的桥板上发起冲锋。

下午四时,中国工农红军飞夺泸定桥的战斗打响了。

没有任何别的可以选择的出路,只有迎着枪林弹雨强行冲过十三根寒光凛冽的铁索。

四团政委杨成武后来回忆说:

> 当事先准备的全团数十名司号员组成的司号队同时吹响冲锋号时,我方所有的武器一齐向对岸开火,枪弹像旋风般刮向敌人阵地,一片喊杀之声犹如惊涛裂岸,山摇地动。

这时,二十二名经过精选的突击队队员,包括从三连抽调来的支部书记刘金山、刘梓华……他们手持冲锋枪,背插马刀,腰缠十来颗手榴弹,在队长廖大珠同志的率领下,如飞箭离弦,冒着对岸射来的枪弹,扶着桥边的栏索……向敌人冲去。

激越嘹亮的军号声震荡着千年峡谷。

二十二个年轻的红军勇士向铁索冲去。

铁索剧烈地摇晃起来。

川军开始了疯狂的射击,红军的掩护火力也开始了猛烈压制。炮弹呼啸,大河两岸皆成一片火海。川军的子弹打在铁索上,火星迸溅。红军勇士一手持枪,一手抓索,毫无畏惧地一点点向东岸靠近。

三连连长王友才带领的官兵紧跟在后面,他们人人抱着木板,只要前面的突击队队员前进一步,他们就在铁索上铺上一寸。

川军无法想象红军竟然这样向他们靠近了!

看着在铁索上越来越近的红军,他们惊骇地瞪大了眼睛,他们不知道世间除了红军,还有什么人能够空悬在万丈深渊上顺着那些摇晃的铁索发起冲击。

西岸的军号声连续不断地怒号着。

红军所有的掩护火力愤怒地喷射着。

二十二名红军突击队队员没有一人中弹掉下深渊,勇士们在川军轻重机枪和炮火的阻击下已经靠近泸定桥东岸的桥头堡。

这与其说是一场战斗,不如说是意志和勇气的较量。看着攀着光溜溜的铁索冲过来的红军勇士,川军目瞪口呆,惊恐万分。他们平生从未见过这样舍生忘死的场面。他们曾经听说过红军是打不死灭不尽的,今天终于亲眼看见了,他们射击的手开始忍不住地发抖。

就在红军勇士即将接近东岸的时候,东岸桥头突然燃起了大火——川军把拆下来的桥板堆在桥头泼上煤油点燃了。

大火封住了桥头。

火势凶猛,映红了渐渐暗下来的黄昏天色。

西岸的杨成武大声喊："同志们！这是最后的关头！莫怕火！冲过去！冲呀！敌人垮了！冲呀！"

西岸所有的红军官兵都呐喊起来："冲呀！莫怕火！冲过去就是胜利！"

攀在最前面的廖大珠连长喊了一声："同志们，跟我前进！"然后他站起身第一个冲进火海。

第二个迎着火海冲进去的是一个苗族小战士。

接着，突击队队员一个跟着一个冲进了大火中。

头发、眉毛和衣服都被烧焦的红军勇士冲过火焰，冲上了泸定桥桥头堡阵地。

后续梯队踩着桥板，不顾一切地过了桥，蜂拥冲进泸定县城。

泸定县城里的巷战进行了两个小时。

最后的时刻，川军团长李全山得知自己的身后也出现了红军，他立即命令周桂的三营掩护团主力撤退。周桂把掩护的任务交给了饶杰连长，而饶杰连长还没等红军到跟前就先跑了。周桂营长一边撤退一边收容自己的官兵，最后发现他的三营只剩下了十几个人。

第二天晚二十二时，刘伯承率领的红一军团第一师和干部团沿着大渡河东岸到达泸定桥边。

两军在桥头会合了。

一九三五年五月三十日凌晨二时，大渡河谷夜风强劲，刘伯承和聂荣臻提着马灯，在四团团长黄开湘和政委杨成武的引导下，走上泸定铁索桥。刘伯承从桥的这头走到那一头，然后又从那头走回来。在桥中心，他停下来，用脚踩了几下桥板，铁索桥剧烈地晃动起来。刘伯承自语道："泸定桥，泸定桥，我们胜利了，胜利了！"

紧接着，由林彪率领的红一军团主力和由董振堂率领的红五军团主力以及中央纵队先后到达泸定桥。

一九三五年五月的最后一天，毛泽东走上泸定铁索桥。走到桥中央，毛泽东扶着冰冷的铁索说："应该在这里立一块碑。"

多年后，聂荣臻这样评述了中国工农红军何以能够突破大渡河：

这是全体红军集体作战的结果。没有红四团英勇无畏,川军不会如此就放弃了抵抗。没有红五团去大树堡吸引敌人,红一团在安顺场能否抢渡成功还是个疑问。如果不是红一师从安顺场渡了河,威胁了泸定守敌的背后,泸定桥能否顺利得手也很难预料。如果我们不能夺取泸定桥,我军将是个什么处境?中国工农红军的伟大的牺牲精神,是任何敌人不能比的。有了这种精神,我们就能够绝处逢生,再开得胜之旗,重结必胜之果。

二十二名抢渡大渡河的红军勇士,每人得到一套列宁服、一支钢笔、一个笔记本、一只搪瓷水杯和一双筷子——这是当时中央红军官兵所能得到的最高的物质奖励。二十二名勇士大部分姓名已无从查考,在《中国工农红军第一方面军战史》中留有姓名的仅五人:

红一军团第二师四团二连连长廖大珠。

红一军团第二师四团二连政治指导员王海云。

红一军团第二师四团二连党支部书记李友林。

红一军团第二师四团三连党支部书记刘金山。

红一军团第二师四团三连副班长刘梓华。

今天,泸定桥畔矗立着一座红军士兵的巨型雕像,雕像年复一年地面对着汹涌澎湃的大渡河水。每当晚霞满天,喧闹的生活沉寂下来,如果你靠近这个红军士兵,也许会听见他依然在重复着那位著名的红军将领说过的话:"我们胜利了!"

刚刚摆脱危机的中共中央在泸定县城做出一个微妙的决定:派政治局委员陈云离开中央红军经上海去莫斯科。

陈云在天全县一个名叫灵关殿的地方离开了中央红军。

中共中央派陈云去上海白区恢复党的组织,同时设法与共产国际取得联系,这一决定的做出基于这样一个现实:中国共产党作为共产国际的一个支部,在组织上必须接受共产国际的领导。

一九三五年一月十五日至十七日,在与共产国际失去联系的情况下,中共中央于长征途中召开遵义会议。这次会议事先没有向共产国际请示,事后也没有汇报,这在中国共产党以往的历史上是破天荒的。遵义会议不但更换了中共中央的领导,还剥夺了共产国际军事顾问李德的权力,这样重大的事件如果不能取得共产国际的认可,将关系到目前的中共中央是否"合法"的问题。特别是在当时的中共中央内部,一些干部已经习惯了接受共产国际的领导和指挥,他们对没有经过共产国际批准的遵义会议决议始终抱有怀疑的态度。

当时,中国共产党驻共产国际的代表是王明和康生。

中央红军在贵州二渡赤水以后,因为没有大功率的电台,只能派人去恢复与共产国际的联系,当时派出的人是红军总政治部宣传部部长兼地方工作部部长潘汉年。潘汉年化名杨涛到达上海,发现党的组织已遭到严重破坏,连共产国际远东情报局负责人华尔敦也被捕了,没有办法完成任务的潘汉年只能先辗转到香港以寻找新的时机。

潘汉年没有参加遵义会议。

派出一个参加过遵义会议的人去恢复与共产国际的联系,一直是中共中央领导人的愿望。

陈云是一个合适的人选。

陈云在一个小学教员的带领下,利用当地哥老会的关系,通过川军的检查线进入天全县城,然后经雅安到达成都,又通过刘伯承的关系安全抵达重庆,在那里他乘轮船到达上海。在上海,陈云与在香港的潘汉年取得联系,他们决定分别起程去苏联。

就在中共中央千方百计地试图恢复与共产国际联络的同时,共产国际也在采取一切可能的手段试图恢复与中国共产党的联系。一个名叫史蒂夫·纳尔逊的美国青年曾受王明的委托带着五万美金来到上海,但是这个美国青年除了把美金交给了在上海的一个德国人和一个俄国人之外,再没有了任何消息。后来,共产国际又派了一个名叫张浩的同志去上海,张浩是中国共产党老资格党员,原名林育英,是中央红军红一军团军团长林彪的堂兄。林育英是带着共产国际"七大"的精神回中国的,在共产国际的"七大"上,对中国共产党现状毫不知情的共产国际依旧选举了王明、毛泽东、朱德和张国焘为共产国际执行委员。

当陈云一行到达莫斯科的时候,林育英已经在去上海的路上了。

到达莫斯科的陈云和潘汉年,向共产国际汇报了遵义会议决议、中共中央和中国红军领导人的变动,还有目前正在进行的军事转移的情况。共产国际肯定了遵义会议决议,肯定了张闻天和毛泽东的领导地位。

共产国际的肯定,是毛泽东政治上的胜利。在遵义会议上,毛泽东采取了政治上的灵活机动战术,巧妙地回避了王明路线这一敏感的话题,而且还违心地表明党的"政治路线无疑是正确的"。同时,毛泽东坚持让共产国际认可的张闻天担任中共中央总负责人,博古也依旧被留在了政治局里,这些都使遵义会议得到共产国际的认可少了许多阻力。在当时的政治环境下,得到共产国际的认可,对于毛泽东的政治生涯来讲至关重要。

在泸定县城里召开的中共中央政治局会议,还讨论了中央红军下一步的行军路线。踏着那些摇摇晃晃的铁索走到大渡河东岸的红军将领们,此时每个人的心中都有一个强烈的念头:尽快与红四方面军会合,结束没有尽头的移动。

从泸定向北有三条路可以选择:走西面,要从大雪山的西麓绕过去,是一条马帮走的小路,通往川北的阿坝地区。由于绕路,这条路的路程较长。走东面,是一条大路,沿途都是人口稠密的城镇,可以直通成都,但是这条路上肯定会有敌人重兵把守。还有一条路,在东西两条路的中间,由于要翻越险峻的雪山,连马帮都很少通过。

会议决定中央红军走中间这条路。

当时,中央红军并不知道红四方面军的确切位置。但事后证明,这条中间的路恰恰是两军会合距离最近的一条路——此时此刻,中央红军与红四方面军中间,仅仅隔着一座雪山。

向雪山前进首先要翻过大渡河北岸的二郎山,翻越二郎山必须经过一个名叫化林坪的集镇。

从大渡河沿岸溃败下来的川军袁国瑞旅堵在了红军的必经之路上。

红一军团第一师向被土围子围起来的化林坪发起攻击,镇子很快就被红军占领。阻击的川军逃到镇北的一个险要山垭口凭险据守,第一师的攻击持续了一个晚上,山垭口依旧没被攻破。

清晨时分,红一军团第二师师长陈光和政委刘亚楼把黄开湘和杨成武叫来了,说这里距离大渡河仅仅几十公里,中央红军的大队人马即将到达。如果不赶快开辟出前进的道路,调动完毕的敌人一旦发动反击,情况就会非常危险。因此,要不惜一切代价迅速拿下这个山垭口。

细雨霏霏,莽莽丛林和层层山峦都被遮掩在浓重的雨雾中。只有一条很窄的小路顺着山势蜿蜒向上,小路的一边是悬崖,另一边是峭壁,阻击主阵地就在峭壁的顶端,川军在小路上和小路的两旁都埋了地雷。

攻击任务被交给四团六连。

黄开湘又给六连加强了一个机枪排。

刘亚楼问六连连长黄霖有什么困难,黄霖说:"连队一天多没吃上一顿饱饭了。"

部队本指望打下化林坪时得到粮食补充,但是占领了这个镇子之后才发现,川军已经把镇子里的粮食全都转移走了。

刘亚楼说:"告诉师机关和直属队,把干粮全拿出来给六连!"

吃了干粮的六连很快消失在雾气笼罩的山林里。

红军官兵刚开始向崖壁攀爬,川军的冷枪就飞了过来,其中一颗流弹把指导员的脸擦伤了。连长黄霖说:"好兆头,好兆头,这叫见面红!"

六连攀上山腰。

山风渐渐强劲,吹散了云雾。

黄霖观察了川军的阻击阵地,发现左边的崖壁没有设防,于是决定从左边爬上去,打他个措手不及。

崖壁上野藤和乱石交错。遇到笔直的峭壁,六连就搭人梯,有官兵被苔藓滑倒坠落下去,人梯接着就被后面的战士连接起来。在接近崖顶的一道石壁前,一个战士爬上一棵古树,利用树梢的柔韧居然荡到了悬崖顶的边沿。他在那里落下站稳后,从上面放下了系在一起的绑腿带子。下面的官兵一个跟一个拉着绑腿带子往上爬。爬上崖顶,每一个人都大汗淋漓。黄霖督促官兵检查枪支准备战斗。这时,一个战士看见一股白雾飘上了崖顶,再一细看就看出了蹊跷:这不是雾而是烟,冒烟的地方就是敌人的主阵地。

黄霖一声令下,六连的官兵抱着枪从陡坡上开始往下滑。

不管下面是什么,只管直接向敌人滑下去!

果然是川军的阵地。川军受不住湿冷的天气,正在烤火。他们无论如何都不会想到红军会从头顶伸出的崖壁上落下来。

六连没有任何犹豫,管他是一个团还是一个旅,机枪朝着阵地来回扫射。

川军借助兵力优势试图将六连压下去,但是身后是绝壁的六连如同大树一样死死地扎在山崖上。黄霖下达了上刺刀的命令,在敌人近得可以听见喘息声时,六连的决死拼搏开始了。在六连牵制敌人的同时,四团主力从正面冲上阻击阵地。团长黄开湘和政委杨成武看见了令他们震惊的情景:山崖上到处是川军丢弃的武器和尸体,数十名红军官兵躺在血泊中,与敌人的尸体摞在一起。三排长的身后是一条长长的血迹,他一直爬到敌人的机枪前,与这个川军射手紧紧地抱在了一起。黄开湘看见牺牲的三排长时,忍不住落了泪,年轻的红军排长身上布满了还在冒血的弹孔。二排长也已经奄奄一息,手里还握着刺刀,刺刀的刀刃深深地插在一个川军的肩胛骨里。一排长没有负重伤,但也是浑身是血,黄开湘和杨成武上来的时候,他正抱着一挺"花机关"向川军逃跑的方向扫射,他一边打一边说:"我早就想缴获一挺这玩意了。好使!真好使!"看见主力来了,他扔掉手中的机枪,蹲在牺牲的三排长跟前哭了。

杨成武万分悲痛,他们都是他生死与共的战友。在以往艰苦征战的日子里,他和他们每个人都拉过家常,知道他们每个人梦想着什么。梦想还没有实现,他们就死在了这个细雨中的山崖上,年轻得还都没有结婚成家。不知道以后革命胜利了是否还会有人记得他们,自己是否能有机会再来这个荒僻的山崖看望他们。杨成武走到一排长身边,替他擦着脸上的血,将他抱了很久。这位一直想得到一挺"花机关"的红军排长在不久后的战斗中也牺牲了。

第一师政委刘亚楼来到阵地上,他对黄开湘和杨成武说:"六连是英雄的连队!"

中央红军开始通过化林坪。

整整一夜,周恩来站在没过脚脖子的烂泥中指挥部队。

毛泽东也在徒步行军,他把担架让给了身边一位正生着病的工作人员。突然,国民党军的飞机来了。毛泽东仰起头去看,一颗炸弹朝着他落下来,警卫员们飞身扑了过去……巨大的爆炸声响过之后,警卫员陈昌奉被爆炸的气浪推出去很远,警卫员胡昌保被严重炸伤。毛泽东和医生们赶快给他包扎,但是这个小红军已经呼吸微弱。毛泽东抱着胡昌保轻声说:"会好起来的,会好起来的,我们抬着你走。"小红军胡昌保说:"主席,我感觉血都流进我的肚子里了。我不行了。我没什么牵挂,主席多多保重!"胡昌保死在了毛泽东的怀里。毛泽东把胡昌保平放在地上,当他站起身的时候他掉了泪——毛泽东的机要秘书黄有凤说,这是他第一次看见毛泽东掉泪。战士们挖了一个简单的土坑,毛泽东把一条毛毯盖在胡昌保的身上,安葬了这个小红军。队伍继续前进,走出很远后,毛泽东又迈着大步折回来,在胡昌保的坟上添了一把土,然后才离去。

中央红军主力部队翻过二郎山后,迅速突破川军在天全、芦山的阻击线,接近了大雪山夹金山。

中革军委收到红四方面军的电报,电报称已派出部队去懋功方向迎接中央红军。

一九三五年六月八日,中共中央、中革军委发出《为达到红一、四方面军会合的战略任务给各军团的指示》,首次以命令的形式明确了中央红军要与红四方面军会合的战略目的。会合的地点被确定为懋功。

林、聂、董、李、罗、何,并各分送彭、杨:

(甲)今后我军战略任务,是以主力乘虚迅取懋功、理番,以支队掠邛崃山脉以东,迷惑敌人,然后归入主力,达到与四方面军会合,开展新局面之目的。现敌杨森取守势,薛岳、邓锡侯到达需时。我军必须以迅雷之势突破芦山、宝兴线之守敌,夺取懋功,控制小金川流域于我手中,以为前进之枢纽。懋功南至天全约三百里,东至灌县六百五十里,东北至理番五百五十里,西北到崇化、绥靖约三百里。

(乙)一、三两军团统归林、聂指挥,经宝兴向懋功前进,军委纵队率五军团继进;九军团为右翼支队,经芦山东北迂回大邑、懋功之间,然后到达懋功。因洋油缺乏,无线电指挥有中断之虞,届时各军团首长除随时用徒步与军委联络外,应本此战略意图机断专行,完成总的任务,并将此任务传达到每一中下级首长。

(丙)我军基本任务,是用一切努力,不顾一切困难,取得与四方面军直接会合。但在遇特殊情况使我们暂时无法直达岷江上游时,则以大、小金川流域为临时立足之地,争取在以后与四方面军直接会合。

(丁)取得懋功及小金川流域是关系全局的枢纽。各兵团首长必须向全体指战员指出其意义,鼓动全军以最大的勇猛果敢,机动迅速,完成战斗任务,以顽强意志克服粮食与地形的困难。此时,政治工作须特别努力。

中央及军委

六月八日

夹金山主峰海拔四千二百六十米。

当地的一位老者说,这座雪山是一座神山,如果事先不向神祷告,贸然上山是会受到惩罚的。

红军官兵们说,红军就是神仙。

年轻的红军官兵坚定而乐观地确信,在雪山前面不远的地方,他们一定能见到红四方面军的战友。两支红军部队一旦会合,革命的目标就一定能够实现。

中央红军离开天全、芦山的那一天,中革军委命令红九军团再次脱离队伍独自向东伪装主力行军。而蒋介石接着就认定这支行进中的部队就是中央红军的主力,他无法想象中央红军会选择翻越大雪山——蒋介石知道毛泽东急于与徐向前的部队会合,但是他没有想到毛泽东的心情竟是如此急迫。

蒋介石飞抵成都,召开了川军高级将领会议。

之前,薛岳向蒋介石建议,中央军不要急于进川,因为四川境内此时已有十万红军,刘湘想保四川肯定是保不住了,四川早晚是中央军的,让刘湘先去与十万红军作战,这样正好可以彻底削弱川军的实力。薛岳甚至还建议把黔军也调入四川,这样不但可以减少中央军对贵州的守备负担,还可以让川、贵两省的军阀部队在与红军的作战中互相制约。薛岳告诉蒋介石,川军中目前普遍奉行刘文辉的"十六字方针",即"只守不攻,尚稳不追,保存实力,避开野战"。蒋介石不禁怒火中烧。当时,四川军阀的部队已达到六个军、二十七个师、一百一十九个旅、三百四十个团,这一兵力已占当时全中国国民党军队总数的三分之一。四川全省一年财政收入约六千七百万元,而军费支出竟然就占了六千万元,即军费支出占整个财政收入的百分之九十。从这一比例上看,四川可谓"全民皆兵",省内所有的经济活动只为养活军队。但是,中央红军进入四川后,连续突破了川军的金沙江、大渡河防线,致使国民党各军都对川军的战斗能力和政治忠诚产生了巨大怀疑。尽管川军第二十军军长杨森对薛岳说:"虽然朱德当年曾在我手下干过,但我反共的立场是坚定的。"可是,他的部队却在天全、宝兴、芦山一线阻截中央红军的战斗中节节败退,致使蒋介石一再感慨"剿匪前途良堪浩叹"!

只是,蒋介石在成都会议上还是表现出了克制。他对川军高级将领们讲了很长的一段话,依旧是军事教官循循善诱的口吻——他喜欢国民党军的军官们永远称呼他为"校长"。蒋介石认为目前四川的情形,"若与三年以前江西比较,实在是要好得多了",唯独官兵们"对于作战最要紧的协同动作实在差一点"。现在,最重要的是必须"踞匪紧围":"我们一定要有得力的部队穷其所住,加紧追剿,使匪军不得稍舒喘息,亦不使他有一刻工夫得以停止下来,做他补充整理和诱胁民众的工作。如此,则残余的匪众久在疲困饥饿疾苦之中,便自然要一天一天减少下来,很容易被我们消灭"。蒋介石提醒川军将领一定要注意红军的战术:"避重就轻,避实就虚,声东击西,以迂为直,专用一些诡谲飘忽的计术来欺骗我们"。而我们"总是因为疏忽大意,中了他的诡计而受了损失"。因此对付红军必须要"研究透彻,观察明确,就运用他的战术,来剿灭他"。蒋介石还要求川军仿照红军的训练方法,因为这种方法能够提高战斗力:"他们最注意训练连排长,对于一般的匪兵,他们也都能因其所长而编为特种队伍,例如专门的观察手、射击手、冲锋队、侦探队等等,施以专门的训练,用以担负各种特殊的任务。最近还选出长于游泳的官兵编为抢船队。诸如此类,总是按照实际的需要,使每个士兵都能发挥个人的特长,以增加整个的战斗力。"接下来,蒋介石讲的话就更不像是国军的"校长"了:

> 他们每次经过大小战争之后,无论胜败,必定集合一般干部,详细讲论战役经过的情形,探求种种的缺点,讨论改进的办法,都一一记录下来,好叫大家改正。其实这本是行军作战必不可少的要务,我们以后要剿灭土匪,一定也要如此……土匪和我们打仗,每次伤亡之数,总是几百或者几千,为什么到现在还是打不完?他们为什么无论死伤怎么多,仍旧可以作战,甚至还敢来进攻我们呢?最大的一个原

因,就是因为他们一点不放松时间,每次作战以后,立即住下来即刻整顿缩编,赶紧补充,惟其整顿补充来得快而且得法,所以每个单位的实力不减,士气不馁,兵心不动,战斗力始终能够维持……

国民党军中军官吃空饷已成惯例。不仅仅是川军,各部队往往"只摆一个有名无实的空架子,单位虽多而力量不够,甚至两团人还不能真正当一团的力量使用",结果是部队虽多,但"战斗力却一天一天地减少"。

蒋介石如此苦口婆心不久之后就显出了他的真正目的。六月下旬,国民政府军事委员会委员长行营参谋团下达了缩编川军的命令。命令表明:"竭全川之财,不克养全川之兵,且以兵越多饷越绌;饷越绌,则质越不良。不唯剿匪作战难期有效之进展,即军风纪,亦复不易维持。地方人民,既深感剥削骚扰之痛苦;恐各军长官,因多兵为累,亦将有不敢自焚之忧;一切地方善后,及省政财政之改革,更因此而无法实行。故为救国救川及各部队长官之自救计,舍立即厉行缩编,极力裁减军费外,实无其他善法。"因此,"现据刘总司令——湘——陈报,以各军缩减半数,非一蹴即能达到,拟请暂行缩裁三分之一;而由其所兼领之二十一军,率先奉行,身为之倡。各军长官,亦应彻底觉悟,切实办理,各以缩编三分之一为最低限度"。

由于要翻越雪山,红军必须把一些伤员和病号留下来。在政治工作人员与这些伤员和病号谈话的时候,彼此都流了泪。

对于大部分官兵都是南方人的中央红军来讲,即将翻越雪山比面临一场战斗更令他们心情紧张。从福建参军的小红军问十九岁的少共国际师师长萧华:"师长,雪是什么样子?"萧华说:"和面粉差不多,但是比面粉还白。"从江西参军的小红军接着问:"雪是从天上掉下来的云吗?"萧华愣了一下,认真地看看这个江西小老表,说:"你这个问题问得很有文化。"在与当地老乡的交谈中,红军官兵对有关雪山的一切譬如雪崩、寒冷、缺氧有了初步的了解。年长的老乡说:

"如果你们一定要过的话,早晨和黄昏是一定不行的。要过,必须在上午九时以后、下午三时以前,而且要多穿衣服,带上烈酒、辣椒,好御寒、壮气,最好手里再拄根拐棍。"

部队着手准备粮食、御寒的衣服和辣椒。但是,大雪山下人烟稀少,烈酒和辣椒无法买到,御寒的衣服更是无从找寻。之前抢渡金沙江时闷热难挨,红军官兵大多是单衣单裤,有的还穿着短裤;后来为了快速向泸定桥奔袭,官兵们把多余的衣物全丢掉了。因此,杨成武政委说:"看来,我们也只能穿着单衣去翻那座雪山了。"

一九三五年六月十二日早,前卫部队红一军团四团将仅有的两串辣椒煮成两大锅辣椒水,每个官兵一人一碗。喝完,上午九时,部队向着夹金山大雪山出发了。

四团的前卫是二营六连。在陡峭的雪路上,穿着单衣的红军官兵用刺刀在坚硬的冰面上挖出脚窝,后面的队伍踩着这些脚窝前进。由于行进得极其缓慢,没过多久,队伍便拉得很长很长。头顶上有人,脚底下也有人,山势越来越陡,空气逐渐稀薄,官兵们开始剧烈地喘息,雪面上反射的强光令他们睁不开眼睛。黄开湘团长建议鼓动一下,杨成武政委就站在一个雪坎上喊:"同志们,老乡都说雪山是神仙山,只有神仙能过,如今我们上来了,岂不成了神仙!"阳光刹那间就不见了,狂风骤起,卷起漫天雪雾。冰雪在官兵们的脚步下发出令人心惊胆战的"嘎嘎"声,雪流撞击在冰岩上激起巨大的雪浪。接近山顶的时候,天空又下起了冰雹。跟随先头部队四团前进的萧华走着走着,发现雪窝里好像缩着一个人,仔细一看,是少共国际师一名十五岁的小战士。萧华摇摇晃晃地走过去,试图把小战士拉起来,可小战士说他再也走不动了。萧华在剧烈的喘息中命令他立即站起来,小战士依旧一动不动。萧华知道,如果一直坐在这里就等于是等着冻死。于是他掏出了手枪:"从江西出来,咱们走了一万多里,那么多苦都过来了,你想死在这里吗?这里除了你没有别人,只有这座大雪山。站起来,不然我枪毙你!"小战士哭了起来。萧华叫来自己的马夫老刘,让他扶起小战士拉着马尾巴走。小战士站起来了,萧华说:"记住,红军战士,不能掉队。"冰雹瞬间就停了,头顶上又变成万里晴空。六连爬到了山顶上,跟着上来的萧华看见战士们正堆雪堆,雪堆里埋着牺牲的战友。其中一个战士刚喝了雪窝里的一口水就倒下了,还有一个战士抬头看太阳的时候一头栽倒在雪地上。萧华立即对他带领的宣传队做出三项规定:上山后不准四下张望,防止晕眩;山上雪窝里的积水不能喝,渴了可以吃雪;要低头走路,视线不能超过三米。下山的时候,萧华发现老刘的情绪不对,原来他负责照看的马滑进雪谷中不见了。萧华急忙问:"那个拉马尾巴的战士呢?"老刘说:"被三个战士扶着走了。"萧华于是安慰老刘说:"那就好,只要过了雪山,山那边马多得很!"老刘还是痛苦:"不光是马,还有吃的,打土豪时留下的罐头,咱们带了那么远都没舍得吃呢。"

对于经过了漫长征途的红军官兵来说,翻越夹金山大雪山是比任何残酷的战斗更为艰难的过程。远远地看,雪山并不是那么高,但是来自平原的他们显然对高海拔的威胁没有准备。他们预先想到了路滑、寒冷、疲惫和剧烈的喘息,但是绝大多数人都没有想到过死亡。

中央纵队中的女红军也是一身单衣。贺子珍和刘群先一起拉着马尾巴爬山。无论刘群先如何劝说,贺子珍都不肯骑在马上。她认为红军要走的路还很远,如果把马累死了,困难就更大了。一向身强力壮的担架队队员刘彩香实在太累了,她一头栽倒在雪地上,无论如何也爬不起来了。挣扎的时候她听见有人对她说话:"小同志,快起来,这里是停不得的。"刘彩香抬头一看,是第三军团军团长彭德怀!她一鼓劲儿,居然一下子站了起来。彭德怀连声说:"好,好,你很坚强。"

死亡最多的是担架员和炊事员。担架员的负重太大,他们因为不愿丢下那些在作战中负了伤的战友而直至自己累死。炊事员死亡的原因大多是因为违反了轻装的规定,他们在登山时的负重甚至超过了担架员。他们总是想多带些食物,以便日后别让官兵们饿着。他们无从估计雪山对自己有限体能的巨大消耗。

毛泽东在山脚下也喝了一碗辣椒汤,然后他拄着根木棍向大雪山出发了。毛泽东没有严重的不适。在喘得太剧烈的时候,他会停下来站片刻。毛泽东看着皑皑雪峰,对身边的人说:"蒋介石认为红军不能从雪山上爬过去,咱们今天就是要创造出个奇迹来。"——毛泽东真正盼望的奇迹不只是翻越大雪山,而是中央红军与红四方面军的胜利会合。

四团已经开始下山了。

下到山脚的时候,一条深沟挡在路上,红军官兵沿沟寻找继续北进的路。就在这时候,沟口方向传来一声枪响。前卫二营营长曾庆林报告说:"弄不清是什么队伍,喊话也听不清楚。"二营立即展开战斗队形,四连做好了出击准备。

团长黄开湘和政委杨成武在望远镜里观察,发现前面竟然出现一个小村庄,村庄的四周影影绰绰地有不少人在走动,这些人都背着枪,头上戴着大檐帽。这样的装扮黄开湘和杨成武以前从未见过。

司号员用号声联络,对方用号声回答了,但是双方都没听懂是什么意思。

四团派出三个侦察员摸上去。

主力部队则以战斗队形缓慢前进,一点点地向对方靠近。

一阵风把对方的喊声又送了过来,但是声音微弱得还是听不清楚。

四团官兵沉默着,继续向前摸索。

对面的声音越来越清晰了:"我们是红军……"

四团是整个中央红军的前卫,前卫的前边怎么会有红军?

没有人跟四团的红军官兵说过红四方面军会出现在夹金山的北麓。

但是,就在这个时候,派出的三个侦察员飞奔而来,一边奔跑一边高声叫喊:"是红四方面军!是红四方面军!"

黄开湘和杨成武终于听清了来自前面那个雪山脚下的小村庄的叫喊:"我们是红四方面军!我们是红四方面军!"

这一刻,中央红军和红四方面军的官兵永生难忘。

只是愣了片刻,两支队伍的红军官兵开始奔向对方,然后他们紧紧地拥抱在一起。

这是一九三五年六月十二日的下午,地点是夹金山北麓达维小镇以南一个名叫木城沟的藏族村庄。

那一刻,阳光下的雪山一片金黄,木城沟里的高山杜鹃迎风怒放。

与中央红军第一军团第二师四团会合的是红四方面军的哪一支部队?《中国工农红军第四方面军战史》对此作了如下表述:"六月十二日,方面军第二十七师第八十团(一说第二十五师第七十四团)和红一方面军第二师第四团在夹金山北麓胜利会师。"这一表述的依据是:中央红军第一军团第二师师长陈光在致中革军委的电报中称:"我四团于本[月]十二日十二时,在夹金山、大卫[达维]之间与四方面军八十团取得联络。"而时任红四方面军第九军第二十五师师长的韩东山回忆说,六月十二日中午,他在达维接到被派往夹金山的七十四团三营的报告,说他们已经与中央红军的官兵会合了。李先念的回忆证实了韩东山的说法。

还在中央红军通过彝区向大渡河靠近的时候,红四方面军命令第三十军政委李先念和第九军军长何畏,率领第三十军第八十八师和第九军第二十五、第二十七师各一部,由岷江地区日夜兼程西进,开往懋功地区去接应中央红军。由于双方的电台联络并不通畅,红四方面军接应中央红军的路线只能保证大方向正确。接受任务后,第三十军政委李先念和政治部主任李天焕立即与第二十五师师长韩东山一起研究行动计划。李先念还赶到理番,向第八十八师师长熊厚发和政委郑维山传达了方面军的命令和部署,决定熊厚发率领二六三团留在原地作战,郑维山率领二六五、二六八团与接应中央红军的大部队一起行动。接应部队分两路出发:一路是第九军第二十七师的一部,从汶川向西南的卧龙方向前进,阻击由巴郎山方向西进的敌人;一路是第九军第二十五师和第三十军第八十八师,分别从汶川、理番出发直取懋功。

从理番到懋功一百五十多公里,必须翻越一座海拔四千多米的雪山,红四方面官兵与翻越夹金山的中央红军一样为此历尽艰辛。直取懋功的先头部队是韩东山率领的第二十五师。出发前,徐向前找韩东山谈了近两个小时,谈话的中心意思是:要不惜一切代价迅速接应中央红军。两军的会合是一个重大的历史事件。徐向前说:"你韩东山是四方面军派去迎接毛主席的代表,说不定将来你的名字还能进入史册呢。"徐向前的一番鼓励令韩东山十分兴奋。回来向师里的官兵一传达,官兵们也很激动,有的连队甚至加了餐喝了酒。在向懋功前进的路上,第二十五师不断地遇到川军的阻击,大小战斗打了二十多场。为了完成接应中央红军的任务,全师官兵无心恋战,每一次都是把伤员匆忙留下之后继续赶路。在两河口附近,第二十五师拼尽全力击溃川军邓锡侯部两个营的阻击,然后一路直取懋功。根据行动计划,韩东山命令两个营据守懋功,其余部队向达维方向疾进。第二十五师准备翻越夹金山,到宝兴、芦山和天全一带去寻找中央红军。但是,部队到达达维之后,寒风呼啸大雪漫天,韩东山决定大部队暂时休息,命令七十四团团长杨树华带领三营向夹金山接近。三营在到达巴郎地区时与川军遭遇。由于红军兵力少,遭遇战进行得十分残酷。三营官兵抱着一定要尽快找到中央红军的决心,奋不顾身地向数倍于己的敌人冲上去。阻击的川军在被消灭大半后开始溃逃,三营营长陈玉清却由于伤势过重停止了呼吸,全营牺牲的官兵多达六十四人!

从夹金山上下来的中央红军第一军团第二师四团,在大雪山北麓遇到的那支红四方面军的先头部队,应该就是红四方面军第九军第二十五师七十四团三营。

三营为迎接中央红军付出了巨大的牺牲。在两军官兵终于会合的那一瞬间,他们仍没从众多战友牺牲的悲痛中解脱出来。这个营的红军官兵在很短的时间里经历了真正的悲喜交加。

四团团长黄开湘和政委杨成武所率领的中央红军官兵,在红四方面军七十四团官兵的簇拥下进入达维小镇。衣衫褴褛的他们受到了极其热情的款待。徐向前要求红四方面军以"十二万分的热忱欢迎我百战百胜的中央西征军"。大盘的牦牛肉、羊肉、土豆和青稞饭端到了中央红军官兵的面前。晚上的时候,两支红军部队召开联欢会,联欢会的主要内容是唱四川民歌和兴国山歌,最后中央红军的官兵一齐高唱了宣传队刚刚谱写的《两大主力会合歌》:

两大主力军邛崃山脉胜利会合了,

欢迎四方面军百战百胜英勇兄弟!

团结中国苏维埃运动中的力量,嗳!

团结中国苏维埃运动中的力量!

坚决赤化全四川!

万里长征经历八省险阻与山河,

铁的意志血的牺牲换得伟大的会合!

为着奠定赤化全国巩固的基础,嗳!

为着奠定赤化全国巩固的基础,

高举红旗往前进!

联欢会的篝火熄灭后,黄开湘和杨成武住进了他们自离开遵义以来再也没住过的温暖的房间。只是,整整一夜,两个人谁都没有睡觉,他们围着炭火一一回忆了自离开中央苏区后所有的战斗,他们还谈到了革命的未来,一直谈到天亮。

六月十七日下午,韩东山的第二十五师官兵在达维列队欢迎了从雪山上下来的中共中央和中央红军的领导:毛泽东、张闻天、周恩来、朱德、刘伯承、王稼祥……这些领导人韩东山都听说过,可他一个也不认识。在逐个握手敬礼之后,他突然看见了一张熟悉的面孔,是陈赓!韩东山在鄂豫皖根据地任第十二师三十六团副团长时,陈赓是第十二师的师长。后来听说陈赓去上海养伤时被捕,韩东山还以为自己的师长会遇害,没想到在大雪山下又见面了,韩东山一下子泪如泉涌。

作为红四方面军的第一个代表,韩东山忙前忙后地招呼着去搞牦牛肉,然后他被毛泽东等领导人叫去了。毛泽东细心询问了红四方面军的所有情况,包括建制、干部成分、思想状况以及部队的生活、训练和学习。问得韩东山有了一点紧张。坐在一旁的周恩来递给他一杯水,说:"师长同志,讲得不错嘛。别慌!别慌!"韩东山在汇报的最后说:"我们部队的指战员都是来自鄂豫皖和四川的贫苦农民,打仗都非常勇敢,一上战场没有一个怕死的,都是拼死往上冲的!"毛泽东高兴地站立起来说:"是啊,这就是红军的作风!我们从江西出发的那天,飞机在头上飞,敌人在地上追,我们还是闯过来了……"说着,他把自己的手攥成拳头"举到胸前",然后又"有力地合到一起"——毛泽东说,我们"更发展了,更壮大了!"

第二天清晨时分,韩东山的第二十五师官兵再次列队,送毛泽东等领导同志出发去懋功。毛泽东向韩东山交代了他们在这里掩护后续部队通过的任务,然后向韩东山道了一声"再见"。数十年后,韩东山依旧难忘在中国工农红军艰苦征战的岁月里,因为两支红军终于会合而出现的欢乐时光。这位时年二十九岁的红军师长,一直记得毛泽东说的那句话:"我们一、四方面军是一家人。"

在离开达维北去懋功的路上,毛泽东接到红四方面军发来的贺电:

毛主席、朱总司令、周政委,中央红军全体指战员同志们!

懋功会合的捷电传来,全军欢跃,你们胜利地转战千余里,横扫西南,为反帝的苏维埃运动与神圣的民族革命战争,历尽艰苦卓绝的长期奋斗。造成了今日主力红军的会合,定下了赤化西北的最有利的基础的条件。我们与你们今后在中国共产党统一指挥之下,共同去争取西北革命的胜利,直至苏维埃新中国胜利。

张国焘、陈昌浩、徐向前
及四方面军全体指战员启
六月十五日之前,六月十二日,张国焘致电中央红军,要求:"立发整个战略,便致作战,今后两军行动大计,请即告知。如有必要,请指示会面地点。"同一天,张国焘再次致电中央红军,详细介绍了川西北的敌情和红四方面军的兵力部署与当前任务,同时特别表明"以后关于党政军任务如何组织,行动总方针应如何决定,兄等抽人来懋或我们抽人前来,请立即告知"。十三日,张国焘仍是一天之内两封电报,电报告知中央红军主力可来懋功:"疲劳之部队可在懋功、绥靖、崇化一带休息"。只是"懋功一带粮食困难,不能养大兵,须用一切力量解决经济问题"。

十五日这天,中央红军先头部队红一军团第二师,向朱德转发了红四方面军目前总兵力的电报:"主力约四十个团,分编为四军八团,九军七团,三十军九团,三十一军八团,三十三军五团,三十四军三团,有五个独立师两个团,其余四个师每师平均约三千七百人。"尽管这一数字不甚准确,但是,红四方面军近乎十万人马的兵力,还是让包括毛泽东在内的中共中央和中央红军的所有领导感到万分惊讶。此时此刻,中央红军的全部人马加在一起也不过三万。

六月十六日,中央红军给红四方面军发出回复贺电:

张主席、徐总指挥、陈政委并转红四方面军全体红色指战员亲爱的弟兄们:

来电欣悉。中国苏维埃运动二大主力的会合,创造中国革命史上的新纪录,展开中国革命新的阶段,使我们的敌人帝国主义、国民党惊慌战栗。我们久已耳闻你们的光荣战绩,每次得到你们的捷电,就非常欣喜。此次会合,使我们更加兴奋。今后,我们将与你们手携着手,打大胜仗,消灭蒋介石、刘湘、胡宗南、邓锡侯等军阀,赤化川西北。我们八个月的长途行军,是为苏维埃而奋斗。我们誓与你们一起,为苏维埃奋斗到底。特此电复。

朱、毛、周、张及中央野战军全体指战员

十六日

同一天的第二封电报,是以朱德、毛泽东、周恩来和张闻天的名义向红四方面军"张、徐、陈各同志"发出的,这封重要的电报第一次向红四方面军首长明确了中共中央和中革军委关于两军会合后的战略总方针,即"占领川陕甘三省,建立三省苏维埃政权,并于适当时期以一部组织远征军占领新疆"。

懋功,一座偏僻荒凉的雪域小城,一时间挤满了兴高采烈的红军。

在派出李先念率领的先头部队去夹金山方向接应中央红军的同时,徐向前亲自交代红四方面军后方纵队负责人余洪远,组织起由妇女团的两个营、省委工农医院、革命法庭、戒烟局等七个单位组成的一支五千人的筹粮工作队,在一个工兵营、一个战斗团和政府警卫营的掩护下,带着盐巴、豆豉、海椒面、酱菜、豆瓣酱等,从岷江地区出发日夜兼程西进前去迎接中央红军。这支队伍经过八天的行军,翻越常年积雪的红桥雪山后到达懋功,随即开始了紧张的准备物资工作。他们磨糌粑、做干粮、腌腊肉、编草鞋,利用当地的一种盐矿石昼夜熬制盐巴。当得知先头部队遇到中央红军的消息后,他们立即布置警戒、准备给养、腾房子并打扫卫生。十八日,中央红军大部队到达懋功,红四方面军官兵列队欢迎,口号震天,他们与另一支部队的红军战友紧紧地拥抱在一起。

在见到中央红军大队伍的时候,红四方面军官兵的情绪是复杂的,因为他们看见的不是很早以前干部们向他们描述的"伟大的铁军"。长时间的转战奔袭令中央红军的官兵疲惫不堪,他们武器简陋,军装不整,官兵的头上如果还有军帽的话,也不是红四方面军的那种大檐帽,而是一种小八角帽。从那时起,双方的官兵们私下里叫中央红军为"小脑袋",叫红四方面军为"大脑袋"。

红四方面军为中央红军的官兵们准备了大量的礼物。这些礼物包括毯子、皮衣、衣服、毛巾、草鞋、袜子、袜底等等。

第三十一军的慰问品是:毯子,一百床;衣服,一百九十五套又十九件下装;汗巾,一百五十二条;草鞋,一千三百六十八双;鞋子,一百六十九双;袜子,四百一十九双;布袜子,十二双;袜底,一百九十一双;红匾,两挂。

第九军的慰问品是:毯子,四床;皮衣,四十七件;单衣,十一件;汗巾,两百零三条;鞋,二十双;草鞋,二百九十三双;袜子,三百五十七双;袜套,两双;袜底,三十七双;牙粉,三瓶;香皂,两块;旗子,两面。

第四军的慰问品是:棉大衣,一百七十九件;单衣,一百九十一件;草鞋,一千二百三十六双;汗巾,一百三十五条;袜子,六百九十双;袜底,三十八双;匾,四挂;对子,四副。

同时,中央红军也在各部队中发动了与红四方面军联欢与慰问的盛大运动,号召每个战士"准备娱乐,准备礼物,去会亲爱的弟兄"。中央红军的官兵们没有物品,只有一路打土豪分得的大洋,于是纷纷捐款:"'坦克'(干部团代号)看见了红四方面军,立即发起慰劳运动,在一声号召之下,马上募了七百九十余元,没有一个不参加的,表现异常热烈!""'太阳纵队'(中央纵队代号),在政治处的号召之下,募了七百多元来慰劳百战百胜的红四方面军,也是没有一个不捐的,特别是三科的野战医院为最多,刘光甫同志一个人捐了二十元。"

住在懋功一座天主教堂里的中央红军领导人,接见了红四方面军第三十军政委李先念。与韩东山一样,这是年仅二十六岁的李先念第一次见到这么多中共中央和中央红军的领导人。毛泽东摊开地图问李先念,岷江和嘉陵江地区的气候和地形如何?老百姓的生活怎样?红军能不能打回去?李先念回答说,岷江和嘉陵江流域平坝很多,物产丰富,部队的给养和兵源都不成问题。从战略位置上看,东边连接川陕老根据地,北边靠近陕甘,南边靠近成都平原,可攻可守,可进可退,回旋的余地很大。如果红军在这一带立足,可以很快得到补充,再图进一步的发展。现在,川北的茂县和北川都在我军手里,可以打回去,否则回去就很难了。李先念还说,大小金川一带山高地荒,大部队不宜久留,向东北方向打回去也是红四方面军官兵的愿望。李先念不知道,他的这番话与毛泽东的判断和设想十分吻合——这个年轻的军政委自此给毛泽东留下了深刻的印象,这种印象后来对李先念的一生都产生了巨大影响。

六月十七日,中革军委收到张国焘、陈昌浩的电报。电报对两军会合后的战略总方针表示出疑义,不但不同意红军向东或向北发展,反而提出了向西南更荒凉之地发展的设想。电报档案原文错漏极多,读来大致的内容是:向东进入四川腹地,北川一带水深流急,敌人已经有所准备,不容易通过。而沿着岷江北打松潘,地形和粮食等条件也不具备。如果向北发展,那么就要集中主力打青海和新疆。

第二天,由张闻天、朱德、毛泽东、周恩来联合签署的回电发出。电报坚持红军主力必须先控制向北转移的枢纽地带,占领从川北进入甘南的必经之地松潘:"否则兄我如此大部队经阿坝与草原游牧区域入甘、青,将感绝大困难,甚至不可能。"因此,需要"即下决心","立攻平武,松潘"。

两天后,张闻天、朱德、毛泽东、周恩来再次联名致电张国焘,重申"从整个战略形势着想",如实施向陕甘方向的突破,哪怕"突破任何一点","均较西移作战为有利"。因此,恳请张国焘"再过细考虑"。"如尚有可能,则须力争此着"。而如果"认为绝无办法",那么对向川西南发展的方案也可以商量执行。电报最后希望张国焘前来懋功:"兄亦宜立即赶来懋功,以便商决一切。"

没有任何证据表明,此时在毛泽东和张国焘之间已经出现了不可调和的矛盾与对立。张国焘与中央和军委之间的分歧,仅局限于两军会合后的战略方针上:毛泽东主张向东,重新打回川陕根据地;或者向北,开辟川、陕、甘三省新的苏区;而张国焘则认为应该向西,首先占领青海和新疆。但是,无论从当时的角度还是现在的角度看,张国焘的主张都是没有充分依据的:从懋功往西,是中国最荒僻的雪域高原,大军进入那里前途将是什么?

事后,张国焘在行动时,也没有选择这条几乎等于自杀的道路。

一九三五年六月,经历了两军会合的喜悦和兴奋之后,在还没有与毛泽东等中央领导人会面的时候,张国焘提出这样一个让人无法接受的主张,其原因和目的都是一个历史谜团。

如果非要找出理由的话,那一定不属于单纯的军事问题。

已经从茂县动身向懋功而来的张国焘回电了,首先还是表明不可北进,因为在平武、松潘一线有国民党中央军胡宗南部的二十七个团,而在江油、北川、安县一线有川军的三十七个团。但是他同意先攻打松潘:鉴于"任何通松潘道路都容不下十团兵力",所以建议必须采取"分路合击、多方游击的战术"。同时,对中革军委主张北上不再坚决反对,可依然主张首先向西去青海,然后再从青海东进陕西。最后告知:"焘已到东门外。"

东门,今名东门口,位于四川汶县,离红四方面军此时的大本营茂县有三十多公里,距中央红军的所在地懋功还有一百三十公里。

六月二十四日,毛泽东一行离开懋功北行后到达两河口附近。

第二天,在一个名叫抚边的村庄里,红军官兵搭起一个会场。

这是偏僻的抚边从来没有出现过的情景:土墙上用石灰水书写了"欢迎一、四方面军胜利会师!"、"中国共产党万岁!"和"中国工农红军万岁!"等标语;房屋上挂上了红旗,红旗上也写有标语;草地上搭起的讲台四周用松枝镶起一道绿色的边缘,这道绿色令这个荒凉的小村庄顿时有了生气。

中共中央和中革军委的领导,从会场步行三里路到达一条小路的路口。

近百名红军官兵在他们的身后列队完毕。

骤然下起了大雨,所有的人都站在大雨中没动。

就这么过了许久,有人喊了一声:"来了!"

泥泞的小路上一匹快马在大雨中飞驰而至。

锣鼓声立刻响了起来。

紧接着,三十多匹高头大马飞奔而来。马背上是全副武装的英武的卫兵,卫兵脚下的马蹄踏出一排排银色的水花。

张国焘骑在一匹白色大马上,高大而微胖,在卫兵们的簇拥下从雨雾中出现了。

这是中国革命史上难以形容的重要时刻。

在漫长而艰辛的跋涉作战中被反复设想、不断期待的时刻就这样出现了。

红军官兵用力敲打着锣鼓,努力地高喊口号。

他们经历了太多的艰险、太多的苦难、太多的残酷战斗以及太多的伤痛和牺牲,此时此刻,他们备感胜利所带来的欢乐。

红军官兵们哭了,他们的泪水被裹在大雨里令山川青翠。

流下喜极之泪的红军官兵无法知道,对于中国革命和中国红军来讲,一个更加危险的时刻正在来临。

在大雨中久候的毛泽东异常憔悴,他抻了抻已经湿透的灰色军衣,向着那匹白色的高头大马缓慢地迎了上去。

第十四章　黑暗时刻

1935年8月·松潘草地

毛泽东此生第一次见到张国焘的确切时间无从考证。但是，根据他们各自的生平推测，也许是一九一八年在北京大学。当时，二十五岁的毛泽东是这所大学图书馆的一名普通管理员，而二十一岁的张国焘不但是这所大学的注册学生，还是小有名气的学生领袖。尽管当时彼此的身份不同，但相信应该有过来往，因为他们都同时与中国共产党的重要创始人李大钊关系密切。三年后，中国共产党第一次全国代表大会在上海召开，张国焘后来这样记述了那时他眼中的毛泽东：

> 是一位较活跃的白面书生，穿着一件布长衫。他的常识相当丰富，但对于马克思主义的了解并不比王烬美、邓恩铭等高明多少。他在大会前和大会中，都没有提出过具体的主张；可是他健谈好辩，在与人闲谈的时候常爱设计陷阱，如果对方不留神而坠入其中，发生了自我矛盾的窘境，他便得意地笑起来。

从现有的史料中看，中国工农红军大规模军事转移前，他们最后一次见面应该是在一九二七年。那时中共中央暂时转移到武汉，毛泽东和张国焘共同参加了中国共产党第五次全国代表大会。根据张国焘的回忆，在那次大会上，毛泽东在对中国农民现状进行了调查后，提出开展土地革命、扩大农民武装、建立农村民主政权的主张。毛泽东甚至说："矫枉必须过正。"张国焘认为这句话有些"左"倾，说如果按照你的"有土皆豪"的观点，你也是湖南一个有土地的自耕农,难道你也成了土豪不成?当时毛泽东大笑。但是,张国焘还是对毛泽东领导的农民运动给予了极高的评价,他说毛泽东所做的努力"对中共有极大的贡献"。他这样评价了毛泽东要求回湖南举行农民暴动的要求:"表现了他的奋斗精神,自动选择回湖南去,担负领导农民武装的任务……他这个湖南籍的'共产要犯'却要冒险到湖南去,不甘心让他所领导起来的农民运动就此完蛋,我们当时很高兴地接受了他这个到湖南去的要求。"

毛泽东和张国焘彼此失去信息是在大革命失败后。在一片白色恐怖中,毛泽东去了中国农民中间,张国焘则去了遥远的莫斯科。两年后,张国焘回国即被中共中央派往鄂豫皖根据地,那时毛泽东正率领着一支红色武装转战于井冈山的密林中。眼下,在中国西部一条荒凉的小路上,尽管大雨中张国焘的高头大马踏起的泥水几乎溅了毛泽东一身,但是当张国焘看见毛泽东的时候,他立即飞身下马,两个人紧紧地拥抱在了一起。

在红军官兵的欢呼声中,两个人登上临时搭起的讲台,讲台是从藏族群众那里借来的一张桌子。毛泽东向张国焘和红四方面军官兵发表了欢迎词,张国焘紧跟着发表了答谢词。其间口号声始终不断,而"热烈欢迎张主席"这句口号,让中央红军的官兵们喊起来有些不习惯,因为他们只知道苏维埃中央政府主席是毛泽东,他们暂时还弄不清楚张国焘是什么主席。

欢迎会开完之后,领导们说笑着一起往村子里走——"我和毛泽东旋即并肩步向抚边,沿途说说笑笑,互诉离别之情。"张国焘后来这样回忆。在他们并肩前行的路上,毛泽东告诉张国焘,他们到达这一带已经四天了,专门等待张国焘前来商量今后的军事方针。张国焘则告诉毛泽东,说他从茂县到这里骑了三天的马,一路多经藏族聚居区,山高林密,河流湍急。他还向毛泽东描述了他沿途看见的一所石建的教堂,说这座教堂拥有一个很大的养蜂场和一座精致的小磨房,而常年住在那里的一个西方传教士居然能够运进来"整箱的金山橙苹果洋酒"以供享用。

毛泽东和张国焘并肩走在一起的瞬间,被红军官兵们深刻地记忆在了脑海中。那个温暖的瞬间给予他们的希望与信心,让他们觉得之前所经历的所有苦难和牺牲都是值得的。

毛泽东和张国焘分别住在抚边的南北两端:分配给张国焘的,是这个仅有三十多户人家的村庄里最好的房屋——位于村庄最北端的一间店铺,柜台里面是他休息和办公的地方,柜台外面是他的随行人员的住处。而毛泽东和他的妻子贺子珍,住在村庄最南端的喇嘛庙边上。

傍晚,在喇嘛庙里举行了欢迎酒宴。张闻天、毛泽东、朱德、周恩来、博古和刘伯承等都出席了宴会。炖得很烂的鸡肉和牛肉,大量的米面食物,还有用大罐子装的酒。依旧先是相互的敬酒辞,然后是随意的闲聊说笑,似乎都有意回避着之前在来往电报中针对今后军事方针的不同意见。当然,不免要提到的双方现有的兵力,周恩来说中央红军有三万人,张国焘说红四方面军有十万部队——"周的夸张程度比张的要大得多。"美国记者索尔兹伯里后来说,"双方都保守秘密,都不坦率和公开。"——其时,中央红军的实际兵力约在两万人左右,而红四方面军约有八万人。

有意回避着敏感的话题,反而使喧闹的宴会显得有些空洞。

毛泽东照例拿"是否吃辣椒是革命与不革命的标志"开着玩笑:

毛泽东这个吃辣椒的湖南人,将吃辣椒的问题,当作谈笑的资料,大发其吃辣椒者即是革命者的妙论。秦邦宪〔博古〕这个不吃辣椒的江苏人则予以反驳。这样的谈笑,固然显得轻松,也有人讥为诡辩,我在悠闲谈笑中则颇感沉闷。

张国焘已经感到了无形中的隔阂。

一九三五年六月二十六日上午九时,在昨晚举行酒宴的那座喇嘛寺庙里,中共中央政治局会议召开,史称"两河口会议"。

会议由张闻天主持。首先由周恩来根据两军都已经离开自己从前的根据地,现在红军迫切需要建立一个新的根据地的现实,阐述了选择新的根据地的必要条件以及今后红军行动的战略原则。周恩来强调,新的根据地的选择方向和地域要有利于红军的作战和生存,而目前红军所处的地域显然不符合这样的原则。关于战略方向问题,向南、向东和向西都不利,应该以运动战迅速攻打松潘胡宗南部,北上创造陕甘根据地——周恩来的发言,实际上代表了中共中央和中革军委的意见。

毛泽东发言表示同意周恩来的意见,提出"中国红军要用全力到新的地区发展,在川陕甘建立根据地,可以把创造苏区运动放在更加巩固的基础上……一、四方面军会合后有实现向北发展的可能"。"战事的性质不是决战防御,不是跑,而是进攻。根据地是依靠进攻发展起来的"。"应该看到哪些地方是蒋介石制我命的,应先打破它。我须高度机动,要选好向北发展的路线,先机夺人"。要"集中兵力于主攻方向","现在就是迅速打破"胡宗南的部队"向前夺取松潘"。还应"责成常委、军委解决统一指挥问题"。

会议一直开到中午。绝大多数与会者都赞同周恩来代表中央和军委所作的报告,讨论基本是在北进计划的框架内进行的。最后,会议形成一个决议,即《关于红一、四方面军会合后的战略方针》:

一、在一、四方面军会合后,我们的战略方针是集中主力向北进攻,在运动战中大量消灭敌人,首先取得甘肃南部,以创造川陕甘苏区根据地,使中国苏维埃运动放在更巩固更广大的基础上,以争取中国西北各省以至全中国的胜利。

二、为了实现这一战略方针,在战役上必须首先集中主力消灭与打击胡宗南军,夺取松潘与控制松潘以北地区,使主力能够胜利地向甘南前进。

三、必须派出一个支队向洮河夏河活动,控制这一地带,使我们能够背靠于甘青新宁四省的广大地区有利地向东发展。

四、大小金川流域在军事政治经济条件上均不利于大红军的活动与发展。但必须留下小部分力量,发展游击战争,使这一地区变为川陕甘苏区之一部。

五、为了实现这一战略方针,必须坚决反对避免战争退却逃跑,以及保守偷安停止不动的倾向,这些右倾机会主义的动摇是目前创造新苏区的斗争中的主要危险。

六月二十八日

当时,在中国的陕北,有一片由共产党人刘志丹创建的红色根据地。而在红一、红四方面军中,没有人确切地知道那里的情况。

留在茂县的徐向前没有参加两河口会议。此刻他焦急万分,部队一部分被派去接应中央红军,一部分被派去筹集粮食和物资,由于剩下的兵力有限,面对国民党军的步步进逼,位于前线的红四方面军所有部队不得不"处于守势"。蒋介石判断两支红军会合后,"不外横窜康、青,北向甘、陕两途",因此进行了大规模的军事调动:北面,中央军胡宗南的二十七个团部署于松潘至平武一线;东面,川军刘湘、孙震、李家钰等部的九十多个团固守在江油、汶川和灌县一线;南面,川军杨森、邓锡侯部的五十多个团布防在芦山、雅安、荥经一线。而川军刘文辉部、中央军薛岳部正自南向北逐步推进,甘肃和青海的马家军屯兵两省边界也在准备出击。红军分散在这四个方向上的部队,几乎每天都在作战,而且打的都是阵地战,消耗和伤亡极大。六月十二日,徐向前起草报告致毛泽东、周恩来、朱德,催促中央尽快决定两军会合后的军事部署:

……目前我军之主要敌人为胡宗南及刘湘残敌,我军之当前任务,必先消灭其一个,战局才能顺利开展。因之或先打胡,或先打刘,须亟待决定者,弟等意见。西征军万里长征,屡克名城,迭摧强敌,然长途跋涉不无疲劳,休息补充亦属必要。最好西征军暂位后方固阵休息补充,把四方面军放在前面消灭敌人。究以先打胡,先打刘,何者为好?请兄方按各方实况商决示知。为盼……

六月十九日,在各路国民党军的猛烈攻击下,红四方面军大本营茂县东北方向的战略要地北川丢失,红军被迫退至笔架山至神仙场一线据险防守。

同一天,在南面阻击川军的红一方面军第五军团也被迫撤出宝兴。在川军第二十军军长杨森的严令下,一个旅的川军绕路翻过雪山,迂回到第五军团阻击阵地的后面发起攻击。红军由于两面受敌最终放弃了阵地。自渡过大渡河以来,担任后卫任务的红五军团没有一天不处在战斗中。中央红军开始翻越夹金山时,红五军团三十七团奉命在夹金山南麓阻击川军的追击,他们在一个名叫盐井坪的地方坚守整整五天才接到撤退翻越大雪山的命令。在雪山上,三十七团的官兵看见了一个个隆起的雪堆,雪堆下都是前面的部队翻越雪山时牺牲的官兵。当三十七团终于从雪山上下来到达宿营地时,军团通信员拿着军团首长的信已经在等他们了。团长谢良以为是命令三十七团整理军容,以便让中央红军这支最后的部队与红四方面军会合。但是,信的内容却是为保证两河口会议顺利召开、保证会合后的一、四方面军休整,命令三十七团迅速按照原路返回至盐井坪一线继续阻击敌人。三十七团的官兵没说二话,掉头重新翻过夹金山,迎着已经开始翻山的川军扑过去,硬是把川军压回到盐井坪。两河口会议结束后,为了实施北进松潘的作战计划,红五军团给三十七团的电报是:"接此电后,立即翻过夹金山,经达维到懋功待命。"在不到十五天的时间里,三十七团的官兵开始第三次翻越夹金山大雪山。部队到达山顶的时候,一连炊事班班长不行了,他对指导员说:"我……不行了,过不去了……"说完永远地闭上了眼睛,在他的身边是一副他从江西苏区一直挑到了雪山顶上的油盐担子。

张国焘回到抚边村北端的那个店铺里。吃午饭的时候,他的秘书长黄超拿来一份中共中央的《布尔什维克报》。黄超说,这份报纸是三天前在懋功油印出来的。听一方面军的同志说,这份报纸"只给一方面军的干部看,不给四方面军的干部看"。张国焘很是奇怪。他拿过报纸只看了一眼,就知道为什么"只给一方面军的干部看"了。报上的文章,是中共中央宣传部部长凯丰写的,标题是《列宁论联邦》。文章借用当年列宁反对建立"欧洲联邦"之意,将批判的矛头直指张国焘刚刚成立的西北联邦政府,说西北联邦政府在理论上是违背列宁主义的,在组织上是背离中华苏维埃政府的。

凯丰,曾经在遵义会议上讥讽毛泽东"只会看看《孙子兵法》翻翻《三国演义》",现在他又讽刺从莫斯科回来的张国焘说:"列宁认为在资本主义的基础上建立联邦是不正确的。"可以想象,因为在苏联学习了大量的革命理论,布尔什维克青年凯丰写出的檄文必会气势如虹。凯丰这样一篇重磅炸弹式的文章登在中共中央的报纸上,足以说明中央领导层意识到,张国焘的那个"联邦政府"即便没有政治野心,其名称也是十分奇异的:既然标榜建立的是一个苏维埃政权,那么,按照通行的惯例,叫"川康苏维埃政府"也就可以了,弄出个说不明白的"联邦政府"是什么目的呢?

其实,比《列宁论联邦》更值得张国焘注意的应该是另外一篇文章。这篇署名张闻天的文章发表于两河口会议的前两天,即六月二十四日中央红军的《前进报》上,文章的题目是《夺取松潘赤化川陕甘!》。文章可以视为两河口会议的舆论准备。其中心意思是:红军决不能在此久留,要集中全部力量北进,"克服一切道路、粮食、山地、河流的困难","用最大的努力和自我牺牲精神"消灭敌人,争取在川、陕、甘建立根据地。而"仍旧以到达一定地区为我们行动的中心,实际上就是要避免战争,放弃建立新的苏区根据地的任务,而变为无止境的逃跑":

> 这种右倾机会主义,实际上是由于对于敌人力量的过分估计,与对于自己力量的估计不足而产生的。克服在创立苏区根据地中的一切困难,同一切右倾机会主义的动摇作斗争,是目前整个党与工农红军的严重任务。但同时必须同"左"的空谈作斗争。这种空谈表现在对于敌人力量

过低估计,与过分地夸大自己的力量。这些空谈实际上也不是在紧张地动员我们的全部力量,去克服我们面前的一切困难,拼着性命去战胜当前的敌人,而是在拿一些好听的词句,催眠我们,使我们在美丽的幻梦中间寻求自己的满足。

毛泽东敏感地意识到,张国焘也许会自恃兵强马壮为保存实力而按兵不动。

但是,张国焘并没有特别注意这篇文章。

红一方面军与红四方面军的基层官兵也开始有了小摩擦。除了"大脑袋"和"小脑袋"的议论外,一些小事在双方之间也变得十分敏感。比如,博古的警卫员提着一块牛肉找到张国焘的警卫员,希望换一些子弹。未果,双方竟然吵了起来,最后扩大到恶语相向。再比如,红四方面军官兵看见红一方面军的战士开枪杀牛,不但觉得这件事浪费了子弹,而且提出不能确定他们杀的是不是土豪的牛。

张国焘对张闻天提出一个比杀牛敏感得多的问题:中华苏维埃和中央红军受到的挫折,并不是像毛泽东说的那样,是因为蒋介石的飞机和大炮厉害,而是中央的路线出了问题。于是,在接下来的两天里,张国焘分别找了他认为重要的人进行谈话。在张国焘的眼里,博古说话直率但是"历练不足"。而博古则很认真地批评了红四方面军中存在的某种"军阀作风",同时也对张国焘在谈话中称兄道弟表示了反感。张国焘又请聂荣臻和彭德怀吃饭。吃饭的时候张国焘显得十分热情,表示要从红四方面军中拨出两个团给红一方面军。饭吃完了,聂荣臻问彭德怀:"为什么请我们吃饭?"彭德怀说:"拨兵给你你还不要?"接着,张国焘就派黄超给彭德怀送去几斤牛肉干和一些大米,还有二三百银洋。这让彭德怀顿时警惕起来,认为完全是旧军阀卑鄙的手法。多年后,彭德怀写道:

> 黄住下就问会理会议情形。我说,仗没打好,有点右倾情绪,这也没什么。他们为什么知道会理会议?是不是中

央同他们谈的呢？如果是中央谈的，又问我干什么？他又说，张主席很知道你。我说，以前没有见过面。他又说到当前的战略方针，什么"欲北伐必先南征"。我说，那是孔明巩固蜀国的后方。他又说，西北马家骑兵如何厉害。把上面这些综合起来，知来意非善，黄是来当说客的。

后来，红四方面军政委陈昌浩又专门找聂荣臻谈话，问到关于遵义会议和会理会议时，聂荣臻毫不犹豫地表示："遵义会议我已经有了态度，会理会议我也有了态度。这两个会议我都赞成都拥护。"不知道为什么，自陈昌浩谈话之后，聂荣臻总觉得有点不对劲儿，他最担心年轻的军团长林彪，于是就与红四方面军的关系问题和林彪谈了一次，结果是两个人吵了起来，吵一句拍一下桌子，直到把桌子上的盘子都拍翻了。聂荣臻回忆道：

> 我告诫林彪说，你要注意，张国焘要把我们"吃"掉。因为我当时已经获悉张国焘还有一个方案，要把我调到三十一军去当政治委员，把林彪调到另一个军去当军长。总之要把我们调离原部队，只不过是命令还没有发出。当时林彪已经有他自己的立场。他说，你这是宗派主义。我说，怎么是宗派主义呢？对这个问题，我们要警惕，因为张国焘的思想和中央的思想不一致，我们应该想一想，我说这是路线问题。林彪反驳我说，既然是路线问题，你说他们路线不对吗？那他们为什么有那么多人？我们才几个人哪？这时，我一方面军的确只剩下两万多人。我驳斥他说，蒋介石的人更多，难道能说蒋介石的路线更正确？

林彪和聂荣臻是出生入死的搭档，即使吵了架也不会影响工作配合。聂荣臻的一番话最终使林彪受到震动，这个年轻的军事将领在不久后严峻的政治斗争中有了正确的选择。

张国焘在抚边村停留三天，忙着与各种人谈话。

毛泽东则忙着部署即将开始的松潘战役。

六月二十九日,中共中央政治局召开常委会议。会议宣布了组织人员的调整:增补张国焘为中革军委副主席,陈昌浩、徐向前为中革军委委员。会议通过了《中革军委关于松潘战役的计划》,并以朱德、周恩来、张国焘、王稼祥的名义发布,要求迅速、机动、坚决地消灭松潘附近胡宗南的部队,"控制松藩以北及东北各道路,以利向北作战和发展",实现"北取甘南为根据地,以赤化川陕甘之目的"。

红军两个方面军被分成三路军一并北进。

三路军基本上保持了红一方面军和红四方面军的原有建制:

右路军包括红四方面军的第十师、第十一师、第九十师共八个团,由陈昌浩率领;中路军包括红四方面军的第二十五师、第八十八师、第九十三师共十个团,由徐向前率领;左路军包括红一方面军的第一、第三、第五、第九军团和红四方面军第三十军第八十九师共十六个团,由林彪、彭德怀、聂荣臻、杨尚昆率领。同时,在东面掩护侧翼的红四方面军八个团为岷江支队,由王树声率领;在南面掩护的红四方面军第二十七师共四个团,由何畏率领;红四方面军散布在各要点的部队,由周纯全率领为后方警备部队。

两个方面军会合之后的十万兵马,在夹金山北麓耽搁了太久之后,终于从不同的方向和地点开始向北移动了。

毛泽东一行跟随左路军行军。

离开抚边向北一百二十里是卓克基,中间需要翻越的雪山是梦笔山。

给翻越梦笔山的红军先头部队带路的是一位藏族喇嘛。这位和蔼的老人听说红军要翻雪山,组织僧众举行了祈祷平安仪式,还给了红军一些酥油。红一军团四团刚一翻过雪山,眼前就出现一座规模宏大的建筑。官兵们疑为是自己的幻觉,跑过去才知道一切都是真实的,因为从这座建筑里向他们射来了子弹。已是黄昏,为避免武装冲突,四团想出了打照明弹的办法。昏暗的天空突然出现的照明弹十分耀眼,躲在建筑里阻击的土司武装大惊失色,因为他们从来没有见过这般令人恐惧的东西在脑袋顶上炸开,于是慌忙逃走了。

卓克基,一个土司的官寨。

经过两天的艰苦行军,毛泽东一行到达这里。

土司的宫殿上下四层,全部由石块堆砌成,可以容纳数千人。

据说这个土司在成都的一所大学读过书,所以他的书柜里有《三国演义》和《水浒传》。

毛泽东在这座巨大的土司宫殿里作了短暂的休息。

相信他很有兴趣地参观了宫殿,特别是三层土司住房里那个巨大的书柜。

前线的电报不断到达卓克基,一再希望大部队火速前进,因为原定发起松潘战役的时间急迫,各路红军必须按时到达预定位置。同时,红军北上沿途粮食困难,土司武装袭击不断,在路上多走一天危险就增加一分。

从卓克基继续向北,行军队伍总是在雪山谷地之中的河流边绕来绕去。雨或雪交替不断,有森林的地方经常会打出冷枪。红军路过马尔康的时候,看见了同样规模的寺院,寺院里的喇嘛跑光了。附近没有村庄,找不到食物,夜晚宿营的时候,大部分官兵不得不露宿。雨雪纷飞,饥饿难耐,官兵们无法入睡,仅仅是挤在一起闭一下眼睛而已。所有人的衣服都湿透了,于是第二天用了一上午的时间把衣服烤干,然后继续翻越雪山。

左路红军到达马河坝时,由于粮食极度缺乏,决定休整两天以解决粮食问题。藏民种植的青稞已经显出淡黄色,尽管距离收割还有一段时间,但至少现在是可以勉强充饥的。这些青稞的主人全跑了,红军一边派人去寻找,一边给官兵们下达了收割的指标:不但要收割供自己单位十天食用的青稞,而且还要支援那些仍在雪山中行军的部队。早上八点,部队集合下地,都是农民子弟,收割庄稼的活并不陌生。朱德从井冈山起就与战士们一起下地劳动,现在,他不但自己收割,而且还把自己收割的青稞挑回来。中央纵队中年龄最大的徐特立老人负责用手搓青稞粒。部队组织起一个粮食运输队,把搓好的青稞送给发生了粮食危机的部队。

青稞粒用清水煮了就能吃。

但是这种颗粒难以消化,往往整粒吃进去再整粒排出来。

在马河坝,红军官兵让青稞粒弄得肚子很难受,而毛泽东则让李富春发来的一封电报弄得心情更难受。李富春在电报中向中央报告:张国焘提出了解决组织问题的要求。

两河口会议后,为加强一、四方面军的了解和友情,中共中央向红四方面军派去一个中央慰问团,团长是红军总政治部代主任李富春。

慰问团去的地方名叫杂谷脑,是四川省苏维埃所在地。

慰问团出发的时候,张国焘也离开了抚边,他本想回到位于茂县的红四方面军总部,但听说了慰问团的行动后,就直接赶往了杂谷脑——张国焘对这个慰问团有点不放心。或者说,他对目前的中央有点不放心。

此时,张国焘的心境与两支红军主力会合前完全不同了。并且,他很难否认变化的动因应该就是"权力"二字。这种变化很可能从红四方面军突破土门要隘到达茂县时就已经开始了。之前,张国焘对中央红军的状况并不十分清楚,而随着两支红军终于共处于中国的一个省内,会合的可能性日趋明显,红四方面军由此与中央红军开始了频繁的电报联络,这些电报最终使张国焘了解到中央红军遭受到巨大损失,部队从长征出发时的近十万人只剩下不足三万。这个判断一旦清晰,作为中国共产党的创始人之一,作为党内一个老资格共产党人,在两支红军主力部队即将会合之际,张国焘也许会意识到,中共中央领导层的重新"洗牌"已成可能:苏维埃事业受到严重挫折,红军的兵力受到严重损失,这说明中央的政治路线出了问题;政治路线出了问题,制定路线的中央就要有人承担责任;有人承担责任就会引起高层领导的分化,高层领导一旦出现分化就要有人站出来重新主持局面;有人出来重新主持局面,就会有新的领导人产生。在眼前这种形势下,谁将是中共中央乃至中国红军的最高领导者呢?

张国焘之所以对遵义会议和会理会议格外关注,就是因为这两个会议都涉及了党的最高领导人和红军的最高指挥权问题。

张国焘认为,遵义会议只局部地解决了军事指挥问题,而没有解决根本的政治路线问题。这很可能是因为严重的军事危机迫使毛泽东不得不暂时回避可能导致矛盾激化的政治危机。但是,毛泽东对最高领导权的渴望是明显的,结果有人对他的领导权提出了质疑,从而导致中共中央在遵义会议之后接着召开了会理会议。张国焘在两河口会议期间曾对张闻天说过这样的话:

> 党内政治歧见早已存在,遵义会议没有能够作适当的解决,目前中央又只注意军事行动,不谈政治问题,这是极可忧虑的现象。值得忧虑的是我们在政治上和军事上都将遭受惨败,不易翻身,并将引起一、四两方面军的隔阂和党内纠纷。如果我们能够根据实际情况,摆脱既定公式的束缚,放弃成见,大胆从政治上作一番研究,也许为时还不算太晚。

张国焘所说的"根据实际情况",可以理解为两个内涵:一是应该承认中央是犯了严重错误的中央,到了该清理其错误的时候了;二是中央红军已经损失过半,应该承认拥有近十万兵力的红四方面军的领导权,或者直接说就是承认他张国焘的领导地位。其实,这也正是毛泽东对张国焘会因兵强马壮而产生政治野心的巨大担心。

两河口会议后,张国焘开始在红四方面军高级干部中广泛散布自己的观点,即"中央的政治路线有问题"、"中央红军的损失责任在中央"等等。同时,他试图利用一、四方面军官兵之间发生的摩擦来扩大对立情绪。张国焘首先需要统一思想的,是红四方面军政委陈昌浩和军事总指挥徐向前。与徐向前的谈话令张国焘大失所望。徐向前晚年回忆说他那时因不满已久正在"闹调动":

> 自从在鄂豫皖和张国焘、陈昌浩共事以来,我的心情一直不舒畅。张国焘对我用而不信,陈昌浩拥有"政治委员

决定一切"的权力，锋芒毕露，喜欢自作主张。许多重大问题，如内部"肃反"问题、军队干部的升迁任免问题，等等，他们说了算，极少征求我的意见。特别是在川陕根据地，取消了原来的中央分局，由张国焘以中央代表身份实行家长制的领导，搞得很不正常。我处在孤掌难鸣的地位，委曲求全，凭党性坚持工作。既然两军已经会合，我就想趁此机会，离开四方面军。我在下东门见到陈昌浩时说过："我的能力不行，在四方面军工作感到吃力，想到中央去做点具体工作。听说刘伯承同志在军事上很内行，又在苏联学习过，可否由他来代替我。"

在这种情况下，张国焘不敢把话向徐向前说白了，只能用"中央的北进决定是否明智"来试探虚实。徐向前虽然并不清楚张国焘的真实意图，也不清楚两河口会议中党内已经显露出矛盾，但他客观地分析了南下和北进都存在的困难："平武那边地形不好，硬攻不是办法；松潘地区不利于大部队展开……南下固然能够解决目前供应上的困难，但一则兵力有限，二要翻越雪山，且不是长久立足之地，万一拿不下来，北出将会遇到更大的困难。"徐向前的态度是张国焘没有对中央北进决定提出反对意见的重要原因。

张国焘和陈昌浩的谈话很投机。陈昌浩在政治上的立场是显而易见的。他曾经留学苏联，是王明的同学和助手。与张国焘一样，他一九三〇年回国，一九三一年被派往鄂豫皖根据地。由于离开中央的时间很长，他对毛泽东等人并不熟悉，他所受到的革命理论影响全部来自张国焘。所以，这位年仅二十九岁的红四方面军政委自然不容任何人向张国焘的权力和威望提出挑战。

中共中央慰问团到达杂谷脑，在张国焘和陈昌浩的安排下，慰问团受到了热情的接待，同时行动也受到了"热情"的限制。中央慰问团成员之一李维汉后来回忆说，慰问团出发前张闻天找他谈话，要求他就不要回来了，留在那里当苏区四川省委书记。张闻天显然已经感受到张国焘与中央的矛盾，因此他又嘱咐李维汉说："如果做不成,就到白区当四川省委书记。"李维汉一到杂谷脑就看出来了,这里的人根本不愿意他当苏区的省委书记——张国焘的办法是"陪着",中央慰问团吃饭、散步都有专人陪同,他们被尽量减少与红四方面军干部的接触。

中央慰问团找张国焘谈话,张国焘的话令李富春大吃一惊。张国焘说:"两军会合,摊子大了,为了便于统一指挥,总司令部须充实改组,必须加强总司令部。"

七月六日凌晨一时,李富春给中共中央发去电报:

朱、周、王、毛、张:

> 国焘来此见徐、陈,大家意见均以总指挥迅速行动坚决打胡为急图,尤关心统一组织问题。商说明白具体意见,则为建议充实总司令部,徐、陈参加总司令部工作,以徐为副总司令,陈为总政委;军委设常委,决定战略问题。我以此事重大,先望考虑。立复。

> 富春
> 六日一时

张国焘提出的要求是:徐向前和陈昌浩不能仅按两河口会议决定当军委委员,而要出任具有决策权和指挥权的副总司令和总政委——周恩来说,这是自中国共产党创建以来,第一次有人伸手向中央要权。

北进的红军一直艰难地走在没有人烟的山路上。不断有马匹因在雪山上滑倒而跌落雪谷。因为要翻越的雪山一座连着一座,所以已经没有了特别的动员和准备,队伍就这么低着头往上走。山上的风很猛烈,有的战士被风刮倒就再也没有力气站起来,有的被风刮下了雪谷。

突然有人说,前面就要进入芦花地区了!

进入芦花地区的特殊意义在于,红军自此从中国的长江流域进入了黄河流域。

七月九日,一封署名为"中共川陕省委"的电报到了,电报建议加强总司令部同时增设军委常委:

党中央:

依据目前情况,省委有下列建议:为统一指挥、迅速行动进攻敌人起见,必须加强总司令部。向前同志任副总司令,昌浩同志任总政委,恩来同志任参谋长。军委设主席一人,仍由朱德同志兼任,下设常委,决定军事策略问题。请中央政治局速决速行。并希立复。

布礼

中共川陕省委:纯全、瑞龙、黄超、琴秋、
维海、富治、永康

九号

署名的川陕省委领导人是:周纯全、刘瑞龙、黄超、张琴秋、李维海、谢富治和吴永康。

在中国共产党的历史上,一级省委要求中央改组领导层,并提出具体人选且要求"立复",此封电报可谓空前绝后。

对于还在北上的红军部队来说,最严重的实际问题仍是粮食的短缺。一些连队已经三天没有一粒青稞了。红军总政治部甚至发布了这样的命令:"……在发现有粮的地方和家屋,不论没收或购买,均应派武装看管……"红军官兵自觉地执行纪律,对所经藏区藏民的财物给予了妥善保护,包括粮食,尤其是寺院里的粮食。一支红军部队在山里发现一群牦牛没有人看管,官兵们把牛牵了回来,尽管无米下炊,依旧不敢杀牛,而且还得割草喂养。几天之后,牛的主人小心地来到红军驻地,官兵们把牛全还给了他。这支部队还发现过一片玉米地,玉米已经接近成熟,官兵们喜出望外,但是得到的命令是:不准吃地里的玉米。经过再次请示,被允许摘一点玉米叶子,饿急了的官兵们便在地边支上锅开始煮玉米叶。正煮着,在玉米地里藏了很久的主人来了,是一位藏族老阿妈。她揭开红军的锅,看见锅里煮的玉米叶子后,回家端来一大盆煮熟的玉米送给红军。连队司务长给了老人三块大洋,官兵们这才开始狼吞虎咽地吃起来,看得老阿妈在一旁直抹眼泪。

红一军团第二师政委刘亚楼,此时调到第一师任师长去了,萧华在这个最困难的时刻接任了第二师政委一职。为了欢迎他,师长陈光好容易找来一块大约四两重的牛肉干,让警卫员放在野菜里煮,然后两个人举行了"私人宴会"。风干的牛肉干根本煮不烂,味道也十分古怪,可两个人还是觉得已经很奢侈了,把一大锅野菜汤全喝了。就在这个时候,他们得到了筹粮队再次受到袭击的消息。

自红军进入这一地区以来,派出筹粮的部队不断受到土司武装的袭击,被袭击的官兵死得很惨,有的被砍断了四肢,有的被挖了眼睛。这次派出的筹粮队不但受到袭击,七名战士被杀,还有一名干部被抓走了,被抓走的干部是第二师青年干事周书良。萧华一听,立即组织部队前去营救。在与土司代表谈判的时候,土司答应不再袭击红军,条件是一定要留下那个红军干部。萧华就是为了营救周书良来的,但又不能立即拒绝土司,只有再接着谈判。谈判进行得十分艰难,被扣的周书良大吵大闹,坚决不答应留在土司这里。谈判如果破裂,就有可能发生武装冲突,周书良就有可能被杀。最终,土司不但保证不再袭击红军,还答应卖给红军粮食,而条件依然是把人留下。土司解释说,留下这个红军干部是为了请他"帮助土司办事"。在请示了上级之后,萧华见到被扣留的周书良。他动员周书良留下,希望通过他的工作,为后面的部队筹集粮食。年仅十九岁的萧华说着说着就掉了泪,而周书良早已哭成了泪人。最后,为了红军的生存,他还是答应留下了。周书良被土司的人领走的时候,萧华送他送出去很远,一直送到了大草甸子的边上。在那里,萧华对周书良说:"我们走了以后,你的困难一定很多。无论什么时候,无论遇到什么情况,记住你是一名共产党员,是一颗红色的种子,要在这里扎根开花。等革命胜利了,我们来接你。"周书良一句话也说不出来,他向萧华敬了最后一个军礼,然后在土司的人的簇拥下渐渐消失了。

不知是这个土司没有食言,还是周书良做了工作,土司果然主动卖给第二师一批粮食。

没有人知道土司固执地要留下那位年轻的红军干部的真实原因。

自那时起,再也没有了周书良的消息。

直到晚年的时候,红军干事周书良依旧留在萧华的记忆之中。

第二师的先头部队六团在向松潘前进的过程中,也遇到土司骑兵的袭击。红军没有与骑兵作战的经验,撤退到山中的一个小村旁。这时候,六团全团已经断粮两天。团里不得不冒着巨大危险派出一个筹粮队。结果,筹粮队走出山谷没多远,就被土司武装包围了。土司武装说只要把枪扔出来就放他们过去。红军官兵照着做了,结果土司武装却突然发动猛攻,筹粮队除跑出一名十三岁的小红军外全部牺牲。

没有了食物的六团被迫滞留。

必须刻不容缓地给六团送去粮食。紧急任务被交给了第二师宣传科科长舒同。经过动员之后,第二师其他部队纷纷把自己好不容易筹集来的青稞全都捐献出来,然后舒同领着送粮小分队出发了。按照路程,至少要走三天,小分队不分昼夜地跋山涉水,仅用了两天时间就找到了被困的六团。当舒同与六团派出的尖兵相遇的时候,他立即命令战士们朝天开枪,为的是让枪声告诉六团的官兵们:再坚持一下,救命的粮食送来了!——时年三十岁的红军宣传科科长舒同,数十年之后成为新中国一位著名的书法家,他的书法被评价为"古拙苍劲,有禅气"。

尽管面对着饥饿的威胁,红军各部队还在顽强地向北前进。

七月六日,有消息说徐向前率领部队已经接近黑水河地区了,彭德怀立即去电告之第三军团当前的位置,并且带领两名警卫员和特务连的一个排顺着黑水河前去寻找。黑水河由高山积雪融化而成,河床中的乱石间翻着白色的浪花。河上架设着不少溜索,是当地藏民过河的工具。在一条溜索前,彭德怀停下了脚步,他发现溜索已经被人为破坏。这时,河对岸出现了一支队伍。"是大脑袋!"彭德怀对身边的人说。可是,溜索已坏无法过河,相互喊话也因为河水冲击岩石的巨大声响无法听清。于是,彭德怀写了张"我是彭德怀,第三军团一部在此迎接"的字条,包上一块石头使劲儿扔过去。过了一会儿,对面也扔过来一张字条:"我是徐向前,很想见到您。"电话兵由此受到启发,用同样的办法把电线连接起来。在电话里,彭德怀和徐向前约定次日到上游一个有桥的地点见面。

第二天,彭德怀再次带人出发,中午的时候到达约定地点。几乎与此同时,黑水河对岸也出现了队伍。可是,这里的铁索桥也被破坏了。双方还是不断地喊话,不断地扔石头。警卫员在附近不远的地方发现了一根溜索,溜索上悬挂的用竹条编织的筐还没被破坏。

对岸那个身材修长的干部爬进筐里,顺着溜索溜过来了。

彭德怀大步跑过去,把从筐里跳出来的徐向前紧紧地抱住。

中国工农红军中两位著名的军事将领,一个湖南人,一个山西人,此前他们从没有见过面,此后他们终生都对对方充满了敬重之情。

彭德怀与徐向前立即交换军情,两个人共同的感觉是:部队行动的速度很不理想。

中革军委已经感到张国焘似乎在有意拖延部队北进的速度。

但是,七月十日张国焘的电报先到了。电报表明:"现毛儿盖开始战斗,胡敌测明我们企图,将集结兵力于松潘及其东北地区抗战"。因此,"我军宜速决统一指挥的组织问题,反对右倾。要能以坚决的意志,迅出主力于毛儿盖东北地带,消灭胡敌;特别要不参差零乱地调动部队,而给敌以先机之利,及各个击破或横截的可能"——这是张国焘首次明确向中央提出应该"速决统一指挥的组织问题"。

接到张国焘电报后,朱德、毛泽东、周恩来发出的电报是:

张:

甲、分路迅速北上的原则早经确定,后勿延迟,致无后续部队跟进。切盼如来电所指,各部真能速调速进,勿再延迟,坐令敌占先机。

乙、目前四方面军主力未到马河坝东北,沿途番民捣乱,三军团须使用于配置警戒及打通石碉楼方面。一军团及八十八、八十九两师三团,在毛儿盖未攻下前,不便突入。

丙、弟等今抵上芦花,急盼兄及徐、陈速来集中指挥。

朱、毛、周

十号

这一天,毛泽东到达芦花附近。

到达芦花的中央领导人开始讨论一个必须做出的决定:给张国焘什么"官"才好——松潘战役的准备已到最后关头,不给一再要权的张国焘一个"官",北进的计划也许会出现挫折,那样红军将面临更大的危机。毛泽东认为:"张国焘是个实力派,他有野心,我看不给他一个相当的职位,一、四方面军很难合成一股绳。"毛泽东看出张国焘想当军委主席,但"这个职务现在由朱总司令担任,他没法取代。可只当副主席,同周恩来、王稼祥平起平坐,他又不甘心"。张闻天就说,可以将自己的"这个总书记的位子让给他"。毛泽东断然否定了,他说张国焘"要抓军权,你给他做总书记,他说不定还不满意;但真让他坐上了这个宝座,可又麻烦了"。经过反复权衡,毛泽东对张闻天说:"让他当总政委吧。"这样做既考虑了张国焘的要求,又没让他把军权完全抓到手,是唯一两全其美的办法。在同现任红军总政委周恩来商量时,周恩来正发着高烧。那时和张闻天谈着恋爱的女红军刘英后来回忆说,周恩来"一点都不计较个人职位,完全同意这么安排"。

七月十八日,中共中央政治局常委扩大会议在芦花召开。

当天,红四方面军政委陈昌浩的电报到了,电报明确建议由张国焘任军委主席集中军事指挥:

焘、向并转朱总：

第七团蔡电报称：坝尾、内客一带之敌均退走，大概是撤去克龙或集小堡寺，备与我战。已令其大部仍固现阵，一部佯攻以制所部，向左方克龙、克辰方面认真游击，河东尽力制敌。树[王树声]到沙，电台时所坏。四台已修好，今晚到马河坝工作。弟即在该地逗留，或可赶到德怀同志处。全局应速决，勿待职到。职坚决主张集中军事领导，不然无法顺利灭敌。职意仍请焘任军委主席，朱总总前敌指挥，周副主席兼参谋长。中政局示决大方针后，给军委独断决行。坚决提高纪律、士气，肃反、反右，所出总的政治文件，示写作干部写出，使战士明白形势、任务及前途。对一、四方面军行动决议公布，统一全党与全军意志。浩连日不得指示，现在决亲来面报。

弟礼

巧卯[十八日五时至七时]

芦花会议只有一项内容：解决组织问题。

主持会议的张闻天首先提出了中央对于解决组织问题的意见：军委设总司令，由朱德担任；张国焘任总政治委员，军委的总负责者。军委下设常委，过去是四人，现在增加陈昌浩。周恩来调至中央工作。在张国焘尚未熟悉工作前，周恩来暂时帮助其工作。

宣布之后让大家讨论。

实际上，是等待张国焘的反应。

想当军委主席的张国焘当然明白，在这个会议上他是绝对的少数，他不可能提出自己当军委主席的意见。他别无选择，只有同意。于是，张国焘表示"基本赞同"。但是，他提出了增补中央委员会成员的建议。毛泽东的回答是：提拔干部是需要的，可是在目前形势下，中央不需要集中很多干部，因为部队更需要干部。至此，张闻天总结道："大家意见一致，很好。"

会议结束后，中革军委以主席朱德，副主席周恩来、张国焘、王稼祥的名义下达了对红军总司令和总政委的任命：

各兵团首长：

奉苏维埃中央政府命令：一、四方面军会合后，一切军队均由中国工农红军总司令、总政委直接统率指挥。仍以中革军委主席朱德同志兼总司令，并任张国焘同志任总政治委员。特电全体知照。

军委主席朱、周、张、王

十八

两天后，中革军委以机密电文的形式下达了第一、第四方面军各部队番号的变更以及干部的任命：

组成前敌总指挥部：徐向前兼总指挥，陈昌浩兼政委，叶剑英任参谋长；

第一军团改为第一军：军长林彪，政委聂荣臻，参谋长左权；

第三军团改为第三军：军长彭德怀，政委杨尚昆，参谋长萧劲光；

第五军团改为第五军：军长董振堂，代政委曾日三，参谋长曹里怀代；

第九军团改为第三十二军：军长罗炳辉，政委何长工，参谋长郭天民。

原第四、第九、第三十、第三十一、第三十三军番号不变。

第四军：军长许世友，政委王建安，参谋长张宗逊；

第九军：军长孙玉清，政委陈海松，参谋长陈伯钧；

第三十军：军长程世才，政委李先念，参谋长李天佑；

第三十一军：军长余天云，政委詹才芳，参谋长李聚奎；

第三十三军：军长罗南辉，政委张广才，参谋长李荣。

组织问题就这样解决了。

在部队建制上，只要中央红军的基本建制和骨干将领仍在，不被张国焘"混编"，毛泽东并不在意如何改变番号。特别是，从上述任命中可以看出，中央红军中的优秀指挥员李聚奎、张宗逊、李天佑、陈伯钧等,都已被加强到了红四方面军的队伍里。

中央红军在历尽千难万险的转战中,始终不遗余力地保存干部,朱德说"这是不幸中的万幸"。尽管在中央红军的每一次战斗中,红军干部总是冲在最前面,而只要他们一旦负伤,就会被抬着跟随部队行军。中央红军"甚至抽调战斗兵来抬着他们"。无论路途有多么遥远艰险,无论敌人的围追堵截有多么紧迫,即使不得不把伤员留给当地的老乡,也是将战士留下而决不放弃干部。因此,中央红军这个曾经的巨人虽然几乎血肉耗尽,可这支部队依然拥有着极其结实的骨架,骨架未倒血肉再度丰满只是时间的问题。那些在政治上和军事上皆可信赖的红军干部,对于整个共产党红色武装的发展壮大来说,"是极可珍贵"的。

组织任命下达后,红军还是没能立即北上松潘,尽管前线阵地不断失守再这样耽搁十分危险,可毛泽东还是认为接下来要开的会才是更重要的,这就是以中央政治局会议的形式讨论红四方面军的历史问题。

这是张国焘无论如何没有想到的。

张国焘声称"中央的政治路线有问题",现在中央要首先深究他的路线是否有问题。

政治局会议的议题让张国焘没有任何反对的借口:两军会合之后,中央有责任听取红四方面军关于放弃根据地的情况汇报,并且有权力提出意见并做出评判。

七月二十日,参加政治局会议的各部队军事指挥员陆续到达芦花。

会议开始前,毛泽东代表中华苏维埃政府,授予此前的红四方面军总指挥徐向前一枚金质"五星"奖章。这是徐向前第一次见到这么多中央和红军的领导,他既兴奋又拘谨——此时此刻,向徐向前授予金质"五星"奖章,具有令人联想的含义。其中至少有一个信息是明确的,即中央对徐向前的信任与肯定。

中央没有理会陈昌浩让张国焘任军委主席的建议,更没有采纳张国焘让陈昌浩当红军总政委的建议。陈昌浩和徐向前一起赶到芦花参加中央政治局会议，中央只授予了徐向前奖章，这不能不使陈昌浩感受到一种难以言表的失落和尴尬。

七月二十一日至二十二日，两天的政治局会议实际上是在讨论或者说是在争论一个问题：红四方面军放弃川陕根据地是不是一个错误的行动？

从向中央汇报工作的角度讲，红四方面军在放弃苏区等问题上对中央有所交代，是必要的；从纠正张国焘与中央离心离德的思想苗头出发，对他进行政治上的规劝和警告，也是必要的；从理论上解决思想问题，从而达到一、四方面军的团结合作，更是当前的必要。但是，这时候，整个红军的生存正受到极大的威胁：部队一直在严重缺粮的地域徘徊，国民党军不断地从四面压缩而来，特别是在红军准备突击而出的川北松潘地区，胡宗南部正利用红军在时间上的耽搁推进阻击防线。因此，在这个不毛之地的短暂争论，本应在时间更从容的时候再耐心讨论——事后证明，会议并没有达成中央希望的团结，张国焘与中央的背道而驰反而加剧了。

张国焘首先发言，他讲述了红四方面军撤出鄂豫皖和川陕根据地的前后经过。接着是徐向前发言，他汇报了红四方面军的部队状况："对党忠诚；服从命令听指挥；纪律较好；作战勇敢；打起仗来各级干部层层下放，指挥靠前；兵力运动迅速敏捷，长于夜战"；"平时注意军事训练"，"战后注意总结经验"。缺点是"文化程度低，军事理论水平和战略战术的素养不够"。最后，陈昌浩简要介绍了红四方面军的政治工作情况。

由于徐向前和陈昌浩要立即率前敌指挥部去毛儿盖，他们在发言之后就走了。

毛泽东的发言从红四方面军创建鄂豫皖根据地开始讲起，说到根据地在国民党军发动第四次"围剿"后被放弃时，毛泽东认为面对敌人的大兵压境，红四方面军既没有做充分准备仗也没有打好。说到川陕根据地，毛泽东认为红四方面军主力西渡嘉陵江，在取得歼敌十二个团的胜利后放弃根据地,是一个严重错误。红四方面军领导没能了解建立政权与建立红军的密不可分的政治关系。

放弃川陕根据地,这是张国焘的痛处,因此他反驳说:"川北苏区固应保卫,松潘亦应当控制,但这决定于四方面军的力量,而非决定于主观愿望"。红四方面军"当时的主要努力是策应一方面军,而我们的兵力有限,不能过分分散使用。如果中央并不以为四方面军策应一方面军的行动是多余的或错误的,就不应苛责四方面军不能完成力不胜任的其他军事任务"。张国焘认为,"川北苏区即使当时留置了较多的兵力,事实上也不能达到保卫的目的"。"而一方面军当时能否渡过大渡河顺利到达懋功,尚成疑问,四方面军果真全力北向夺取松潘",也许中央又会批评四方面军"隔岸观火,看轻休戚相关的大义"。

徐向前对这一问题的态度是:

> 整个说来,红四方面军退出川陕根据地,有复杂的原因。优势敌人的压迫,常年战争和"左"的政策造成的困难,策应中央红军的紧迫战略需要,都凑到了一起。从这个意义说,是历史的必然。问题在于:主力红军撤出根据地后,没有留下足够的兵力坚持游击战争,只留下刘子才、赵明恩等千把人枪,如果把三十三军留下,要好得多;强渡嘉陵江后,犹豫徘徊,丧失了进击甘南的战机,使"川陕甘计划"流产。川陕甘计划未能实现,非常失策,是关系整个革命命运的问题。如果当时实现了这个计划,我军将能得到更大的补充,中央红军北上就有了立脚点,形势会不一样的。

徐向前所说的"关系整个革命命运的问题",显然是指红四方面军被迫放弃川陕根据地西渡嘉陵江后,没有及时向北发展,造成了中央红军到达之后没落脚点,从而导致红一、红四方面军全部拥挤在西康这片不毛之地中。

由于发起松潘战役的时间被一拖再拖,红军先遣部队逐渐与后续部队"相隔过远",中革军委被迫对松潘战役原计划进行了修改。

此刻,追击而来的川军已经距离红军越来越近。

川军第二十军第二混成旅向廷瑞部为左翼,经两河口进攻懋功;第三混成旅为中路,其前锋翻越夹金山后直指懋功;第四混成旅从右翼翻越夹金山进攻达维;第二十军军部和第一、第五、第六混成旅为预备队。川军第二十军军长杨森亲自带领军手枪团,跟在第四混成旅的后面翻越夹金山。手枪团快要爬到山顶的时候,一个士兵开枪射击逃跑的民夫,枪声响过之后,天空突降暴风雪,手枪团所有的人都趴在地上不敢动。一个民夫说,翻雪山不能大声喧哗,更不能开枪,否则天神一发怒就别想活着下山。一听了这话,杨森发怒了,他命令士兵把山顶小庙里的王母娘娘塑像推倒扔到山涧里,然后强令官兵顶着风雪快速前进。结果,第四混成旅仅九团就有一百多名官兵死在夹金山上。七月二十五日午后,第二混成旅首先到达懋功。红军后卫阻击部队在把一条河上的桥板拆了后,撤退了。杨森在懋功的天主教堂里召集第二十军各部队军官会议,说本军占领懋功,受到蒋委员长的通令嘉奖,这是很光荣的事情。目前红军已经向青海方向去了,咱们川军追到这里,任务就算是完成了。杨森的话音刚落,蒋介石的电报到了。蒋介石认为,要巩固懋功必须占领抚边,因此命令第二十军各部队继续向北进攻抚边。

进攻抚边的战斗经过,并不像占领懋功那样顺利,第二十军三路进攻部队都受到红军后卫部队的顽强阻击。六团二营在进攻中遭到红军的突然反击,十八名士兵全被红军用大刀砍死。在左翼实施掩护的五团二营奉命向红军发起冲击,眼看就要冲上红军的阻击阵地时,红军从没有任何动静的阵地后面一下子冒了出来,二营营长李显宗即刻死在了红军的乱刀之下。六团团长李介立连夜派出一营迂回到红军阻击阵地的侧后,并在第二天拂晓再次发动进攻,两面受攻的红军阻击部队撤退了。随即,六团和五团相继开进抚边。在这里,川军发现了几十名由于负伤已不能行动的红军伤员,伤员们的身边还有一挺打光了子弹的重机枪,而他们背后的墙上写着"热烈欢迎张主席"的标语。

杨森命令把红军伤员拍摄成影片,影片的名字叫《灵关大捷》。

灵关,抚边以南的一个小镇,距抚边尚有一百多公里的路程。

杨森将影片命名为《灵关大捷》,也许是想用几个红军伤员表现他的第二十军从抚边到灵关一路"大捷"。

川军第二十八军邓锡侯部李树华旅奉命配合第二十军行动。李树华的三个团一直跟在杨森部队的后面与红军后卫部队作战。中央红军翻过夹金山大雪山后,李树华旅接到军里转来的一封密信,信中转述了红军总司令朱德写给邓锡侯军长的密信内容:国难当头,应停止内战。红军北上抗日,如兄部愿来,我们欢迎;如暂时不能,希望互不干扰。随后,邓锡侯给他的第二十八军各部队长官下达了密令:追击部队要与红军保持一天的路程。既不失红军的行踪,但也不要与红军发生战斗。每天派人向当地藏人打听红军的去向,然后逐级上报足以应付即可。结果,李树华旅一路与红军即使有过短暂的接触,也是一触即退,自己和红军双方都没有伤亡。邓锡侯的官兵由于得不到杨森的接济,到十月大雪封山时部队粮米断绝。邓锡侯在给蒋介石的电报中说,第二十八军"奋勇追击斩获甚丰",但是"饥无食,寒无衣,病无药"。

此时,位于川西北的北川、茂县、汶川等战略要地,都已先后被川军占领。

陷于荒无人烟的西康地区,令红军面临着不战即毙的境遇。

松潘,四川西北部川甘大道上一个重要的战略要地,四周山高林密,塌方不断,通行极其困难。

红四方面军向松潘实施的战斗攻击均未成功,红军想抢在胡宗南部之前占领松潘的愿望没有达成。

命令胡宗南部不顾一切地抢占松潘,是蒋介石军事指挥生涯中少有的精明之举。一个月前,蒋介石亲自调动他的中央军嫡系部队:胡宗南的第一师、陈沛的第六十师、伍诚仁的第四十九师和王耀武的第一补充旅、钟松的第二补充旅,命令他们急促赶往川北松潘地区。蒋介石最初的目的是阻止红一、红四方面军会合,然而这一军事调动的结果却显示出他对红军未来走向的一种预感:

急。
胡师长宗南:

　　松潘部队既占归化,应速向叠溪节节进展。但一面进展须一面逐段筑碉,对于两侧尤应注意。故横线亦应扼要筑碉据守,勿受匪迂回抄袭。对于向松潘增加后续部队,最好陆续移增,决再增三团,共加六团为妥。如弟能前往亲自督剿更好。决自鱼日[六日]起派空军每日掩护我军向叠溪进展。希告进攻部队协同动作,俾奏速效。

中正手令。

这一天,中央红军刚刚到达夹金山大雪山脚下。

蒋介石的嫡系部队在向松潘集结的过程中吃尽了苦头。第二补充旅是从北平调来的,这个旅从旅长到团长全是黄埔军校的毕业生,于是与蒋介石皆成为师生关系。早在一九三五年二月的时候,他们就奉命向川陕地区开拔归胡宗南指挥。第二补充旅从北平坐火车到郑州,再从郑州转车到西安。虽然受到西安绥靖公署主任杨虎城的招待,但是官兵们明显感到陕军并不欢迎他们。四月,第二补充旅开始向松潘地区靠拢,可他们接到的命令却不是顺着大路走,而是要走秦岭中陡峭的古栈道。国民党军第一师师长胡宗南的解释是:陕军第七军军长冯钦哉的部队正在大路上转运物资,物资中有从汉中银行提出的大量现款,如果在路上两军相遇可能要发生冲突——为什么会发生冲突?为了两军路上相遇,还是为了大量现款?第二补充旅被迫在没有人烟的荒山中行军,第一天就摔死了好几匹马,原来驮在马背上的弹药和给养只好由士兵来背。秦岭的春季阴雨连绵,栈道单人勉强可过,山中没有任何可以宿营的地方,由于开小差的士兵很多,被丢弃的弹药和整袋的面粉在栈道上随处可见。第二补充旅从陕西进入四川,翻越海拔五千多米的雪宝顶大雪山后到达松潘,驻扎在松潘县城第一中学里。

胡宗南亲自率领着丁德隆的独立旅、李铁军的第一旅、袁朴的第二旅、廖昂的西北补充旅、伍诚仁的第四十九师、王耀武的第一补充旅在甘南和川北交界处的文县附近集结。当红四方面军从川北西去之后,胡宗南的大军才开始沿着涪江上游北岸的小路向松潘前进。庞大的部队把沿路百姓的粮食和稻草全征用了,仍然无法满足需要。而胡宗南的命令是:不顾一切迅速到达松潘。胡宗南认为,如果红军赶在他前边占领了松潘,在川西北那个荒僻的地域里,他想撤退都不知道该撤往什么地方。

六月下旬,胡宗南的部队占领松潘一线。

国民党军二十七个团挡在了红军北上陕甘的路上。

这就是毛泽东在芦花会议上对红四方面军西渡嘉陵江后没能控制松潘地区提出质问的原因。

胡宗南大军驻守松潘,各旅搭起的帐篷遍布在附近的山谷中,红军没有飞机大炮,他们不怕暴露目标。山地多变的气候时风时雨,官兵们还都穿着单衣,虽然雇佣了大量的民夫,由于需要昼夜不断地挑运粮食,因此根本没有力量再运送棉衣。民夫从江油县城挑米来松潘,壮夫每人百斤,弱者每人七十斤,近三百里的艰险山路上,倒在路边的民夫不计其数。即使到了松潘,担子里的米也已让民夫在路上吃去了一半。在给养成为严重问题的时候,胡宗南下了一道命令:"国难当头,一切要节约,上至司令官下至士兵,每天只吃一餐,放午炮吃饭。"所谓"放午炮",就是中午的时候,一声炮响,各部队统一开饭,每天一炮一顿饭。胡宗南也在炮响之后吃饭,但他携带有大量的饼干和罐头,再加上当地的土豪经常请客,所以他自己并没有饿着。

西北补充旅的哨兵抓住一名红军便衣,从这名红军便衣的身上搜出一张地图,地图是用毛笔画的,川、甘、青三省边界一带的山脉、河流、道路、村庄均在图上。这样一张地图绝非短时间能够画出,胡宗南这才知道这名红军便衣早在他的部队入川之前就已经扮成货郎潜入了松潘。胡宗南看着这张甚至比他的作战地图还要详细的地形地貌图,终于明白红军肯定要在这里与他打上一仗了。

胡宗南不想与红军作战,因为他的兵力没有红军多,同时他知道红军能吃苦肯拼命,真的打起来他的部队凶多吉少。

一九三五年六月二十六日,蒋介石在成都发出了给川军第二十四军军长刘文辉记大过处分的电报。电报以刘文辉各部失守大渡河为由,指出之前一再电示川军沿大渡河北岸"逐段切实筑碉",而刘文辉也"先后电复一一遵办",可是当中央红军一举渡过大渡河后,蒋介石才发现刘文辉对他的每一次电示"实际全未遵行"。对于这一点,蒋介石说,红军"在两天内能行三百里,还要作战,可为铁证。否则碉堡阻滞,行动决不能如此神速"。所以,必须"着记大过一次,以为督饬不力者戒"——蒋介石终于敢收拾川军了,这是因为中央军薛岳率领的周浑元部和吴奇伟部都到达了成都附近,四川成为中央军的天下已经势在必得。蒋介石在成都认真研究了川西北地形,认为红军现在徘徊在西康地区,东有岷江,西有大小金川,南有夹金山终年不化的积雪,北有无法通行的草地,几万红军根本无法处处布防,加之粮食缺乏,气候恶劣,因此只要北堵南追红军在劫难逃。

七月十八日,国民政府军事委员会委员长行营参谋团发布《川甘边区"歼匪"的计划大纲》,蒋介石对红军未来行动路线的判断已经准确:

> 现朱、徐两匪各派一部窜至毛儿盖、哈龙冈、羊角塘、班佑一带,企图袭取松潘。原据北川、墩上各处股匪,已向茂县撤退。威州〔汶县〕、茂县间之村庄,全被匪焚毁。依据匪之过去行动,均系避实攻虚,且青海南部多属软地,类皆不毛。是可判断该两匪,先各以一部分向毛儿盖、阿坝探进,其余必跟续分途北进,并以大部经毛儿盖进窜岷县,一部经阿坝进窜夏河,期达越过洮、黄两河,接通"国际路线",或由陇中窜向陕北、宁夏,与陕匪合股。如其不遂,仍回窜川北……

这确实是毛泽东设想的红军北进陕甘的路线。

于是,蒋介石在这条路线上层层设防,先后调集的总兵力达三十万之众。

胡宗南知道毛儿盖的重要性。虽然这个小地方在地图上难以发现,但是它处在红军北进的道路上,而且是松潘草地的南沿。如果红军要进攻松潘,必须先占领毛儿盖。因此,胡宗南在到达松潘的第二天,就命令西北补充旅一营营长李日基率部前去毛儿盖。胡宗南交代李日基的任务是:"搜索、警戒和打游击。"至于"能不能打游击",胡宗南的指示是:"自己做主,不要向我请示。"李日基营在两个藏族向导的带领下走了两天才到毛儿盖,部队住进了寺院供喇嘛住的空房子里。

毛儿盖是河谷中的一块狭长平地。一条不宽的小河自北向南流过,把两座大山隔在平地的边缘。沿河是青稞地,山坡上长满低矮的乱草。由于这里海拔高,从北方来的官兵很不适应。李日基判断红军只能从南边来,因此他向那里的一个藏族小村庄派出一个前哨班,并在村庄两侧的山头布置了警戒排。除此之外,一营官兵没有修筑任何工事,因为李日基营长认为此地没有固守的必要。

但是,几天之后,胡宗南来电,说红军有向毛儿盖进攻的迹象,命令一营固守。李日基立即回电说,要固守这里至少需要一个团。胡宗南果然派了个副团长率领一个营前来增援。可是,这个副团长连同他率领的那个营,仅仅在毛儿盖待了几天,就又被胡宗南调回去了。李日基后来才知道,为了不留在毛儿盖与红军作战,这个副团长买通了胡宗南的一个参谋,结果这个参谋对胡宗南说毛儿盖的防守一个营足够了。愤怒的李日基只有赶快修筑阻击阵地以便迅速展开兵力。全营正忙着,电台报务员报告说:附近发现一个大电台,肯定是红军大部队来了!

攻击毛儿盖的红军部队,是黄开湘和杨成武率领的红一军团第二师四团。

四团一直是整个红军的先头部队,他们到达毛儿盖的时间是一一九三五年七月十日。

先是南边那个藏族小村庄里的前哨班跑了回来,然后整个毛儿盖都被红军包围了。红军从南面的山地冲过来,警戒排转眼间就溃败了,负伤的排长被士兵背回了营部。晚上,李日基亲临阻击阵地指挥战斗,企图以此鼓舞士气。李日基发现红军的装备很差,火力根本无法与自己相比。由于李日基离开了营部,副营长吴剑平负责给胡宗南去电报告战斗情况。这一下弄得胡宗南不断地问"李日基如何"。天亮之后,李日基回到营部,发现一营请求增援的电报再也没有了任何回音,不禁怒火万丈。后来他才知道,自从副营长署名的电报一再发出后,胡宗南先是以为李日基已经死了,后来又怀疑他投降了红军,因此无论如何不敢派出增援部队,生怕中了红军的计谋。

第四天,红军已占领毛儿盖的大部分地区。

李日基营营部与各高地之间的联络被切断,全营大部分人马被困在那座名叫索花寺的寺院里。一连几天,红军的攻击并不猛烈,李日基怀疑红军在挖地道,忙派人前去侦察。果然,红军的地道快要挖到寺院里了。此时,在寺院大门防守的副营长吴剑平和一连连长郭全喜相继阵亡,全营粮弹全无,增援无望,军心崩溃。李日基连续发电大骂胡宗南无情无义。胡宗南的电报终于来了,在确信李日基还活着后,他命令一营撤退:"电到后该营即可撤回并将电台砸毁,回来士兵一人赏洋十元,带回武器一支赏洋二十元。"已经魂飞魄散的李日基立即命令部队砸了电台开始突围。一营能够突围的官兵仅剩约五百人,其余一百多个伤员和体弱者全部被红军俘虏。天降大雨,李日基营的官兵饥寒交迫,看见红军冲上来,坐在地上马上缴枪投降。李日基顺着一条山沟拼命跑,跑了一夜后发现身后的官兵已不足百人了。毛儿盖四周的小路上到处都有红军的警戒哨兵,李日基不敢走出树林,流浪了几天之后才回到松潘。胡宗南没有斥责狼狈不堪的李日基,而是让他去领赏。由于根本没把胡宗南的那封电报听完就跑了,所以李日基一头雾水不知道让他去领什么赏。

胡宗南丢失了毛儿盖,但是他的收获是:确定了红军现在的具体位置,同时明确了红军定要进攻松潘。因为红军如果不走松潘,就只能进入没有人烟的大草地。胡宗南认为,数万红军无论如何也不会走进那条绝路。

占领毛儿盖的四团缴获甚丰。除了粮食和酥油外,竟然还有前门牌香烟!黄开湘和杨成武立即派出一个骑兵班把这些香烟送到师部去,因为他们知道聂荣臻政委和陈光师长已经很长时间没有抽到真正的香烟了。

红军的先头部队在毛儿盖停留了很长时间。

四团曾向松潘方向发起进攻,由于敌人兵力多火力强,在付出很大牺牲之后不得不撤回。

红军的后续部队没有跟进。

红军各部队虽然都在执行北进计划,但是行动的速度极其缓慢。

八月初,毛泽东到达一个名叫沙窝的地方。沙窝四面皆山,"山上树林茂密,山沟中有一个藏人的小村庄"。

由于内部矛盾再次激化,张闻天又一次发出开会的通知,时间是八月四日。

北上毛儿盖的行军被再次耽搁。

粮食更加匮乏,疾病开始流行。疾病流行的原因是饥饿的官兵吃了死亡后风干或腐烂的牛羊尸体,还有有毒的野菜或是蘑菇。

在沙窝附近负责收容伤病员的女红军李伯钊把刘少奇的烟叶子吃了。这些像萝卜叶子一样的绿色野草,被刘少奇采集来当烟草,因为整齐地摊在地上晒着,饥饿难耐的李伯钊看见后就拿来煮着吃了。刚吃到一半,李伯钊就开始趴在一座牲口圈里不停地呕吐。不久,女红军们发现一个可以找到粮食的办法,那就是在牲口粪里寻找没有被消化的青稞粒,这一发现居然令她们一粒一粒地从牲口粪里挑出来好几斤青稞。

沙窝会议在一座喇嘛寺院里召开。

参加会议的有张闻天、毛泽东、周恩来、博古、朱德、张国焘、邓发、凯丰,还有刘伯承、陈昌浩、傅钟。

矛盾爆发的导火线还是一篇文章。由于张国焘仍试图促使红军实施他的西进川康计划,红军的北进缓慢而拖沓,由此引发了一、四方面军之间的种种猜测。张闻天出于对党和红军的团结的担忧,写了一篇名为《北上南下是两条路线斗争》的文章,送到红军总政治部内部刊物《干部必读》编委会要求发表。编委会由张闻天、陈昌浩、凯丰、博古、杨尚昆组成。陈昌浩发了脾气,说希望红军一致北上没错,但"何必又端出个南下来批判"?将北上与南下之争上升到路线斗争高度,其真实意图只能是"整"红四方面军。张闻天没想到自己的文章会惹来陈昌浩这么大的火气,他到毛泽东那儿从头到尾学了一遍,说他无非是想让红军北上的战略顺利实施。毛泽东听后笑了,他告诉张闻天,现在写这样的文章没有用,张国焘仗着人多枪多是不会听进去的。张闻天忧心地问,如果张国焘坚持南下怎么办呢?毛泽东的回答是:"忍耐、斗争、等待,不可操之过急,最好一起北上。"

沙窝会议进行了两天。

第一天会议通过了《关于一、四方面军会合后的政治形势与任务的决议》。决议特别指出:"必须在一、四方面军中更进一步地加强党的绝对领导,提高党中央在红军中的威信。中国工农红军是在中国共产党中央的唯一的绝对的领导之下生长与发展起来的,没有中国共产党就没有中国工农红军。"决议告诫全体红军官兵:"一、四方面军都是中国工农红军的一部分,都是中国共产党中央所领导的"。"一、四方面军兄弟的团结,是完成创造川陕甘苏区,建立中华苏维埃共和国的历史任务的必要条件。一切有意无意的破坏一、四方面军团结一致的倾向,都是对于红军有害,对于敌人有利的"。决议号召"全体党员与红色指战员像一个人一样团结在党中央的周围"。

第二天,会议开始解决组织问题。会议拒绝了张国焘提出的增补红四方面军九名干部为中央政治局委员的意见。当时,中央政治局一共才八个人。会议决定增补陈昌浩、周纯全为政治局委员,徐向前、陈昌浩、周纯全为中央委员,何畏、李先念、傅钟为候补中央委员,并任命陈昌浩为红军总政治部主任,周纯全为副主任。虽然中央在人事安排上对张国焘作出一些让步,但毛泽东坚持政治局不能人太多,因为"还有二方面军和全国白区的秘密党的组织"。会议根据毛泽东的建议,做出"恢复红一方面军建制"的决定。周恩来被任命为红一方面军司令员兼政治委员——这一决定在未来巨大突变发生的时候,几乎起到了拯救危亡的作用。

沙窝会议召开的前一天,鉴于攻打松潘的战机已经失去,中革军委制订了一个新的作战计划,即《夏洮战役计划》。计划的中心意图是:红军继续北上,穿越松潘草地,经阿坝进入甘南,在洮河与夏河的广大地域形成发展趋势。

集中优势兵力突击一点,是红军一贯的作战原则。但是,张国焘坚持兵分两路。《夏洮战役计划》将红军分成左、右两路军。两路红军由两个方面军部队混编而成:左路军,由红一方面军第五、第三十二军,红四方面军第九、第三十一、第三十三军组成,共二十个团,由朱德和张国焘率领北上,向阿坝方向开进;右路军由红一方面军第一军团和红四方面军第三十军组成,共十二个团,由徐向前、陈昌浩率领北上,向班佑方向开进;红四方面军第四军等共七个团为钳制部队,红一方面军第三军团为总预备队并担任后方掩护,归右路军指挥。

张国焘离开了沙窝,毛泽东目送着他的身影渐渐消失。

与毛泽东告别的,还有朱德。

根据夏洮战役作战计划,朱德将和张国焘一起指挥左路军。

高大而消瘦的毛泽东站立在风中,心情恶劣到了极点。

在与朱德分别的那一刻,毛泽东无论如何都没想到,他们两个人再次相见竟然是一年以后了。

周恩来的病情在这个时候到了危在旦夕的地步。

自中央红军踏上长征征途以来,周恩来的精力和体力消耗已经达到极限。他终于倒下了,高烧不退。医生开始以疟疾病来治疗,但是没有任何效果。当周恩来因腹部剧烈疼痛而陷入昏迷时,医生终于诊断出他得的是肝脓肿。

周恩来的肝脏严重化脓,疼痛使这位性格坚韧的共产党人彻夜呻吟。邓颖超被从休养连叫来了,看着随时会有生命危险的丈夫,她没有任何办法减轻周恩来的痛苦,只有不断地为他擦去脸上的汗珠。性急的陈赓命令官兵到雪山上弄来冰块,为周恩来做腹部冷敷以期减轻他的痛苦。周恩来的病情日益恶化,没有人能想出办法来救他。

毛泽东来看望周恩来了,红军中不能没有周恩来。

昏迷三天之后,周恩来排出一大盆绿色的脓血,而后他的疼痛竟然减轻了——周恩来奇迹般地活了下来。

近四十年后周恩来被诊断出患了癌症。那时毛泽东也同样被重病折磨着,他无法再看望周恩来了。周恩来在最后一次手术前给毛泽东写去一封信,信中写道:"这一大肠内的肿瘤位置,正好就是四十年前我在沙窝会议后得的肝脓疡病在那里穿肠成便治好的位置……"

毛泽东体质之好是惊人的。在中国红军的艰苦征战中,他除了被蚊虫叮咬患过疟疾之外,再也没有患过其他任何疾病。但是,从沙窝开始一路北上毛儿盖,毛泽东觉得自己十分难受,这种难受来自内心的巨大忧虑。

张国焘回到卓克基。徐向前的意见是,部队必须马上离开这块不毛之地:"这里没有吃的,得赶紧走,我们在前面打仗,找一块有粮食吃的地方……部队天天吃野菜和黄麻,把嘴都吃肿了……这么困难的情况下,要命第一!"但是,张国焘就是按兵不动。

八月十五日,中共中央致电张国焘,催促左路军部队"专力北上",口气急促而恳切:

朱、张二同志:

(一)不论从敌情、地形、气候、粮食任何方面计算,均须即时以主力从班佑向夏河疾进。右路军及一方面军全部,应即日开始出动,万不宜再事迁延,致误大计。

（二）新麦虽收，总数不多，除备行军十五天干粮外，所余无几。此事甚迫切，再不出动，难乎为继。

（三）目前洮、夏敌备尚薄，迟则堡垒线成，攻取困难。气候日寒，非速到甘南夏河不能解决被服。

（四）毛儿盖到班佑仅五天，到夏河十二天，班佑以北，粮、房不缺，因此，一、四两方面军主力，均宜走右路，左路阿坝，只出支队，掩护后方前进。5K、32K［部队代号］即速开毛。

（五）目前应专力北上，万不宜抽兵回击抚边、理番之敌。

（六）望立复。

中央

八月十五日十四时

十五日，朱德和张国焘率领左路军先头部队，从卓克基出发前往阿坝。

同一天，右路红军的先头部队在前敌指挥部参谋长叶剑英的率领下，也从毛儿盖向北出发了。

但是，左路军的行进方向不是在向右路军靠拢，而是越走离右路军越远。此时，张国焘仍在试图自阿坝向西，进入甘肃和青海交界的边远地区。

张国焘表现出的动摇严重威胁着红军的整体行动计划。

二十日，中共中央政治局在毛儿盖举行会议，参加会议的有张闻天、毛泽东、王稼祥、博古、陈昌浩、凯丰、邓发，列席会议的有徐向前、李富春、林彪、聂荣臻、李先念。朱德、张国焘、刘伯承因在左路军中没有到会。叶剑英因在右路军先头部队，彭德怀因跟随担任后卫的第三军团也没有到会。周恩来因病缺席。会议再次强调了迅速占领甘南洮河流域的战役计划，特别指出"深入青、宁、新僻地是不适当的"，那里是少数民族聚居地，物资匮乏，难以保障大军长期驻守。同时，一旦敌人在黄河东岸布防起拦截线，红军将被困于其中，前后左右都将难于伸展。会议通过了《关于目前战略方针之补充决定》，决定明确了一个重要原则：以右路军为北进主力，左路军作为战略预备队迅速东出跟进。会议要求"全体党员与红色指战员，以布尔什维克的坚定，以工农红军特有的英勇，团结在中央的路线之下歼灭敌人，实现赤化川陕甘，而为苏维埃中国确立巩固不拔之基础"。

第二天，八月二十一日，右路红军离开毛儿盖，陆续进入无边无际的松潘大草地。

松潘大草地，位于今天四川阿坝藏族羌族自治州北部，南北绵延约两百公里，东西最宽处约一百公里，是一片平均海拔三千多米的高原湿地。

如果之前能够按时发动计划中的松潘战役，近十万红军本可以避免进入这片犹如巨大陷阱的草地。

无论是红一方面军还是红四方面军，自离开苏区开始长征以来，所遇到的艰难险阻不计其数，但就自然环境之恶劣而言，以松潘大草地为最。

四团再次成为整个红军的先遣部队。

四团出发前，杨成武被毛泽东叫到毛儿盖。

毛泽东对杨成武说："这一次你们红四团还是先头团。必须从草地上走出一条北上的行军路线来。"毛泽东详细询问了四团的各项准备工作：粮食、衣服、向导……毛泽东告诉杨成武，克服困难最根本的办法，就是把可能遇到的一切困难向官兵们讲清楚，把为什么要过草地北上也向官兵们讲清楚。"只要同志们明确这些，我相信没有什么困难能挡得住红军"。杨成武走的时候，毛泽东让警卫员把自己的晚饭——六个鸡蛋大小的青稞馒头——端出来送给了杨成武。毛泽东最后嘱咐杨成武："必须多做一些'由此前进'并附有箭头的路标，每逢岔路，插上一个，要插得牢些，好让后面的部队跟着路标顺利穿过草地。"

四团找到一个六十多岁的藏族老人作向导，还专门安排了八个战士轮流用担架抬着他。

一九三五年八月二十一日早晨,在穿过一条无名山谷后,红一军团第二师四团进入了松潘大草地。

站在大草地的边缘,杨成武举起望远镜看去,心情骤然紧张起来:大草地里野草丛生,水流交错,水草上雾气缭绕,天地间苍茫无边,人一旦置身其中根本无法分辨方向。没有树木,没有石头,几乎没有干燥坚硬的地面,只有长在沼泽上的一丛丛几尺高的乱草。黑色的积水散发着腐味,草丛下是无法预测的泥潭,脚踩在上面软软的,若是一不小心下脚过猛,就会陷下去直至被淹没。

六十多岁的藏族向导用生硬的汉语说:"往北,只能从这里走。"

看着杨成武一脸的难以置信,藏族向导详细地解释说:"要拣最密的草根走,一个跟着一个。我就这样走过,走了几天几夜,才出了草地。草地里的水是淤黑的,有毒,喝了肚子发胀,还会死。如果脚被划破了,伤口被水一泡就会烂。"杨成武和黄开湘立即制定了一条纪律,要求部队官兵一个一个地传下去:除了河水和雨水,不准喝也不准用草窝里的水。

四团进入松潘大草地的第一天,军团长林彪给前敌总指挥部发出的电报是:

聂抄转周、徐、陈:

一、二师于十七时到达腊子塘露营。

二、由毛到腊约八十里,路平好走,途中无人烟,须过五次河,有三次无桥。因天雨,水深及流速均正在增加,此刻水深约七十生的[厘米]。

三、编入四团之二九四团共三百余人全无雨具,通身湿透。

四、腊子塘从前有牧牛及架帐篷遗迹。今晚各部均在雨中拥坐,此地树林甚少,不能全部搭棚子及烧火。

林

二十一日十八时

二九四团,红四方面军的部队,在红军进入松潘草地前被编入四团。

草地天气多变。早上乌云滚滚,冷雨霏霏,中午的时候突然晴朗起来,但顷刻之间又是大雨滂沱。大雨使草地里的河水骤然暴涨,四团无法徒涉,只能停下来等待。四团走了两天之后,藏族向导指着前面突然出现在草地中的一座山丘说:"那就是分水岭。我们从毛儿盖来,一路所有的河都往南流,流入岷江,接着又流进长江。过了那个山丘,所有的河都往北流,流入玛曲江,最后流到黄河里去了。"

红军官兵们登上那座山丘一看,眼前绿茵茵的草地一直铺展到天边,无数条水流在草地间蜿蜒如同玉带,草丛里繁茂的野花色彩斑斓,在阳光下令人昏眩地摇曳着。

这里是中国的大河之源。

在这里,十七岁的小红军郑金煜死了。

进入草地的第二天,四团就有官兵倒下了,他们都是在消耗尽身体里的最后一点热量后一头栽倒在泥水中的。有的人夜晚还在大雨中与战友们站在一起露营,天亮时分却没有了踪影,他们站立的地方只剩下一个泛着黑水的水涡。即使那些仍在行走的官兵,也因为饥寒而脸色黑黄。一些官兵只要倒下就再也站不起来了。郑金煜从江西石城加入红军,成为一名小宣传员,他个子不高人长得秀气,但打起仗来毫不含糊,因为作战勇敢十六岁就入了党。四团进入草地后,小红军郑金煜背着武器、背包,还背着部队生火用的柴火。他总是走在队伍的最前面,宣传鼓动的时候笑眯眯的,会讲故事还会唱歌。后来,杨成武发现有两天没见着这个活泼的小红军了,一问才知道郑金煜因为呼吸困难被送到卫生队去了。红军官兵都表示无论如何也要把他带出草地。杨成武把自己的马给了这个小红军,但是郑金煜已经无法在马背上坐住了,卫生队把他绑在杨成武的马上,让人跟着马看护着他。第四天中午,被绑在马背上的郑金煜突然说:"让政治委员等我一下,我有话要对他说。"走在前面的杨成武立即赶过来,郑金煜断断续续地说:"政治委员,我在政治上是块钢铁,但是我的腿不管用了,我要掉队了,我舍不得红军,我看不到胜利了。"周围的人都哭起来。杨成武说:"你一定能够走出草地,我们一定会帮助你走出草地。"——四团走出草地的前一天,十七岁的小红军郑金煜死在了马背上。

四团给后续部队留下了路标,可不断的大雨和泥潭令路标很快就模糊了。与冰冷的大雨、稀薄的空气和近似陷阱的泥潭相比,最大的威胁还是缺粮。一旦进入松潘大草地,几乎所有的死亡和消耗都与无法得到补充有关。尽管事先用强制的方式要求官兵筹集和携带至少可以支持一周左右的粮食,但实际能够筹到的粮食十分有限。于是,不少官兵在行军的前两天就吃光了携带的干粮。

红三军团的一个连队有九名炊事员。班长姓钱,矮个子,不大爱说话。他带领的这个炊事班,每个人挑的担子都超过了规定的重量。钱班长说草地里弄不到粮食,多挑一点有好处。虽然受到了上级的批评,但在向草地出发的那一刻,钱班长还是带上了连队的那个大铜锅。这个大铜锅从江西一直跟随着他们到了松潘草地。大铜锅有几十斤重,上级命令把锅扔掉,钱班长说:"锅扔了,炊事班干什么?"虽然钱班长很严厉,可大家还是很喜欢他,因为他对革命无比忠诚。在贵州打土城的时候,官兵们眼看着他在给阵地送饭时倒下了,大家都以为他牺牲了,难过了很久,然而半夜时分他又一个人爬了回来,敌人的子弹打在了他的腿上。炊事班行军负重大,别人休息的时候他们还要忙。钱班长发现官兵们的脚被黑水泡肿了,于是每天都要用大铜锅烧热水让官兵们烫脚。进入草地的第二天,大铜锅就没有粮食可煮了。炊事班给那些没有了干粮的官兵不断地补充着事先炒好的小麦和青稞。而大铜锅还照常被挑着行军。一天早上,一个炊事员刚挑起大铜锅,身子一歪就一声不响地倒下了。另外一个炊事员挑起大铜锅继续赶路。中午的时候狂风大雨,部队被迫停止前进。炊事班在雨布下忙着用大铜锅烧姜水给大家喝,好容易把水烧开了,那个挑着大铜锅行军的炊事员端着一碗姜水想给病号送去,没走几步就连人带碗摔在了泥水里,官兵们赶忙上前想扶起他,却发现他已经死了。这时候官兵们才知道,炊事班的同志自从进入草地后谁都没舍得吃一粒粮食。第四天的时候,半夜里,钱班长突然想喝水,他走到篝火前坐下来。大铜锅里一滴水也没有,钱班长就这样守着空锅一直坐到天亮。篝火已经熄灭,部队又要上路了,官兵们发现钱班长还在那里坐着,走过去一看,他就这个样子死了。官兵们叫着他,轮流把他抱住,试图让他活过来,可钱班长的身体已经凉了。和钱班长一起转战了这么远的路途,大家竟然谁都不知道他的家乡在哪里,也不知道他在世上还有什么亲人,只知道在江西的时候他跟在红军的队伍后面走了很远才被批准参加红军。

钱班长和他的炊事班的战士全都牺牲在了草地里。

红三军团军团长彭德怀也断粮了。开始的时候还可以用野菜充饥,很快就连这些东西都找不到了。彭德怀命令他的老饲养员把连同他的坐骑在内的六头牲口全部杀掉。老饲养员急得直落泪,因为他知道彭德怀对他那头大黑骡子感情很深,平时无论他心情多么不好,只要看见大黑骡子脸上就有了笑容。为了这个,老饲养员经常和大黑骡子一起分享自己的干粮。大黑骡子在彭德怀面前十分温顺,但是打仗的时候却毫无畏惧。部队过湘江的时候,不少不会游泳的战士都是拉着它的尾巴才死里逃生的,它在那条被敌机狂轰滥炸的大江中游了好几个来回。平时行军的时候,它不是驮器材,就是驮伤员。部队翻越夹金山大雪山,它的背上不但有沉重的行李,还有几个走不动的战士,尾巴上还拖着两个小红军。当时,老饲养员万分心疼,生怕大黑骡子会累死。彭德怀的命令下达之后,老饲养员和警卫员谁都不愿意去执行。彭德怀命令军团部的一名干部去。干部带上了名叫印荣辉的战士。印荣辉后来回忆说,六头牲口被集中在一起,二十多分钟过去了,谁也不开枪。彭德怀叉着腰站在远处喊:"开枪!立即开枪!"最后,那位干部开枪了,用机枪扫。五头牲口倒下了,可那头大黑骡子依然安静地站着。它是个老兵了,根本不害怕枪声。老饲养员扑上去,抱着大黑骡子的脖子喊:"把它留下!把它留下!"彭德怀走过来,低声说:"同志,人比牲口重要。"然后,他看了那个干部一眼,干部又开了一枪,大黑骡子很慢地倒了下去,老饲养员趴在它身上失声痛哭,就是不让人对它动刀。彭德怀转身走了,看得出来,他不忍心回头。彭德怀自己不吃,也不允许军团部的人吃。包括大黑骡子在内的六头牲口的肉,全部给部队送去了。彭德怀还特别嘱咐,好肉要分给战士,特别是伤员和病号。干部们要分,就分一点下水和杂碎。老红军印荣辉说:"这些肉不知救了多少红军的命。"

红军官兵每人身上都有一个干粮袋,这个袋子是他们最重要的东西,走路时带着,露营时抱着,如果能够有块相对干燥的地方,可以躺下来睡一会儿的话,他们就枕着这个袋子。不少官兵在袋子上用线缝上了自己的名字。红一军团的小红军谢益先也不例外。由于不识字,他把他那个笔画很多的"谢"字用白线缝得很大,歪歪扭扭的。谢益先入伍前是一个赤贫的农民,红军到达他家乡的时候,他毫不犹豫地帮助红军带路,结果红军走后他的父母被地主打死了。谢益先把自己的小弟弟送给了乡亲,然后徒步走了十几天追上红军。参加红军的那一年他才十六岁。红军大部队刚一进入草地,小红军谢益先就遇到了迷失在草地里的一对母女,她们是从已经被国民党军占领的川陕根据地逃出来的。看见她们,谢益先想起了自己的母亲。在以后的行军中,只要部队停下开始吃干粮,谢益先就躲在一边,别人问他他说自己已经吃饱了。两天后,他走路开始摇晃,副班长就扶着他走;第四天,谢益先一头栽倒再也没能站起来。当这支红军部队到达草地边缘的时候,官兵们才发现队伍的最后面走着那一对母女,她们到处打听一个姓谢的小红军,手里捧着的那个干粮袋上缝着歪歪扭扭的一个"谢"字。副班长顿时声音哽咽,他告诉那对母女小红军谢益先已经死了。那位母亲一下子跌坐在地上。直到部队走远了,官兵们还能听得见她的哭声。

先头部队出发后的第三天,毛泽东走进松潘大草地。

毛泽东的警卫员吴吉清后来回忆道:

> 天空像锅底黑刷过的一般,没有太阳;眼前是一望无际

的茫茫草原,看不见一棵树木,更没有一间房屋……如果一不小心,踏破了草皮,就会陷入如胶如漆的烂泥里。只要一陷进去,任你有天大的本事,也别想一个人拔出腿来。我因为性子急,走进草地不久就碰上了这种倒霉的事,幸好主席那宽大有力的手一拉,我才摆脱了危险。一上来,主席就对大家打趣地说:"别看他外表像个泥人,那泥里包着的可是钢铁。"

与毛泽东走在一起的,是红军中的老同志和女红军。这是一支衣衫奇特的队伍。为了避寒,羊皮、狗皮被用来缝成衣服和鞋子。由于缺少雨具,每人手里都拿着一块草编的垫子,下雨的时候遮挡在头上,休息的时候放在屁股下面。因为草地中没有一块干燥的地方,露营时大家都忙着试图点起一堆火。极度的潮湿令火很难点燃,无论谁好不容易点着了,大家便都会凑过来围在一起。携带的青稞面粉经雨水浸泡,结成一团黏稠的东西,女红军们小心地弄下一点放在嘴里。头发斑白的徐特立已年近六十,他在红军大学任政治教授,但是生活却如同一名普通士兵。他穿着自己找来的一块旧红布缝成的裤子,披着一件破旧的皮袍子,手里拄着一根拐杖,肩上还背着他的干粮袋子,身后跟着分配给他的那头小毛驴。毛泽东问徐特立为什么不骑驴,他回答说驴背上驮着三个学生的行李,还有他的书籍。遇到掉队的官兵,徐特立总是停下来用湖南方言笑着说:"同志,快宿营了,努力呀!"

红军断粮以后,警卫员们开始四处寻找野菜。谢觉哉老人跟着他们一起找,居然找到一张烂马皮,这让他很是兴奋。他用小刀刮去马皮上的毛,将马皮切成小块块,然后在瓦盆里煮。煮的时候,女红军都围着盆子看,谁知煮着煮着,瓦盆突然炸裂,马皮掉进了火堆里。谢觉哉赶快扑灭火,把零碎的马皮小心地捡起来,找了个铁锅继续煮。煮了很久也煮不烂,于是干脆就这样吃。包括林伯渠在内的几个老红军根本嚼不动,只好生硬地往肚子里吞。林伯渠老人边吞边说:"留得生命在,革命就开花。"毛泽东知道了,由于没有吃到马皮,总是问林伯渠:"那东西如何?"

晚上到了露营地,大家还是挤在一起坐着。开始的时候,他们交流着可以在湿地上睡觉的经验:挖一个洞,把油布铺在洞底,然后躺进去盖上毯子,最后把雨布蒙上。说这样不怕下雨,也不怕敌人骑兵的袭击,因为这等于是个掩体。松潘大草地的夜晚阴风萧瑟,无论怎样交流关于睡觉的经验,实际上既没有可以睡觉的地方,寒冷和饥饿也令人无法入睡。大家只能互相用体温温暖着,然后听那些曾经去苏联学习过的红军指挥员用俄语轻轻哼唱着:

是谁创造了人类世界?
是我们劳动群众。
一切归劳动者所有,
哪能容得寄生虫。
最可恨那些毒蛇猛兽,
吃尽了我们的血肉。
一旦把他们消灭干净,
鲜红的太阳照遍全球!

歌声在漆黑的松潘大草地上低低地飞翔……

红军左路军先头部队占领了阿坝,其大部队依旧滞留在卓克基一带。

八月二十四日,中央致电左路军,再次阐述北进战略,催促左路军全力开进,断不可"坐失先机之利":

朱、张二同志:
  政治局对于目前战略方针有如下补充决定:
  (甲)我军到达甘南后,应迅以主力出洮河东岸,占领岷州、天水间地区,打破敌人兰州、松潘线封锁计划,并依据以岷州为中心之洮河区域,有计划地大胆地向东进攻,以便取得甘、陕二省广大地区,为中国苏维埃运动的有力根据地,另遣支队向黄河以西发展。这一计划是估计到政治、军事、经济、民众各种条件而决定的,是目前我们主观力量能够执行的。

(乙)若不如此,而以主力向洮河以西或失先机,敌沿洮河封锁,致我被迫向黄河以西,然后敌沿黄河东岸向我封锁,则我将处于地形上、经济上、居民条件上比较的大不利之地位。因这一区域,合甘青宁三十余县,计人口共不过三百万,汉人不及一半,较之黄河以东,大相悬殊。而新疆之不宜以主力前往经营,尤为彰明较著。

(丙)依上计划,目前应举右路军全力,迅速夺取哈达铺,控制西固、岷州间地段,并相权夺取岷州为第一要务。左路军则迅出洮河左岸,然后并力东进,断不宜以右路先出黑错、旧城,坐失先机之利。

中央　八月二十四日

为了说服张国焘,跟随右路军行动的徐向前、陈昌浩也在同一天致电,表示北进计划"箭已在弦,非进不可",且"右路军单独行动不能彻底消灭已备之敌,必须左路马上向右路靠近,或速走班佑,以便两路集中向夏、洮、岷进。主力合而后分,兵家大忌,前途所关,盼立决立复示,迟疑则误尽中国革命大事"。

认为红军绝不会走进绝路的胡宗南,终于知道红军已经穿过松潘大草地,他立即命令第四十九师二九四团火速赶往包座,与驻守包座地区的另一个团会合,在包座至阿西茸一线阻截红军。

包座,位于松潘大草地的东北方向,卡在川北前往甘南的必经之路上。包座分为上包座和下包座,两个村镇相距数十里,包座河贯穿其间。这里山高林密,国民党军利用山关隘路修筑起碉堡构成了坚固的阻击阵地。

红军前敌指挥部参谋长叶剑英意识到:如果红军不能打下包座,就只有被迫退回松潘草地。

前敌总指挥徐向前和政委陈昌浩在听取了叶剑英的汇报后,决定必须要把包座拿下。鉴于红三军团还没有走出草地,红一军团在过草地时伤亡太大,徐向前和陈昌浩建议把进攻包座的任务交给红四方面军的第三十军和第四军——虽然这两支部队走出草地后仅仅休整了不到三天。

徐向前拟订的作战计划是:以第三十军第八十九师二六四团攻击包座南部的大戒寺;第八十八师和第八十九师各两个团位于包座西北方向,相机打援;以第四军一部攻击包座以北的求吉寺。红一军团为预备队,集结于包座西边的巴西、班佑地域待机。作战指挥部设在上包座与下包座之间的一座山头上。

这是红军走出松潘草地后的第一仗,是能否脱离绝境进入甘南的生死之战。

参战部队在倾盆大雨中出发了。

红四方面军第三十军和第四军官兵刚刚走出草地,身体十分虚弱,一些官兵仍处在极度的饥饿中,大雨中的急行军使不少官兵掉了队。在行军的路上,军长程世才和政委李先念制定了战斗部署:由于胡宗南的第四十九师是一支战斗力很强的部队,遂决定第八十九师首先攻击包座南部大戒寺的守敌,然后至少集中五个团以上的兵力打其增援部队。

八月二十九日下午,第八十九师前卫部队二六四团抵达大戒寺,并立即开始攻击。大戒寺北面是一座大山,寺前有一条水流湍急的小河,东面就是那条包座河。几天前,国民党军二九四团奉胡宗南的命令自樟腊向包座疾行,在约两百公里的急行军中,因为道路崎岖、气候恶劣、给养缺乏,虽然在红军之前抢占了包座,但对即将到来的战斗信心全无:"官兵食不果腹,衣不蔽体,患病倒毙者所在皆是,精神至为疲软。"好不容易到达包座后,二九四团奉命驻守大戒寺。他们围绕着寺院紧急修筑各种工事,且在寺院内储藏了大量的粮食,准备据险坚守。红军二六四团的攻击并不顺利,官兵们在体力尚未恢复的情况下对敌人展开了一轮接一轮的进攻,每推进一步都要付出极大的代价。由于敌人的火力十分猛烈,红军没有攻坚的火炮,加上大雨如注，河水暴涨，进攻从下午三点一直打到晚上九点，二六四团的红军官兵仅仅攻占了大戒寺外围的几个碉堡。从一个俘虏的口中，程世才和李先念得到一个重要情报：敌第四十九师主力正向这里紧急增援，将于明天到达包座。根据这个情报，程世才和李先念决定，停止对大戒寺的强攻，改为严密包围，相机调动主力全力打援。

伍诚仁的第四十九师，是国民党中央军的主力部队，装备精良。红军第三十军虽为一个军，经过缩编实际上只有两个师，且装备很差。为了取得战斗的胜利，程世才和李先念最后决定，将仅有的两个师的大部分主力部署在增援之敌的必经之路上打伏击。

第二天上午，伏击部队进入隐蔽地点。

整整等了一个昼夜，官兵们不能睡觉不能吃饭，在饥饿和困倦中一分一秒地坚持着。当终于看见增援敌人的先头部队时，红军官兵几乎喊了起来："敌人来了！敌人来了！"

为了把敌人全部引进伏击圈，红军派出一支小部队节节抗击，同时对大戒寺的守敌再次发动猛烈进攻，令大戒寺的守敌不断要求主力部队迅速增援。伍诚仁师长终于火了，命令所有的部队，包括后卫，向大戒寺全速前进。

下午三时，国民党军第四十九师进入了红军的伏击圈。

这是一场装备悬殊的生死之战。当隐蔽在山林高地上的红军在骤然响起的军号声中潮水般地冲过来时，伍诚仁立即意识到他率部从西安辗转至此迎来的竟然是最可怕的结局。沿着包座河东岸，几十里的山路上，到处是枪声、手榴弹的爆炸声和拼刺刀的厮杀声。枪弹横飞，硝烟弥漫，伍诚仁拿着望远镜却什么也看不清。红军铺天盖地的号声和喊声令伍诚仁身边的参谋大惊失色，他向师长保证说红军的兵力至少有几万人。红军官兵在向敌人出击的那一瞬间完全忘记了饥饿与疲惫，他们奋不顾身地把第四十九师的增援部队截成了互不联系的三截。

被分成了数股的国民党军，利用树林、岩石和河岸边的土坎为掩护拼命阻击。敌人的大炮和机枪火力很猛烈，而红军官兵的手榴弹大多是自制的马尾弹,杀伤力不够,于是他们挥着大刀直接向敌群冲去。最后的时刻,红三十军军、师、团的预备队,军部的通信连、警卫连和机关干部、宣传队队员,甚至炊事员和饲养员全部投入了搏斗,军长程世才和政委李先念也到达了最前沿。

混乱中,伍诚仁的指挥部遭到攻击,他不得不带领警卫队进行反击。结果这一次他的胳膊被打断了。他的一个团长和一个副团长被红军包围后,无论如何不肯向红军投降,当红军官兵举着大刀冲到眼前的时候,这个团长竟和副团长抱在一起跳进汹涌的包座河自杀了。第四十九师投降的士兵跪成一片,受伤的师长伍诚仁也终于被红军按倒在地。红军官兵把他押到第八十八师政委郑维山面前。郑维山立即命令把他押到军部去。押解的路上大雨狂暴,伍诚仁拖着自己断成了两截的胳膊趁机跳进包座河——他最后竟得以活着逃脱。

与红三十军同时打响战斗的还有第四军。第四军负责攻击包座河下游的求吉寺。在这里防守的是胡宗南的补充第一旅一团。负责主攻的第十师官兵在攻占外围要点后突入寺院。补充第一旅一团团长康庄亲自督战,指挥机枪向冲过来的红军扫射。一批红军官兵伤亡了,又一批再次冲进去,数进数出,求吉寺的院门口和院子里血流成河。最后,康庄亲自率领敢死队趁红军喘息之时发动了反击。

仗打到这个程度,第四军军长许世友沉不住气了,他看了看身边的第十师师长王友钧,年轻的红军师长立刻明白了军长的意思。王友钧从一名战士手中夺过一挺机枪,冲上战场,机枪横着扫射过去。在敌人出现退却迹象的时候,他从身后拔出那柄寒光凛冽的大刀,吼了一声:"交通队,跟我上!"交通队是王友钧师长的一张王牌,官兵个个配备一支德国造的二十响驳壳枪,外加一柄锋利的大刀。驳壳枪一响,敌人倒了一片,然后大刀如林朝着敌人挥过去。

许世友大叫:"还是大刀片厉害!"

交通队的李德生班长跟随着王友钧,一边砍杀敌人,一面保护着师长的安全。冲进寺院后,他们沿着寺院的台阶一层层地往上打,打到最高一层的时候,敌人的一个机枪火力点封锁了红军的冲击路线。

王友钧把机枪架在一名战士的肩膀上射击,硬是把敌人的火力压了下去,然后交通队的官兵向最后残余的敌人发动了猛攻。

李德生刚想往上冲,突然发现身边的王友钧杀声顿止,他扭头一看,师长已经倒在了寺院的台阶上。

李德生抱起了他的师长,王友钧的脸被鲜血染红——一粒子弹击中了他的头部。

王友钧,湖北广济人,十九岁加入中国工农红军,在鄂豫皖根据地参加了四次反"围剿"作战,后随红四方面军转战至川陕根据地,牺牲时年仅二十四岁。

第十师的红军官兵怒吼着向敌人冲去。

国民党军在逃跑前点燃了寺院里的粮库。

红军官兵一部追杀敌人,一部扑打着火焰。在大火中,他们抓起被烧焦的麦粒大把地往嘴里塞。

许世友跪在王友钧的遗体前仰天长叹。

有参谋来请示缴获的物资如何处理。许世友大吼:"滚!多少东西也换不来一个师长!"

年轻的红军师长王友钧被安葬在求吉寺寺院东侧的山上。

红军不惜一切拿下包座,打开了北进甘南的通道。

毛泽东、徐向前、陈昌浩立即致电张国焘,通报包座战斗的情况,再次要求左路军立即向东靠拢,以便红军迅速北进。

在中央的一再催促下,一九三五年九月一日,张国焘终于下达了东进的命令。但是,左路红军部队东移的第三天,张国焘突然发来电报,说由于嘎曲河水上涨无法渡河,不但已经命令部队返回阿坝,而且还要求右路军掉头重新向南进攻松潘:

徐、陈并转呈中央:

(甲)上游侦察七十里,亦不能徒涉和架桥。各部粮只能吃三天,二十五师只两天,电台已绝粮。茫茫草地,前进不能,坐待自毙,无向导,结果痛苦如此,决于明晨分三天全部赶回阿坝。

（乙）如此,已影响整个战局,上次毛儿盖绝粮,部队受大损;这次又强向班佑进,结果如此。再北进,不但时机已失,恐亦多阻碍。

（丙）拟乘势诱敌北进,右路军即乘胜回击松潘敌,左路备粮后亦向松潘进。时机迫切,须即决即行。

朱、张
三日

这封在中国革命史上极其重要的电报导致的后果是灾难性的。

电报意味着自毛儿盖会议以来,中央所有关于红军前途的决定瞬间全被推翻;电报还意味着数万红军官兵付出巨大代价穿越草地的努力以及之后攻占包座所付出的巨大牺牲,瞬间全都无用了。更严重的是,张国焘依仗着他所掌握的兵力和实力,在决定中国红军生死命运的关键时刻,利用红军总政委的权力突然向中央发难,在红军已经被兵分两路的局面下,这很可能会导致中国共产党和中国工农红军的大分裂。

嘎曲河,今名白河,黄河的一个小支流,位于松潘草地的西沿。

从阿坝至松潘草地东面的班佑,走到嘎曲河边,红军官兵已跋涉了一半的路程。

在嘎曲河边,张国焘下定最后的决心:决不能再前进了。他终于想明白了一旦与中央会合自己将面临什么样的政治前途。

关于张国焘选择嘎曲河水上涨无法过河的借口,一直跟随朱德行军的康克清后来是这样回忆的:"董振堂带着红五军正准备涉水渡河,张国焘却说河水看涨,谁也不准过河。老总问带路的藏民,藏民说:'这河虽宽,但是不深,只要不涨大水,可以徒步过去。'河面有近百米宽,水流不急,不像涨水的样子。但张国焘一口咬定河水正在上涨,不能过。老总说:'空谈无益,还是派人下去试试。'张国焘不肯派人,潘开文[朱德的警卫员]站出来说:'我去!'老总叫他骑上自己的马。他问明了藏民过河的路线,拿了一根棍子,同红五军的一个战士一起骑马下到河里。不大工夫,到了河中心,用棍子试了试河水的深度。到了对岸,听见他高声地说:'水不深,最深的地方才到马肚子。大家快过来吧!'部队立即准备下水,张国焘吼:'谁也不准过!叫他们两人给我回来。'然后又对老总说:'河水分明在上涨,我不能拿几万人的生命当儿戏。'老总说河水并没有涨,即使涨,也涨得很慢,现在正是大队人马过河的时机。刘伯承也过来说,两个人都过去了,证明河水不深,应当抓紧时机赶快过河。董振堂过来请示:'总司令,我们前卫部队先过去吧。'张国焘竟然不等老总说话,大声吼道:'不行!现在谁也不准过河,要等河水不涨了,才能决定。'他的蛮横,使左路军只好在嘎曲河边宿营。第二天早晨,天空密云不雨,河水明显地退下许多。朱老总正在组织部队过河,作战局向他报告说,四方面军的部队已按张国焘的命令返回阿坝去了。这时,红五军军长董振堂来见朱老总,气愤地说,他因为坚持要过河,不等总司令的命令决不后撤,遭到张国焘的训斥,还被张国焘打了一耳光。他说:'我当兵这么多年,还从来没有受过这样的侮辱。若不是为了团结,我会当场给他好看。现在他已带四方面军部队回阿坝,我决定带红五军北上同右路军会合。'……老总却摇摇头,说:'要顾全大局,向远看,不能凭一时感情用事。你如果带走红五军,就要承担分裂左路军的责任。我们还应当对张国焘做团结争取的工作。'"

接到张国焘的电报后,中共中央和右路军前敌指挥部立即召开会议。毛泽东在会上说,张国焘说嘎曲河涨水不能渡,完全是一个借口。四方面军连嘉陵江都过来了,哪有一条小河过不来的道理?至于说缺粮,在他们出发的阿坝地区筹粮,要比我们出发的毛儿盖地区容易得多。我们进入草地时带的粮食绝不比他们多,右路军的官兵都走过来了,他们为什么不能?

如何对待张国焘,来自红四方面军的徐向前和陈昌浩的态度最为引人注目。徐向前态度十分明确,而陈昌浩考虑再三后也认为中央的北进计划是正确的。于是,两人联名给张国焘发去一封电报,电报表示:"我们意以不分散主力为原则,左路速来北进为上策,右路南去南进为下策"。目前是红军进入甘南的最佳时机。至于"一军是否速占罗达,三军是否跟进,敌人是否快打",徐向前和陈昌浩请求张国焘"飞示",因为"再延实令人痛心"。

当天,张国焘回电,没有解释,没有答复,只有命令:

[发总指挥部]

徐、陈:

一、三军暂停留向罗达进,右路即准备南下,立即设法解决南下的具体问题。右路皮衣已备否?即复。

朱、张

八日二十二时

同时,张国焘严令左路军第三十一军政委詹才芳:"飞令军委纵队蔡树藩将所率人员移到马尔康待命,如其[不]听则将其扣留,电复处置。"

徐向前和陈昌浩感到事态严重了。

徐向前让陈昌浩带着张国焘的电报去向中央汇报。

晚上,陈昌浩来电话叫徐向前去中央开会。

张闻天、毛泽东、博古、王稼祥、徐向前、陈昌浩聚集在周恩来的病床前进行了紧张的讨论,讨论的结果是以七个人联名的名义再次致电张国焘:

朱、张、刘三同志:

目前红军行动,是处在最严重关头,须要我们慎重而又迅速地考虑与决定这个问题。弟等仔细考虑结果,认为:

(一)左路军如果向南行动,则前途将极端不利。

因为:

(甲)地形利于敌封锁,而不利于我攻击。丹巴南千余里,懋功南七百余里,均雪山、老林、隘路。康[康定]、泸[泸定]、天[天全]、芦[芦山]、雅[雅安]、名[名山]、邛[邛崃]、大[大邑],直至懋、抚一带,敌垒已成,我军绝无攻取可能。

（乙）经济条件，绝对不能供养大军。大渡河流域千余里间，求如毛儿盖者，仅一磨西面而已，绥[绥靖]、崇[崇化]人口八千余，粮本极少，懋、抚粮已尽，大军处此，有绝食之虞。

（丙）阿坝南至冕宁，均少数民族，我军处此区域，有消耗无补充，此事目前已极端严重，决难继续下去。

（丁）北面被敌封锁，无战略退路。

（二）因此务望兄等熟思审虑，立下决心，在阿坝、卓克基补充粮食后，改道北进。行军中即有较大之减员，然甘南富庶之区，补充有望。在地形上、经济上、居民上、战略退路上，均有胜利前途。即以往青、宁、新说，亦远胜西康地区。

（三）目前胡敌不敢动，周[周浑元]、王[王钧]两部到达需时，北面敌仍空虚，弟等并拟于右路军中抽出一部，先行出动，与二十五、六军配合行动，吸引敌人追随他们，以利我左路军进入甘南，开展新局。

以上所陈，纯从大局前途及利害关系上着想，万望兄等当机立断，则革命之福。

恩来、洛甫、博古、向前、昌浩、泽东、稼祥
九月八日二十时

张国焘焦急地等待着右路军开始南下的消息，结果等来的却是中央北上的决心毫不动摇的电报。

张国焘已经不可能回头了。

一九三五年九月九日，他对左路军下达了南下命令。

同一天深夜二十四时，他给中央和前敌指挥部七个人回了电报，电报要求就他提出的问题"熟思明告"：

（甲）时至今日，请你们平心估计敌力和位置，我军减员、弹药和被服等情形，能否一举破敌，或与敌作持久战而

击破之。敌是否有续增可能。

（乙）左路二十五、九十三两师，每团不到千人，每师至多千五百战斗员，内中病脚者占三分之二。再北进，右路经过继续十天行军，左路二十天，减员将在半数以上。

（丙）那时可能有下列情况：

1. 向东突出岷、西封锁线，是否将成为无止境的运动战，冬天不停留地行军，前途如何？

2. 若停夏、洮，是否能立稳脚跟？

3. 若向东非停夏、洮不可，再无南返之机。背靠黄河，能不受阻碍否？

接着，张国焘分析了南下沿途人口多、筹粮便、敌人弱、红军回旋余地大等种种优势，最后他告诉中央和前敌指挥部："现宜以一部向东北佯动，诱敌北进，我则乘势南打。如此对二、六军团为绝好配合。我看蒋与川敌间矛盾多，南打又为真正进攻，决不会做瓮中之鳖。"

事态急转直下。

紧跟着，陈昌浩的态度也发生变化，他同意张国焘的意见主张南下。

而就在这时候，一个更严重的事件发生了。

前敌指挥部参谋长叶剑英看到张国焘发来的一封电报，电报依旧表示北进的时机不成熟，坚持右路军掉头南下。叶剑英立即赶往毛泽东的驻地作了汇报——一九三七年三月，毛泽东在政治局会议上讲到，张国焘在电报中说要"南下，彻底开展党内斗争"。

张国焘的这封电报是一个危险信号。

党内斗争超出了军事争论的范畴。

当时，红一军团已经北上到甘南的俄界，毛泽东身边只有红三军团。彭德怀对张国焘的野心早有洞察，当张国焘收缴了各军团相互联络的电报密码时，他命令军团机要人员编制了一套新的密码，以便与红一军团保持联系。听说陈昌浩改变主张后，彭德怀找到毛泽东说，如果强制红三军团南下，红一军团也就不能北进了，两个军团一同南下,"张国焘就可能仗着优势军力,采用阴谋手段将中央搞掉"——彭德怀也认为红军已处在"危急的时刻"。

毛泽东先是亲自找到陈昌浩,就南下还是北上这个问题,再次征求他的意见。陈昌浩说,既然张总政委命令南下,就南下,这个问题不必再争论了。毛泽东听罢表示,既然要南进,中央书记处总要开个会。周恩来和王稼祥同志因为生病在三军团,我和张闻天、博古去三军团司令部找他们来开个会吧。陈昌浩点点头。

毛泽东又特地去看望了徐向前。他站在徐向前住处的院子里,征询他对北上或是南下的意见。徐向前说:"两军既然已经会合,就不宜再分开。四方面军如分成两半恐怕不好。"毛泽东听后,让徐向前早点休息,然后告辞了。

毛泽东一行出发去了红三军团。

此一去,毛泽东再也没有回来。

到达红三军团的驻地巴西后,包括毛泽东在内的五位政治局委员立即召开了中国革命史上著名的"巴西会议"。

这是千钧一发的关头。

如有不慎,中国共产党人和中国工农红军前赴后继所赢得的一切都将毁于一旦。

巴西会议做出一个重大决定:由红三军团和军委纵队一部,组成临时北上先遣支队,迅速向红一军团靠拢,之后与红一军团一起向甘南前进。

仍然躺在担架上的周恩来,想到一旦中央红军离开后,徐向前和陈昌浩也许只有掉头南下了,红四方面军的数万官兵将再次经受草地之苦,于是向毛泽东建议再给徐向前和陈昌浩发去一封电报。

是日,中共中央再次致电张国焘、徐向前、陈昌浩:

国焘同志并致徐、陈:

  陈谈右路军南下电令,中央认为完全不适宜的。中央现恳切地指出,目前方针只有向北是出路,向南则敌情、地形、居民、给养都对我极端不利,将要使红军陷于空前未有之困难环境。中央认为北上方针绝对不应改变,左路军应速即北上,在东出不利时,可以西渡黄河,占领甘、青交通新地区,再行向东发展。如何速复。

中央

九月九日

一九三五年九月十日,在中国工农红军的历史上,这是一个因危机四伏而紧张混乱的日子。

凌晨刮起了大风。

叶剑英携带着从机要组组长吕黎平那里要来的一份十万分之一的甘肃地图,牵着他的黑骡子,率领军委二局等直属单位以"打粮"为名向红三军团的驻地巴西出发了。在以后数十年的时间里,毛泽东多次提到叶剑英的贡献,他曾摸着自己的脑袋说:"剑英同志在关键时候是立了大功的。如果没有他,就没有这个了。他救了党,救了红军,救了我们这些人。"

李维汉是中央组织部部长,张闻天交给他的任务是,天亮之前把中央机关的同志全部从班佑带到巴西。李维汉分别通知了凯丰、林伯渠和杨尚昆,让他们分别负责中央机关、政府机关和红军总政治部的行动。半夜里通知立即出发的时候,很多官兵不知道发生了什么事。凯丰低声说:"不要问,不要打火把,不要出声,都跟我走。"李维汉一直站在路口,一一清点着从他面前走过的各单位的队伍,结果发现没有政府机关的人,于是赶紧跑回政府机关的驻地,发现他们还有大量的辎重需要捆扎。李维汉急了,要求把大东西统统丢掉,必须带走的全部放在马背上。

一直跟随红军大学行军的李德在这个时刻表示:我虽然同中央一直存在分歧,但在张国焘这个问题上,我拥护中央的主张。他对红军大学党总支书记莫文骅说:"中央决定北上,把你身边的人组织好,要密切注意李特,不要让他把队伍带走了!"红军大学是红一、红四方面军会合后,由红四方面军的军事学校和红一方面军的干部团联合组成的,政委何畏和教育长李特都是张国焘的追随者。红一方面军干部团在红军大学中叫特科团,团长韦国清,政委宋任穷。干部团中的干部大多是红一方面军的,学员大多是红四方面军的。听说中央要强行北上,宋任穷向红军大学政治部主任刘少奇表示:"中央要走一定要把特科团带走,否则我们就开小差去追中央,到时候可不要因为我们开小差开除我们的党籍。"

红军大学是凌晨三点接到出发命令的,命令由毛泽东和周恩来联名签发。宋任穷立即集合队伍,阐明了南下和北上的两条路线,说愿意北上的跟我们走,不愿意的就留下,结果红军大学全体人员都表示愿意北上。学员们出发的时候,政委何畏还是跑到陈昌浩那里,报告了中央红军已单独出发的消息。陈昌浩十分震惊。他不停地说:"我们没有下命令,他们怎么走了?赶紧把他们叫回来!"陈昌浩派李特率领一队骑兵去追。李特很快就追上了红三军团。毛泽东走在红三军团十团的队伍里。李特质问毛泽东:"总司令没有命令,你们为什么要走?"毛泽东表示,这是中央政治局决定的。中央认为北上是正确的,希望张国焘认清形势,率领左、右两路军跟进。一时想不通,过一段时间想通了再北进也可以,中央欢迎。希望以革命大局为重,有什么意见可以随时电商。李特再次转达了陈昌浩的命令,要求部队立即回去。毛泽东说:"南下是没有出路的。南边敌人的力量很强大。再过一次草地,在天全、芦山建立根据地是很困难的。我相信,不出一年,你们一定会北上。我们前面走,给你们开路,欢迎你们后面跟上来。"

几乎所有的当事人在后来的回忆中都记述了毛泽东的这段话。

如果这些话确是毛泽东当时所说,那么毛泽东的话具有惊人的预见性——红四方面军再次北上恰好是在一年以后。

九月十日凌晨过后,得到消息的张国焘发来电报:

林、聂、彭、李[李富春]并转恩、洛、博、泽、稼:
  甲、闻中央有率一、三军单独东进之意,我们真不以为然。

乙、一、四方面军已会合,□□忽又分离,党内无论有何争论,决不应如是。只要能团结一致,我们准备牺牲一切。

一、三军刻已前开,如遇障碍仍请开回。不论北进南打,我们总要在一块,单独东进恐被敌击破。急不择言,幸诸领导干部三思而后行之。候复示!

> 朱、张
> 九月十日四时

一九三五年九月十日夜,乌云密布,星月无光。从巴西到阿西仅仅二十里的路途,由于不允许点火把,在泥潭沼泽和灌木荆棘中,毛泽东和他率领的部队竟然走了六个小时。天亮时,国民党军的飞机来了,部队只好走进一座大山里。好容易遇到一个小村庄,红军弄到了很少的一点粮食,毛泽东和官兵们用水调了一点青稞面喝下去。第二天继续前进。这里距离俄界还有六十里的路程。红军走到了包座河边,沿着包座河向东北方向疾进,道路十分泥泞,一边是翻滚着浪花的河水,另一边是高耸的悬崖。走着走着,包座河水突然猛涨,淹没了河边的山路。红军中会游泳的奋力游着,不会的便往悬崖上爬去。

毛泽东带头跳进了冰冷的河水中。

当他游到水浅的地方,湿淋淋地站起来时,问身边的警卫员有没有可以充饥的东西。见警卫员没有吭声,毛泽东笑了一下。

此刻,即使与红一军团会合,中央红军的这支部队也只剩了不足八千人。

第五军团〔第五军〕、第九军团〔第三十二军〕,还有朱德和刘伯承,都还在张国焘那边。

毛泽东在以后的岁月里提及这段历史时,称之为他生命中"最黑暗的时刻"。

在黑暗中行走的毛泽东强烈地意识到:一切需要从头开始。

但是,毛泽东坚信"我们一定要胜利,我们一定能够胜利"——从中华苏维埃共和国在瑞金成立,到一九四九年中华人民共和国成立，毛泽东对他的革命理想和政治信仰的执着与坚守无人可比。

　　漫长的夜晚过去了。

　　东方的云翳裂开一道巨大的缝隙，血色的云霞从缝隙中喷涌而出。

第十五章　北斗高悬

1935年9月·陕南与甘南

一九三五年七月十七日凌晨,在陕西南部户县一个名叫南乡的村庄里,鄂豫陕省委代理书记、红二十五军政委吴焕先正在一盏油灯下给中共中央写报告。

油灯火苗跳跃,吴焕先心情激动。报告详尽汇报了鄂豫陕省委和红二十五军一年来的政治与军事行动,总结了工作中的经验和教训;同时,对没有经过中央批准就决定西进陕南做出了解释。在这份名为《红二十五军的行动、个别策略及省委工作情况向中央的报告》的最后,吴焕先写道:"自离开老苏区后到现在没有上级的指示,也没有当地党的帮助,不知我们的行动是否错误"。而目前"群众工作、党的组织十分的薄弱",红军的力量也没能扩大到足以"有力地迅速地消灭整批敌人"。因此,是否"可以同二十六军、二十八军会合起来,集中一个大的力量,有力地消灭敌人,配合红军主力在西北的行动,迅速创造西北新的伟大的巩固的革命根据地",请求中央给予指示。同时,鉴于红二十五军"军事干部异常缺乏",希望中央派来得力的"团长、师长、参谋长、政委",派来得力的省委书记、县委书记、区委书记、无线电电报员——"我们现监用一个所俘的电生[监视用一个俘房的电报员],只用呼叫中央台名两次,未见回答,未能发报,不知为何。请确定以后永久保持来往方法。"

"六月十三,红军出山。"

一九三五年,陕西长安县一带开始流传这样一句民谣。

民谣指的是红二十五军于七月中旬西出秦岭逼近了陕西省府

西安。

在终南山外一个名叫引驾回的地方,红军官兵捉住了当地的一个国民党政府区长。副军长徐海东和政委吴焕先都觉得在军事上有文章可做,就让这个区长给西安打电话,想把敌人调出来一股,然后打个伏击战。吴焕先把要说的话写在纸上,让那个区长照着在电话里说一遍,大致的意思是:共匪有出山的模样,请赶快派兵来增援。电话的那一头说:"毛炳文军长已经顺着西兰公路往西去了,于学忠的部队也从凤翔往西调呢。现在无兵可派。"徐海东在这个区长的办公桌上发现一张《大公报》,随手拿起来一看,映入眼帘的一条消息令他十分兴奋。消息说,红军的两支主力部队已在毛儿盖附近会合,其前锋正在通过松潘。

吴焕先和徐海东拿着报纸,跑到躺在担架上的军长程子华那里,程子华看完报纸后想了想说:"很有可能。"

红二十五军领导决定部队立即出发。

部队一口气向西走出三十公里才停下来,停下来的地方名叫沣峪口。这时,原中共鄂豫皖省委秘密交通员石建民从上海经过西安回到军部,他带来中共中央数月前发出的几份文件,并证实了中央红军与红四方面军会合后继续向北行动的消息。

中共鄂豫陕省委在沣峪口召开会议。会议做出的一个重要决定是:红二十五军西去陕甘苏区,与那里的红军会合。同时,一路争取有力地消灭敌人,"配合红军主力在西北的行动"。会议向全体红军官兵提出了"我们这三千多人就是全牺牲了,也要牵制住敌人,让红一、红四方面军顺利北进"的口号。

后来的历史证明,这是一个十分正确的决定,是鄂豫陕省委在与中央失去联系的情况下,独立自主地做出的战略性决策。这一决定使红二十五军成为从绝境中脱险的中央红军的开路前锋,并为中国红军乃至中国革命最终能够在陕北立足起到了极其重要的作用。

沣峪口会议的第二天,红二十五军上路了。

他们本来设想不再进入深山,而是笔直地向西走直接进入陕南。但是,杨虎城的一支骑兵一直尾随着他们,而且距离始终仅在十公里之内,这迫使红二十五军不断地回头与这股骑兵作战。在与这股骑兵打了几仗后,红二十五军突然发现国民党东北军第五十一军的一个师也追了上来,其先头部队距离红二十五军仅有十五公里。为了彻底摆脱敌人的追击,红二十五军决定改变行军路线,掉头往南进入秦岭山脉,经青岗树、宽台子、厚珍子、二郎坝等地,一路佯装要去攻打汉中,试图把敌人的注意力往南调动。

七月二十七日,红二十五军到达秦岭腹地留坝县江口镇。在击溃了镇子里的民团武装后,决定在这里休整两天,并进行西征北上的思想动员以及物资准备。

红二十五军的突然西进,引起了在成都的蒋介石的关注。他不可避免地把红二十五军向西靠拢的行动与朱、毛红军的未来走向联系在一起,于是他向杨虎城的西安绥靖公署发出了电报:

> 区区之匪,至今尚不能歼灭,可知进剿不力,奉命不诚。兹再限期八月十五日以前肃清,如再不能遵令肃清,则唯该主管长官纵匪论罪。

红二十五军在江口镇对部队进行了整编:跟随主力部队行动的第四路游击师二百八十余人被分别编入各团;原来在华阳地区坚持武装斗争的游击队仅剩的二十多人此时追上了部队,连同他们沿途收容的伤病员一起,也都被补充进了连队。整编后,红二十五军下辖二二三团、二二五团和手枪团,加上军机关和直属分队,全军共四千余人。

三十日,红二十五军从江口镇出发了。

红军官兵的目标已经十分明确,因为他们又弄到一份七月十六日的《大公报》,上面的报道是:"松潘西南连日有激战。"——对于一路转战历尽艰辛的红二十五军官兵来说,前进的目标令人鼓舞:向西,向党中央和主力红军靠拢!

红二十五军重新出发的第三天,西安绥靖公署主任杨虎城给所属陕军各部队发去一封密电,密电对红二十五军向西北方向开进的目的作出了准确判断:

综合最近情报,徐海东股匪主力已窜至留坝、佛坪间之江口镇、黄柏楼、二郎坝附近,有进犯汉中附近或向凤县、天水一带窜扰,以牵制我军,策应朱、毛及徐向前各股之势。

对此,杨虎城制定的战略是:

本部为预防朱、毛、徐等股侵入陇南或汉中方面时,得以全力迎击起见,决于朱、毛、徐股匪未侵入陕、甘地境之前,以最大努力与最短时间,先将徐海东股粉碎而歼灭之,以除后患。倘匪万一向东回窜或北窜时,则派队穷追,不灭不止。并派有力部队于陕、甘边境及汉水流域各地严防固守。对于商、雒一带,则划区搜剿,以清散匪。

密电刚刚发出不久,杨虎城就接到了前线的战报:在川陕公路上,胡宗南的一支别动队突然遭到徐海东部的袭击,四个连全部被消灭,一个兵也没能跑出来。更严重的是,一名姓何的少将参议落在了红军手里。

袭击胡宗南的别动队的是二二三团一营,袭击的地点在陕甘交界处的双石铺。双石铺,今天的凤县,位于川陕公路重要交通要道上。红军发起袭击的时候,四个连的国民党兵正押着大批民夫抢修西安至汉中的公路。他们根本没有应战准备,除了被打死的之外全部被俘。红军发现这四个连的国民党军军衔都高一级,士兵是中士,排长是上尉,连长是少校,营长居然是个中校,而且大部分官兵是黄埔军校的毕业生。红军发起袭击之前,一营三连奉命向双石铺东北三公里处派出一个排的警戒哨,警戒哨刚刚布置完毕,红军官兵就看见从凤县县城方向过来了一副滑竿,滑竿上坐着一位国民党大官,红军官兵立即扑了上去。

吴焕先对这个少将参议进行了审问。审问的问题单刀直入:红

一、红四方面军现在哪里？少将参议回答说："贵军两部在懋功附近会合,现在毛儿盖一带休整,有北进的企图。"再问的问题依然单刀直入:国民党军在这一带是怎么部署的？少将参议回答说,胡宗南的第一师、鲁大昌的新编第十四师、王钧的第三军、邓宝珊的新编第一军以及马鸿宾的第三十五师,分别部署在川西北、甘南一线,渭河沿线和西安至兰州的公路一线。

红军在滑竿上又发现了一张七月二十二日的《大公报》,上面的报道是："红军已越过六千公尺的巴郎山,向北行进……似有窥甘青交界之洮州、岷县、西固等处迹象。"

红二十五军领导拿着那张报纸立即开会,会议决定:部队进入甘肃南部,威胁天水等城市,在敌人防线的后方大造声势,无论付出多大的牺牲,也要把陕甘的国民党军拖住,以减轻主力红军的压力,不惜一切配合主力红军北进。

八月三日,红二十五军自陕西凤县越过省界,手枪团和军部交通队一部化装潜入甘肃两当县,策应随后开来的先头部队迅速攻占了县城。两当县县长朱志和声称自己率县保安队"奋勇抵御七小时之久",而实际上红军杀声一起,他已逃出县城十里远了。红军俘虏了县保安队数十人,处决了保安队副队长乔玉亮和第三分队长朱玉川,在把县政府里的文件档案搜集了之后,迅速穿城而过。红军的队伍出县城北门径直向北,翻越麦积山,直逼天水城下。

攻击天水的行动是佯动。这座县城一共有五座城门,要打下来并不容易,红军攻击的目的是要把西面的敌人调回来,然后乘虚西进。九日晚,红军主力沿着天水城南边的一条小河悄然向西,而副军长徐海东亲自率领二二三团二营猛攻天水城的北关,在占领北关之后,他们放火点燃了一座造币厂,大火熊熊燃烧,二营的红军官兵迅速撤离。天亮的时候,他们已经在县城西北二十五里的地方吃早饭了。红军攻击天水的行动令国民党军大为吃惊,国民党军第三军第十二师的一个旅奉命紧急回援,结果被红军袭击了后卫部队。

绕过天水向北,就是那条横贯陕甘的渭河了。此时,国民党军第五十一军第一一四师滞留在天水东北面的清水县附近,始终踌躇不前,与红二十五军隔河对峙。红二十五军遂决定从天水西面的新阳镇附近渡过渭河,以避免与牟中珩的第一一四师交火,同时还可以把身后追击的敌人甩开。

在渭河边,军部一面派人去筹集粮食,一面向当地百姓打听过河的事。一位老人告诉徐海东,这里就是当年诸葛亮收姜维的天水关。徐海东看了地形后,决定先派一个连渡河,占领对岸的一座小庙,以掩护主力的渡河行动。由于只找到一条小船,红军官兵们就弄来一根又粗又长的绳子,待小船到达河对岸后,再利用河两岸的大树把绳子固定好,然后官兵们头顶着枪支弹药沿着绳子溜过去。但筹集粮食的工作却没有这么顺利。河边的镇子四周都有围寨,镇子里的地主武装不敢出击,但是民团也不让红军进去,筹粮干部无论怎么做工作,寨门就是不打开。红军官兵想出个办法,他们把连队的水压机枪弄来,用布包上,伪装成一门大炮,声言如果再不开寨门就用炮轰。结果,镇子里的地主武装吓坏了,乖乖地把寨门打开。等筹粮的红军背着粮食返回渡口时,大部分官兵已经渡河了,他们看见那条唯一的小船上坐着红二十五军的七名女红军和几名重伤员,船上的女红军们直朝他们喊:"你们也上来吧!"——红二十五军"七仙女"渡过渭河时的情形,恰巧被两当县城里的一位照相师傅拍了下来,这张珍贵的照片至今陈列在中国人民革命军事博物馆里。

红军渡过渭河,蒋介石焦急万分,他不断地发出电报,命令河南、河北等地的国民党军向天水方向增援。八月十日,蒋介石在电报中说:"查徐海东匪西窜原因在策应朱、毛。我军应采取内线作战要领,先以优势兵力迅速解决徐匪,再行以全力回击朱匪。"蒋介石的这番话,足以证明红二十五军牵制国民党军队以减轻主力红军军事压力的意图已经初显成效。

渡过渭河的徐海东心里有点不踏实。

应该说,部队没有遇到国民党军队的阻击,顺利渡过了渭河,这是有很大侥幸成分的。可是,一旦过了河发展不顺,想走回头路,在军事上就十分危险了。吃了晚饭,徐海东找到吴焕先说:"我们能接到中央更好,接不到,这条水是个大害。往回走准带尾巴,就是背水作战,搞不好有全军覆没的危险。"吴焕先说:"我对渭水也有考虑。假如遇到敌人,怎么过好?不打死些,也要淹死些。"

渡过渭河后的行动让吴焕先和徐海东思量了一夜。

第二天,八月十一日,红二十五军攻击并占领了秦安县城。

得知红军攻击两当县城后一路西进,接着又渡过渭河开始北上,秦安县县长杨天柱已经有好几天寝食不宁了。他向上级请求派部队前来守城,请求没有任何回音。他知道红军一旦攻城定会凶多吉少,于是命令全城三千多家商户百姓将财物粮食设法藏匿,男女老幼一律出城躲避。藏匿财物和争相出城的举动持续了好几天,秦安县终于成了一座空城。上午十时,红军到了,攻击县城的第一枪跟着就打响了。此刻,防守秦安县城的只有县保安队,一共五十四个保安员,除了放哨和担任其他任务的之外,实际守城的只有三十一人。秦安是一个大县城,由一座老城和三座边城组成,仅城门就有十二座,以致每座城门的防守兵力还不足三人。红军的枪声一响,保安队队员立即跑了。红军分三路攀城而上,打死几个保安队队员后,秦安县城落在红军手中。杨天柱看见红军来了才跑,由于过度惊恐,他在事后写给"上级"的报告中居然说他看见红军官兵"额前系以红花":

> 先至城下者,约八九百人,均持短枪,并有少数自动步枪、手提机关枪,马数十四,行动敏捷,剽悍无比,身着蓝衣,两袖围以约五分宽之红布,头戴八角帽,额前系以红花,口音混杂,各省人均有,似南方人最多。陆续至者,有两千人,枪支不全,服装褴褛。

秦安县县长也许此前从没见过红军,他虽不敢与红军作战,却将红军个个看得十分仔细,只是将红军八角帽上的红星看走了眼。至于县城的丢失,他是这样向"上级"报告的:"职本与城共存亡之决心,引枪自殉,奈被左右拦阻,不得已率队分头冲出。"

红军进入秦安县城,县政府确实转移了物资,整个金库里只剩下些零钱,红军数了数一共八百三十五元。

红二十五军穿过秦安县城继续向北。

一支不知番号的国民党军在后面紧追不舍。

徐海东被吴焕先叫了去,吴焕先说:"还不做出决定的话,我又得一夜不睡。现在不需要省委开会,咱们两个下决心就行。眼前的问题是,如果接不到中央怎么办?"徐海东说:"能接到最好。接不到咱们就进陕北,去找刘志丹。我们不是不要陕南了,是敌人的封锁和渭河让我们回不去了,天上的牛郎织女也不愿意隔开嘛,咱们在哪里都是革命。"吴焕先说:"这个渭水很讨厌,越往下游水越大,根本不能徒涉。我同意你的意见,继续向北,接到中央更好;万一接不到,咱们就朝着陕北走!"

八月十四日,红二十五军逼近秦安以北七十公里处的静宁县城。部队从县城的西面穿过西兰公路,很快就越过甘肃省界进入宁夏,到达一个名叫兴隆的小镇。

这里是回民区。许多红军都听说过回民的强悍,历史上远到左宗棠近到冯玉祥都曾兵败于回民。红二十五军领导一致认为,绝不能与回民发生任何冲突。吴焕先集合部队讲了话,要求全体官兵严格遵守回民的风俗习惯。红二十五军为此做出了很多规定:绝对不准食用猪油,禁止部队驻扎清真寺,禁止毁坏回民的经典,回避回族妇女,买卖要公平,甚至还规定即使从井里打水也不准使用自己的水桶。部队在进入回民区之前,以手枪团为先导,先把红军的民族政策向回民解释清楚,再把标语和口号张贴起来。

这是一个仅有数百户人家的小镇,小镇里有一条小街,街南有一座很大的清真寺。部队开进的时候,镇子里的回民百姓都躲在屋子里,这是他们第一次看见红军。

红二十五军在这里休整了三天,由于与回民的关系处理得很好,官兵们不但没有受到排斥,反而受到了优厚的款待。吴焕先亲自召集当地的知名人士座谈,讲明红军是北上抗日去,不对回民群众征集粮款,也不拉夫派夫。军领导还吹打着洋鼓洋号去清真寺拜访了当地的阿訇,桌子上抬着四块银子、六只肥羊和一块写有"德高望重"的匾额。清真寺的阿訇按照民族礼节宴请了军领导,还赶着一群染成红色的羊送到军部作为回拜。他们也给红军送了一块匾,上面写着"劳苦功高"。红军官兵把镇子里的那条小街打扫得干干净净。

红二十五军离开的时候,镇子里的百姓都出来欢送,小街的两边摆满了香案和点心,并有向导在红军队伍的前边带路。这些向导都是回民自己安排的,而且一站接一站地传递,红军的队伍每走出数十里,前边的向导一声呼哨,立即就出现了新的向导接着给红军带路。

在兴隆镇,中共鄂豫陕省委和红二十五军领导召开会议。与会者综合了从各种渠道得到的情报和消息,认真分析了主力红军可能的走向,最后一致认为:主力红军如果北进,一定会从这里经过,而且必要跨越西安至兰州的公路。会议决定:红二十五军在西兰公路附近牵制敌人,尽一切可能控制公路,等待党中央和主力红军的到来。

红二十五军的官兵认为,他们盼望已久的时刻就要到了。

他们预期的等待时间是半个月。

八月十七日,红二十五军从兴隆镇向东,沿着西兰公路向卡在公路上的隆德县城扑了过去。

隆德县城不但有县保安队防守,还驻扎着国民党军新编第十一旅二团一营。红军发起的进攻十分猛烈。红军从北面攻城,县城里的土豪们从南城墙上往外爬,县长林培霖和公安局局长温葆鑫混杂其间。林培霖事后对他此番举动的解释是:民众的"扶掖推挽"——"约下午二钟,匪共已用迫炮机枪攻至北山。北山碉楼驻军稍抗即退。山上弹如雨落,旋由北山一带包围而下,势甚猛烈。驻军、团队复稍抵抗,攻愈急。驻军慌乱退却。时已到下午三钟,民众因手无利器,亦各纷纷爬城而下。职与公安局长温葆鑫极力约束无效,只拼一命,与城俱尽,以尽守土之责。经左右民众扶掖推挽,缒下南城,藏身山谷禾苗深处得以脱。城遂陷。"

占领了隆德县城的红军照例搜缴了县政府的文件,处决了几个被抓获的民团、甲长,张贴了宣传标语和布告,然后迅速撤离了县城。

这时,沿着西兰公路,国民党军第六师第十七旅的七十多辆汽车正从兰州方向增援而来,车上的国民党兵胡乱向天上发射信号弹用以壮胆。红军官兵中不少人第一次见到信号弹,都很惊奇地朝天上看着。

第二天,丢失了隆德县城的国民党军新编第十一旅给军长邓宝珊写出战斗报告:

一、于八月十七日,有前窜踞静宁县属单家集徐海东股匪三千余人,由该集向东窜,于下午二时窜至隆德县南、北两山,以高临下,用机枪猛射扑城。我南、北两山守御部队,以寡众悬殊,故被击溃,伤亡极重。

二、查隆德城墙经久未修,墙垣倾颓,几如平地,不能掩蔽,且居民稀少,县城面积甚大,仅驻职旅一营,兵力薄弱,布防为艰。

三、职遵照前令,依着依险固守待援。

四、第六师丁[丁友松]旅奉令乘汽车七十余辆驰援,中途被匪所阻,迫至下午五时未至。该营与匪激战四小时,每兵所带子弹不过十粒,且该匪攻击甚烈,城墙高不过三尺,行不并肩,无险可守。我兵子弹已尽,匪蜂拥而至。于下午五时三十分,我官兵奋勇白刃肉搏,终以寡众悬殊,援兵绝望,向庄浪县方向撤退。

五、此役我消耗七九步弹四千余粒,自来得[驳壳枪]弹一千二百余粒、手掷弹五百余颗,辎重、被服均被匪分给贫民,公文均被焚烧无遗。

六、此役职旅第二团第一营官兵重伤二十二名,阵亡二十五名,被俘二十一名,损失七九步枪四十五支。

七、据探报,第六师丁旅于下午九时克复隆德,匪向东窜。职饬第二团第一营仍回隆德原防整理,听候丁旅长指挥,待令追剿。

从隆德县城撤离的红二十五军,连夜翻越六盘山接近了平凉县城。

红二十五军始终沿着西兰公路不断袭击县城的行动是危险的。他们故意暴露自己的位置和实力,每到一处便大量地张贴标语和布告,几乎是在故意告诉敌人他们在哪里以及将要干什么。红二十五军希望向他们围过来的敌人越多越好,因为他们的目的就是尽可能多地牵制敌人。但是,他们也意识到了这种一反常规的举动是危险的,特别是他们的兵力和火力十分有限,随着时间的推移,危险的因素逐渐积累,如果他们还不迅速离开西兰公路,待敌人大批增援部队一旦到位,残酷的战斗就会来临。

接近平凉的红二十五军进入了国民党军第三十五师的防区。

国民党军第三十五师,是以凶悍著称的"马家军"中的一支,师长马鸿宾。

两年前,红二十五军与国民党军第三十五师交过手,但当时的第三十五师并不是现在的这支部队。第三十五师原隶属于马鸿逵的第十五路军,一九三二年六月奉蒋介石之命进入鄂豫皖苏区"围剿"红军,当时的师长是马腾蛟。一九三三年三月,这个师乘火车被调往河南与湖北的交界处,寻找刚刚组建的红二十五军作战。三月六日拂晓,在一个名叫郭家集的地方,第三十五师遭遇红二十五军的突然袭击。当时郭家集四周的山顶上,游击队和民众摇旗呐喊,战场气氛令该师官兵胆战心惊。最终,该师的两个团被红军压缩在一片狭窄的洼地里,一百多名官兵被打死,两千多名官兵被俘,逃亡的官兵大部分被游击队和手持镰刀扁担的群众打死或俘获。遭遇重创的第三十五师残余人马撤到了河南开封，随即被国民党河南省政府主席刘峙吞并。第三十五师名存实亡。后来，蒋介石为了拉拢回民将领马鸿宾，把这个师的番号送给了他，马鸿宾便把自己的暂编第七师改成了第三十五师，下辖三个步兵旅、一个骑兵团，师部直属炮兵、工兵、辎重和特务各一个营，全师共有官兵近九千人。

一九三四年，马鸿宾的第三十五师奉命从甘肃移防陇东。

八月十八日，马鸿宾在他设在平凉城内的师指挥部，得知了红二十五军已经接近的消息。当时平凉城里的守军，仅仅有第一〇四旅二〇八团的一个营。为了平凉的安全，他立即命令驻扎在平凉以北固原的第一〇五旅副旅长马应图，率该旅的两个步兵营和两个迫击炮连增援，同时抽调二〇五团的一个营也归马应图指挥。之后，马鸿宾又命令驻扎在西峰镇的骑兵团一营副营长卡得云率部向平凉靠近。

马应图率领三个步兵营到达瓦亭的时候，与红二十五军遭遇。红军迅速占领了几个山头，马应图部逐渐处于不利地位。这时，卡得云的骑兵营赶到了，战斗骤然激烈起来。红军官兵顽强守着几个重要的高地，战斗虽然短暂，双方的损失都很大，红二十五军二二五团团长阵亡，马应图部也伤亡十余人，卡得云的骑兵营两人负伤、五人被俘。被俘的五名士兵很快就被红军释放了，释放回来的士兵都说红军好，因为红军说话和气还给他们鸡肉吃。

红二十五军继续向平凉逼近。

在占领了西兰公路上的要点三关口后，红军切断了公路，使平凉城的对外联络中断。

为了打通去平凉的通道，马应图决定强行闯过三关口，当两个步兵营营长王凤云和白效禹显出惧怕的情绪时，骑兵一营副营长卡得云自告奋勇表示愿意冒险闯关。凌晨，在步兵的掩护下，卡得云率领骑兵一营向红二十五军防守的三关口猛力冲击，已经决定放弃平凉的红军仅仅留下一个排边阻击边撤退，卡得云的骑兵营因此得以顺利地冲过三关口。

平凉城里的马鸿宾一见卡得云,总算松了一口气。他向卡得云询问红军的情况。卡得云说,红军身体都很瘦小,而且很多还是孩子,并不可怕。卡得云的描述加上他顺利闯关的事实,使马鸿宾的胆子突然大了起来。他认为瓦亭遭遇战的损失,完全是马应图怯战的缘故,第三十五师只要主动扑上去,就能把红军吃掉。马鸿宾当即命令骑兵团和第一〇四旅的二〇八团迅速向泾川县城集中,准备竭尽全力把红二十五军逐出他的陇东防区。同时,根据红二十五军绕过平凉东去白水镇的动向,马鸿宾命令马应图率领三个步兵营迅速追击,命令炮兵集中火力向移动中的红军进行轰击。

八月二十日,红二十五军到达白水镇附近。

马鸿宾得知消息后,命令卡得云率领骑兵一营、马钟选率领辎重营东出平凉城追击。部队出发后,决心彻底消灭红二十五军的马鸿宾,在第一〇四旅旅长马献文的陪同下,带领二十多名警卫员和传令兵跟随出击到达四十里铺。在这里,马鸿宾见到了马应图,他立即拉下脸来质问他在瓦亭为什么怯战,马鸿宾身后的马献文也帮腔说怎么连些娃娃兵都不敢打。马应图回敬马献文道:"你站在后头好说话。你们敢打你就上去吧!"说完掉头走了。这时候,乘坐卡车前进的辎重营到了,车上坐着该营的一百多名枪手。马鸿宾让枪手们下来步行,然后自己和马献文、警卫员、传令兵一起爬上了汽车。马鸿宾命令汽车往东追击。马献文提醒马鸿宾,卡得云的骑兵营还在后面,是不是再等一等。胆子大了的马鸿宾没有搭理马献文,一个劲儿地催促汽车快开。

下大雨了。

陇东地区很少下雨,即使下雨也没大雨,而这天下的却是罕见的暴雨,这场暴雨竟然持续了两天。

红二十五军即将遭遇的巨大创伤,与这场罕见的暴雨密切相关。

下午六时,马鸿宾乘坐的汽车顺着西兰公路到达马莲铺,汽车在村西口停了下来。

山野在大雨中一片迷蒙。

突然，前方传来剧烈的枪声。

马应图一听就知道这是红军的枪声，他再不能在马鸿宾面前怯战了，于是打马向前奔去。

在马莲铺东面的打虎沟，红二十五军占领了公路两侧的有利位置，机枪阵地设在山顶上的一座小庙里。急需洗刷怯战罪名的马应图，严令他的三个步兵营立即向红军的阻击阵地发起猛攻。在正面反复攻击始终没有得手后，他又派出两个连迂回到打虎沟的西面往山上爬。国民党兵快要爬到山顶小庙时，红军的机枪子弹穿过雨雾射来，马应图的两个连即刻伤亡惨重。瓢泼大雨中，红军官兵趁势冲出了阻击阵地，军号声、枪声、手榴弹爆炸声和喊杀声与大雨倾泻的声音混杂在一起，马应图的三个步兵营顿时陷入混乱，官兵们开始疯狂溃逃。红军很快冲上公路，马应图身边的卫队瞬间跑了个精光。马应图不敢再骑在马上，他跌跌撞撞地在泥水中跑进公路边的一间民居藏了起来。

在马莲铺村西口的马鸿宾不知道前面的战斗进行得如何，只听见枪声越来越激烈。已经认定红军是群娃娃的马鸿宾让马献文留在原地，自己带着他的六儿子马定国和几个警卫员拍马向战场方向冲了过去。刚冲到村东口，迎面就遭到手榴弹的袭击，马鸿宾还以为是自己的部队发生了误会，但是他很快就明白了冲过来的是红军。马鸿宾已经没有了退路，只能命令身边的卫兵抵抗。在警卫人员抵抗的时候，他带着儿子跳下马，爬进公路边的一个院子。红军隔着院墙往里面扔手榴弹，并且把院子团团围住了。

就在这时，卡得云的骑兵一营和辎重营的一百多个枪手赶到了战场。卡得云率领骑兵拼死向包围院子的红军冲击，同时命令士兵用刺刀在院墙上挖洞。卡得云反复冲杀后，红军撤退了。险些成了俘虏的马鸿宾被卡得云的骑兵连拖带拉才逃出那座破败的院子。

接近午夜的时候，第三十五师的炮兵营赶到了战场。

红二十五军的攻击停止了。

大雨依旧在下。

受到惊吓的马鸿宾甚至都不敢回马莲铺了,师部就在村外一片黑乎乎的树林里休息。大雨把所有人的衣服全浇透了,马鸿宾浑身发抖,一个劲儿地说:"太厉害!太厉害!"

平静之后,马鸿宾首先想起来的是:在战场上怎么还是没见着那个该死的马应图?于是命令去找马应图。卡得云在黑暗的大雨中四处叫喊,就是没有人答应。其实马应图听见了,但是他怕卡得云被红军捉住,喊话引诱他出来,所以一直不敢应声。卡得云喊了很久,马应图才从他躲藏的那间民房里悄悄爬出来。大雨倾盆,他竟然不知道红军已经撤了。见到马鸿宾,马应图连哭带闹地说:"我当团长当得好好的,让我当副旅长,什么副旅长,只有三个营,还指挥不动,身边连个护身的卫兵连都没有!你说红军尽是些娃娃,还让我活捉他们,你现在干脆杀了我吧!"

马鸿宾说:"你把三个营都丢了,我不问你罪,你倒倒打一耙!"

第二天,回到平凉城里的马鸿宾立即给马应图记了一大过。

经历了激烈战斗的红二十五军决定继续沿着西兰公路向东。

连日的暴雨使公路北侧的泾河河水猛涨,部队要渡过泾河几乎是不可能了;而公路的南面是一道数十里宽的高塬台地,回旋的余地很小。红二十五军决定暂时离开公路,南渡泾河的支流汭河,佯攻灵台县城,摆出进入陕西的态势,而实际部队回击崇信县城,坚持切断西兰公路,顺着公路再往回走,继续探听主力红军的消息。

大雨仍未停止。

红二十五军离开白水镇向东,在王村附近翻越王母宫塬,然后徒涉汭河。

部队渡到一半的时候,这条平时并不湍急的河流河水迅速上涨。

山洪暴发了。

正在渡河的红军官兵立即被突然而至的洪水卷走。

先头部队二二五团基本渡河完毕。一营营长韩先楚和政委刘震已经在汭河南岸,他们在大雨中开辟了阵地,准备掩护二二三团、军部机关和军直属队渡河。

突然暴涨的洪水令两岸的红军顿时焦急起来。

韩先楚和刘震,这对红二十五军营级军政搭档,作为红军中的中层指挥员,他们能够活下来看到革命胜利无疑是一个奇迹,因为绝大多数红军中层指挥员都在残酷的转战中牺牲了——一九三五年八月二十一日,在陇东罕见的大雨中,浑身湿透的韩先楚和刘震非常紧张。军事常识是,一支部队在渡河时被天然的河流截成两半,这该是最脆弱和最危险的时候。如果这个时候遭遇敌人的袭击,就是中国兵法上所说的"半渡而击"了。

半渡而击的后果将是毁灭性的。

跟随先头部队渡过汭河的吴焕先,也强烈意识到部队已经处在危险中了。

被隔在汭河北岸的徐海东在大雨中来回走着,他始终没有离开河岸,希望看见疯狂上涨的河水在某个时刻会突然平静下来。

没能过河的二二三团在塬上展开了警戒,军部机关、大量驮着物资的骡马、行李担子、医疗药品、军械修理器材以及跟随医院行军的伤病员,此刻都混乱地拥挤在大雨中的北岸。

军衣湿淋淋地裹在吴焕先细瘦的身体上。

二二三团必须赶快渡河!

尽管事先得到的情报是泾河一带无大敌,但是万一呢……

下午,枪声响了。

枪声是从徐海东身后的雨雾中传过来的。

在大雨中向红二十五军冲来的,是国民党军第三十五师第一〇四旅。

先头部队是骑兵,后面紧跟着步兵。

对于红二十五军来讲最坏的事情发生了。

八月二十日,国民党军第三十五师骑兵团奉命到达泾川县城。

骑兵团团长马培清不愿意继续追击了,因为一方面骑兵团在大雨中行军十分辛苦,另一方面他已经获悉在马莲铺战斗中马应图旅的不幸遭遇。但是,师长马鸿宾的命令到了,命令他立即出发追击红军,并说红军都是些娃娃和女兵,如果让红军跑了唯骑兵团是问。同时,马鸿宾还命令调步兵二〇八团和二一〇团三营归骑兵团指挥。下午,马培清把二〇八团团长马开基请来商量,开口就说红军不是那么好打的,这次一定要稳扎稳打不可轻易出击。谁知,马开基团长当场就顶了马培清一句:"怕死别打仗!"原来,泾川是马开基的防区,马培清的骑兵团是奉命来增援的,理应接受他的指挥,可是师长马鸿宾竟然命令他接受骑兵团的指挥,这让他实在咽不下这口气。商量没能进行下去,因此也就没有战斗部署。马开基命令他的副团长张海禄留下来坚守泾川县城,自己带着步兵一营、二营各两个连以及团直属队,又向马培清要了一个排的骑兵,冒着大雨出发了。马开基出发的时候,根本就没通知奉马鸿宾之命前来参加追击的二一〇团三营。在他出发后,三营营长马维麟自动担负起县城的防守任务。而马培清不愿意跟着马开基走,又不能按兵不动,于是率领着他的骑兵团向南出发了,说是去迂回红军的侧翼。

二十一日下午六时,马开基的部队到达王母宫塬,发现塬上已经被红军占领;但是,汭河边正聚集着大量的红军。马开基意识到这是突然出击的大好时机。身边的军官对他说,红军人多,也没有攻击咱们的意思,天色已晚,又下着大雨,不利于战斗,不如先建立阵地再说。马开基还是那句话:"怕死别打仗!"

马开基命令部队立即向汭河北岸的红军发动攻击。

红二十五军自从在报纸上获得了主力红军的消息,就以正常的行军速度计算着主力红军的行进路程。按照他们的预想,主力红军应该能够进入陇东地区了,所以他们一直冒险徘徊在西兰公路两侧,以期迎接主力红军。然而,他们并不知道主力红军在北进的路途中被迫一次又一次地停留,一次又一次地开会解决尖锐对立的政治与军事问题。此时此刻,张国焘率领的左路红军仍滞留在川北马尔康附近的卓克基,而毛泽东率领的右路红军刚刚进入松潘大草地。

红二十五军最危险的时刻来临了。

首先接敌的是二二三团三营。三营利用塬上一个小村庄的房屋、土墙和窑洞,与最先冲击来的敌人的骑兵展开激烈的对抗。敌人分散成班和排,一波接一波地轮流向前顶,那些被红军砍断了腿的战马在大雨中嘶鸣着。二二三团机枪连连长戴德归,率领几个战士抬着一挺重机枪上了一孔窑洞的顶部,用猛烈的扫射压住了敌人冲击的势头。

这时,渡过河去的二二五团无法回援,战斗力较弱的军机关和后勤人员被迫开始在上涨的河水中拼命渡河,形势危在旦夕……

军政委吴焕先在枪声响起的那个瞬间,纵身扑进了水流湍急的汭河中,奋力向敌人发起冲击的北岸游来。汹涌的河水将他冲出去很远,上岸后他拼命朝渡口的方向猛跑,一边跑一边大喊"把敌人顶住"。徐海东也迎着吴焕先跑过去,两人紧急商量了一下,然后一起向三营所在的塬上跑,那里现在是整个北岸战斗的最前沿。徐海东的腿受过四次伤,跑起来跟不上吴焕先,吴焕先在剧烈的喘息中回头对徐海东说了句:"来呀,咱俩比赛。"

吴焕先冲到塬上,立即组织军部交通队和学员连直接插向敌人的侧后。他跑在这支队伍的最前边,边冲边喊:"同志们,压住敌人就是胜利,决不能让敌人逼近河边,要坚决地打!"

二二三团一营、二营冒着横飞的子弹,迅速占领塬上的制高点,从侧翼向敌人发动了进攻。

敌人的冲击受到两翼的压力,力度和速度缓慢下来。

在双方接触的前沿,仍听得见肉搏战的厮杀声。

大雨如注。

红二十五军绝不能让敌人拖在这里直至消耗殆尽。

吴焕先一声呐喊,红军官兵开始了反击。

红二十五军必须把这股敌人打跑。

跟随着吴焕先冲击的交通队的战士,看见他们的军政委在大雨中直起细瘦的身体,回过头来对他们喊了句"冲啊",然后就直挺挺地栽倒在大雨中了。

敌人的数粒子弹射中了二十八岁的红军军政委吴焕先的胸口。

战场上突然没有了他那军号般的呐喊声。

吴焕先,鄂豫皖根据地的创始人之一。红四方面军主力撤离根据地后,他留下来在异常艰苦的环境中组建了红二十五军,先任军长,后任政委。对于红二十五军的官兵来说,无论进行的是多么残酷的战斗,只要吴焕先在前面大刀一挥,他们就会拼死争相跟随。在红二十五军官兵的心中,身先士卒的吴焕先永远是一面大旗,他们在这面大旗上懂得了什么是革命、什么是光荣、什么是身先士卒、什么是官兵一致、什么是中国工农红军。

红军官兵的怒火喷发了。

他们向敌人迎面扑去。

他们愿意跟随他们的军政委去死。

国民党军二〇八团官兵几乎无一漏网,全部被红军压在一条烂泥沟里。

这条烂泥沟最终成了国民党军二〇八团的坟墓。

红军官兵往沟里扔手榴弹,开枪射击,最后扑进去用大刀砍用拳头打。敌人已经完全失去了抵抗能力。红军干部在一边喊:"红军优待俘虏!把他们押出来!"但是,红军官兵仍继续射击、砍杀、撕咬,就是不停手!

二二三团二营通信班班长周世宗,看见一个似乎是敌人指挥官的人要骑马逃跑,于是他开枪了。他连续开了四枪,把那个军官的马被打伤。他跑上前去,命令马背上的那个军官下马投降,军官不肯。周世宗朝着他再次连续开枪,直到他重重地跌下马来。

团长张绍东跑过来说:"立功了!奖励大洋三块!"

被红军通信班班长周世宗打死的军官,就是声称"怕死别打仗"的国民党军第三十五师第一〇四旅二〇八团团长马开基。

但是,无论消灭了多少敌人,都不能让红二十五军官兵感受到胜利的滋味。

副军长徐海东说:"一定要想办法,给政委买一口好棺材。"

天黑下来的时候,先是大雨停了,接着汭河河水开始回落。

徐海东亲自牵着骡子,把吴焕先的遗体运过汭河。

宣传队队员们到处寻找棺材,最后把当地大地主郑庭顺家的一口还没上漆的柏木棺材抬来了。

吴焕先穿上了他一直舍不得穿的那件旧呢子大衣,被安葬在汭河北岸宝盒山山脚下。

第二天,红二十五军离开泾川地区,沿着西兰公路继续向南,逼近崇信县城。

惨烈的王母宫塬之战使国民党军暂时不敢靠近红二十五军了。

为了继续钳制敌人,红二十五军开始在崇信、灵台地域长久地徘徊转战。他们每天都派出侦察员四处打探主力红军的消息,但是一直都没有结果。这时,由兰州方向增援而来的国民党军第六师第十七旅已经到达泾川县城,马鸿宾的第三十五师也开始向崇信方向靠近,从陕甘方向调来的国民党军第五十一军第一一三师也向北推进到陇县,而国民党军第三军第十二师逼近了距离崇信只有二十多公里的华亭。红二十五军已经处在被四面包围的境地。

连日行军作战,伤员无法安置,官兵极度疲惫,这种没有后方的移动作战,会使部队的战斗力逐渐耗尽。红二十五军领导人终于下了决心,不再等待主力红军,离开西兰公路,直接往北去寻找陕北红军。

从八月十四日到三十一日,红二十五军在西安通往兰州的公路两侧,以接连不断的战斗整整等待了十八天。无论多么艰难,多么危险,他们都不愿意离开这条他们认为党中央和主力红军必定要过的公路。他们希望在党中央和主力红军通过这条公路的时候,这一军事要地处在被红二十五军占领的安全状态中。他们奋不顾身的移动与作战,钳制了陕甘境内的国民党军,配合了即将北上的主力红军的行动。现在,即使已经付出巨大的代价,他们还是无法在危机四伏的西兰公路上继续等待下去。而他们此刻做出的北上决定,事后证明是极其正确的——《中国工农红军第二十五军战史》对此评价为:"胸怀全局和远见卓识。"

一九三五年八月三十一日晚,红二十五军自平凉县城以东的四十里铺渡过泾河,离开西兰公路,向东北方向而去。

红军官兵跨过西兰公路以后,不少人纷纷回头张望了一下。他们中间没有一个人知道,此时,毛泽东刚刚到达松潘大草地北沿的班佑,前锋红军正在包座与国民党军血战,试图打开北进陕甘的通道;而张国焘借口嘎曲河水上涨已经不再继续向北前进了。

渡过了泾河,昼夜兼程前进的红二十五军依旧被国民党军第三十五师追击着。九月三日,红军渡过马莲河到达合水县的板桥镇。马鸿宾的第三十五师紧随着红军也到了。为了使部队能够顺利地通过,徐海东率二二三团前去包围合水县城,命二二五团为后卫掩护军部机关。二二五团在板桥镇内短暂休息后,凌晨四时部队准备出发。这时,国民党军第三十五师的骑兵来了,立即与二二五团的后卫部队三营交了火。

二二五团三营的七、八两个连,是由游击队改编的,官兵们的战斗经验不多。

突然攻击三营的又是马培清的骑兵团。

这个团在王母宫塬战斗后,一直尾随着红二十五军。追到泾川与合水之间的西峰镇时,团长马培清接到师长马鸿宾的电话。马鸿宾在电话里命令骑兵团要与红军"好好打上一仗",并把二一〇团也调来归马培清指挥。马培清知道马开基的二〇八团是怎么覆没的,为了避免与红军硬拼又不承担任何责任,他对马鸿宾说自己一个人怕是指挥不了六个营,要求派第一〇四旅旅长马献文来西峰镇。马鸿宾说:"红军现在很容易捉,你就不要推辞了。"

马培清对骑兵团下达的作战原则是:采取守势,谨慎出击。

在西峰镇到合水县的路上,骑兵团两次与红军接触,都采取了这个策略,因此部队没有什么损失。但是,马鸿宾的电话又打来了,说他看出来马培清在消极作战,如果贻误大局军法从事。这一下,过了马莲河后,骑兵团的追击速度加快了。

九月四日凌晨,黎明前天色漆黑,马培清的先头部队一头进入了红二十五军后卫部队的阻击阵地中。

红军二二五团三营与多达六个营的敌人展开激战。对于红军官兵来讲,马鸿宾的骑兵是很强硬的对手。当这些骑着高头大马的国民党兵呐喊着冲过来的时候,红军的阻击阵地上显出了将要顶不住的迹象。前去包围合水县城的徐海东听见板桥镇方向响起枪声,立即返回来,发现二二五团参谋长戴季英还在军部机关的队列前讲话,据说他已经一口气讲了两个小时了。徐海东立即率二二五团二营投入战斗,以掩护三营突围。但是,敌人的兵力过于强大,连同徐海东在内二二五团陷入包围中。

马培清似乎看出了红军阻击阵地的脆弱,他立即命令骑兵团一、三两个营从正面冲击,两个步兵营从右翼包抄,自己则率领一个骑兵营向左翼插过去。骑兵的冲击给红军的阻击阵地带来很大的混乱。危急时刻,二二五团一营营长韩先楚和政委刘震率领部队迅速占领了左翼的一座山头,用猛烈的火力阻击敌人,以掩护徐海东率部冲出重围。

刘震在枪林弹雨中寻找着徐海东。

吴焕先政委刚刚牺牲,红二十五军绝不能再失去徐海东。

在望远镜里,刘震发现了徐海东的身影,他骑在一匹白马上,白马正沿着一道土梁奔跑,敌人的骑兵距离他只有几十米了。刘震立刻命令所有的机枪向敌人的骑兵扫射。

已经认出白马上的人就是徐海东,骑兵团长马培清顿时兴奋起来,因为蒋委员长悬赏"徐匪"的价格是十万大洋。马培清的副官马长清却极端懊悔,因为徐海东是从他的眼皮底下跑走的。那一刻,他看见一匹白马跑到了他的跟前,马上的人一身蓝衣没有拿枪,马长清以为是一位师爷,慌忙中还敬了个礼。白马跑远的时候,马长清才回过神来,他惊叫了一声,立即命令骑兵去追。跑得最快的两名骑兵追上了在徐海东后面掩护的警卫员,他们把这个小红军拉下了马。接着,两个国民党兵为谁能占有小红军身上的驳壳枪争执起来。徐海东继续纵马飞奔,白马绕过了一片高粱地,等马培清的骑兵追上来时,高粱地里突然飞出一片密集的子弹。

这是红二十五军离开根据地后移动作战的最后一战。

二二五团刚刚接任团长的方炳仁在突围中阵亡。

红二十五军医院院长钱信忠突围时还带着十几名伤员。这位三十年后成为新中国卫生部部长的老红军,一九三五年九月四日在陇东板桥镇经历了他人生中最危难的时刻。三年前,钱信忠还是国民党军队中的一名军医。一九三二年六月在湖北黄安的一次战斗中,他所在的国民党军第十师中了红军的埋伏。当国民党兵开始溃退的时候,他藏在稻田里没有走。看见红军的部队上来了,他从稻田中走了出来。红军战士看见的是一个穿戴整齐的军官:黄斜纹布军衣,皮鞋很亮,全副武装,胖胖的身体,看样子官一定不小。红军战士把他围起来,你一拳他一脚要把他绑起来。钱信忠连忙说:"不要打,也不要捆,我是医官,没有逃跑就是因为想当红军。你们把我送到你们的司令部去吧。"参加了红军之后,官兵们问他为什么主动过来,他说在上海宝隆医院学习的时候读了几本马列的书。在红军队伍里,钱信忠经受了艰苦生活和残酷战斗的考验,他把他的全部医术都献给了红军,成为一名坚强的红军干部。过去他穿的是皮鞋,参加红军后,官兵们要他穿草鞋,他不会打草鞋,但是他说:"我打赤脚也要革命!"在板桥镇,当二二五团遭遇突袭的时候,钱信忠首先想到的是救护红军伤员。他跟在徐海东的身后冲上战斗前沿。部队被敌人的骑兵冲散了,他带领他抢救下来的伤员形成一个小集体,他说:"现在,我们能否安全归队成了问题。我们要接过牺牲同志的枪,准备打游击,追部队去!"钱信忠带领伤员晚上走路,摸着地上的草的倒伏方向来判断部队转移的路线,最终他们真的追上了红二十五军的大部队。那个时刻,红军伤员包括钱信忠都哭了,他们为重新回到生死相依的红军队伍中感到万分庆幸。

板桥战斗结束后,红二十五军进入甘肃与陕西交界处的群山之中。这里人烟稀少,沿途没有可以获得粮食的村落,部队发生了严重的饥荒,可他们依然没有间断行军,因为前面就要进入陕甘苏区了。

九月七日,红二十五军到达合水县东北方向的豹子川。在这里部队做了短暂的休整,中共鄂豫陕省委召开会议,决定由红二十五军军长程子华接替吴焕先代理鄂豫陕省委书记兼红二十五军政委,徐海东任红二十五军军长。

红二十五军终于走出了陕甘边界的子午岭山区。接近洛河的时候,部队遇到几百头羊迎面而来。饥饿的红军官兵把羊群拦了下来,后面赶羊的人急忙走上前来,拿出了国民党政府的护照,说他们是做生意的。谁知,这一来,红军官兵表示必须没收这些羊。赶羊的人赶紧问:"你们是红军吧?"当听到确实是红军的部队时,他们又拿出了苏维埃政府的证明,说这些羊都是苏区的,准备赶到白区卖了之后买布。红二十五军的供给干部问,这些羊要卖多少钱?赶羊人说最少要四百二十块,供给干部给了他们五百块大洋。赶羊人丢下羊群兴高采烈地走了。几百只羊,这让红二十五军所有的官兵扎扎实实地吃饱了。

九月十五日,红二十五军终于到达他们长征的终点——陕西省延川县永坪镇,与刘志丹的红二十六、红二十七军会合了。

此刻,红二十五军全军人数为三千四百多人。

一九三五年九月十八日,在永坪镇,中国工农红军第二十五军、第二十六军和第二十七军,合编成为第十五军团,下辖三个师,兵力七千余人。

中国工农红军第十五军团组建的重要意义在于:为毛泽东率领的红军到达陕北奠定了军事基础——《共产国际》第七卷第三期《中国红军第二十五军的远征》:"中国红军第二十五军的荣誉犹如一颗新出现的明星,灿烂闪耀,光波四表!就好像做毛泽东部队的先锋一样,帮助毛泽东部队打开往陕北的途径。"

红二十五军,红四方面军撤离鄂豫皖根据地后留下的一支红军武装,几乎与位于江西瑞金的中央红军同时开始了军事转移,经过数月的颠沛流离和艰苦转战,成为所有红色武装中第一支到达陕北的红军部队。红二十五军从河南进入湖北,从湖北又入河南,从河南进入陕西,从陕西进入甘肃,从甘肃进入宁夏,从宁夏再入甘肃,从甘肃又入陕西,红军官兵一路浴血奋战、前仆后继、舍生忘死,全军兵力最多时不足八千人,最少时只有一千多人。然而,这支小小的红军武装最终摆脱了生存危机,寻找到可以发展壮大的立足点。更为重要的是,红二十五军用坚定的信仰和不屈的精神,在中国的腹地传播了创建新中国的革命理想。在他们经过的每一座城镇和村庄中,百姓因为他们的到来知道了共产党人的革命以及中国工农红军。

那些牺牲在征途上的红二十五军的官兵,他们的鲜血日复一日地润泽着中国辽阔的国土腹地,使那里的山峦得以葱茏,河水得以奔涌,使那里的每一块田野得以丰饶。中国工农红军第二十五军将永远分享着人类最壮丽的史诗——长征——的光荣。

红二十五军已经走在陕甘苏区的境内了,官兵们享受着欢迎的口号、金黄色的小米和肥美的羊肉。而在同一时刻,毛泽东率领的红军正冒着雨雪交加的严寒和不断袭来的饥饿行进在中国西南部蛮荒的原始密林中。

距离从草地边缘分出去的那部分红军越来越远了,被冷雨淋湿的毛泽东万分痛苦,他并不知道此刻红二十五军已经到达陕北,中央红军前景不明的北进实际已经踏上了一条光明之路。

所有的一切都在无形中支持着这位信仰坚定的红军领袖。

九月十一日,从万分危险的情况下脱身而出的红军,陆续到达甘南与川北交界处的俄界。

俄界,今迭部县境内的高吉村。

毛泽东在这里与一直等候着他们的红一军团会合了。

俄界是由一位杨姓藏族土司统治的小村落,由于国民党军队无法在这里立足,到达这里的红军相对安全了。据说,这位杨姓土司自清至今已经是第十九代,他们每年向国民党当局纳税之后便平安无事了。他们对红军也没有什么敌意,土司甚至把粮食仓库向红军敞开,让红军用一些枪支换取他的粮食。杨姓土司知道,这支军队只不过是过路客而已。

与红一军团会合的时候,红军官兵悲喜交加。悲的是,红军居然分成了两部分,且大部分还在很远的地方,这使红军的前途和命运陡增了令人不安的因素;喜的是,自那个充满危险的夜晚匆忙北进之后,至今除了行军的艰辛之外,一路没有发生大的险情,中央红军的主力部队第一、第三军团终于会合在一起了。

当天,中共中央再次致电张国焘,口气严峻了许多:

国焘同志:

(一)中央为贯彻自己的战略方针,再一次指令张总政委立即命令左路军向班佑、巴西开进,不得违误。

(二)中央已决定右路军统归军委周副主席恩来同志指挥,并已令一、三军在罗达、俄界集中。

(三)立即答复左路军北上具体部署。

中央
九月十一日二十二时

第二天,一九三五年九月十二日,中共中央政治局扩大会议召开,史称"俄界会议"。中共中央、中革军委领导以及红一、红三军团的主要指挥员都出席了这次重要会议:张闻天、毛泽东、博古、王稼祥、刘少奇、凯丰、邓发、叶剑英、蔡树藩、林伯渠、李维汉、杨尚昆、林彪、聂荣臻、朱瑞、罗瑞卿、彭德怀、李富春、袁国平、张纯清等。周恩来由于病情再次恶化没有出席。

会议首先听取了毛泽东关于与张国焘的争论以及今后红军的战略方针的报告。虽然在现存的档案史料中,毛泽东的发言记录已有残缺,但是这一发言无疑是极其重要的史料。毛泽东在其中提出的战略方针,将对未来中国革命的进程产生重要影响,是解释中国革命史中许多重大历史事件起始缘由的重要依据:

……

我们在两河口一、四方面军会合,中央六月十八日决议,现在中央坚持这个方针。有同志反对这个方针,有他机会主义的方针,这方针的代表是张国焘、陈昌浩……四方面军起初是按兵不动,七月十七日要集中第一地点未实现。张到芦花,政治局决定他为总政委,张才把四方面军调动,但未到毛儿盖即动摇,一到毛又完全推翻这一决定,而把主力去阿坝、右路去班佑。张到阿坝后,便不愿意北上,要右路军南下,政治局七个同志在周副主席处开了一个非正式会议,决定给电张国焘北上,徐、陈当时表示,要他走路回草地是不好,但北上有王钧、毛炳文,走草地没有王钧、毛炳文,这是他根据的机会主义观点。所以,张国焘坚决要他回去,他便主张回去。

政治局说四方面军的领导一般是正确的,是说他在鄂豫皖、通南巴时期,从通南巴出来便不正确了,他退出通南巴,是在中央区红军退出中央区之后,那时他觉得通南巴孤立,决定到宁夏,又觉得宁夏有敌人骑兵,所以决定到西藏。四方面军退出通南巴,是不正确的,打了胜仗为什么要退出?有什么理由呢?……我们现在背靠一个可靠的地区是对的,但不应靠前面无出路,背后无战略退路,没有粮食,没有群众的地方……所以我们应到甘肃才对,张国焘抵抗中央的决议是不对的。

……

中央坚持过去的方针,继续向北的基本方针,补充决议上说的向黄河以东……一、四方面军会合后,应该在陕、甘、川创造苏区。但现在不同了,现在只有一方面军主力一、三军,所以应该明确地指出这个问题,经过游击战争打通国际联系,得到国际的指示与帮助,整顿休养兵力,扩大队伍。

这个方针是否可能?可能的,在地形上、敌情上,加上正确领导,加上克服困难的精神,无疑是可能的……我们由现地到苏联边境只有五千里……我们估计到运动战的可能还是有,但相应受限制,所以我们应该准备这些阵地战、堡垒战的工具——飞机、大炮,使运动战与阵地战配合,这一问题,很尖锐地提到我们的面前……我们总是可以求人的,我们不是独立的党,我们是国际的一个支部,我们中国革命是世界革命的一部分,我们可以首先在苏联边境创造出一个根据地,来向东发展。不然,我们就永远打游击战争……中央不能打到箭庐去,中央要到能够指挥全国革命的地区去,即使不能到达目的地,我们也不致做瓮中之鳖,我们可以到各处去打游击,即使给敌人打散,我们也可以做白区工作,我们可以去领导义勇军,而且我们估计,经过游击战争,我们可以打通国际关系,可以得到帮助,而克服敌人的堡垒主义。

……

目前与四方面军的关系,是党内斗争,但这是两条路线的斗争。

在今天说来,是两条路线的斗争,将来或者是拥护中央,或者是反对中央,最后组织结论是必要的,但是否马上作组织结论……不应该的,我们现在还有两个军,还有很多干部在那里,我们还要尽可能工作,争取他们,将来是不可避免重作组织结论的。我们还要打电报,要他们来,用党中央名义打电报,要他们来,因为我估计,他还有来的可能,自然也有不来的可能。

……毛泽东的一个观点值得注意:建立川陕甘根据地的计划现在已经无法实现,因为"现在只有一方面军主力一、三军"了,所以出路是继续向北"打通国际联系","在苏联边境创造出一个根据地",途径是"经过游击战争"——此时,毛泽东没有关于陕北苏区的任何消息。他在客观地衡量了目前红一方面军的实力后,提出了打游击这样一个低调的军事策略;而"打通国际联系"的方针,将在此后一年多的时间里成为红军在陕北和甘肃一带继续移动作战的主要指导原则,并由此可以解释中共中央和中革军委在这一时期做出的所有决策的内在原因。

俄界会议进行当中,张国焘的回电到了。

张国焘连续发出两封电报,一封是给中央的,竟然说中央有人"通敌":

林、聂、彭、李并转恩、洛、博、泽、稼:

一、据徐、陈报告:三军撤去脚杖寺、班佑警戒,乘夜秘密开走,次日胡敌有番反占班佑。三十团开班佑,在途与敌遭遇,团长负伤,伤亡百余。贯彻战略方针岂应如此。

二、红大已分裂,剑英、尚昆等均须[?]逃,兄等未留一人在徐、陈处,用意安在。

三、兄等走后,次晨胡敌即知彭德怀部北窜,请注意反动趁机告密。党中央无论有何争执,决不可将军事行动泄之于敌。

四、诸兄不图领导全部红军,竟率一部秘密出走,其何以对国际和诸先烈。

五、弟自信能以革命利益为前提,虽至最严重关头,只需事实上能团结对敌,无不乐从。诸兄其何以至此,反[?]造分裂重反团结,敬候明教。

国焘亲笔
九月十二日十时

张国焘的另一封电报,是给红一、红三军团指挥员的,预言北进"不拖死也会冻死":

林、聂、彭、李：

（甲）一、三军团单独东出，将成无止境的逃跑，将来真会悔之无及。

（乙）望速归来受徐、陈指挥，南下首先赤化四川。该省终是我们的根据地。

（丙）诸兄不看战士无冬衣，不拖死也会冻死。不图以战胜敌人为先决条件，只想转移较好地区。自欺欺人论真会断送一、三军的。请诸兄其细思吾言。

并报徐、陈

国焘亲笔

十二日二十二时

可以肯定，毛泽东两封电报都看到了。

会上有人提出开除张国焘的党籍，毛泽东表示反对。毛泽东说："你开除他的党籍，他还是统率几万军队，以后就不好见面了。"

彭德怀后来回忆说："如果当时开除了张国焘的党籍，以后争取四方面军过草地就会困难得多。就不会有后来二、四方面军在甘孜的会合，更不会有一、二、四方面军在陕北的大会合了。"

俄界会议做出《中共中央关于张国焘同志的错误的决定》。

这一文件只发到中央委员一级。

从俄界出发向东北方向，至腊子口三百八十里。

红军出发的第一天，就走进了原始森林中的白龙江河谷。白龙江是嘉陵江的一条支流，发源于岷山主峰，流经甘肃和四川交界处的河段是其最险要的地段，江水在乱石中奔涌，两岸绝壁如削，一条古老的栈道高悬于绝壁之上。栈道在绝壁上打孔架设而成，上面铺有木板，高悬于距江面一二十丈的半空，仅容单人通过。

为了阻止红军进入甘南，当地的反动武装对栈道进行了破坏，有的地方木板被拆下来扔到白龙江里，有的地方横插在悬崖上的木桩已被拔掉。红军官兵一路走过来，还没见过如此危险的栈道，队伍小心地贴着悬崖向前蠕动。走到栈道被破坏的地方,红军停止了前进。悬崖对面的森林中不断打来冷枪,栈道上没有地方可以隐蔽,想还击,满眼林木寻不到目标,队伍中不断有人负伤或牺牲,被子弹打中的官兵摇晃着跌下河谷,在湍急的江水中瞬间就没了踪影。必须寻找木材修栈道!于是,从栈道被破坏的地方开始,口令被一个人一个人地传递下去:"可以砍树的地方赶快砍树,能够买到木板的地方用现洋购买。"就这样,口令一直传到还没有走上栈道的红军那里。等了大半天,木材和木板被一个人一个人地传递过来。队伍在栈道上停留的时间太久,没有饭吃,没有水喝,官兵们只能往干渴的嘴里塞点炒麦子。

红一军团第一师参谋长耿飚的马在栈道上嘶鸣不已,因为害怕,马不但不走还乱蹦乱跳,这样一来随时可能掉下深渊。马夫老谢想尽办法哄着这匹马,抚摩它,跟它说话,给它麦子吃,但是哄着哄着,他身子一歪,从栈道上掉了下去,前后的战友还没反应过来发生了什么事,老谢已经不见了。老谢是福建建宁人,却有一脸北方人的络腮胡子,憨厚的性格深得红军官兵的喜爱和尊敬。从苏区出发的时候,他负责的是一头大黑骡子,一路上无论多么危急的关头,他始终拉着大黑骡子,无论骡子还是物资没有一点损失。部队到两河口的时候,大黑骡子突然丢了,难过得老谢好多天不吃饭,只是闷着头吸旱烟。上级重新给了他一匹马后,老谢对马的照顾更加精心了。红军队伍过草地时,他把身上的干粮全给马吃了,自己一个劲儿地掏棉衣里的棉絮往嘴里塞。第一师走出草地的那天,官兵们一看,老谢身上的棉衣里面都掏空了。

直到晚上十一时,红军的队伍才陆续从栈道中走出。

摩牙寺是一座有四百多名喇嘛的洁净寺院,红军路过的时候,开阔的寺院院子里鹅黄色的菊花正在盛开。

红军沿着白龙江继续向东北方向走,队伍里有干部说:"前面有一道险要的关口,一军团正在那里抢关呢。"

九月十四日,中共中央再次致电张国焘,并特意要求"此电必须

转达"朱德与刘伯承",电报的口气愈加严厉了:

国焘、向前、昌浩三同志:

(一)一、四方面军目前行动不一致,而且发生分离行动的危险的原因,是由于总政委拒绝执行中央的战略方针,违抗中央的屡次训令与电令。总政委对于自己行为所产生的一切恶果,应该负绝对的责任。只有总政委放弃自己的错误立场,坚决执行中央的路线时,才说得上内部的团结与一致。一切外交的词句,决不能掩饰这一真理,更欺骗不了全党与共产国际。

(二)中央率领一、三军北上,只是为了实现中央自己的战略方针,并企图以自己的艰苦斗争,为左路军及右路军之四军、三十军开辟道路,以便利于他们的北上。一、三军的首长与全体指战员不顾一切困难,坚决负担起实现中央的战略方针的先锋队的严重任务,是中国工农红军的模范。

(三)张总政委不得中央的同意,私自把部队向对于红军极端危险的方向[阿坝及大小金川]调走,是逃跑主义最实际的表现,是使红军陷于日益削弱,而没有战略出路的罪恶行动。

(四)中央为了中国苏维埃革命的利益,再一次地要求张总政委立即取消南下的决心及命令,服从中央电令,具体部署左路军与四军、三十军之继续北进。

(五)此电必须转达朱、刘。立复。

中央
九月十四日

中央电报发出的时候,红一军团正向腊子口全速前进。

国民党军飞行员的侦察报告被送到成都。报告说,在腊子口附近发现"赤匪不足万人,没有后续部队"。

情报让蒋介石火冒三丈。看来把红军围困在草地里的计划算是落空了。但是,走出草地的红军为什么又分开了呢?蒋介石左思右想就是理不出头绪。情报说即将到达腊子口的那股红军是林彪的部队。这是一支极具大规模运动能力的红军,他们一进入甘南就径直向东北方向而去,蒋介石在地图前站立了很久,他把目光沿着甘南朝东北方向一路看去,最后看见的是中国西北那片被黄土覆盖的土地,那里是陕北。

蒋介石立即给兰州绥靖主任朱绍良发出一份"赏格令",朱绍良随即把这份最新的"赏格令"转发给了他认为红军有可能路过的各县:

特急。

岷县、临洮、陇西刘县长并转渭源赵县长,天水、武都孔县长:

奉委员长蒋阳[七日]亥[九至十一时]蓉行参战电开:据报,北窜之匪毛、彭、林等均在内,饥疲不堪,不难消灭。兹再申擒斩匪首赏格如下:

1. 毛匪泽东生擒者奖十万元,献首级者奖八万元;

2. 林匪彪、彭匪德怀生擒者各奖六万元,献首级者各奖四万元;

3. 博古、周恩来二匪生擒者各奖五万元,献首级者各奖三万元;

4. 凡伪中央委员、伪军团政委、伪军团长及伪一、三军团之伪师长等各匪首生擒者各奖三万元,献首级者各奖二万元;

5. 其他各著名匪首,凡能生擒或献首级者,仍照前颁赏格各给0172[原件电码,未译]。

希通饬各县及地方军民人等,一体知照。等因。

特电遵照。

朱绍良。覃[十三日]午总参池。

刚刚还是晴天,突然就下起了暴雨。

晚上,大雨中向导迷失了方向,红军的行军被迫停下。

毛泽东和官兵们一起在大雨中坐到天明。

九月十一日早晨,徐向前在前敌指挥部听说叶剑英走了,军用地图也被带走了,他一下子想起头天晚上毛泽东来到院子里问他的那些话,想起毛泽东告辞后渐渐远去的高大而消瘦的背影,徐向前这才明白一切都不可挽回了。他愣在乱哄哄的前敌指挥部里,任凭陈昌浩来来往往地叫喊,一时间竟"说不出话来"。

这一天,红一军团军团长林彪给徐向前打来一个电话,告知部队北进的途中"有一座悬崖险桥,现有一连人防守",而红一军团部队"即将北撤",让徐向前"在一天内派部队赶到接防"——率领红一军团一直在俄界等着大部队的林彪还以为编入右路军中的红四方面军的部队会跟进北上。这座悬崖险桥位于一百公里之外,如此的距离"绝非一天所能赶到",更何况右路军中的红四方面军主力此刻正在松潘与胡宗南部的对峙中,还有近千名在攻打包座的作战中负伤的重伤员需要安置,徐向前根本无法"派兵前往"。

晚年,徐向前忆及此夜,依然痛心不已:

> ……那两天我想来想去,彻夜难眠……我的内心很矛盾。一方面,几年来自己同张国焘、陈昌浩共事,一直不痛快,想早点离开他们。两军会合后,我对陈昌浩说,想去中央做点具体工作,的确是心里话。我是左思右想,盘算了很久,才说出来的。另一方面,右路军如果单独北上,等于把四方面军分成两半,自己也舍不得。四方面军是我眼看着从小到大发展起来的,大家操了不少心,流了不少血汗,才形成这么支队伍,真不容易啊!分成两半,各走一方,无论从理智上或感情上说,我都难以接受。这也许是我的弱点所在吧。

阿坝额尔登寺院的大殿里光线很暗。

出席川康省委扩大会议的省委委员,红军总部、工会、青年团、妇女部、儿童团的干部约一百多人。

张国焘开始了他几乎持续了一整天的长篇讲话。

他从布尔什维克的革命理论开始讲起,一直讲到目前中国红军所面临的政治和军事形势。之后,他全面阐述了南下的正确和北上的错误。张国焘深知现在他迫切需要得到广大红军干部的认同,为此他不断地挑拨红四方面军反对中央的情绪,说中央利用红四方面军以牺牲打开的北进通道自己溜了;说他们的秘密出走让蒋介石以为红军的中心仍然在毛儿盖,因此不会去追击进攻他们的队伍;说他们单独北进的行动已经引起敌军注意,这将导致如果我们随后跟进,很可能遭遇敌军的凶狠阻截;说毛泽东走的时候把缴获的粮食等重要物资都烧毁了,为的是给红四方面军官兵造成更大的困难等等。张国焘煽动性的讲话,获得了强烈的会场效果,红四方面军有的干部竟然伤心得哭出了声——从警卫员开始就一直跟随张国焘直至成为内卫排排长的何福圣回忆说:"在四方面军里,只知道有张国焘,不知有毛泽东,我们根本不可能起来反对张国焘,既没那个勇气,也缺乏那样的觉悟。"

红四方面军官兵大多是四川人,因此对于南下计划张国焘描绘出的是一幅光明美丽的前景:"明知道北上是一条死路,还逼着我们四方面军跟着他们走,其用心不是想断送四方面军吗?他们已经把十万红军拖垮了,难道还要把四方面军葬送吗?他们走了也是好事,迟跑不如早跑,他们走他们的独木桥,我们走我们的阳关道,南下英勇作战,咱们打到成都吃大米去!到成都过新年去!"

会场上一片欢呼。

张国焘请朱德讲话,被朱德当场拒绝。

朱德的态度引起了会场上的愤怒情绪。

朱德很沉着,任你怎么说,怎么喊,就是一言不发。

等所有的人都不吭声了,他才不慌不忙地说:"中央的北进战略是正确的。在川陕建立革命根据地是经过反复研究决定的。对中央的决定,我举过手表示拥护,现在依然是这个态度。至于要我和毛泽东划清界限,我和毛泽东从井冈山就在一起,国内外都知朱毛,朱毛是不可分的。你们可以把我朱德劈成两半,但是不能把朱毛分开,更不可能要朱来反毛。"

张国焘说:"你说北上好,你就一个人走吧,我们决不留你。"

朱德说:"我是红军总司令,党中央和军委派我带领左路军北上。现在你们不执行中央、军委的命令,硬要南下,我只能跟着你们。你们到哪里,我也到哪里,我一定要执行党中央、军委交给我的任务,带领左路军北上。"

会后,朱德伤感地对康克清说:"会议开得一团糟,糟透了。"

阿坝会议发布了《大举南进政治保障计划》。计划声称:"大举向南进攻,消灭川军残部,在广大地区内建立根据地,首先赤化四川。"

这之后,红四方面军中开始流传一首歌,歌名叫《红军南下歌》:

亲爱的工农同志们啦,亲爱哎哎哟;
红军的南下胜利大得很,我唱你来听,亲爱哎哎哟;
伟大的胜利,我们打垮刘湘兵,亲爱哎哎哟;
一、二、三、四消灭尽,占领懋功城,亲爱哎哎哟;
红旗插遍了宝兴,亲爱哎哎哟;
天全打垮了刘文辉,芦山来占领,亲爱哎哎哟;
乘胜追下雅安去,亲爱哎哎哟;
机关枪扫得满天钻,敌人吓破胆,亲爱哎哎哟。

红军情报部门很快就获得了蒋介石最新公布的"赏格令",毛泽东身边的红军干部们一看,不禁回想起在中央苏区时候,红军剧团上演的一出官兵们百看不厌的活报剧。活报剧是时任苏区少年先锋队中央总队参谋长张爱萍编的,内容是罗瑞卿给蒋介石打电话要"赏钱"。在张爱萍的要求下,红一军团政治保卫局局长罗瑞卿扮演他

自己,红一军团第二师四团团长耿飚扮演蒋介石。其中的一段台词红军官兵们现在还能背出来:

罗瑞卿:[拿着电话]老蒋吗?我是老罗呀!

蒋介石:哪个老罗?

罗瑞卿:老子就是罗瑞卿!

蒋介石:[对宋美龄]快!拿钢盔来。[对电话]我不怕你!我有百万大军,还有美国的钢盔。娘希匹,怎么把痰盂给我戴上了!

罗瑞卿:你们的报纸宣布我被击毙几次了,可赏钱一分也没发,我至今还保留着脑壳,等钱用哩!

每次看到这里,台下的红军官兵都笑得前仰后合,纷纷喊道:"老蒋彻底交代!钱都上哪里去了?"

台上扮演蒋介石的耿飚就临时编词说:"钱都让我抽大烟啦。"

一九三五年九月十六日,先头部队红一军团第二师四团政委杨成武面对眼前将要攻打的一道天堑惊讶不已:

> 我们来到前沿,用望远镜抬头一看,果然这里地形险峻极了。沿沟两边的山头,仿佛是一座大山被一把巨型的大刀劈开了似的,既高又陡。周围全是崇山峻岭,无路可通。从下往上斜视山口只有三十来米宽,又像是一道由厚厚的石壁构成的长廊。两边绝壁峭立,腊子河从沟底流出,水流湍急,浪花激荡,汇成飞速转动的漩涡,水深虽不没顶,但不能徒涉。在腊子口前沿,两山之间横架一座东西走向的木桥,把两边绝壁连接起来,要经过腊子口,除了通过这个小桥别无他路。桥东头顶端丈把高的悬崖上筑着好几个碉堡。据俘虏称,这个工事里有一个机枪排防守,四挺机枪对着我们进攻必须经过的三四十米宽、百十米长的一小片开阔地,因为视距很近,可以清楚地看到射口里的枪管。这个重兵把守的碉堡,成了我们前进的拦路虎。石堡下面,还筑有工事,与石堡互为依托。透过两山之间三十米的空间,可

以看到口子后面是一个三角形的谷地,山坡上筑有不少的工事。就在这两处方圆不过几百米的复杂地形上,敌人有两营之众,此外还有白天被我们击溃逃到这里的敌人。口子后面的腊子山,横空出世,山顶积着一层白雪,山脉纵横。据确切的情报,鲁大昌以一个旅部率三个团的重兵,扼守着口子至后面高山之间的峡谷,组成交叉火力网,严密封锁着我们的去路。

腊子口,从川西进入甘肃唯一一条通道上的险要隘口。

十七日凌晨两点,四团的官兵被从睡梦中叫醒。他们是两天前在摩牙寺接到攻击腊子口的作战任务的,军团规定占领腊子口的限期是三天。从摩牙寺到腊子口,至少有一百公里的路程,四团只有连夜出发。十六日,他们穿过白龙江山谷,上山时大雪纷飞,下山时却变成了倾盆大雨。到达距离腊子口不远的山脚下,官兵们休息了一下,炊事员连夜做饭,吃饭后四团继续赶路。在大雨中沿着泥泞的山路走了半夜,天亮的时候部队停了下来,给他们带路的六十多岁的向导说,他上次来这里是十多年前,现在前边没有路了,他也不知道该怎么走。团长黄开湘和政委杨成武立即决定用指北针开路,刻不容缓地继续向腊子口前进。没走多一会儿,先头一营就遇到了敌人。

对手是国民党军鲁大昌的新编第十四师第一旅六团,团长朱显荣。

腊子口是这个团的防区,六团不但齐装满员,还得到五团一个营的加强。朱显荣团长认为,在这样一个天然隘口配备六个营的兵力显得有点过于谨慎了,但师长鲁大昌还是不放心。兰州绥靖公署主任朱绍良和驻扎在天水的第三军军长王钧都警告过他,如果让红军从腊子口突进甘肃腹地,其罪责不可饶恕。特别是蒋介石在电报中格外强调,如有重要防地失守,"唯各该防地军民主官是问,照失地纵匪论罪"。尽管鲁大昌也认为腊子口天堑"一夫当关,万夫莫开",但得知红军已经向腊子口方向开进时,他立即命令第一旅旅长梁应奎率一团的两个营,再加上旅直属部队,向腊子口方向紧急增援。梁应奎的增援部队也是沿着白龙江向腊子口行进的,沿途大雨不断,道路狭窄,给养困难,机枪、迫击炮和驮弹药物资的骡子均无法顺利前行。尽管鲁大昌数次来电催促,他们的行军速度依然十分缓慢。当他们终于接近腊子口的时候,不但听见了枪声,而且看到一群士兵正从山上溃败下来。一问,说是一支红军正向腊子口方向攻击前进。听到这个消息后,梁应奎带领官兵们沿着小路慌张地奔跑起来,到达腊子口时已是九月十六日晚。

梁应奎立即部署阻击阵地:一团的赵国华营在小桥的东侧修筑工事,在桥头堡上配备四挺重机枪,原来在这里防守的五团王世惠营负责封锁小开阔地。正在部署的时候,朱显荣带着几名卫兵跑来,说红军到了腊子口附近,六团团部和预备队已被红军打散,电台也丢了。梁应奎顿时大骂起来:"你指挥着六个营,还没打仗就成了这个样子,如何向鲁师长交代?赶快命令你的士兵上阵地!"朱显荣走了,谁知他这一走便不知去向,六团除了被红军打死和俘虏的外,全都散了伙。后来才知道,领受了防御任务的朱显荣一直跑进渭源县城藏了起来。

四团先头部队一营没费什么力气,就把攻击腊子口的道路打开了。但是,在一鼓作气向腊子口攻击的时候却严重受挫。

腊子口的守敌决心利用天堑与红军决一死战。

一营的几次攻击都被猛烈的火力压回来,不但没有任何进展,部队还出现很大伤亡。

团长黄开湘和政委杨成武趴在前沿对腊子口的地形反复观察,终于发现了敌人防守的两个弱点:一是敌人的碉堡没有顶盖;二是敌人所有的火力都集中在正面,试图凭借隘口天然险要的地形进行封锁。敌人防守的这两个弱点,恰是由于地形造成的:这里是一个狭窄的山口,两边全是高耸的绝壁,绝壁几乎是笔直的,陡峭得根本无法攀登。因此,敌人在绝壁的顶端没有设防,碉堡也用不着要顶盖。

黄开湘和杨成武同时意识到,如果能够从绝壁攀上去,就可以直接往碉堡中扔手榴弹,还可以向东攻击那片从正面无法冲过去的小开阔地。

但是,绝壁连看一眼都让人昏眩,如何上得去?

四团的营连指挥员集中在距离口子两百米远的一片树林里开会研究。会议开得很艰难,谁都没有好办法。

下午四时,四团指挥所里挤满了人。红一军团和第二师的领导都到了:林彪、聂荣臻、陈光、萧华,他们轮流用望远镜向腊子口方向观察,都对那里的险要惊叹不已:绝壁间仅仅三十米宽的一道口子,口子中还有一条水深流急的河,别说有几个营防守,正面只要架起一挺机枪谁也别想过去。

毛泽东不断来电询问攻击的情况。

红一军团的指战员明白,严格地说,红军现在已经处在绝路中,别说不能南下,即使往回走南下的路也被堵死了。

必须冲过腊子口,无论付出多大代价。

经过反复研究,决定还是派人攀登绝壁,迂回到敌人的侧后去。

四团召开了士兵大会,让大家出主意想办法。

这时,一个从贵州入伍的苗族小战士站了起来,他说:"我能从绝壁爬上去。只要我一个人爬上去了,就能扔下绳子,别说一个连,一个营也能上去。"

所有的红军官兵都吃惊地望着他。

史料中没有留下这个苗族小战士的名字,只知道大家都叫他"云贵川",因为他自参加红军后已经走过了云贵川三省。这个年仅十七岁的苗族小战士大眼睛,高颧骨,皮肤黝黑,汉话说得不够好。他从小就过苦日子,受过不少欺辱,脾气很倔,但参加红军后作战异常勇敢。

"云贵川"对黄开湘和杨成武说:"我在家经常爬绝壁采药。只要给我一根长竿子,竿头绑上个铁钩子,能钩住绝壁上的树根、崖缝、石嘴什么的,我就能上去。"

黄开湘和杨成武看着他,不知说什么才好,两个人一个劲儿地点头。

四团立即确定了作战计划:由团长黄开湘带领一连、二连以及侦察组和信号组,攀登绝壁迂回,凌晨三时之前到达迂回地点,然后发出一红一绿两颗信号弹。之后,政委杨成武率领二营正面强攻,六连担任主攻连。总攻击的信号是三颗信号弹。

杨成武还是对攀登绝壁不放心,他亲自带人用一匹高头大马把"云贵川"送到绝壁下一个敌人看不见的死角。现在,红军突破腊子口的全部希望都寄托在这个身子单薄的小战士身上了。杨成武低声对"云贵川"说:"你爬爬看。一定要小心。""云贵川"赤着脚,腰上缠着一条用战士们的绑腿带连接起来的长绳,拿着长竿,先钩住了一棵小树的树根,往下拽了一下,似乎很结实,于是猛地向上一蹿,像只猴子一样蹬了上去。杨成武后来回忆说:"我和黄开湘同志、李英华同志,还有营、连干部,都屏住气仰视山顶,生怕惊动了'云贵川',好像是谁要咳嗽一声,他就会掉下来似的。""云贵川"的身影越来越小,一会就不见了。绝壁下的每一个人都不敢出声,但都很焦急。"云贵川"能否攀上去,决定着整个腊子口战斗的胜负,甚至是决定着红军的生死。不一会儿,杨成武听见有人小声说:"他上去了!在上面招手呢!"又过了一会儿,"云贵川"居然从原路下来了。小战士站在杨成武面前说:"我说过,能上去嘛。"

天黑下来的时候,"云贵川"一个人先蹬上绝壁,在上面把绳子顺下来,上百名红军战士开始抓着绳子攀登绝壁。

为了麻痹敌人,二营的正面攻击也开始了。

二营六连,一个月前还是红四方面军的部队,由红四方面军二九四团的一个营缩编而成,是一支能打硬仗的连队。两个方面军会合后,红一方面军给了红四方面军一些干部,红四方面军为红一方面军补充了一些官兵,六连就是那时被补充到红一方面军四团二营的。在二营里,六连和其他两个连的关系十分融洽,官兵之间相互亲密无间。六连连长杨信义和指导员胡炳云,都是政治坚强的基层指挥员。

在连队的战前动员会上,全连官兵的求战情绪十分高涨,大家争先恐后地报名参加突击队,最后决定由连长和指导员亲自带领十二个人打前锋。

这是北上红军最急迫的求生之战。

在密集火力的掩护下,杨信义和胡炳云率领突击队队员手拿大刀和手榴弹悄悄地向隘口上的木桥移动。在隘口阻击阵地上的国民党兵并不着急射击,他们一直等到红军突击队队员接近了,才突然投出大量的手榴弹。突击队伤亡过半,退了下来。

六连如此反复多次,依旧无法接近隘口。

四团组织宣传队队员向隘口上的守敌喊话:"红军是北上抗日,你们不要受长官欺骗,让路吧,红军发大洋给你们回家!"

隘口碉堡里的国民党兵气焰嚣张,也喊过话来:"你们就是打到明年,也休想从鲁师长的防区过去!"

毛泽东派人来到前沿,问要不要增援。

午夜时分,正面攻击已经进行了四个小时。

杨成武对二营营长说,万不可在这里打成持久战。鲁大昌的主力部队在岷县县城,距离这里很近,只隔着一座大山,如果增援,几个小时之内就能到达,那时打起来就会更困难。攀登绝壁的部队至今没有任何动静,他们定是遇到了事先没有想到的困难。我们不能消极地等,还要加强正面的攻击力量。

六连再次组织突击队发动冲锋,但是无论如何都接近不了桥头。敌人扔过来的手榴弹雨点一般,弹片铺满了桥头几十米的岩石路。黑暗中,可以看见牺牲的红军官兵的遗体躺在那里,六连连把他们拖出战场的机会都没有。

炊事班送来热腾腾的面饼和炖猪肉,心情不佳的六连官兵谁也不吃。

杨成武和连干部经过研究,为了在迂回部队到达指定位置前尽量消耗敌人,决定改变攻击方式,由正面大规模进攻改为小组多点攻击。

六连决定组织三支敢死队。

当场就有数十名党团员报名。

敢死队被分成两路突击：一路沿腊子河前进，接近木桥后顺着桥墩摸过河去；另一路直接向木桥运动，然后两组配合一起冲锋，夺取木桥。

敢死队队员很快消失在黑暗里。

已经接近凌晨两点，全团都已进入总攻位置，但还是没有看见绝壁上发出的信号。杨成武盯着表，又过去了一个小时，还是没有任何动静。正在着急，有人报告说："敢死队冲到木桥下面了！"

杨成武立即跑上去观察，果然，几名敢死队的战士竟然在敌人的眼皮底下涉水过河到了对岸。

已经是下半夜，腊子口守敌实在是困倦了，红军也似乎停止了攻击，于是他们都缩在工事和碉堡里打起了瞌睡。

六连的敢死队队员顺着绝壁边缘一点点地靠近，其中四名战士已经到达碉堡下面一块岩石的死角处。

一不小心，一名队员踩断了一棵小树。

敌人惊醒了，又开始了疯狂的扫射。

指导员胡炳云在枪声响起的那一瞬间，带领一个排立即扑上去。在敌人只注意桥下的时候，他们扔出一排手榴弹，接着就冲进了桥头敌人的工事里。桥下的敢死队队员一听枪声响了，一齐呐喊着翻上桥面。狭窄的木桥上，双方官兵在黑暗中扭打在一起，红军的几十把大刀上下飞舞，木桥上血肉横飞。一个战士赤手抓住正在射击的敌人的机枪，一使劲就连人带枪扯了过来。一排排长在砍杀中被子弹击中，他身体摇晃了一下，然后扶住桥栏喊："同志们！敌人已经支持不住了，向前冲啊！"

杨成武急得手心都在冒汗。

敢死队在木桥上已经短兵相接，急需后续部队冲上去增援。但是，迂回的部队依旧没有信号，如果破坏原定的总攻计划，很可能与迂回部队的作战脱节；可不命令部队发起冲锋，六连的官兵只能独自与敌人血拼,一旦让敌人反扑回来,攻击的努力将前功尽弃。

腊子口!

山风呼啸,河水怒号。

黎明前的黑暗中,峡谷里的肉搏声惊天动地。

突然,两颗信号弹从山后升起来了,一红一绿。

接着,三颗信号弹升空了!

这是总攻的信号。

在腊子口前沿阵地上,红军所有的武器,包括军团支援来的迫击炮,一起开火了。参加总攻的官兵从隐蔽处蜂拥而出,向腊子口隘口冲过去,杀声在峡谷中回荡。

国民党军的碉堡上面突然出现了红军,扔下来的手榴弹如同暴雨。

腊子口上的木桥迅速被红军控制,红军官兵们从桥上冲过,向敌人的防御纵深席卷而去。

这是最后的时刻。

也许久攻不下积累了太多的仇恨,四团的先头部队打疯了一样。突破隘口的前沿以后,他们在敌人装满弹药和补给的仓库里或是抱起一堆手榴弹,或是抓起一挺机枪,一路猛追下去。在那片小开阔地上,红军没有遇到抵抗,一路冲到敌人第二道阻击阵地前。迂回部队从一侧压下来,一个小时之后,敌人放弃抵抗,在黑暗中溃退而去。

四团的三个营继续向岷县方向追击。山路上到处是敌人的尸体和各种枪支物资。突然,敌人不知道从哪儿向这里开炮了,炮弹没有任何目标地乱落。在隆隆炮声中,红军宣传队已经跟随着追击部队一路写满了红红的标语:"追到岷州去,活捉鲁大昌!"

毛泽东很快就得到报告:腊子口已在我军手中。

一夜没合眼的毛泽东高兴地笑起来,对警卫员喊:"搞点吃的,吃饱了咱们上路!"

红军大部队通过腊子口向北翻越岷山。

下了岷山就是大草滩,走到这里就走出了藏民聚居区。

先头部队占领大草滩后,缴获了大量的粮食和盐巴,部队再也不饿肚子了。

毛泽东很高兴,立即给担任后卫的彭德怀发去电报:

彭及彭[彭雪枫]、李[李富春]:

一、岷敌守城,哈达铺无敌。第一纵队驻地回、汉民众已大发动,我军纪律尚好,没收敌粮数十万斤,盐二千斤。过大拉山[岷山]后已无高山隘路。现一纵队驻占扎路、麻子川,纵队部驻鹿原里。

二、明[十九]日你们全部开来此间。中央队一科、二科驻鹿原里,二纵队驻漩涡、大草滩,三纵队驻红土坡。

三、部队严整纪律,没收限于地主及反动派,违者严处。请在明日行军休息时宣布。

四、缴获手提迫击炮三门、炮弹百余发,尚在大拉。请动员战士带来,可抛弃粮食拿炮弹。

毛

十八日二十时

走下岷山的红军官兵被眼前的景色惊呆了:九月和煦的阳光照耀着甘南辽阔的田野,将要成熟的庄稼散发着谷物特有的醇香,五彩缤纷的野花在田埂上蓬勃盛开。好客的百姓对红军没有丝毫敌意,他们很快就围了上来,好奇地向官兵们问这问那。官兵们就在原地坐下来,与百姓聊起了天。红军政治工作人员忙乱起来,一方面不断地向部队官兵强调遵守群众纪律,一方面向当地群众耐心地解释红军的性质,同时也试探着问一句部队是否可以进村宿营。百姓竟是没有人反对部队进村,各部队很快就把宿营的房子确定下来,官兵们的和气态度立即得到了房东的信任。大草滩四周的小贩们消息灵通,他们很快就聚集在红军部队的驻地,贩卖的东西让红军官兵惊奇不已,有糖、当地一种很大很厚的面饼、油炸的点心、瓜果和卷烟。红军派出专门的人统一买来,然后官兵们围坐在一起享用。红军派出采购的人全部使用现洋,而且从不与百姓讲价,这让这里的百姓很快就感到这支军队与他们以前见到的所有军队都不一样。民众对女红军极其好奇,当地的妇女和老婆婆把女红军拉进屋子,经过仔细"验身"确定她们真的是女人后,女红军就被请到了土炕上吃饭,妇女和老婆婆们的热情令刚从死亡阴影中走出来的女红军眼泪不断。

毛泽东以彭德怀、李富春、林彪和聂荣臻的名义,又给张国焘发去一封电报:

朱、张、徐、陈及各首长:

一、我们执行中央正确路线,连日击溃鲁大昌师,缴获甚多,于昨十七日占领距岷州哈达铺各三十里之大草滩、占扎路、高楼庄一带,前锋迫击岷州城,敌人恐慌之甚。

二、此地物质丰富,民众汉回各半,十分热烈地拥护红军,三个半月来脱离群众的痛苦现在改变了。

三、请你们立即继续北进,大举消灭敌人,争取千百万群众,创造陕甘宁苏区,实现中央战略方针。

彭、李、林、聂

九月十八日

毛泽东知道电报对张国焘不起作用,他只是想告诉张国焘,中央率领的红军并没有被"拖死""冻死",不但赢得了突破天险腊子口的胜利,而且还拥有了大量的物资。同时,毛泽东发出电报的另一个重要意图是,必须让朱德、刘伯承知道这支红军现在到了哪里。

无法知道这封电报到达的时候,红四方面军官兵是什么样的感受,或者他们根本不知道有过这样一封电报。正如重病中的周恩来所担忧的是,此刻,徐向前和陈昌浩正率领着第四军、第三十军和红军大学的部分学员走在去阿坝集结的路上,这条路迫使他们必须重新回头走进恐怖的松潘大草地。

徐向前后来回忆说:

> 浩渺沉寂的大草原,黄草漫漫,寒气凛冽,弥漫着深秋的肃杀气氛。红军第一次过草地时留下的行军、宿营痕迹,还很清楚。有些用树枝搭成的"人"字棚里,堆着那些无法掩埋的红军尸体。衣衫单薄的我军指战员,顶风雨,履泥沼,熬饥寒,再次同恶劣的自然条件搏斗,又有一批同志献出了宝贵生命。回顾几个月来一、四方面军合而后分的情景,展望未来的前途,令人百感交集,心事重重,抑郁不已。

在草地行军中,依旧遇有土司武装的袭击。第四军第十师师长陈锡联不幸被冷枪打中了腹部,伤势很重。军长许世友命令三十四团团长找几个身体强壮的战士,不惜一切代价抬着陈师长走出草地。三十四团团长很为难,因为他根本找不出有力气抬担架的战士了。第十师前任师长王友钧在打包座的时候牺牲了,许世友不能在不到一个月的时间里再失去一个师长,他向陈锡联保证说:"就是我死了,也让你活着!"许世友又找到三十五团团长,让他把一匹驮重机枪的马腾出来,把机枪拆成零件让战士分散携带,然后把陈锡联扶上了马。由于伤势太重,陈锡联在马上坐不住,许世友就用绳子把他绑在马背上。之后,他把自己仅剩的一点大米留给了陈锡联,嘱咐战士每天一定要给陈师长喝一点米汤。第四军走出草地的那一天,许世友站在大草地的边沿等着,一直看见驮着陈锡联的马从雾气弥漫的草地深处走出来。他赶紧上前叫了一声,马背上的陈锡联答应了,许世友这才长出了一口气。

此时的松潘大草地已进入秋季,寒风像刀子一样掠过野草深潭,沿途牺牲的红军"有的一个趴在地上,背上还背着一个同志";有的

"死亡前仍保持着爬行的姿势,两手攥着泥土和青草";"还有两个女红军抬着一名伤员一起牺牲"的,死的时候"担架仍压在她们的肩上"……红四方面军的这支部队,九月中旬进入松潘大草地,直到九月下旬才走出草地的南沿到达毛儿盖,部队损失了近四分之一的兵力,其中程世才和李先念率领的第三十军走出草地后,不得不由原来的八个团缩编为六个团。

此刻的毛泽东在思索一个问题:下一步红军往哪里走?

毛泽东叫来红一军团侦察连连长梁兴初和指导员曹德连。毛泽东说,现在红军已经不再挨饿了,必须出去找点"精神食粮"来。梁兴初明白毛泽东的意思,过去在红军转战的路上,毛泽东经常对他这样说。毛泽东对精神食粮的解释是:无论是杂志还是报纸,只要是近期的和比较近期的,都要搞些来。

梁兴初,江西吉安人,二十二岁,是个胆大心细、作战勇敢的红军基层干部。在经历了无数残酷的战斗之后,他成长为中国人民解放军的著名将领。这个外号叫"梁大牙"的军事指挥员,率领着中国人民解放军第三十八军,无论是在解放战争中还是朝鲜战争中,所向披靡,战功卓著。

红一军团侦察连的官兵装扮成一队国民党军,直接进入了还没有被红军占领的哈达铺。连长梁兴初穿的是国民党军中校军服,指导员曹德连穿的是少校军服。哈达铺县城里的国民党党部书记、保安队队长和当地的士绅们赶忙出来接待。梁兴初正和这些人聊着天,想了解一些情况,突然来了个真的国民党军官,是鲁大昌新编第十四师的一个少校副官,从兰州来路过这里。梁兴初自然也和这位少校聊得火热,并在少校下榻的地方收集了不少报纸杂志。最后,梁兴初亮明了自己身份,然后把这个国民党军少校绑了起来,连同收集的报纸杂志一起给毛泽东送来了。

毛泽东一页一页翻看着这些报纸杂志,终于看见了一条令他眼睛一亮的消息:徐海东率领的红军到达陕北,与刘志丹的陕北红军会合了。毛泽东希望能得到更进一步的消息。果然,一份杂志上刊登了一幅国民党当局绘制的陕北根据地略图。

这个晚上,毛泽东说他睡了一个好觉。

第二天,红军先头部队占领了哈达铺。

这是一个富足的小镇,以盛产中药当归闻名。

国民党县保安队被打跑了,百姓对红军表现出极大的热情。

毛泽东在哈达铺提出一个口号:"大家吃好!和百姓一块吃!"

洗澡、理发,红军官兵们近一年来第一次洗热水澡,人人洗得很彻底,个个红扑扑的都像胡萝卜。供给部给每人发了一块大洋,让官兵们上街买零食吃。当地的物价十分便宜,一头大肥猪才五块钱,一只大肥羊两块钱,一块钱至少可以买五只鸡,五毛钱可以买一担子蔬菜,一毛钱可以买十几个鸡蛋。鲁大昌的部队在这里留下大量的大米、白面和盐,尤其是大米,让大部分来自南方的红军官兵吃起来格外香甜。为了落实毛泽东提出的"大家吃好"的指示,每个连队都忙着杀猪宰羊,杀鸡杀鸭,每天三顿,顿顿五个菜以上,且保证三个菜都是荤的。经历了千辛万苦的红军官兵,个个吃得肚子胀胀的,互相一见面就笑容满面地说:"真跟过年一样啊!"在河边洗衣服的时候,官兵们交谈的都是自己的连队今天吃的是什么,都说在家过年的时候也吃不到这么多的肉。每个连队每天还特地摆上几桌酒席,邀请当地的百姓来做客,被邀请的有老人和孩子,还有妇女和婆婆们。四团在招待百姓的时候,一位老大爷把自己珍藏了多年的一坛老酒抱来,说他要提前过七十岁的生日。哈达铺的百姓边吃边说:"鲁大昌在这里这么多年,不但不请我们吃,还要吃我们呢!"

在哈达铺,梁兴初又给毛泽东收集到大量的《大公报》。其中一张《大公报》被贴在耿飚住的那家房东的墙上,耿飚在付给房东一块大洋后小心地将报纸揭了下来。国民党当局在报纸上刊登的军情分析,等同于在给红军传递情报,毛泽东终于确切地知道:在陕北,红军活动之剧烈犹如当年的江西苏区;而且,在陕北,存在着一块几乎与江西的中央苏区面积一样大的红色根据地!

七月二十三日《大公报》报道：

山西军阀阎锡山于七月二十二日在绥靖公署省府纪念周报告上说："陕北匪共甚为猖獗，全陕北二十三县几无一县不赤化，完全赤化者有八县，半赤化者十余县，现在共党力量已有不用武力即能扩大区域威势。""全陕北赤化人民七十余万，编为赤卫队者二十余万，赤军者二万。"

七月二十九日《大公报》社论《论陕乱》：

徐向前朱毛之趋向，尚不尽明，今姑暂不论甘，而专就陕事一言。第一，国人应注意者，现在不独陕北有匪，陕南亦然。徐海东一股，猖獗已久，迄未扑灭，故论陕乱，不能专看北部。第二，过去所谓陕北，系旧榆林、绥德、延安属，近则韩城一带亦睹匪踪，是由陕北而关中矣。第三，就陕北言，兵队确不为多，就全陕论，则目下集中之军队，殆不下十师以上；而匪方总数，通南北计之，有械者当不过万余。由第一、二点，可知陕乱严重之轮廓；由第三点，可知迄今为止，军事效率之不良，证明此后应努力之点，不仅军事上的问题而已也。

八月一日《大公报》报道：

八十四师师长高桂滋则说："盘踞陕北省为红军二十六军，其确实人数究有若干，现无从统计，但知其枪有万余。匪军军长刘志丹辖三师，为匪主力部队，其下尚有十四个游击支队。此外各种小组及赤卫队等则甚多。匪军现完全占领者有五县城，为延川、延长、保安、安塞、安定等。靖边一度陷落，顷已收复。本人自去岁开到陕北接防担任剿匪后，与匪大小战不下百余次。其后因扰乱绥远之杨小猴匪部窜至陕境，本人抽兵前往堵剿，同时冯钦哉部又调至陕南震慑，以防范徐海东匪部，官兵之力量薄弱，匪军之防地乃愈扩大。当时曾被占有十县之地,防线延长,交通不便,如是剿匪更为不易。现在陕北状况,正与民国二十年之江西情形相仿佛。"

毛泽东明确了红军前进目的地:陕北苏区。

在哈达铺的关帝庙里,红军召开了团以上干部会议,红军基层指挥员看见了重病之后逐渐好起来的周恩来。

毛泽东开始了他的风趣幽默的讲话:什么叫胜利?咱们走了那么多路,打了那么多仗,现在能安稳地在这个关帝庙里开会,就是胜利。以前有同志总是问,咱们到底要走到哪里去?现在我们有答案了,我们要走到陕北,因为那里有刘志丹和徐海东的红军。张国焘说我们是机会主义,现在看,哪一个是机会主义?咱们只有八千多人,少了点,可是目标也小了。咱们别张扬,也别悲观,一九二九年红四军下山的时候,人更少。咱们人少,但都是在政治上、经验上和体力上经过锻炼的,可以以一当十,以十当百。同志们,胜利前进吧!到陕北只有七八百里了!

会议决定对部队进行整编:中央纵队和红一方面军主力正式整编为中国工农红军陕甘支队,彭德怀为司令员,毛泽东为政治委员,林彪为副司令员,叶剑英为总参谋长,张云逸为副总参谋长,王稼祥为政治部主任,杨尚昆为政治部副主任。陕甘支队下辖三个纵队:一纵队以第一军团为主,辖五个大队;二纵队以第三军团为主,辖四个大队;中央纵队为三纵队。每个大队基本保持原来团的建制,但取消了营,直接辖五个步兵连和一个机枪连。

陕甘支队司令员彭德怀在离开第三军团的时候,向军团所有红军干部讲了几句话。讲话的时候,这位历经千难万险的红军将领掉了泪。彭德怀说,红三军团从第一次反"围剿"的几万人,到今天长途奔袭至甘南只剩下两千多人,被错误路线快折腾光了。今天剩下的这些人,都是精华,是中国革命的骨干和希望。大家要再接再厉,争取全国革命的胜利。我的脾气不好,骂过许多人,请同志们批评和谅解。我过去对你们这些干部要求很严格,有时甚至苛刻,这都是对你们的爱护,否则有的同志可能就活不到今天了。

到达哈达铺的红军约八千人,如果按照作战部队计,大约为六千人。六千人的红军,大部分是政治坚定作战英勇的红军干部。这些红色武装的骨干,在未来赢得中国革命胜利的战争中都是创造历史的精英。

一九三五年九月二十三日,中国工农红军陕甘支队离开哈达铺向北出发了。

向北,再向北,红军官兵看见明亮的北斗七星在头顶的正上方闪烁——尽管他们现在还不知道陕北是什么样子,但是他们每一个人在向北走的时候心中都充满了希望。

第十六章　天高云淡

1935年10月·陕北与川西

秋天到了,蒋介石心情郁闷地下了峨眉山。

几十万国民党军追击了大半个中国,终于把红军逼进了必死无疑的蛮荒之地;但是,毛泽东居然走出了那片绝境,红军眼看着离陕北苏区越来越近了。

在峨眉山下,蒋介石抬头看了看被云雾缠绕的山巅,对身边的侍从室主任晏道刚说:"六载含辛茹苦,未竟全功。"

蒋介石给正在武汉的张学良去电,让他到成都来见他。

蒋介石和张学良,中国两个最著名的军阀巨头之间微妙而复杂的关系涉及旧中国太多跌宕起伏的重大历史事件。

自一九二八年六月四日,中国北方的最高统治者张作霖被日本人炸死在皇姑屯后,刚满二十七岁的张学良随即成为奉系军队的最高统帅。与父亲"张大帅"的称呼相对应,直到他百岁之时国人依旧称他为"少帅"。这个如此年轻便支配着庞大军队和数省财富的青年可谓生不逢时。一九三一年九月十八日,日本军队发动旨在侵吞中国东北地区的军事行动,坐镇北平的张学良因其麾下的东北军丧失家园而成为全国民众泄愤的目标。及至一九三三年三月四日,东北军驻防的热河失守,张学良在一片同仇敌忾的谴责声中被迫辞职"以示惩儆"。

无论舆论对张学良在九月十八日那个夜晚的"花边新闻"渲染得多么强烈,历史的真实是,张学良数量庞大的东北军确实不曾顽强抵抗日本军队的入侵,以致辽宁和吉林的三十多座城市在一周之内沦陷。事后,张学良说:"日人图谋东北,由来已久,这次挑衅的举动,来势很大,可能要兴起大的战争。我们军人的天职,守土有责,本应和他们一拼。不过日军不仅一个联队,他全国的兵力可以源源而来,绝非我一人及我东北一隅之力所能应付。现在我们既然已听命中央,所有军事、外交均系全国整个的问题,我们只应速报中央,听候指示。我们是主张抗战的,但须全国抗战;如能全国抗战,东北军在最前线作战,是义不容辞的。"辞职后的张学良在蒋介石的一再提示下准备出游欧洲。出国前,国仇家恨还是令张学良悲愤难耐,他在上海发誓戒除鸦片烟瘾。他让卫兵把他捆在床上,枕头边放着一把子弹上膛的手枪,然后让一位德国医生每日给他注射戒毒药。他对身边的人说:"无论我怎么叫唤,谁也不准解开绳子,除了这个德国医生。谁靠近我,我就一枪崩了他!"如此长达半个月,张学良终于戒掉了鸦片烟瘾——如此性格的人在以后的历史中做出什么惊人之事都不为奇怪。

一九三四年一月,张学良回国。蒋介石没有让他率领军队打回东北,而是让他在武昌当了个行营主任的闲职。而这时候,张学良的东北军大多已被蒋介石调往偏僻的西北地区,其中主力散布在陕西和甘肃一带。尽管东北军中的大多官兵与张学良一样有着"打回老家去"的愿望,但是他们距离自己的家乡实在是太遥远了。

此时,红军从川北进入甘肃,并继续向陕西北进。

蒋介石叫来了张学良,他赋予张学良的重任是"剿共"——让东北军与红军作战,这是蒋介石自认为"一箭双雕"的得意一笔。对于这一点,张学良十分清楚。

随着红军移动路线的变化,蒋介石将原来设立的行营进行了整顿,只留下三个指挥机关对付红军:一、重庆行营,行营主任顾祝同,负责与徐向前的红四方面军作战;二、宜昌行辕,行辕主任陈诚,负责与贺龙和萧克的红二、红六军团作战;而设立在西安的西北"剿共总司令部",负责与毛泽东率领的红军作战的,蒋介石亲任总司令,张学良任副总司令,代理总司令之职。蒋介石对张学良说:"等把毛泽东这股红军彻底消灭了,我和你一起去打日本。"

无论如何,可以和自己的东北军在一起了,这是张学良答应蒋介石出任西北"剿共"副总司令的重要原因。一年多以后,蒋介石对张学良的这一任命,不但使他险些死于乱枪之中,而且给中国历史带来了一个彻底改变政治格局的惊人事变,这是蒋介石无论如何没有想到的。

一九三五年十月一日,西北"剿共"副总司令张学良向全国发布上任通电,电文简单枯燥得如同他的心绪:

案奉国民政府令开:

特派蒋中正兼西北剿匪总司令,特派张学良兼西北剿匪副总司令。此令。各等因。

奉此。遵于本月东日[一日]在西安成立总部开始办公,并即日启用关防,先行视事。除电呈备查暨分行外,特电知照,并饬属一体知照。

除了东北军的主力之外,陕西、甘肃、宁夏、青海的军阀部队,加之山西军阀的部分部队,张学良可以指挥的国民党军达十万之众。

从哈达铺出发的红军连续行军两百余里,到达渭河南岸。

红军离开哈达铺的时候,同时派出小部队向天水方向佯动,国民党军纷纷聚集天水准备堵截红军。但是红军一天行军九十里,迅速从武山与漳县之间穿过。中央所在的三纵队,当晚宿营在一个碉堡式的村庄里。这个村庄由几个巨大的围屋组成,红军到达的时候,民众站在围屋的墙上警惕地守卫着,经过红军政治工作人员的解释,他们才把大门打开。次日清晨,部队继续出发,目的地是一百三十多里外的新寺。一天的急行军中仅仅休息了三十分钟。天空中不断出现国民党军的飞机,飞机一出现红军部队就要隐蔽,因此天黑的时候才走了一半的路。红军官兵都已疲惫不堪,但司令部传来命令:今天必须赶到新寺。官兵们喝了口井水、吃了点干粮继续走。大地一片漆黑,不准点火把,走着走着前后就失去了联络,掉队的人员不断增加,队伍到达新寺时天已经亮了,而大量的掉队人员以及后面的收容队还没有上来。炊事员开始烧热水,想让走了一天一夜的官兵烫烫脚,可是水还没有烧开,命令又到了:立即前进,目标是渭河南岸的鸳鸯嘴,行程四十里。

如此急切的行军,只是为了安全地渡过渭河。

万幸的是,出现在眼前的渭河,河岸没有敌人的阻击,正值枯水期的河水深仅过膝。

过了渭河,前面响起了枪声。官兵们看见彭德怀站在一座小山包上,示意让队伍休息一会儿再走。毛泽东赶了上来,官兵们问是不是前面有封锁线,毛泽东说:"休息片刻,让他们打一下,把敌人吓跑就是了。"

前面的战斗果然很短暂。

部队继续前进的时候,官兵们突然发现路边光秃秃的,没有一棵树,连草也没有,无法做防空伪装。向导说前面的路全是这个样子。红军各部队的对空警戒员一下子紧张起来,把军号攥在手里,一刻不停地向天空瞭望,只要看见有飞机飞来,或者听见有飞机的声音,赶快吹号,部队立即分散隐蔽。由于四周开阔便于观察,国民党军的飞机来了两次,都没有发现红军的行军队伍。新的宿营地是榜罗镇。

在榜罗镇,部队休息了一天。毛泽东又获得一些近期的报纸,也许是离陕西省界更近了的缘故,报纸上对陕北的情况有了更详尽的描述。于是,中共中央在榜罗镇召开政治局常委会议,再次确定陕甘支队前进的目标是陕北苏区。毛泽东后来说,榜罗镇会议改变了俄界会议的决定,因为那时中央得到了新的消息,知道了陕北有大的苏区与红军,所以才改变决定,要在陕北保卫与扩大苏区。在俄界会议上,只想会合后到接近苏联的地区去,保卫和扩大陕北苏区的想法还没有。现在我们在榜罗镇会议上改变了,要以陕北苏区来领导全国革命。

会议决定召开陕甘支队连以上干部会议。

因为国民党军飞机频繁出动,会议的时间定在清晨五时。

会场是露天的打麦场，四周有一圈低矮的土围墙，在一面围墙下放了一张桌子就是主席台，红军干部们全部坐在打成捆的麦草上。中央机关所在的三纵队和由第一军团组成的一纵队按时进入会场，由于行军和战斗的原因很长时间没见面的战友互相问候着。天空下起了小雨，有一点冷，会场出现了骚动，红军干部们纷纷披上携带的雨布。直到六点钟的时候，由第三军团组成的二纵队才到达会场。他们是后卫部队，宿营地距离这里四十里，半夜两点就起床出发了，下雨路滑，走得很慢。二纵队进场的时候，受到大家的议论，不仅因为他们迟到了，还因为他们的装束有点寒酸。二纵队的干部们解释说，第三军团总是担任后卫，你们走在前边把好东西都用光了。第三军团的很多红军还穿着过草地时的衣服——一种用藏民的"氆氇"做的军装或大衣。"氆氇"是羊毛粗编的，有白色的、黄色的和灰色的，纽扣是用布包着的铜元做的。还有的人穿着羊皮缝的上衣，脚下是牛皮做的"草鞋"。"这东西挡雨呢！"二纵队的干部们回应着议论。

毛泽东在会上讲了五个问题：日本侵略中国的问题，陕北根据地和红军的状况，陕北可以成为新的根据地的理由和条件，尽量避免与国民党军队作战以求迅速到达陕北，还有整顿部队纪律的问题。毛泽东最后强调说，我们马上就要面临新的任务，部队要有新的精神。从前"我们在藏人区域，因为没有油吃，每个同志都是成天觉得饥饿，成天在吃东西，坐了吃，睡了也吃，走路吃，甚至连上茅厕还在吃。脸上不是因为吃炒面弄得满嘴白胡子，就是因为吃炒青稞弄得满脸乌黑。现在环境不同了，要把纪律大大地整顿。要教育，要不怕麻烦，讲了一遍又一遍，干部自己先做出模范来"。

会议结束时已是中午，中央机关和红一军团的干部都争着请红三军团的人吃饭。

部队继续北上。

向通渭县前进的时候，毛泽东、林彪和彭德怀三人破例走在了红军队伍的前面。沿途围观的百姓们不断地问:"又是徐老虎的队伍?"——一个月前红二十五军曾经路过这里。

通渭县城是一座古老的小城,城墙已经倒塌,城内几乎看不见一座砖瓦房,全是土房。除了主要街道上有几家店铺外,居民不多,大多是农户。这里的守敌早在红军到达前就弃城跑了。红军顺利入城,百姓见怪不怪,县城内生活如常。在通渭县城,来自中国南方的红军官兵第一次住进黄土窑洞,人人都感到十分新奇,因为睡在里面就不怕飞机轰炸了,而且还很暖和,因此红军官兵们都很喜欢这种"房子"。

先头部队被派往西兰公路侦察。

大部队在通渭县城里休息了两天。

这次,政治部又提出"大家吃好"的要求,于是各伙食单位的后勤人员再次忙碌起来。部队的大会餐被安排在县城边的河滩上。为了布置这个巨大的会场,工兵营花了一整天的时间搭起一个临时舞台,河滩上摆上了无数张桌子,四周张贴了五颜六色的标语,会场中央还竖起一根很高的旗杆,上面挂上了一面大红旗,沿着旗杆放射状地拉了绳索,绳索上面系着一面面小红旗。晚上六点以后,国民党军的飞机就不会来了,各部队开始向会场聚集。各单位的后勤人员挑来各种菜肴,沿着河滩的桌子上摆满鸡、羊肉、牛肉、鸡蛋和各种新鲜的蔬菜。宣布开会后,全体唱《国际歌》,然后杨尚昆、邓发和叶剑英先后发表讲话。他们分别讲了北上抗日问题、陕北根据地问题和打国民党军骑兵的战术问题。最后宣布会餐开始。各单位的官兵不断邀请兄弟单位的同志尝自己单位的菜,红军各级指挥员拿着筷子游行似的到处走,这里夹一下那里吃一口,河滩上到处是红军官兵欢乐的笑声。

吃饱了,红军官兵们一起唱歌:

> 我们本是工农政府有力的柱石,
> 完成中国革命就是我们的天职;
> 为红区发展巩固大家努力吧,

英勇红色战士！
我们永远站在最前头，
流着最后一滴鲜血；
为着保卫我们根据地，
拼最后一滴血！

通渭县的百姓从来没见过这样一支队伍，也从没听过这么多人一起在夜空下放声唱歌。他们远远地站着，听红军快乐的笑声，又听红军唱流尽"最后一滴血"。百姓们都不吭声，感觉天地骤然间变得十分异样。

第二天，毛泽东、张闻天、周恩来、叶剑英、博古等人一起来到第一纵队一大队。大队长杨得志看到来了这么多首长，对参谋长耿飚说："首长都来了，咱们要好好招待一下。"耿飚说："汇报工作你负责，招待首长我负责！"

耿飚在通渭县城里找到一家西北风味的小饭馆，让饭馆老板立即按照每桌五块大洋的标准置办两桌酒席。表情异常惊讶的老板说："在这里无论如何也做不出这么多钱的菜。"耿飚把大洋拍在桌子上说："尽管把好东西都弄来！菜量要大！盘子要干净！酒要足！多放辣子！"

这是自红军长征以来，中央和军委的领导们第一次在饭馆聚餐。他们在通渭的这间简陋饭馆里一坐下，都没客气就开始大口吃肉大碗喝酒。吃了没多一会儿，毛泽东觉得分成两张桌子不热闹，就喊："合兵！合兵！"——当时红军内把两支部队的会合叫作"合兵"。于是大家七手八脚地把两张桌子合起来，然后再次举起了酒碗："为胜利到达陕北苏区干杯！"

不喜喝酒的毛泽东有些醉意了。他把辣子、酱油和醋抹在一块西瓜上，说这是"五味俱全"，然后大口吃起来，还热情地邀请大家也这么吃。

毛泽东一再邀请，张闻天尝了一口，连说："太辣，太辣。"

毛泽东说："吃辣子的人最革命嘛。"

晚上,领导们都睡在了一大队的驻地,参谋长耿飚在屋子外面亲自担任警戒。半夜时分,毛泽东走出屋子,仰头看天上的星星。他看见了耿飚之后,说:"有一个大队在这里,敌人不敢来。"耿飚说:"说是一个大队,实际上只有四个连。"毛泽东甩着胳膊画了一个大圆圈,说:"不要嫌少,等咱们站稳了脚,会猛烈地扩大,然后,再打出去!"

十月四日,分成三路行军的陕甘支队占领了西兰公路,控制了公路上十几公里的路段——一个月前,红二十五军在这里整整等待了他们十八天。

在控制西兰公路的过程中,红军各部队都与敌人发生了战斗。战斗最激烈的是一纵队的一个先头连。这个连在占领公路后没有发现敌情,于是在公路边生火做饭,做的是红烧猪肉。猪肉刚烧熟,不知从哪里冲出一股国民党兵,红军仓促阻击后撤退了,已经烧好的香喷喷的猪肉留在了公路边。撤下来的红军官兵吃着干粮很是丧气,身后跟着红军跑过来的百姓告诉他们,公路上的那些国民党兵不敢吃红军烧好的猪肉,怕里面下了毒,他们正在那里煮粥喝呢。

陕甘支队几乎沿着红二十五军走过的路,穿越西兰公路进入回族区。红军的队伍在这里受到回族民众的欢迎。经过红二十五军曾经驻扎过的兴隆镇附近时,路边摆满了茶水和面饼,红二十五军送给老阿訇的匾额还挂在大清真寺里。回民百姓对红二十五军的赞誉,让毛泽东对从未见过面的徐海东有了难以磨灭的好印象,对北上陕北与那里的红军会合更是充满了强烈的渴望和坚定的信心。

陕甘支队翻越六盘山主峰后,遇到张学良东北军的骑兵。

部队停止了前进。

四大队的杨成武和黄开湘被叫到最前边,他们看见一大队的杨得志和萧华也在那里,纵队政委聂荣臻和参谋长左权正在山头上用望远镜向山下观察,他们的身后站着拿着根木杖的毛泽东。

毛泽东对杨成武和黄开湘说:"山下隘口上的村庄叫青石嘴,那里有东北军的一个骑兵团。要消灭他们,不然咱们过不去。"说着,毛泽东把警卫员递来两张面饼掰成碎块,给山头上的每个人都分了一些:"大家都没吃午饭,咱们分而食之。打完了这一仗,下山再吃肉。"

一大队和五大队负责两翼迂回,四大队负责正面出击。

驻扎在六盘山下青石嘴村的骑兵是东北军骑兵第七师十九团。

东北军骑兵第七师兵力四千三百多人,师长是两个月前刚在河南就任的中将门炳岳。新官上任,门师长热情高涨,军事训练抓得紧,政治洗脑也频繁,骑兵师每个星期都要集合官兵进行一次"总理纪念周"活动。第七师从河南陕县乘火车到西安,然后经过六天的骑马行军到达甘肃平凉,队伍补充休整后进至六盘山地域,任务是阻击毛泽东的红军进入陕西。第七师师部和二十一团驻扎瓦亭;二十团驻扎牛营子;十九团驻扎在六盘山下的要道上,其中的一连和三连驻扎在青石嘴。

一连和三连到达青石嘴仅两个小时,人和马身上的汗还未落,不但没有向四周派出警戒,而且把马鞍都卸了下来,马在村边的草地上悠闲地溜达着吃草,官兵们则在村子里休息吃饭,一部分官兵因为行军疲倦就地裹着毛毯睡了——他们没有得到任何红军已经翻过六盘山的消息。

天刚黑下来,红军的攻击突然开始。

一大队迅速从北面迂回,斜着插进村庄;五大队在南面截断了公路,向村庄的后面包抄过去;四大队从正面直接扑向村庄。正在吃晚饭的东北军还没反应过来,红军已经冲到了他们的饭碗边。战马都被拴在村边的树干上了,因此东北军仅仅抵抗了片刻就开始四处逃散。三连连长陈钟岳在官兵的掩护下骑马跑了;一连连长杨士荣不敢去牵马,钻进打麦场里的一个草垛藏起来;而一连和三连的其余官兵全部被红军俘虏。

战斗只进行了半个小时,缴获的物资让红军极其兴奋:十多辆马车上全是大箱子,里面是簇新的子弹、军装和布匹,这是西北"剿总"送来的,都还没有开箱。子弹被分给了红军各部队,军装也让不少官兵换上了新衣服，布匹全都给了伤员，让他们做衣服还可以包扎伤口。而两个骑兵连的上百匹战马，匹匹壮硕，这使红军不但有了足够的马匹驮物资，且各级指挥员和伤员们也都有了坐骑。就这样，还剩下不少马，毛泽东建议就此成立红军骑兵部队。于是，赶快动员俘虏中的马夫、马掌兵和兽医等"技术人员"参加红军。中央红军中的第一支骑兵部队在青石嘴诞生了，骑兵连第一任连长是那个不断给毛泽东送去"精神食粮"的梁兴初。

青石嘴战斗打消了红军对国民党军骑兵，特别是对强悍的东北军骑兵的惧怕。其实，在青石嘴附近，还驻扎着国民党军第三十七军毛炳文部的一个师，这个师距离红军之近，甚至可以听见青石嘴方向的枪声，但是他们借口与东北军联络不上，竟在明知道前面不远的地方发生了战斗的时候，下令全师就地宿营。而骑兵第七师的二十团和二十一团也采取了旁观态度，直到枪声平息很久后才派人前去探听消息。探听消息的人小心翼翼地向青石嘴接近，路上遇到一位上了年纪的老头，老头对他们说："不用吓成这样，红军早就走了，把马都牵走了，队伍呼啦啦地过了很长时间，弄不清楚到底有多少人。"兄弟部队之间如此无情无义，这让遭到重创的十九团团长胡竟先火冒三丈，他先是大骂那些天天在红军头顶上飞来飞去的飞行员定是在天上梦游呢，然后又大骂逃回来的三连连长陈钟岳说仗打成这样还不如自杀死掉。

翻越了六盘山，意味着中央红军越过了长征路上的最后一座大山。

高天空旷，西风长啸的陕北已经遥遥可见。

红军的旗帜在西风中漫卷。

毛泽东的眼前天高云淡，大雁南飞。

而此时，在川西一个名叫卓木碉的地方，红军另一支部队的领导者张国焘宣布成立另一个"中共中央"。

卓木碉，位于马尔康县西北方向，今名为"脚木足"。

一九三五年九月十七日,红四方面军部队分别从松潘草地东西两边的包座和阿坝开始南下,向马塘、松岗、党坝一带集结。九月底,徐向前和陈昌浩率领的红军,在大金川北面的党坝,与朱德、张国焘率领的红军左路军会合。徐向前回忆那一刻他见到的朱德"面色黧黑,目光炯炯,步履稳健",朱德的样子让一直郁闷不安的徐向前心里踏实了许多。徐向前后来一生都对朱德满怀敬重,晚年他在自己的回忆录中写道:"他希望一、四方面军指战员互相学习,取长补短,团结一心,渡过眼前的困难,争取更大的发展。他的这些话,完全是顾全大局的肺腑之言,给我留下了难忘的印象。朱总司令作风朴实,宽厚大度,平易近人,为接近过他的干部战士共同称道。"

十月五日晚,张国焘在卓木碉召集高级干部会议,出席会议的有朱德、张国焘、徐向前、陈昌浩、刘伯承、王树声、周纯全、李卓然、罗炳辉、何长工、余天云等军以上干部五十余人,会址设在一座喇嘛庙里。

张国焘作了长篇发言。他从中共中央撤离中央苏区开始讲起,说中央红军之所以没有粉碎敌人的第五次"围剿",被迫进行大规模的军事转移,不是军事路线而是政治路线出了问题。红一、红四方面军会合后,是红四方面军终止了中央红军的一再退却。但是,中央不但不承认自己的错误,反而指责红四方面军犯了路线错误。红四方面军的南下是战略进攻,中央的北上是被敌人的飞机大炮吓破了胆,是对革命前途完全丧失了信心,只有坚持南下才能最后终止中央的退却。中央竟然发展到"私自率领一、三军团秘密出走",这样的中央已经是一个"威信扫地"的中央、一个失去"领导全党资格"的中央。最后,张国焘说出了他这番长篇演讲的最终目的:组成新的"临时中央"。

张国焘当众宣布了一个他自己拟出来的"临时中央"名单——张国焘承认这个名单事先没有和任何人商量过,也没有和被列入名单中的任何一个人交谈过,张国焘的理由是:"以免他们尴尬。"——"临时中央"名单从来没有以组织的名义正式宣布过,它仅仅是封存在浩瀚档案史料中的一张纸。但是,这个名单确实在卓木碉的会议上宣读过，与会的五十多名红军军以上指挥员都听到了：

　　一、毛泽东、周恩来、博古、洛甫应撤销工作，开除中央委员及党籍，并下令通缉。杨尚昆、叶剑英应免职查办。

　　二、以任弼时、陈铁铮、陈绍禹、项英、陈云、曾洪易、朱阿根、关向应、李立三、夏曦、朱德、张国焘、周纯全、陈昌浩、徐向前、陈毅、李先念、何畏、傅钟、何长工、李维汉、曾传六、王树声、周光坦、黄甦、彭德怀、徐彦刚、吴志明、萧克、王震、李卓然、罗炳辉、吴焕先、高敬亭、曾山、刘英、郑义斋、林彪组织中央委员会。

　　三、以任弼时、陈绍禹、项英、陈云、朱德、张国焘、陈昌浩、周纯全、徐向前、李维汉、曾传六组织中央政治局，以何长工、傅钟为候补委员。

　　四、以朱德、张国焘、陈昌浩、周纯全、徐向前组织中央书记处。

　　五、以朱德、张国焘、陈昌浩、徐向前、林彪、彭德怀、刘伯承、周纯全、倪志亮、王树声、董振堂组织军事委员会，以朱德、张国焘、徐向前、陈昌浩、周纯全为常务委员。

除了毛泽东、周恩来、博古、洛甫［张闻天］、杨尚昆、叶剑英六人外，张国焘的名单保留了当时中国工农红军的大部分领导人，甚至还包括了远在莫斯科的王明［陈绍禹］。由于消息闭塞，红七军团的原中央代表、已于四个月前叛变的曾洪易，红二十五军政委、已于两个月前牺牲的吴焕先，五年前就离开中国去了苏联、目前在莫斯科的一家出版社当中文编辑的李立三，中央红军转移后留在苏区坚持游击战、一个月前被俘遇害的徐彦刚等，也被列在了名单中。

至于"临时中央"的主席，自然是张国焘自己。

对于所有的与会者来讲，"临时中央"是突然而至的事件。

参加会议的徐向前后来回忆说："人们都傻了眼，就连南下以来，一路上尽说中央如何如何的陈昌浩，似乎也无思想准备，没有立即表态支持张国焘。会场上的气氛既紧张又沉闷……"

张国焘让朱德表态。朱德说,大敌当前,要讲团结。天下红军是一家。中国工农红军在党中央的领导下,是一个整体。大家都知道,我们这个朱毛在一起好多年了,全中国和全世界都知道。要我这个"朱"去反"毛",我可做不到!无论发生多大的事,都是红军内部的问题。大家要冷静,要找出解决办法来,不能让蒋介石看我们的热闹。陈昌浩对张国焘另立"临时中央"的举动不知所措。尽管一直对张国焘十分崇敬,但陈昌浩至少清醒地知道,党中央是由全国党的代表大会选举产生的,并且要经过共产国际的批准确认。在这样一个荒僻之地,在这样一个混乱的会议上,仅凭一个人的意志就试图推翻中央,这显然关乎一个是否合法的问题——也许就是从这一刻开始,陈昌浩心中的政治天平出现了某些变化。而徐向前在会上既不发言也不举手表决。因为徐向前是红四方面军最重要的军事将领,张国焘不得不在会后找到他,小心地探询他的意见。徐向前对张国焘说,党内有分歧,谁是谁非,可以慢慢地谈,总会谈通的。开除这个,通缉那个,只能亲者痛仇者快。现在弄成两个中央,如果被敌人知道了有什么好处?

在以往中国共产党的历史上,无论内部的争执对立多么激烈,从来没有人试图另立一个中央。作为共产党内一个老资格的领导人,张国焘不可能不知道他这一行为的严重性。因此,在他宣布成立"临时中央"之后,很长一段时间都没敢对外公开。直到两个月以后,在他认为已经取得了军事上的胜利时,才把这件事用电报的形式正式"通知"中央,而且完全删除了开除并通缉毛泽东等人并重新制定组织名单的事。张国焘说他成立"临时中央"的目的,仅仅是为了"伸张正义",并没有强化"临时中央"的组织机构和政治作用,"临时中央"的存在"似只是一个名义"而已。但是,无论张国焘如何狡辩,他在一九三五年十月另立"临时中央"的行为,永远是中国共产党党史上一个绝无仅有的分裂事件。

朱德的警卫被撤掉了,康克清找到方面军的保卫部门,保卫干部表示,只要总司令跟着张总政委一起活动,就不会有危险。康克清只好去找红五军军长董振堂,董振堂派来的几个同志从此跟随在朱德身边,一直到到达陕北延安。后来,朱德和他的公务员连饭都吃不上了,因为伙房开饭的时候不通知他们。康克清生气了,说"革命革得连饭都没得吃了"。朱德说:"我们一顿半顿吃不上饭,还不是常事嘛。饿一顿怕什么?"但他还是亲自给第三十二军军长罗炳辉写去一封信。罗炳辉立即派人送了一袋面来。从此,朱德和他身边的人的吃饭问题,就由第三十二军负责了。再后来,又有传言说康克清是朱德的情报员,必须把他们分开。康克清被调到了方面军妇女运动委员会,那里离朱德所在的红军总司令部有二十里远。康克清对朱德说:"我打算一个人北上。"朱德摇了摇头:"你若单独一人行动,正好给他们借口,把分裂的罪名加在你头上。这一点你没有想到吧?"康克清只好去妇女委员会报到了。工作中,康克清的身边总有一位名叫萧朝英的女红军。后来两个人亲如姐妹时,萧朝英才告诉康克清,她是组织上派来专门监视康克清的,上级还要求她在适当的时候把康克清的手枪缴了,但她听说康克清带过兵打过仗,所以一直没敢这么做。萧朝英问康克清:"如果我真要缴你的枪,你怎么办?"康克清把腰间的手枪一拍,说:"那这支枪可就不客气了!"萧朝英吐了吐舌头:"多亏我多了个心眼儿,要是傻里傻气地听他们的话,说不定会挨你一枪哩!"

　　刘伯承因为反对张国焘的"临时中央",被撤销了红军总参谋长职务。当时,他手里有一套与共产国际联络的电报密码。张国焘的"临时中央"如果想取得承认,必须首先与共产国际联系,而一旦让张国焘联系上,定会给中共中央造成很大的麻烦。那时的刘伯承正在恋爱,他喜欢上了红四方面军中十九岁的女红军汪荣华。从安徽六安参加红军的汪荣华在总参谋部四局工作,她与刘伯承在一、四方面军会合后认识了。两个人一起散步的时候,汪荣华说,我是普通农家的女儿,十四岁就参加了红军,只上过一年的私塾和两年的学堂,无论资历还是学识都和总参谋长差得太远。刘伯承说,我家也是穷苦农民,因为祖父当过吹鼓手,当年我考秀才的时候还被县官赶出了考场。正是因为我们穷苦,活不下去,才起来革命,才走到一起来了。文化水平低不怕,我帮助你!卓木碉会议后,痛苦万分的刘伯承找到汪荣华。他说,张国焘软的硬的手段都使了,现在他不叫我率领部队了,叫我到红军大学去当校长。我是带兵打仗的,敌人的千军万马都不怕,还怕排斥打击和撤职吗?年轻的女红军汪荣华当即表示,无论发生什么事都与刘伯承生死相依。刘伯承把与共产国际联络的电报密码烧了。许多年后他才说:"我告诉了总部秘书长刘少文,把密码烧了。这套密码藏在一本英文版的《鲁宾逊漂流记》里。这件事除了我二人外,谁也不知道。当时如果张国焘知道了,那我们也就完蛋了。"

世上谁人能想到,移动中的中国红军会把电报密码藏在一个举世闻名的漂流故事里?

十月七日,张国焘发布《绥丹崇懋战役计划》。

所谓绥、丹、崇、懋,指的是绥靖、丹巴、崇化和懋功。作战计划要求红四方面军采取"秘密迅雷的手段","沿大金川两岸夹河并进,配合夺取绥靖、崇化。随即分取丹巴、懋功",以此作为方面军南下夺取成都附近富庶地区的策源地。

具体的作战部署是:部队分成左、右两支纵队,分别由观音桥和党坝出发,沿着大金川两岸南下。右纵队由第九军第二十五师、第三十一军第九十三师和第五军共八个团组成,王树声为纵队司令员,詹才芳为政治委员,八日自观音桥出发,沿大金川右岸南下,于十二日占领绥靖,十六日占领丹巴。左纵队由第四军、第三十军、第三十二军和第九军第二十七师共十六个团组成,由徐向前和陈昌浩指挥,十日自党坝出发,沿大金川左岸南下,十三日占领崇化,十六日占领懋功。其中,左纵队的另一部向抚边前进,截断并消灭懋功与两河口之间的敌人,并控制达维一带的道路。同时,以第三十三军的两个团和第九军的一个团组成一个支队,以罗南辉为司令员,张广才为政委,驻守在梦笔山和马塘一带,保护位于卓木碉的红军总部的安全。第三十一军第九十一师师部、二七七团以及红军大学留在阿坝,负责掩护方面军的后方。

原来红四方面军有五个军,与红一方面军会合后,中央红军的第五、第九军团被改编为第五、第三十二军,编入左路军中,现在这里的部队比会合前还多了两个军。

红四方面军突然掉头南下,完全出乎了川军的预料。

刘湘判断红军一定会在山区建立根据地,于是他开始在大小金川一线部署对红四方面军的防堵。其中,刘文辉第二十四军的两个旅,位于绥靖、丹巴和崇化一线;杨森第二十军的四个旅另一个团,部署在懋功、抚边和达维一线;邓锡侯第二十八军的一个团,扼守抚边以东的日隆关。

大小金川地域山高谷深,水流湍急,易守难攻,不利于大部队运动作战。

十月八日,右纵队的第二十五师七十四团首先从观音桥乘船强渡大金川的支流卓斯甲河,强渡刚一开始就遇到了对岸川军的猛烈阻击。九日晚,七十四团变换了渡河地点,选择对岸都是悬崖峭壁的地段偷渡,一举成功。然后红军官兵沿着河岸迅速袭击了位于卓斯甲河下游的川军据点。

由于右纵队出师不利,徐向前立即命令左纵队的第四军从党坝出发强渡大金川。同时,第三十军攻击崇化和懋功,第二十七师攻击两河口和达维。第四军在军长许世友的指挥下迅速向南疾进,位于绥靖的刘文辉部的两个团没做抵抗即向南撤退,第四军于十二日占领绥靖,十六日占领丹巴。第三十军在李先念和程世才的率领下,于十一日渡过党坝河,十五日占领崇化。第九军第二十七师的推进尤其迅速,他们十五日攻击了驻守在两河口的川军第一混成旅,经过数小时的战斗将这个旅的敌人击溃。敌人逃跑后,第二十七师紧追不舍,一直追到第二天,追到抚边附近,歼灭了川军的两个营。抚边城内的川军第三混成旅,拆毁了抚边河上的铁索桥,然后全旅望风而逃。第二十七师官兵紧急架设浮桥,渡过抚边河后连夜袭击达维县城。袭击开始的时候,由于红军动作神速,队伍摸进了街道时,守敌还在睡觉。川军第四混成旅旅长高德周从梦中惊醒,顾不得穿上衣服,仅仅穿了一条内裤就开始仓皇逃窜。第二十七师穿过达维,继续向东南方向发展,攻克了日隆关、巴郎关等地。第二十七师的红军官兵,数日内连续奔袭近五百里,一路出峡谷,渡急流,抢通路,攻县城,不畏强敌,英勇作战,在川军面前造就了红军"急风暴雨般的攻势"。

在川北地区驻防的川军主力部队是杨森的第二十军,下辖六个混成旅及其直属部队,共计二十二个团三万余兵力。而现在,他的第一、第三、第四混成旅都处在溃逃中。

二十日,红四方面军包围懋功并发起进攻。

懋功附近的制高点全被红军控制住后,从北面溃败下来的川军才到达这里。第二混成旅奉命占领后山高地准备收容,但是他们发现后山也被红军占领了。懋功城内的川军守敌一看大势已去,无心恋战,很快就和溃败下来的川军杂乱地混合在一起,逃往周围的大山里寻找可以躲藏的地方。第二天天黑下来以后,躲藏在大山里的川军听说懋功已经失守,急忙下山继续逃亡。川军下山的时候,用绑腿带连接起来从藏身的悬崖上往下溜,但是没溜下多少人绑腿就断了。第二混成旅六团副团长胡显荣从悬崖上摔下来,迷迷糊糊地爬起来接着跑,结果跑错了方向,竟又一次看见了懋功县城。胡副团长不敢停下来喘口气,连夜开始往回跑,结果又跑进了大山,从此迷了路,流浪半年之久才逃回成都。

第二混成旅六团进驻川北的时候,军长杨森亲自接见了团长李介立。在长时间的谈话中,杨军长特别嘱咐李团长:一、要筑起委员长特别看重的碉堡封锁线,以防红军趁夜间从侧后袭击;二、要严防民间妇孺装扮成小商小贩侦察我军情报,然后报告给红军。结果,红军进攻懋功的战斗打响后不久,驻守在天全的李介立就看到了从北面垮下来的部队。第二天夜里,懋功四周已经没有了枪声。逃进山里的李团长从悬崖上下来后,跑了一夜,天亮时才看见路边到处躺着跑不动的川军士兵。他追上了旅部,问旅长李君实:"咱们该怎么办?"李旅长说:"红军突袭攻进了懋功,所有的部队都被打得七零八落。红军肯定还会追来,我看咱们还是赶快往后方跑吧。"旅长和团长一起继续往后跑,直到追上了也在逃跑的第三混成旅旅长杨汉域,才一同停下来喘了口气。两个旅收容了自己的队伍后,接着开始翻越他们撤退的必经之地——夹金山。李团长对这段不堪回首的经历有以下回忆:

> 到了夹金山上时,荒无人烟,又值冬季严寒,天上大雪纷飞,地上积雪甚厚,官兵又冻又饿,疲惫不堪。特别是夜间,在雪山上集体露营,大雪仍不断地飞落,士兵们都未穿棉衣,通宵达旦只听着"妈呀,妈呀"的呻吟之声。第三天继续在雪山上行军,有的掉队被冻死,有的滚在路旁雪坑里湮没而死。在这艰难困苦的情况下,忽有旅部传来通报说:"接到后方军部来电,红军有一部由夹金山本道追来,要赶快通过山顶,才能脱离危险。"这才又鼓起逃命的勇气,加快速度往后跑。被打得惨败溃逃的第二十军已成惊弓之鸟。

至一九三五年十月二十日,红四方面军击溃川军六个旅,重创两个旅,毙俘川敌三千有余,"绥丹崇懋战役"胜利结束。

红四方面军南下的第一个战役目的已经实现,即顺利地冲出滞留数月之久的荒凉贫瘠的西康地区,占领了发动更大规模战役的出击地。接下来,只要翻过白雪皑皑的夹金山大雪山,把战斗的目标转向东,就可以直接攻击成都盆地的边缘,然后奋不顾身地冲进那块富饶的盆地——那里翠竹滴雨,菜花繁盛,田畴如画,米香鱼肥;那里乡音亲切,风调雨顺,丰衣足食。红军官兵决心在那里建立起一个新的苏维埃共和国。

红四方面军沿大金川开始分兵南下的时候,北上的陕甘支队就要走进梦想中的天堂了。红军官兵看见了一望无际的黄土沟壑,干燥的西风卷着漫天的沙尘灌满他们的衣袖。夜晚,官兵们听见归圈的羊群在呼啸的风中咩咩叫着;偶尔,一阵苍凉的唢呐声从很远的地方飘荡而来。所有这些,都让来自中国南方的红军官兵不由得神思凝重——毛泽东站在甘肃与陕西交界处的分水岭上,指着省界的界碑对红军官兵说:"我们走了十个省,前边是第十一个,那里就是我们的根据地。"

过了青石嘴,陕甘支队的行军速度明显加快了。尽管各部队都被通知尽量避免与敌人作战,但是,红军的先头部队还是与国民党军碰上了。国民党军第三十五师师长马鸿宾最怕的是红军进入宁夏,因为那里有他的一家老小和他积攒的全部财产,于是他命令他的骑兵团昼夜兼程赶往固原集中,试图把红军北进宁夏的通路堵死。同时,国民党军新编第一军军长邓宝珊奉命抽调两个团,自庆阳出发去加强东北军骑兵师的作战。就是这两个团,走到一半的时候,迎头撞上了红军的先头部队。

红军的先头部队还是四大队。

接到敌情报告后,黄开湘和杨成武立即登上一座小山观察,发现两山之间的一道川里,敌人拖着很长的队伍正在行进,看样子他们并不知道自己马上就要和红军碰头了。黄开湘和杨成武很快制定出作战方案:机枪连和一个步兵连占领右边阵地,另一个步兵连占领左边阵地,然后用两个步兵连和一个侦察连直接向敌人的队伍进行冲击。下达作战任务的时候,杨成武对身边的侦察连连长王友才说:"带着侦察连给我冲上去!"

王友才咧开嘴笑了,答道:"是!"

侦察连连长王友才前几天刚被撤了职。这个二十四岁的广东人,黑黝黝的小个子,入伍前当过海员,经历十分丰富,后来不堪船主的压迫参加了红军。在四大队,王友才是个小"名人",优点和缺点都十分明显。他作战勇敢,尤其是战斗经验丰富,只要他在阵地前一看,八九不离十就知道敌人的薄弱点在哪儿,准确程度简直神了。在中央红军长征路上,他曾率领特务连、三连、侦察连在突破乌江、智取遵义、飞夺泸定和攻打腊子口的战斗中一马当先,立下了赫赫战功。但是,王友才脾气暴躁,最大的缺点是发火的时候不但开口骂人还常动手打人,因此战士们都很怕他。前几天,部队过回民区的时候,上级下达了"不准吃猪肉"的书面命令,王友才因为识字不多,就让连队的文书念给他听。文书是南方人,浓重的乡音加上一时马虎,把"不准吃"念成了"准吃"。王友才一听可以吃肉,高兴得跳了起来,马上弄来一头猪让全连改善一下伙食。结果,侦察连受到团长黄开湘的严厉批评。团长一走,文书来了,向连长承认是他念错了上级的命令,王友才竟劈头给了文书一巴掌。在红军队伍里,干部打战士是一件很严重的事。王友才因此被撤了职,下放到团部通信排。在通信排里行军的时候,他一路念叨着:"只要有仗打,我还是连长!"

　　政委杨成武听说了这件事,在部队翻越六盘山后,专门找王友才谈了一晚上,直谈得王友才一个劲儿地承认打人不对,以后一定改正,请政委看他的行动表现。现在,政委又让他带领连队冲锋了,王友才的美好感觉又回来了。

　　发起攻击的枪声一响,王友才大叫一声,第一个冲了上去。侦察连的官兵跟着他个个热血沸腾,顺着川道向敌人压过去。王友才见一个打倒一个,见两个打倒一双,红军密集的枪声再加上铺天盖地的喊声令敌人顿时团团乱转。四面都是冲下来的红军,脚下只有一条狭窄的川道,敌人跑都没有地方跑。战斗仅仅持续了半个小时就结束了,王友才红着眼睛在尘土中四处打转,好像仗还没打过瘾似的。

　　四大队继续前进的时候,恢复了连长职务的王友才走在侦察连的最前面,军帽都推到天灵盖上去了。

　　杨成武看见后对他说:"王友才,打了胜仗,可不准翘尾巴。"

　　队伍走到一个名叫白杨城的地方,看见了几家店铺卖香烟、杂货和馒头。刚接到原地休息的命令,跟踪红军的国民党军飞机又来了。空旷的黄土高原上没有可以隐蔽的地方,敌人的十几颗炸弹丢下来,一些红军官兵负了伤。本来计划要在这里宿营的,因为敌机的轰炸,上级的命令改为连夜行军。

一望无际的黄土高原,连续不断的黄土沟壑,红军官兵要顺着很陡峭的沟壁溜下去,然后再爬上来。本以为过了这道沟就可以走平路了,谁知道紧接着又是一道巨大的沟壑。红军官兵都说"这比过河还费力气"。

直到又出现一个村庄,队伍才停下来休息。村庄名叫杨家园子,红军官兵发现这里没水喝。以前都是没有粮食,自从离开江西苏区,还是头一回没有水。在当地老乡的带领下,红军去很远的沟壑中弄水,半天才弄回来一桶黄水。村庄里没有粮食,只有土豆可以卖给红军。来自南方的红军官兵没有吃过蒸土豆,土豆蒸之前也没有水洗,因此个个吃得满嘴是泥。毛泽东也在吃蒸土豆。土豆盛在一只大茶缸里,毛泽东用手抓着吃,边吃边对身边的人说:"吃不饱没关系,供给部已经出发到前面办粮食去了,走到孟家园就有饭吃了。"

杨家园子到孟家园三十里,第二天中午的时候各部队相继到达,散布在这个村庄的四周宿营。孟家园附近有条小河,村子较大,村里还有一座教堂。先头部队没收了当地一地主的一百多只羊,又筹集了一部分小米和面粉,于是各部队开始做饭。热情的百姓帮助红军杀羊,官兵们吃了一顿羊肉和小米饭,人人都吃得很饱。面粉被做成馍馍带上作为干粮。上级决定在这里多休息一天,为的是让各单位分批去河里洗澡和洗衣服。红军官兵洗着洗着,敌人就来了。

枪声从环县曲子镇方向传来——国民党军大约一个师从那个方向悄悄迂回过来。红军两个连的警戒部队顽强阻击,把敌人死死顶住,身后各部队宿营地的紧急集合号声此起彼伏。巨大的黄土沟壑起了作用,红军部队都下到沟里,然后绕道向河连湾方向转移。为了摆脱敌人,部队连续行军,不能吃饭更不能休息,一个昼夜之后,接近河连湾的时候,行军突然停止了。前面传来消息说,先头部队遇到一座堡垒式的村庄,那里有地方民团守着,正在攻打。

疲惫不堪的红军官兵纷纷坐在路边开始吃干粮。

不久,有消息传来了:一连连长毛振华牺牲了。

所有在吃干粮的红军都停了下来。

毛振华,中央红军中著名的战斗英雄。

四大队的先头连攻打的是一个土围子,相当于一个营兵力的一股民团和地主武装藏在里面向过路的红军打冷枪。

等杨成武到达那里的时候,毛振华一动不动地躺在一间土屋的门口,脸上全是血——子弹是从他的额骨打进去的。

杨成武把手伸进他的军衣里,毛振华的身体还是暖的,但是他已经停止了呼吸。

杨成武对指导员喊:"怎么搞的?怎么搞的?"

指导员哽咽着说:"战斗一打响,他就要上去……"

杨成武说:"他要上你就让他上?这个仗完全可以不打,把敌人围起来用火力一压制,部队就可以过去了!"

毛振华,红军强渡乌江的时候,他是突击队队长,带领突击队率先偷渡过去,在敌人的眼皮底下潜伏了一夜;红军攻打腊子口的时候,他率领一连官兵攀上绝壁,迂回到敌人的背后发起攻击。他是上过红军《红星》报的战斗英雄,中央红军中没有人不知道他。他原是红一军团第二师四团一营三连连长,红军突破乌江后,成为四团一营一连连长,由于四团总是中央红军的先头部队,四团一营一连连长毛振华可以说是整个红军队伍的最前锋。

卫生队军医范英武和李智广,小心地为毛振华擦去脸上的血,把他被鲜血染红了的军衣脱下来,换上了一套干净的军衣。这套军衣是从毛振华挎着的小包袱里拿出来的,军衣在小包袱里叠得很整齐。官兵们知道,打腊子口的时候毛连长穿的就是这套军衣,因为那上面还有攀绝壁时磨出的窟窿。几天前毛振华刚把这套军衣洗干净收起来——走过了千山万水的红军连长毛振华,倒在了距离陕北根据地仅仅还有几天路程的地方。这一年,他刚刚二十岁。

风沙漫卷,月光黯淡。

一连的官兵全来了,其他连队的官兵也来了。

毛振华被安葬在这里最高处的黄土坡上。

黄开湘说:"我们谁也不要忘了毛连长,胜利的时候我们都来给他上坟!"

黄开湘和杨成武共同在那堆隆起的黄土前立了个木牌,木牌上写着:毛振华同志之墓。

拂晓时分,部队继续上路。

所有路过这里的红军官兵都会朝那块木牌望一眼。

国民党军骑兵部队始终是红军的一个威胁。

连续行军的红军没有力量与装备精良的东北军骑兵不断作战。毛泽东说:"没有作战要求,避免和敌人发生战斗。"——这是这支接近了最后目的地的万分疲惫的队伍最明智的选择。

红军官兵不断地问:"陕北到了吗?陕北苏区在哪里?"

红军队伍前进,东北军的骑兵也前进;红军的队伍停下来,他们也停下来。经过一个名叫铁脚城的村庄后,红军的队伍上了山,竟然看见东北军的骑兵与他们只相隔一个山头并行着走。两军互相戒备,但谁也不开枪。

彭德怀和叶剑英站在山头上,用望远镜观察敌人的动静,红军部队就从他们的身边走过去。观察了好一会儿,彭德怀对红军官兵说:"快走吧,天快黑了。骑兵不会靠近我们。他们的马没水喝,走不动了。"彭德怀的话很快被传给每一个担心敌人骑兵的红军,官兵们一下子放心了,因为这是彭老总说的。

果然,东北军的骑兵没有靠近,也没有跟上来。

部队上了山。

这座山就是甘肃与陕西交界处的分水岭,当地人叫老爷山。

这里也是白区与苏区的分界。

这时,一直走在队伍最前面的红军便衣侦察员遇到几个可疑的人。狭路相逢,那几个人首先拦住了红军侦察员,问:"你们是干什么的?"侦察员回答的时候江西口音很重:"做买卖的。""听口音你们是从南方过来的。""是的,那又怎么样?"双方小心地互相打量着,拐弯抹角地问些无关紧要的话,最后,红军侦察员突然说:"你们是陕北红军?"对方脱口而出:"你们是中央红军?"

这是徐海东派出来寻找中央红军的手枪团的官兵。

后来双方都说,一看就知道对方走了很长的路,因为每个人都面黄肌瘦的。

双方握了一下手,交换了些情况,然后匆忙分开,各自返回了。

老爷山的山顶上有一座古老的庙宇,里面有三个和尚。这座庙在甘肃、陕西和宁夏很有名,春天的时候,三省的善男信女都爬上山来烧香。现在,老爷山一下子来了这么多官兵,供三个和尚吃水的一个小小的储存雨水的水池显然不够用,于是红军在水池边加了岗哨,每个连队只给两担水,每个战士只分到一茶杯水。因为长途行军,口干舌燥的官兵一下子就把水喝光了,结果没水做饭了,只好派人到很远的山沟里去做饭,因为那里有水,饭做好了再挑上山来。官兵们吃完饭已是半夜,全部露营在庙宇外面。司令部和电台人员住在殿内,叶剑英和蔡树藩等人就睡在佛像的脚下。

第二天,下了老爷山就进入陕西境内了。

五匹快马带来了令红军官兵万分喜悦的消息。马上的青年个个身强体壮,挎着驳壳枪,头缠白毛巾,下马便问毛泽东在哪里。毛泽东的警卫员陈昌奉问他们从哪里来,他们回答:"我们来给毛主席一封信。"

看了信的毛泽东对红军官兵说:"二十五军和二十六军的代表同志来迎接我们了。"

接下来的行军情绪激昂,各路纵队靠得很近,最后就都走到一条路上来了,因此队伍拉得很长,黄土大道上烟尘飞扬。

由于队伍拉得太长,前边还在唱歌,后面却出了事:一队东北军骑兵突然横着冲过来,把走在最后面的干部团的两个连以及收容队截断了。干部团里多是有丰富战斗经验的连排长,团长陈赓和政委宋任穷命令他们打上一仗,把这条讨厌的尾巴彻底割掉。他们利用骑兵不能下沟的弱点与敌人周旋,双方的射击都很猛烈,骑兵在沟上,干部团在沟里,红军在纵横的沟壑中转来转去,射出的子弹每每出其不意。天黑下来后,干部团终于把东北军的骑兵队打跑了,战斗中一位排长和十几名战士牺牲。等到干部团归队之后,三纵队因为宿营地距离敌人的骑兵太近而临时做了移动,全体红军官兵露营在山坡上。半夜里下起了雨,山坡上的红军官兵在雨里坐了一夜——这是他们万里长征到达目的地前的最后一夜。

行军命令:宿营地吴起镇。

吴起镇,注定要在中国革命史上留下名字的一个陕北小城。

天亮的时候开始行军,在晴朗的天气中走了大半天,红军在一个小村庄稍事休息,然后命令来了:继续前进,吴起镇距此二十里。

那二十里路,令所有历尽千难万险活下来的红军官兵永生难忘。

成仿吾回忆道:"我们高兴极了,像小孩子一样向吴起镇跑去。"

尘土飞扬中,那个小镇在红军官兵的视线里越来越近。

杨成武回忆道:"我们在蓝盈盈的天空下,列队进入了这个镇子。"

斜阳把远处的树林染成橘红色,野鸟惊讶地在土崖顶上来回盘旋,路边的一道土墙上一条标语隐约可见:中国共产党万岁!

红军走进了吴起镇。

官兵们站在街道上四处张望,小镇里空无一人,街边的砖窑洞大多已经坍塌,但残垣上依旧可以看见画着的镰刀锤头。

这是陕北根据地吗?

"同志!同志!"官兵们在寂静的街道上高声地喊。

几个头缠白毛巾的人来了,是这里的乡党支部书记,还有苏维埃乡政府主席。

苏维埃!

红军官兵一拥而上,把这几个人高举起来,热泪久久地挂在脸上。

这是一九三五年十月十九日。

离红一方面军撤离中央苏区开始长征已经过去了一年零九天。

"原来是自己人!原来是自己人!"

百姓们纷纷返回家,忙着给远道而来的红军做饭。

毛泽东与乡党支部书记和苏维埃乡政府主席等几个地方干部谈话谈得很晚,干部们告诉毛泽东陕北苏区正在进行反"围剿"作战,因此刘志丹和徐海东都不在这里。

夜里,情报到了,东北军的骑兵和马鸿宾的骑兵一共四个团已经追上来,就要到达吴起镇了。

毛泽东说:"看来非要打一仗了,不要把敌人带进根据地。"

彭德怀在吴起镇的四周查看了地形,然后拟定出作战方案:用两个纵队先打马鸿宾的骑兵,然后回击东北军的骑兵。

无论是马鸿宾的部队,还是张学良的部队,不久前都受到过陕北红军沉重的打击。马鸿宾的第三十五师在与红二十五军的作战中损失很大,而东北军在刚刚结束不久的劳山和榆林桥战斗中被红十五军团打得狼狈不堪。当时,东北军第六十七军军部及刘翰东的第一〇七师进驻洛川,何立中的第一一〇师和周福成的第一二九师沿着洛川至延安的公路向陕甘根据地的腹地推进。为了阻止敌人的进攻,会合仅十三天的红十五军团在徐海东和刘志丹的率领下,在劳山附近设置了伏击战场。十月一日,何立中的第一一〇师从延安出发,沿着公路南下,向甘泉县方向搜索前进。中午,当其先头部队到达劳山附近时,第八十一师二四一团的红军官兵突然开了火;同时,第七十八师的红军骑兵团迅速出击截断了敌人的退路。然后,在两侧设伏的第七十五师和第七十八师向公路猛冲过来,把何立中全师分割成了数股。经过五个小时的战斗,第一一〇师的六二八、六二九团以及师直属队被全歼,何立中师长身负重伤,被抬到甘泉县城后死亡。同时被红军打死的,还有包括师参谋长范驭洲在内的一千多名官兵。

毛泽东到达吴起镇的那天,张学良带着大批随从到达了西安。对于武器精良和战斗力旺盛的东北军在陕北接连受挫,张学良感到有点不可思议。他不相信红军有这么强的战斗力。从红军的攻击中得以逃生的何立中的参谋提醒他不要冒进,免得进入红军的伏击圈。张学良说:"咱们四路并进,谁能有这么大的胆子和这么大的胃口?"

因此,当接近吴起镇的马鸿宾的骑兵团遭到红军的伏击,溃逃下来的官兵都说看见大批红军正在吴起镇附近调动的时候,东北军骑兵第六师师长白凤翔对马鸿宾的骑兵表示出极大的蔑视。马鸿宾的第三十五师骑兵团团长马培清对骄傲的白师长讲述了他们的遭遇:部队接近吴起镇的时候,发现镇子里的百姓都跑光了。我们对那里的道路根本不熟悉。这时来了个穿蓝布大褂的先生,说他是种牛痘的"花儿先生",说前面不远有一小队红军正拉着驮满枪的马往山上走。我立即率领部队催马直追,谁知没追出几里就遭到红军的伏击。幸亏有二营上来接应,我们才逃了出来——什么"花儿先生",纯粹是红军的伪装!从这一手上看,定是毛泽东的红军。

马鸿宾的骑兵和东北军的骑兵会合在一起,商量着打还是不打。

马鸿宾的骑兵战战兢兢。

东北军骑兵师师长白凤翔举起手枪说:"不是我想打,是这玩意儿要打。"

第二天早上八点,两股骑兵同时向吴起镇攻击前进,战斗断断续续进行了一天,红军边打边撤,东北军骑兵追得很紧,步步向吴起镇逼近,马鸿宾的骑兵在后面跟着。天黑的时候,一看地图,竟然前进了好几公里,白师长认为红军肯定是惧怕与他的骑兵交战,想拖延时间或者想趁机逃跑,因此决定明天继续进攻。

晚上,马培清团长命令他的骑兵向后退十里再宿营。

十月二十一日,在把敌人引进预设战场之后,彭德怀下达了战斗命令。

这是红军进入陕北根据地后的第一场战斗。

自认为退出十里就可以安全宿营的马培清犯了常识性错误:他的骑兵团与东北军的骑兵师分开了。

马培清的骑兵团一营营长卡得云回忆道:

> 就在我们宿营的时候,红军趁着天黑从远距离迂回,对

我们实施了大包围,发动突然袭击。在红军强大的火力下,马部大乱,有的骑马逃跑,有的因马卸了鞍子,只有撒腿奔逃,卸了鞍子的马也被惊跑。好在马向枪声响处的反面跑,大部分在以后仍收容了回来。

部队遭到红军的突袭,马培清想都没想撒腿就撒,然后远远地站在土崖上,看着白师长的东北军骑兵是如何落入红军的伏击圈的:

骑兵第六师和第三师浩浩荡荡,沿着头道川直奔而来。白部当时自以为人多势众,装备精良,所以气焰嚣张,根本没有料到红军在这组织伏击。我见此情况,立即与白部联络,但联络人员还没有跑下山坡,白部的先头部队已经和红军接触了。一时枪声炮声,回荡山谷,震耳欲聋……白部完全陷入了红军的重围。我原想趁机撤退,但又顾虑到将来会以坐视友军被歼,不予救援,干犯军法,于是命令部队向前面一座山头上的红军阻击阵地攻击。红军并未坚守,我部随即占领了一座山头。该山头接近沟口,可以清楚地看见坐落在前面川道里不远处的吴起镇。紧靠这座山头的前面,有一片尚未收割的荞麦地,我命令部队在这块荞麦地里构筑工事,准备在此扼守,不再前进。这时根据我部左翼报告,白部的第十七团已经被歼,第十八团正在与红军激战。即与白部联系,始知当时该部伤亡已近四五百人。

天黑下来的时候,红军竟然回过头来,再次向马培清的骑兵团发起攻击。马培清立即命令部队全速撤退,但是他的骑兵团的两边都出现了红军。部队跟着他开始狂跑,没跑多远退路就被红军截断了。红军的杀声漫山遍野而来,马培清觉得自己这一次是死定了。然而,红军的追击突然间停止,马培清跑着跑着才发现身边已经没有了红军。他回过身朝战场方向看去,那里再次响起红军的杀声,原来红军掉头朝着混乱中的东北军骑兵冲去了,再一次把白凤翔的一个团截住,包围起来,全部缴了械。

吴起镇战斗,红军歼灭敌人的一个团,击溃三个团,缴获战马两百多匹。红军胜利回师的时候,吴起镇的百姓敲打着锣鼓,红军官兵们第一次看见中国北方的一种长长的红布被系在百姓们的腰间,然后又从他们的腰间向着天空高高地舞动。

吴起镇战斗的重要意义在于:红军不但表明了他们走到这里便不再迁徙的决心,并且证明他们有守住苏维埃根据地的决心和力量。

毛泽东挥笔写道:

山高路远坑深,

大军纵横驰奔。

谁敢横刀立马?

唯我彭大将军!

彭德怀把最后一句改成"唯我英勇红军",然后将诗稿还给了毛泽东。

第二天,中共中央在吴起镇召开政治局扩大会议。

会议的一个重要内容是:宣布红一方面军的长征胜利结束。

红军陕甘支队到达吴起镇,标志着红一方面军的长征胜利结束。但是,从当时整个中国红军所面临的局势来讲,红军依旧没有摆脱移动作战的状态:红四方面军数万官兵前途未卜,红二、红六军团依旧在极其艰难地转移,中国工农红军尚未拥有一块稳固的红色根据地。一九三四年以前那种在中国版图上武装割据出数块根据地,尤其是在江西和福建地区存在着一个相对稳固的苏维埃共和国的局面,还远没有形成。无论是政治环境还是军事环境,中国工农红军依旧处在极其艰难的生存危机之中。从这个意义上理解,中国工农红军长征的最后胜利还没有到来——后来的历史证明,数万红军还将经历数百次残酷的战斗和数千里艰险的跋涉,一年以后,中国工农红军才真正会合在一起。而对于中国共产党人和中国工农红军来说,那一天才是"中国革命的新的历史阶段"的真正开始。

陕甘边苏区的历史可以追溯到一九二七年。当时,中共陕西省委先后组织了清涧、渭华和旬邑起义。一九三二年二月,中国工农红军陕甘游击队成立。同年十二月,中共陕西省委根据中共中央的决定,将游击队改编为红二十六军,并创建了以照金为中心的陕甘苏区。一九三三年春天,只有一个团兵力的红二十六军南下,国民党军对其进行了大规模"围剿",部队被打散后,部分官兵在刘志丹的带领下冲出重围,转移到甘肃庆阳一带坚持斗争,直到这一年的十月,他们才带着几支驳壳枪重返照金根据地。十一月,中共陕甘边特委将所辖部队改编为第二十六军第四十二师,王泰吉任师长,高岗任政治委员。不久,刘志丹和杨森分别接任师长和政委职务。到一九三四年夏天,第四十二师创建了纵横大约七十多公里的一个小小的苏区,并成立了陕甘边区苏维埃政府和革命军事委员会,政府主席习仲勋,军委主席刘志丹。

在与"围剿"的敌人反复作战的同时,陕甘边苏区周边的游击队逐渐壮大。一九三四年十二月,陕北各游击队被正式改编为红二十七军。一九三五年二月,蒋介石命令驻守河南的国民党军第八十四师进入陕北,会同陕西、山西、甘肃和宁夏四省的军阀部队对陕北苏区进行"围剿"。红二十六军和红二十七军采用声东击西的战术打击深入到陕北的敌人,红军成功地通过机动作战使陕甘边和陕北的苏区连成一片,形成陕甘苏区。一九三五年秋,蒋介石再次调集十万大军对陕北苏区发动第三次"围剿"。就在这时候,红二十五军到达了陕北。九月,红二十五军、红二十六军、红二十七军合编为第十五军团,军团长徐海东,政治委员程子华,副军团长兼参谋长刘志丹。红二十五军的到来,使陕北根据地的军事力量得到了加强,陕北的《信天游》因为红二十五军的到来被乡亲们唱为:

　　一杆杆红旗空中飘,
　　红二十五军上来了;
　　长枪短枪马拐枪,
　　一对对喇叭一对号;

头号盒子红绳绳,

军号吹起嘀嘀嗒。

十月二日,红十五军团南下,歼灭国民党军第一一〇师的两个团,取得劳山和榆林桥两次战斗的胜利。但是,在这块面积不大的红色根据地的外围,数十万国民党军正从四面包围而来。一九三五年十月,红一方面军进入陕西后,蒋介石力图趁红军远征疲惫、立足未稳之时,调集大军向苏区腹地强行推进,以彻底"剿灭"陕北红色根据地:

> 查陕北匪区东、西两面业经职团制定封锁办法,已通知各部队及地方政府切实实施在案。为顾虑周密起见,必须四面实施方能奏效。拟恳通饬西、南两路及宁夏接壤之三边、盐池同时施行,严密封锁,期收实效。当否,乞核夺实施,等情。除电复外,仰即饬所属切实封锁匪区,断绝其物质资源,期收聚歼之效为要。

更加令人忧虑的是,在陕北苏区内部,尖锐的政治斗争也危及着红军的生存。一九三五年夏秋之际,受"左"倾路线的严重影响,特别针对陕甘边特委以及红二十六军各级领导的大规模肃反运动开始了。随着刑讯逼供的加剧,肃反运动恶性膨胀,以至于陕北苏区出现了一个奇怪的现象:前方的红军官兵在与"围剿"苏区的敌人进行着残酷的战斗,后方的苏区里却在策划着如何逮捕审问红军干部。红二十六军营以上干部以及陕甘边区县以上干部,几乎无一幸免,不少红军干部因拒不承认刘志丹"秘密勾结军阀"而遭杀害。刘志丹是在劳山战役结束后去安塞的路上,得到自己将要被逮捕的消息的。当时他遇到了一个从瓦窑堡赶来的通信员,通信员并不知道信件的内容,既然信是要送到第十五军团的,通信员就把信交给了军团参谋长刘志丹。刘志丹打开一看,是一连串的逮捕名单,第一个就是他的名字。刘志丹把信件还给通信员,说:"你把信送到军团部去吧,告诉他们我自己去瓦窑堡了。"在瓦窑堡,与刘志丹关押在一起的,还有陕甘边区苏维埃主席习仲勋。刘志丹被污蔑为"为消灭红军而创造红军根据地的反革命"——在瓦窑堡的城门外,砍刘志丹脑袋的大坑已经挖好了——肃反使得整个陕北苏区弥漫着恐怖气氛,大量党政军干部因各种不实罪名被捕乃至蒙冤而死,红军队伍的战斗力急剧下降甚至面临着分裂的危险。

中共中央在吴起镇召开的政治局扩大会议做出的另一个重要决定是:派王首道、贾拓夫两同志立即赶赴瓦窑堡,迅速将中央的情况告诉他们,同时勒令陕北苏区立即停止"肃反运动"。中央还决定成立由博古负责的党务委员会,任务是迅速纠正陕北苏区错误的"肃反运动"。刘志丹在中央"刀下留人"的命令下走出关押室,他见到了毛泽东和周恩来。后来周恩来说:刘志丹"是一个真正具有共产主义品质的共产党员"。

在吴起镇,年轻的红军团长黄开湘死了。

红军到达吴起镇后,黄开湘患上严重的伤寒病,高烧四十多摄氏度,天天昏迷着。医生想尽了一切办法救治他,就是没想到他枕头下面有一把手枪。昏迷状态下的黄开湘,不知什么时候摸出枕下的那把手枪,他朝着自己的头扣动了扳机。

这把"六轮子"手枪,是黄开湘的心爱之物,手枪跟着他走过了千山万水,总是被擦得一尘不染。红军渡过赤水河后,黄开湘成为红一军团第二师四团团长,与政委杨成武一起,指挥着中央红军中最勇敢的前锋部队,经历了无数次残酷的战斗。部队过松潘大草地时,黄开湘对杨成武说:"老杨,我们一定要熬过去,熬过去就好办了。"年轻的红军团长走出了草地,突破了腊子口,翻过了岷山和六盘山,他曾经幻想过:"将来革命胜利了,是什么样呢?"他没能等到革命胜利就离开了人世。黄开湘的搭档杨成武那时也患着伤寒。听到消息后,杨成武在高烧中骑马赶来。那一天,天降鹅毛大雪,杨成武赶到的时候,看见的是一座新坟,坟上的积雪已经落了厚厚的一层……

十月三十日,陕甘支队红军离开吴起镇,经过保安东进,准备在下寺湾一带与红十五军团主力会合。

正在前线指挥作战的徐海东,得到毛泽东即将到达下寺湾的消息,立即骑马从前线赶往下寺湾。一百三十里路,徐海东打马狂奔了三个小时,到达下寺湾的时候人和马都已大汗淋漓。徐海东进了军团司令部,四个人看见他,一齐朝他走来。徐海东谁都不认识,军团政委程子华赶快介绍。毛泽东向大名鼎鼎的"徐老虎"伸出手来:"海东同志,你辛苦了。"

徐海东握着毛泽东的手,不知道说什么才好,他对那一瞬间的记忆是:"终于看见毛主席了。"

与毛泽东一起向徐海东走过来的是彭德怀、贾拓夫和李一氓。

毛泽东拿出一份三十万分之一的陕西地图,从根据地的范围、红军的兵力和装备、干部情况和战士们的吃穿,一直问到目前的敌情。当他听说红十五军团此刻正在打民团的土围子时,毛泽东说:"好,按你们的部署打,等打完了咱们再仔细商量下一步。"

临走,毛泽东握着徐海东的手说,一定要在陕北建立一个巩固的根据地,这就好比"落霞与孤鹜齐飞,秋水共长天一色"——没有人知道,毛泽东为什么用这样一句略带伤感的古老诗句来描绘陕北未来的景象。

十一月二日,毛泽东、彭德怀致电第一纵队司令员林彪、政委聂荣臻,第二纵队司令员彭雪枫、政委李富春,陕甘支队参谋长叶剑英、政治部副主任杨尚昆:

林、聂、彭、李、叶并转杨:

(甲)第一、二两纵队及支队直属队明三日即现地休息一天,四号继续南进。各走六七十里宿营。

(乙)打草鞋、洗衣、洗澡、补充粮食。

(丙)沿途群众热烈欢迎须准备回答其口号,并注意与十五军团见面时应说的话。

(丁)力求部队清洁、整齐、礼节。

（戊）后方究到何处，如果无钱买柴菜时，须发给陕北苏票二百元，每人每日发六分。

彭、毛
二日二十时于下寺湾

陕甘支队和红十五军团召开了胜利会师大会。

陕甘支队向红十五军团输送了大批干部，包括周士弟、王首道、宋时轮、黄镇、伍修权和毕士悌等人。红十五军团则在物资上给予了陕甘支队很大的帮助。毛泽东亲自代表陕甘支队向徐海东借钱，当时红十五军团一共有七千多块钱，徐海东一下子给了陕甘支队五千块。除了钱，红十五军团还从各连队抽出大量的枪支弹药、衣物布匹以及医疗药品送到陕甘支队驻地。

"他是对中国革命有大功的人。"毛泽东这样评价徐海东。

毛泽东的红军与陕北红军会合了。

国民党第三十七军军长毛炳文给蒋介石写出报告，就国民党军对毛泽东的红军围堵失利进行了"愧愤莫名"的总结：

查此次毛、彭股匪长途逃窜，实力减耗。而我以数倍之众，沿途堵截穷追，未克聚歼，愧愤莫名。虽曰天未厌乱，要亦人谋不藏。兹将所得教训，概述于左：

（1）最初因各方面情报不确实，对匪实力估计过大，本军第八师达到定西，匪突陷通渭。当时据各方面情况判断，仅系匪之先头部队。深恐匪以一部截断西兰路，主力威胁皋兰。本军主力应集结定西、通安驿、马营等处，准备经内官营、榆中县截击渭源向皋兰北犯之匪，以固省垣根本。静宁、会宁间故控置兵力较少，匪得乘机向北兔脱。

（2）指挥不统一。本军初次入陇，人地生疏，追击与堵截部队无统一之指挥，难期协同一致，良机坐失，极为可惜。

（3）联络不确实。各部携带之无线电，波长不一，呼号不明，各友军又无通用密本，无法联络。即同隶一军者，亦因波长各异,不能畅达,消息阻滞,遗误颇多。

(4)匪情不明了。匪窜经路,人民逃避一空,无可派之侦探。匪之内容实力及溃窜路线不易明白。纵有所得,多从俘匪传出。匪素狡猾,对俘匪供词,又恐系匪派间谍,惑我耳目,消息极难确实。实由我地方无组织,民众如散沙,且无知识。部队不能得他方之协助,不无遗憾。

(5)给养困难。此次追击路线,地形险阻,人民稀少,纵偶有村落,经匪洗劫之后,十室九空,不仅给养无法采办,甚至饮料亦不可得,各官兵有终日仅得一食者,或终日仅得菜叶、蕃芋以充饥者,或于匪方残余未熟牛羊肉以度日者。因此,坐失机宜。至民众畏匪烧杀逃避,且因为过去军队纪律不良,对军队怀疑误会。地瘠民贫,供不应求,亦系实情。

(6)无统一收容机关。长途追剿,官兵因病落伍者,道路相望,一经剧战,死者伤者,无法传送,迟滞部队行动,关系甚大。如卫生机关健全,减少部队顾累,动作当较敏捷。

(7)各级指挥官缺乏独断力。匪情变幻,惟前线指挥官观察最为明确。此次追剿各战役,与匪接触,大部为其侧后掩护队,势虽顽强,力量究属有限。各级战斗指挥官,每为匪势所眩惑,不能窥破弱点,乘机腰截,或埋伏阻截,致匪主力逃窜。虽逐日穷追,见匪打匪,似非战之善者也。

(8)部队行军力不强。追剿部队困难不免,但匪能往,我亦能往。胜负之争,即在能争持最后五分钟以为断。我追击部队虽能忍饥耐苦,日行百里或百数十里以行追击,然始终仅能尾匪跟追,不能过度要求迂回截击。各匪首均得漏网,未收最后之胜利,不能不认为行军力之薄弱。

他如民众之无组织训练,对国军时生疑惧,侦探部队之不完备,地图方向之差错,往往均有遗误。尤不能不加注意。嗣后进剿陕北股匪,利钝在军食之盈虚与转运之迟速。

似应核实各军支食之人马,计算转运之时日。兵站与交通、卫生种种设备,更不可忽视。

十一月三日,中共中央在下寺湾召开会议。会后,中华苏维埃共和国中央政府宣布:成立西北革命军事委员会。毛泽东为军事委员会主席,周恩来、彭德怀为军事委员会副主席,毛泽东、周恩来、彭德怀、王稼祥、林彪、聂洪钧、徐海东、程子华、郭洪涛为军事委员会委员,后又增补叶剑英、聂荣臻、刘志丹为军事委员会委员。同时宣布,恢复中国工农红军第一方面军番号,第十五军团编入第一方面军序列。彭德怀任方面军司令员,毛泽东任政治委员,叶剑英任参谋长,王稼祥任政治部主任。原第一、第三军团合编为第一军团,军团长林彪,政治委员聂荣臻,参谋长左权,政治部主任朱瑞,辖第二、第四师和第一、第十三团。第十五军团辖第七十五、第七十八、第八十一师和一个骑兵团,军团长徐海东,政治委员程子华,参谋长周士弟,政治部主任郭述申。

第一方面军全军总兵力约一万余人。

一年前,红一方面军从中央苏区出发时,兵力为八万六千多人。

在中国革命史上,除了刚成立的西北革命军事委员会外,还曾经存在过两个西北革命军事委员会,即一九三二年十二月在川陕苏区成立的以张国焘为主席的西北革命军事委员会,以及一九三五年二月在陕甘苏区成立的先后以谢子长、刘志丹为主席的西北革命军事委员会。应该说,在下寺湾成立的西北革命军事委员会,实际上就是中央军事委员会。毛泽东自己也始终认为,下寺湾会议之后,他所担任的职务是中央军委主席。他在一九四五年四月填写中国共产党第七次全国代表大会《代表登记表》时,在职务一栏里写道:一九三五年担任中央军委主席。

此时毛泽东还不知道,或者是并不确切地知道,张国焘已经成立了一个"临时中央",并且任命自己为"军委主席"。张国焘还没用任何正式方式把他的这一决定通知中共中央。他没有立即这么做的原因很简单也很实际:他在等待一个最佳的时机,这一最佳时机将是他的南下战役取得决定性胜利的时候,也就是他所说的那个富饶巩固的新苏区建立起来的时候——张国焘把一切希望全部寄托在南下战役上了。

这是一个巨大的政治赌注。

一九三五年十月二十四日,红四方面军南下战役的第二阶段战斗打响了。战役目标是:迅速翻越夹金山,南下并东出,占领川西平原边缘的天全、芦山、宝兴、名山、雅安、邛崃和大邑地区。

红四方面军面对的敌人是当时中国规模最庞大的军阀部队。

中央红军抢渡金沙江进入川西北以来,四川军阀内部相互争斗的矛盾,让位于蒋介石与四川军阀之间的矛盾。当时,中国各省军阀对蒋介石"攘外必先安内"所隐藏着的"一箭双雕"的玄机看得十分透彻:消灭红军的同时,削弱和收编地方势力,最后让中国成为统一的蒋家天下。诸葛亮说四川是一个"沃野千里,天府之土"的好地方,彻底地控制四川的梦想在蒋介石心中积存已久。红一、红四方面军在川西会合之后,蒋介石认为由他控制四川的时机已经成熟。他一面调派大量的中央军进入四川,控制四川重要的军事要点;同时在峨眉山上开办"军官训练团",对川军军官进行分化收买;然后,他派遣大批国民党军政要员以"建设四川"的名义入川。到了一九三五年的秋天,蒋介石已将川军整编完毕。

川军被缩减了三分之一的部队。虽然其总司令部名为"善后督办公署",颇有一点临时机构的意思,但川军依然是一个庞大的军事体系,总兵力仍达二百多个团。

川军的督办兼总司令是上将刘湘。

整编后的川军主力部队的编制是:

第二十军,军长杨森,辖第一三三、第一三四、第一三五师,共十五个团;

第二十一军,军长唐式遵,辖第一、暂编第二、第四师,共十六个团、十二个独立营;

第二十三军,军长潘文华,辖教导师、第五师、边防第二路,共十四个团、六个独立营；

第二十四军，军长刘文辉，辖第一三六、第一三七、第一三八师，加上一系列的宪兵、手枪、飞机、舰炮等大队以及警备区、直属旅等，共二十二个团；

第四十一军，军长孙震，辖第一二二、第一二三、第一二四师，加上特务团，共十九个团；

第四十四军，军长王瓒绪，辖第一、第二师和暂编第一师，共十六个团、十一个独立营；

第四十五军，军长邓锡侯，辖第一二五、第一二六、第一二七、第一二八、第一三一师，共二十四个团；

第一〇四师，师长李家钰，辖第一、第二、第三旅，加上一个补充团和一个特务大队，共十个团。

刘湘的总司令部，即"善后督办公署"还有直属部队：暂编第三、第四师，暂编模范师，暂编独立第三、第五、第六、第七旅，警备第一路等，共三十八个团、十个营、五个大队。

整编后，蒋介石将川军各路将领一一任命为各地的绥靖司令，因而得以将川军主力部队全部调到了四川的边缘地区。

对此，蒋介石由衷地说："四川不愧我们中国的首省，天然是复兴民族最好的根据地。"

蒋介石当然知道，红军也认为这里是一块"最好的根据地"。

刘湘敢怒不敢言。

面对红四方面军的突然南下，刘湘对川军军官们说了他的原则：只要红军不侵犯川西平原，就与他们对峙相处，别让老蒋坐收渔翁之利；如果红军非要进攻川西平原，那就等于掏咱们的老窝了，那就要与红军决一死战。

一九三五年十月二十二日，红四方面军发布《天芦名雅邛大战役计划》。战役部署是：以第四、第三十二军为右纵队，由丹巴经金汤进攻天全，并以一部向汉源、荥经活动；以第三十军全部、第三十一军第九十三师和第九十一师的两个团、第九军第二十五师组成中纵队,进攻芦山和宝兴,得手后向名山、雅安及其东北地区进攻;以第九军第二十七师为左纵队,除一部巩固抚边、懋功、达维外,其主力向东前出威胁大邑和灌县。另外,以第五军为右支队,巩固丹巴地区;以第三十三军为左支队,留守马塘、两河口,并威胁理县和威州;以第三十一军第九十一师师部率领二七七团驻守懋功和达维。

战役的主要方向是天全、芦山、宝兴、名山、雅安、邛崃和大邑,而对康定、汉源、荥经和灌县等各方向采取的行动都是佯动,为的是配合主攻方向的行动。

即使站在今天的角度看,这一战役设想所要达成的目的也是惊人的。

自川西的夹金山大雪山往东,下山之后自北向南排列着相距不远的几座地理位置极其重要的县城。这些县城拱卫着富饶的川西平原的西沿,大邑、邛崃、宝兴、芦山、天全、名山、雅安如同一道屏障,呈弧形围绕在成都西南方向不出三百公里的山脚之下。占领了这一条线,便可以俯瞰整个川西平原;而自此进入成都,无险可守,可谓一马平川,只要有持续的攻击能力,整个成都平原将尽收手中。

当初,中央红军自南向北经过这里的时候,知道这几座县城对于四川军阀的敏感与重要,因此尽量避开了这一线,向西上了夹金山大雪山。现在,红四方面军把主攻方向选择在这一线,其战略目的十分鲜明:红军要占领的是整个川西平原。

朱德虽然同意这一战役计划,但是出于对战役难度的担忧,他就战术问题向红军指挥员进行了耐心细致的讲解。朱德认为,部队一旦打出山区,战斗就从山地战和隘路战,变成了平地战和城市战;由运动战,变成了阵地战和堡垒战,而后者恰恰是红军不擅长的。因此,要想取得战役的胜利,就要充分注意集中使用兵力,采取重点突破和袭取堡垒的战术原则。侦察要详细,计划要周密,多运用红军擅长的机动、穿插、夜袭等方法。既不能把敌人飞机大炮的威力神化,消除官兵们的畏惧心理;同时也要学会对付敌人的飞机大炮,避免部队无谓的伤亡。

红四方面军掉头南下,渡过大小金川,占领了懋功、丹巴一线,刘湘立即意识到红军下一步的企图只能是川西平原。于是,他急令第二十三军军长潘文华以四川南路"剿共"总指挥的名义进驻名山县城,统一指挥布防在天全和芦山一线的川军。同时,命令刘文辉、杨森、邓锡侯的部队全速赶赴芦山、天全一线增援。刘湘专门召见了第二十三军教导师师长杨国桢以及"善后督办公署"直属暂编模范师师长郭勋祺,对两位师长重申了他的作战目的和原则:川军的主要任务就是把红军堵住,只要把南下的红军堵在西北的山岳地带,保卫住川西平原的屏障,就是胜利。因此,如果仗打得顺利,只要把红军赶上山,部队就不要追了;如果打得不顺利,可以转移阵地保存实力,但要尽可能地与红军周旋,最大限度迟滞红军于天全、名山以西地区,等待增援。最后,刘湘说:"川西平原决不可丢失,两位仁兄应该知道攸关利害所在。"

届时,防守金汤、泸定至汉源、雅安一线的是刘文辉部;防守宝兴至夹金山一线的是杨森部;防守宝兴以东一线的是邓锡侯部;杨国桢的教导师去的是芦山,郭勋祺的暂编模范师去的是天全。

十月二十四日,红四方面军各部队开始翻越几个月前中央红军翻越的夹金山大雪山,唯一的区别是方向相反。翻越雪山的时候,作战部队没有太多的损失,但是跟随部队出征的妇女团、总医院和运输队出现了严重伤亡。总医院年龄最小的女战士是十三岁的孙文莲,她由于身体太弱倒下了,在雪地里像是昏迷又像是睡着了。不久前,在攻打懋功的战斗中,孙文莲在抢救伤员时意外发现了很久没有消息的大哥。大哥负了重伤,抬下来的时候已经晚了,伤口里长了蛆。大哥看了孙文莲一眼就死在了她的怀里,孙文莲都不知道大哥在那一刻是否认出了她。又过了两天,她竟然又遇到了负伤的二哥,她本想好好照顾二哥让他早一点康复,但是攻打芦山、天全的战斗命令下达了,二哥被要求留在老乡家养伤。分别的时候,二哥的话让孙文莲很是悲伤,二哥说:"留下来就等于死了,我想往家的方向走,但很可能死在半路。你好好地跟着红军干,就当二哥已经死了。"自从他们兄妹三人参加红军,因为不断地行军打仗,几乎没有见过面。现在,孙文莲见到了她的两个哥哥,同时也失去了她的两个哥哥。孙文莲实在坚持不住了,在雪山上闭上了眼睛。十三岁的孙文莲被后续部队的一个战士踩着,战士把她从雪里拉出来,然后大家轮流抱着这个瘦弱的小红军,最终让她在红军官兵的怀里活了过来。

红四方面军第三十军第八十八师在师长熊厚发的率领下首先翻过夹金山,向在山下防御的川军第二十军发动了猛烈袭击。处在与红军接触第一线的杨森已经在懋功被红军打怕了,他一听说红军又开始翻越夹金山了,仅仅留下一个团担任后卫掩护,全师人马立即自夹金山脚下撤退了。留下的团长杨干才本来还准备利用有利地形抵抗一阵,但是当红军官兵一路叫喊着冲过来的时候,他的战斗信心瞬间就丧失。熊厚发一手举着驳壳枪,一手举着大刀,率领官兵猛冲猛砍,凶悍无比。川军开始溃逃,红军狂追不舍,追击的路全是险要的隘口峡谷,川军在狭窄的山路上拥挤着溃逃,不少官兵被挤下悬崖摔死。杨干才的这个团一直逃到盐井坪,被李先念率领的第三十军的一支迂回部队截住,全团遭到红军的重创。熊厚发在与王树声率领的部队会合后,直扑宝兴县城。杨森见自己的部队已无法控制且伤亡巨大,干脆放弃了宝兴,向灵关镇方向撤退。在放弃宝兴县城的时候,由于这里的兵站储存着大量的大米和盐巴,杨森强迫官兵每人必须背上一袋大米或者盐巴,但是人手还是不够,最后只得下令纵火焚烧。宝兴县城大火熊熊,火焰很快殃及民众的房屋,整个县城最终成为一片废墟。红军穿过县城继续追击,一路向南追到灵关镇,俘敌一千余人,缴获步枪两千支,轻重机枪五十余挺,其前锋直逼芦山县城。

红四方面军左纵队翻过夹金山后,向东进攻,占领大川场,歼灭了川军第四十五军的一部,直接威胁着邛崃。

右纵队自丹巴出发,首先攻占了夹金山西侧的金汤镇,击溃刘文辉部的一个旅,然后迅速翻过大雪山,突然出现在雪山脚下的险要隘口紫石关的守敌面前。驻守在这里的是川军第二十四军第一三六师的袁国瑞旅。这个旅在泸定桥与中央红军的战斗中严重受创,整编后全旅只有两个团,每个团只有两个营。奉命调防夹金山后,官兵们怨声载道,因为天气寒冷却没有棉衣,武器也只有一半可以使用。负责防守紫石关的是这个旅李全山团的两个营。从大雪山上下来的红军进入天全一线,必须要从这个险要的隘口通过。隘口的两面都是悬崖,川军在布置了对隘口的火力封锁后,认为红军本事再大也很难从这里通过。红军右纵队司令员倪志亮和红四军军长许世友仔细研究了紫石关的地形。在当地一名采药人的带领下,红军官兵沿着一条绝险的小路登上悬崖,绕到紫石关守敌的侧后,突然发动了袭击。李全山团长还没弄明白红军是如何从悬崖绝壁上过来的,他的部队就已经顺着山路往天全县城撤退了。川军在沿途的几个险要阵地试图组织起阻击,但都是还没有进入阵地红军就追到了眼前。跑着跑着,李全山发现身边的官兵不多了,而后面的红军依旧喊着口号在追。在距离天全县城还有十几里的时候,川军和红军都跑不动了,气喘吁吁的红军官兵大声劝说川军官兵不要跑了,只要说出营长和团长在哪里,红军就优待俘虏,结果所有的川军士兵都就地躺下不跑了。只有团长李全山继续跑,跑到已经能看见天全县城的时候,旅长袁国瑞前来接应,红军这才放慢了追击的势头。天黑下来,红军又一次发起攻击,袁国瑞旅在黑暗中一片混乱。天亮的时候,全旅已经退到了天全县城城门外。但是,驻守在县城里的暂编模范师师长郭勋祺不但下令不准开城门,而且还命令机枪向袁国瑞旅的残兵扫射。郭师长说:"把这些杂牌部队清除掉,我们好去打红军。"袁国瑞旅一个名叫雷树清的连长对暂编模范师的无情无义万分愤怒,竟然率领官兵向郭勋祺部的一个机枪阵地发动了奋不顾身的进攻,结果瞬间就把这个机枪阵地冲垮了,这个被打开的缺口让袁国瑞旅的幸存者逃进了天全县城。

　　天全县城分为新、旧两城,新城在西,旧城在东。全城三面是悬崖绝壁,城南架有浮桥,城西北有大岗山俯视。川军师长郭勋祺认为这里地形险要,对抗红军不需要那么多兵力,于是把第一旅派到远离县城的宝兴方向,命令第二旅防御大岗山,第三旅为预备队,师直属队防守新城,师部在旧城——对于如此分散的兵力部署,郭勋祺说:"纵有红军数万,也难飞越天全。"雄心勃勃的郭勋祺刚刚从旅长升任师长,无论对红军还是对川军的其他部队一律蔑视。在无法阻止袁国瑞旅的溃败后,决心死守天全的郭勋祺一面命令第二旅旅长唐明昭加强大岗山阵地的防御,一面命令廖泽的第三旅派出一个团到县城增防。

攻击天全外围阵地大岗山的红军部队是第四军的第十二师。川军的这个阻击阵地利用天全河为屏障,修筑了大量的碉堡,因此当红军发动进攻后,川军得以藏身在碉堡里与红军顽固抗衡。红军的多次攻击受阻,军长许世友命令部队暂停攻击,决定组织突击队趁夜绕路攀崖实施偷袭。在当地百姓的带领下,红军突击队沿着大岗山西南面的绝壁攀上去,在微弱的星光下登上了大岗山的山顶。果然,红军再次出其不意,山顶上的川军营长周曼生正在屋子里烤火,手还没有离开火盆就被红军活捉了。突击队偷袭成功后,正面部队即刻开始攻击,在大岗山阻击阵地上的川军徐元勋团被消灭大半,剩余的官兵纷纷放弃抵抗逃往天全县城。另一路红军在第十师副师长王近山的带领下,先尾随袁国瑞旅的溃兵接近了县城,然后在当地百姓的带领下涉水渡河,占领天全县城南面的浮桥,继而向防守新城的郭勋祺的手枪营发动了攻击。接着,各路红军协同攻击旧城。当红军官兵举着大刀冲进郭勋祺的师部时,郭勋祺在警卫的掩护下边打边撤,撤到了县城东面的一座高地上。

十一月十日清晨,天全县城被红军攻克。

天全战斗进行的时候,红四方面军对芦山县城的攻击也开始了。

杨森的第二十军一路溃逃进芦山县城,让在这里防守的杨国桢的教导师官兵大惊失色。杨国桢虽然没有像郭勋祺那样轻视红军,但也对自己在芦山外围设置的口袋形防御火网抱有希望。为了把红军进攻的注意力吸引到他已经布置好的火网中,他特地派出一个营当诱饵。十一月四日上午,红军的攻击开始时,似乎确实有一支红军部队与这支"诱饵"展开了战斗。但是,当杨国桢感到红军已经进入他的火网的时候,芦山岗阻击阵地四周突然出现了大量的红军,高地上的第一团陈康营受到红军的迎头猛击。杨国桢立即派部队增援该营,但是包括增援上去的那个营在内,两个营在越来越多的红军的打击下不得不放弃芦山岗阵地。直到这个时候,杨国桢才明白,红军早就看出了他设置的口袋,红军以一支小部队佯装上钩,主力则集中进攻芦山岗。芦山岗的丢失给川军防线带来了崩溃的迹象。在第二天的战斗中,芦山县城外围的川军阵地被迫逐渐压缩,教导师第二团在最后时刻投入了预备队也没能挡住红军的进攻。中午的时候,红军推进到芦山县城城墙下,杨国桢在城墙上观察,几次命令第一团团长张竭诚出击,张团长的表情确实很激动,他不断地喊着:"老子和他们拼了!"但就是不动身,最后竟然在城墙上的行军床上躺了下来。红军对县城的攻击持续了两天,在芦山城处于红军四面包围的情况下,杨国桢最后率部弃城逃跑。

防守天全和芦山的郭勋祺部和杨国桢部在逃跑的时候,都受到了红军的快速追击。郭勋祺师长逃到半路,得知芦山也丢失了,立即命令部队离开公路进入大山,而他自己则带着一个排的警卫和几个幕僚逃往洪雅县城。而杨国桢部更是一逃就溃不成军,虽然事先制定过撤退的路线,但所有的计划都在红军的杀声中被川军忘得一干二净。教导师第二团团长李长烈身边只剩了两个机枪排,天降大雨,他们在惊恐中找不到通往名山县城的路了,转来转去转进了红军的伏击圈。红军的呐喊声一起,李团长身边的官兵扔掉枪支,扯去军装上的番号,丢下他们的团长四处逃窜。那些逃进名山县城的残兵,因为惊魂未定不敢在城内停留,继续沿着公路往百丈关方向退去。

经过十几天的战斗,红四方面军夺取了宝兴、芦山和天全三座县城,占领了青衣江以北、懋功以南的广大地区。

红军官兵为了胜利付出了巨大的代价。

仅在攻占芦山的战斗中,就有近两个营的红军官兵阵亡,第三十军第九十师政委何立池,二七九团团长周绍成、政委韩文吉、副团长丁子高都牺牲在阵地上。但是,川军的损失更是惊人:在天全和芦山前线的川军的七个旅中,独立第二旅伤亡和被俘官兵达五千七百多人,教导师第一旅伤亡两千八百多人,暂编模范师第二旅伤亡和被俘一千八百多人——川军在短短十几天的战斗中,伤亡和被俘官兵总数达到万人以上。

红四方面军已经造成了直取成都的强硬态势。

红四方面军占领天全和芦山之后,张国焘给中央发去电报,虽然依旧没有正式通报他成立"临时中央"的事,但是口气上已经流露出"中央"的味道了:

林、聂、彭、李、徐、刘并转毛、周、张、王、博:

（甲）我军于占领天全后,又于本月十二日攻占芦山,是役击刘湘之教导师、模范师、新编二师之第四旅、刘文辉之第五旅,并将刘湘独二旅全部缴械。敌仓皇溃退,我军正跟踪追击,乘胜夺取名、雅,俘获已在五千以上。

（乙）这一胜利打开了川西门户,奠定了建立川康苏区胜利的基础,证明了向南不利的胡说,达到了配合长江一带苏区红军发展的战略任务,这是进攻路线的胜利。甚望你们在现地区坚决灭敌,立即巩固扩大苏区和红军。并将详情电告。

朱、张
十二日

张国焘的电报是发给红一、红三军团的,而"徐、刘"指的是徐海东和刘志丹,这就是说电报同时也是发给红十五军团的,然后再转毛泽东、周恩来、张闻天、王稼祥、博古。

张国焘"证明了向南不利的胡说"这句话,说得太急切了——欠缺军事常识的张国焘并不知道,总兵力仅几万人的红四方面军,就其目前所处的位置来讲正面临着极其危险的境遇。

同日,中共中央给张国焘回电,旨在提醒他谁才是党中央:

朱、张、徐、陈诸同志：

（甲）我一、三军已同二十五、六、七军在陕北会合，现缩编进行粉碎敌人围攻的战斗。

（乙）中央及中［央］政府、红军陕北间工作磋商［正］与白区党及国际取联系。

（丙）对时局中央已发表宣言,检查政府及中革军委工作,将来再发宣言号召抗日反蒋战争,重申诸协定。

（丁）你们以总司令及四方面军名义,在中央历次对蒙古的范围内发表主张外,不得用此名义作［任］何表示。

（戊）关于方针你们目前应坚决向天全、芦山、邛崃、大邑、雅安发展,消灭刘、邓、杨部队,求得四方面军的壮大,牵制川敌主力残部,川、陕、甘、晋、绥、宁西北五省局面的大发展。

（己）你们战况及工作情形,应随时电告党中央。

十一月十二日

十一月十三日,红四方面军集中了中纵队的全部力量：第三十军、第三十一军第九十三师和第九十一师的两个团、第九军第二十五师,再加上右纵队的第四军,一共十五个团的兵力,向天全、芦山的东北方向展开进攻,在朱家场、太和场一线击溃川军两个团的阻击。接着,红军向位于观音场、百丈关的川军阵地发动了攻击。战斗持续了一整天,川军第一○四师师长李家钰下令放弃百丈关。

百丈关,卡在名山北上邛崃交通要道上的战略重镇。

百丈关的失守,不但令红军直接威胁着四川"剿共"军总司令部所在地邛崃,而且已经让红军有了从北面直袭成都盆地的可能。由此,刘湘严令南路军总指挥潘文华无论如何要把红军的攻击遏制住。潘文华亲自率领特务营,举着手枪,站在公路上制止川军的溃逃,并指挥第四师逆败兵前行,阻击一路追击而来的红军。增援的川暂编模范师廖敬安旅到达了邛崃,刘湘立即说："到南桥去领子弹,到军需处去拿钱,然后赶快给我上去！"接着,第四师师长范绍增率领着师部也到达了前线。大量增援而至川军堵截了红军的追击,双方终于在黑竹关、治安场、王店子一线形成对峙。

红四方面军如果继续追击,就可以进入富饶的川西平原了。

而对于川军来讲,百丈关是川西平原的最后屏障;一旦失去川西平原,失去成都盆地,川军还何以为川军?绝不能让红军进入川西,进而威胁成都,最后"赤化"整个四川。在这个性命攸关的前提下,庞大复杂的川军将所有的内部矛盾与恩怨都让位给了一个共同的目标:紧急调动所有兵力,在进入川西平原的通道上与红军决一死战。

邛崃至名山的公路自西南向东北倾斜,公路以北不出几里就是川西山区,公路以南则是丘陵间的旱田耕地,而扼守在公路上的百丈关四周地势平坦,有利于重武器和大部队的展开。

川军各部队开始向百丈关一带集结,规模之大在川军历史上不曾有过:第二十一军唐式遵部的两个师、第四十一军孙震部的三个旅、暂编模范师郭勋祺部的三个旅、第一〇四师李家钰部的四个旅。至十一月十八日,在百丈关附近狭小的地域内,川军集中了八十个团约二十万的兵力。

同时,蒋介石命令正在围困红二、红六军团的国民党中央军薛岳部立即北上,火速向百丈关开进。

鉴于之前川军的不战即溃,总指挥刘湘发布了《告剿共官兵书》:凡有临阵退缩,畏敌不前,或谎报军情,作战不力者,一律军前正法。其余各级官兵,倘有违令者,排长以下得由连长枪决,连长得由营长枪决,营长得由团长枪决,团长得由师长枪决,师长得由总指挥枪决。总指挥倘有瞻徇隐匿者,由总司令查照依法严办。

百丈关,距离成都不足一百公里的普通小镇,很快就会成为令川军和红军都难以忘却的血流成河之地。

十一月十六日拂晓,川军第四师第十旅向治安场的红军阻击阵地发起进攻,目标是百丈关。第十旅顺着公路以三路队形在机枪和火炮的掩护下不断冲锋,一线和二线部队轮流交替进行,红军阻击部队付出了巨大伤亡的代价,依旧无法遏制川军的攻击,被迫开始向黑竹关方向撤退。川军投入预备队追击进攻,红军又放弃黑竹关撤退到挖断山。川军在百丈关战斗一开始便显示出的决死势头,让红军官兵始料不及。增援部队陆续到达后,红军开始了猛烈反击。在黑竹关至挖断山一线,双方展开了残酷的拉锯战。川军投入的重武器火力十分猛烈,第四师和暂编模范师的部队在阵地上前后一字排开,无论红军的反击如何坚决,他们退下去又接着冲上来。第十旅投入了全部兵力,仅在挖断山附近的战斗中就付出伤亡五百人的代价,而红军的伤亡也达几百人,双方官兵的尸体在战场上堆叠在一起,残肢在剧烈的爆炸中连同潮湿的泥土一起四处飞溅。暂编模范师第三旅的旅部就设在公路边,其八团在公路南,九团在公路北,督战的宪兵横枪站在公路上。红军的反击沿着公路直接向川军的碉堡展开,但是碉堡里射出的重机枪子弹令红军无法推进。红军立即改变攻击方式,沿着公路两边的田埂前进,川军马上将迫击炮的炮口对准了没有任何遮蔽的田野。在剧烈的爆炸声中,红军官兵倒下一批又有一批紧跟上来,川军面对红军决死的态势惊骇不已。第三旅旅长廖泽看出了川军阵地上的动摇,他带着手枪队和预备队赶到前沿,大喊:"我们必须死守,后面就是总指挥部！谁要是后退,就地枪决！"不敢撤退的川军只有拼命射击,把成束的手榴弹投向进攻中的红军。廖泽知道,机枪手是战场监督的重点,于是他两眼发红地站在机枪手的身后,机枪手一看干脆站起身来射击,冲在最前面的红军纷纷倒下。在剧烈的对抗之后,红军的攻势逐渐减弱,廖泽不顾一切地命令手枪队和预备队全线出击。两军开始了混战,双方官兵厮打在一起。廖泽的预备队队长和手枪队队长都在肉搏中被打死。在付出了几近伤亡一半的代价后,红军的攻势暂时停止了。此时,攻击公路南侧川军阵地的红军部队也出现巨大伤亡。红军被迫撤出百丈关战场。

川军的决死坚守和强行推进取得了初步进展。

这是自天全、芦山战斗以来,川军首次没有撤退反而推进了。

川军连夜补充兵力和弹药,并且给官兵分发了大洋。

十七日,红军再次发动攻击,攻击的重点集中在百丈镇。程世才和李先念把第三十军的指挥所就设在镇子附近的一个小山包上。由于连日血战未见成效,徐向前亲自去了前沿指挥所。一路上,天上是敌人的飞机,四周是猛烈的炮火,徐向前在枪弹纷飞中绕来绕去才到达第三十军指挥部。徐向前和李先念的共同判断是:刘湘已经孤注一掷了,红军只要顶住敌人的攻势,寻找时机灭其一部,就有可能转入反攻。目前最大的威胁是敌机对红军阵地持续不断的轮番轰炸,部队处在的开阔地带无法隐蔽,又没有对付敌机的有效武器,冲击部队的头顶上炸弹像下雨一样。

川军新一轮的进攻又开始了。

就是否还能拥有富足的川西平原而言,百丈关之战是川军没有任何退路的战斗。

身经百战的徐向前意识到:对于红四方面军来讲此战凶多吉少。

东、北、南三个方向,整团整团的川军黑压压地上来了。

天上的敌机一次又一次地俯冲投弹。

红军的阵地上一片火海。

川军采取了集团冲锋的方式。在红军数十挺机枪的扫射下,公路和田地里躺满了川军官兵的尸体,但是川军的攻势依然没有减弱的趋势。在百丈镇东侧的桥头,红军临时修筑起堡垒,川军在攻击这些堡垒的时候,数次冲锋都没有取得效果。督战的川军军官把成筐的大洋抬到前沿,现场招募敢死队,结果一百多人争相报名。川军把机枪和火炮都集中过来,一齐向红军的堡垒轰击,敢死队在强大火力的掩护下开始了冲锋。红军的堡垒被一一炸塌,川军的敢死队冲到了桥头。但是,在那一瞬间,红军官兵突然从坍塌的堡垒废墟中冲出来,与川军的敢死队展开肉搏。大刀和刺刀尖厉的碰撞声、官兵们的咒骂和厮打声混合在一起,鲜血在地面流淌,倒下的伤员在血泊中呻吟。红军和川军的后续部队不断地拥挤上来,小桥上堆积的人已经无法分别敌我,红军和川军血淋淋地厮打在一起。一支红军部队绕过桥头,到了川军攻击部队的后面,但是他们发现川军的预备队兵力十分充足,红军试图袭击的部队立即与川军的预备队发生了搏斗。

在川军逐渐感到不支的时候，国民党军的飞机开始了不分敌我的猛烈轰炸，轰炸从桥头一直延伸到百丈镇，百丈镇刹那间砖石横飞，大火冲天。红军被迫撤离了战场，川军终于突破桥头进入百丈镇。

红四方面军副总指挥王树声命令王维舟负责向百丈镇运送弹药、转运伤员。作战部队的弹药快要接济不上了，大量的伤员根本无法转运出去。王维舟只好打电话给第三十一军副参谋长李聚奎求援："你来帮帮忙吧，伤员太多，我一个人搞不赢啦！"李聚奎正带领第三十一军直属队在镇后待命，他放下电话骑上骡子赶到了百丈镇。王维舟的指挥所设立在街上的一家店铺里，他一看见李聚奎就说："后面又发现了敌人！"话音未落，通信员就喊了起来："敌人冲进来了！"李聚奎出了店铺一看，川军已经蜂拥而来。他赶快跑到隔壁的红四军第十师政治部，通知他们马上撤离，然后他和王维舟急忙往镇外跑。川军在后面紧追不舍，第三十一军教导队及时冲上来，才把追击的川军廖泽旅三十一团一连顶了回去。三十一团团长谢浚冲进百丈镇的时候，抬头看见了一面红旗，上面写着"中国工农红军第三十一军政治部"。谢浚觉得自己立大功得大洋的机会到了，他立即把这个好消息报告了旅长廖泽，只是他的一连没等他的命令就追了出去。这个连的连长是土匪出身的王廷章。一连追了没多远，就遭到红三十一军教导队的阻击，亡命连长王廷章即刻被红军打死了，全连逃回镇子里的官兵只剩下二十多人。

红军又开始了反击。由于撤离百丈镇时太仓促，大量的枪支弹药和伤员全部丢在了镇子里，因此必须反击回去。许世友的第四军的一个团在陈锡联师长的带领下跑过来，接受任务之后，陈锡联把袖子一捋对官兵们说："冲进去，打！"红军官兵如同一股洪水向镇子里的川军席卷而去，刚刚占领镇子立足未稳的川军瞬间就被打了出去。李聚奎带着教导队跟在陈锡联的后面进了镇子，令他们没有想到的是，镇子里的第三十一军指挥部已经遭到川军的洗劫，枪支弹药都丢失了，王树声的两个文件包也被翻了个底朝天。经过清查，文件居然一份也没少！红军这才知道川军只要财物。清查文件的时候，有一份文件让第三十一军副参谋长李聚奎十分意外,这竟是一份张国焘制订的再次北上穿过松潘草地的计划!

尽管后来红四方面军确实再次北上,并且第三次穿过了松潘大草地,但是在张国焘一心一意实施他的南下战役的时候,出于什么原因和目的如此超前地制订了这样一份回头北上的计划,无法解释。

被红军反击出百丈镇的川军逃到东面的桥头,被督战的手枪队截住了。川军官兵看见他们的团长谢浚也拿着把大刀站在那里。有川军士兵说:"他捡了一把红军的大刀!"官兵们正犹豫,谢浚团长竟然横躺在地上,将手里的大刀来回舞着:"要与百丈镇共存亡!谁后退我就砍了谁!"

天黑了下来,川军在镇子的东面,红军在镇子的西面,两军对峙入夜。

第二天的战斗更加激烈。为了争夺百丈镇,红军和川军几进几出,镇里镇外布满了双方官兵的尸体,相持不下的战斗持续整整三天。徐向前后来回忆道:

> 二十一日,我黑竹关一带的前锋部队被迫后撤,敌跟踪前进。二十二日,百丈被敌突入,我军与敌展开激烈巷战。我到百丈的街上看了下,有些房屋已经着火,部队冒着浓烟烈火与敌拼搏,打得十分英勇。百丈附近的水田、山丘、深沟,都成了敌我相搏的战场,杀声震野,尸骨错列,血流满地。指战员子弹打光,就同敌人反复白刃格斗;身负重伤,仍坚持战斗,拉响手榴弹,与冲上来的敌人同归于尽。百丈战斗,是一场空前剧烈的恶战,打了七天七夜,我军共毙伤敌一万五千余人,自身伤亡亦近万人。敌我双方,都打到了精疲力尽的地步。

在百丈关这个狭窄的战场上,短短七天之内,双方伤亡官兵竟然达到了两万多,战斗之惨烈难以尽述。

此时,国民党中央军薛岳部的六个师到达了洪雅、雅安一线。

十一月二十二日,红四方面军决定放弃预定计划,撤离百丈关地区。

此时,川军重兵集结在芦山、天全的东面,国民党中央军集结在芦山、天全的南面,红四方面军南下和东出的计划都已无实现的可能。

百丈关一战,成为红四方面军从战略进攻到战略防御的转折点。

张国焘所坚持的南下计划最终被百丈关阻断。

已是冬天,四川西部风雪弥漫,天寒地冻。

就在红四方面军与川军进行着"尸骨错列,血流满地"的战斗时,在川西遥远的东北方向,红一方面军与张学良的东北军在一个名叫直罗镇的地方也进行了一场血战。

红一方面军到达陕北引起国民党军的极大恐慌。十月二十八日,国民党军西北"剿共"总司令部重新调整部署,企图以五个师的兵力沿着陕西西部的葫芦河对红一方面军形成封锁线。具体部署是:东北军第一〇六、第一〇八、第一〇九和第一一一师,由甘肃庆阳、合水地区沿葫芦河东进;第一一七师由洛川北进,然后沿葫芦河西折。

从甘肃东进陕西的东北军四个师,在行军路线上有南、北两条线可以选择:南路经甘肃、陕西交界处的太白镇向东南方向,经过上畛子直接前往洛川。这条路平坦,相对安全,不久前第一一七师就是走这条路到达洛川的,但是走这条路要比走北路多出两百多里。而北路不但道路狭窄,且要通过苏区边缘地带的黑水寺、直罗镇、张村驿等地段,容易受到红军的袭击。当时,四个师的绝大多数军官都认为应该走南路,唯独第一〇九师师长牛元峰说:"我主张走北路。我们晚走早住,怕什么?胆小还打什么仗!我一个师都不怕,咱们一共有四个师怕什么?"

一九三五年十一月一日,东北军四个师开始沿北路东进。先头部队就是牛元峰的第一〇九师,然后是第一一一、第一〇六和第一〇八师,总兵力三万人。

东北军的作战部署对于红军来讲是一个巨大的威胁。东北军装备精良,战斗力强,如果他们的封锁线一旦构成,红军就会被困在一个狭窄的地域里,冲破"围剿"将是十分艰难的,红军的生存也将面临严重危机。红一方面军能不能在陕北站住脚,很大程度上取决于这一战的胜负。

对于红军来讲,此仗不但要打,而且必须打胜。

如果让东北军突进根据地,红军就只能再度转战。

直罗镇战役是红军没有任何退路的战斗。

直罗镇,一个不足百户的小镇,三面环山,一条从西而来的大道穿过小镇。镇东面有座破旧石头围墙的小寨子,小寨里的房屋因无人居住已经坍塌。北面是那条平缓的葫芦河。红军将领们仔细地查看了战场上的每一棵树、每一道坡,都认为这里的地形如同一个大口袋,是伏击敌人的绝好地点。查看完战场地形,战斗计划也制订完毕,大家都对镇东头的那个破旧的小寨子不放心,于是专门派第十五军团的一个营把那座寨子拆了,以免战斗打响后被敌人利用。

十九日,红一方面军指挥部进入张村驿镇。

同一天,一支红军部队奉命前去引诱敌人的先头部队进入伏击圈。

东北军第五十七军军长董英斌是个行事谨慎的人。走到离直罗镇不远的黑水寺时,他召集了师长会议,特别提醒部队要提高戒备,加强相互间的联络,并制订了各部队相互掩护的具体计划。

第二天,先头部队第一〇九师在师长牛元峰的率领下从黑水寺向直罗镇行进。下午四时左右,在红军那支边打边退的小部队的引诱下,第一〇九师渐渐开进直罗镇。六二六团和六二七团占领了镇子两侧的高地,并展开警戒。师长牛元峰一边往镇子里走,一边让副官给董英斌发电说他已经占领直罗镇。

牛元峰,山东沂水人,毕业于东北讲武学堂,曾经出任东北军辎重司令多年,因为跟张学良的关系十分密切,所以除了轻视红军之外,连军长董英斌也不在他的眼里。但是,终究是辎重部队出身,刚任野战师师长,别说是作战经验,他根本就没有指挥部队打过仗。

天黑了,各路红军悄悄地将直罗镇包围了。

二十一日拂晓,红军的冲锋号突然响起。红一军团第二师、第四师、十三团从三面向牛元峰的部队发起猛攻。第一〇九师各团之间的联络瞬间就被红军切断了,还在睡梦中的东北军官兵不是被打死就是被俘。六二六团团长在最后一刻开枪自杀,六二七团团长身负重伤后死亡,两个团剩余的官兵在红军的追杀下四处逃散。红军主力部队直扑镇子中央,第一〇九师师部的大部分人员、物资和马匹全部落在了红军的手里。

红军的袭击如此突然,东北军事先没有得到任何情报,各师也没有发现任何迹象,这让师长牛元峰茫然不知所措。他认为头天下午他走进镇子的时候,如果有如此数量的红军埋伏在附近,他的四个团向四面放出的警戒哨怎么可能什么都没发现呢?而且红军向来惯于夜袭,可是一个晚上都睡得好好的,为什么天一亮就成了这个样子?红军冲进镇子的时候,牛师长带着警卫人员和一部分士兵跑到镇子南面的小山上,但是红军的追击部队紧跟着就上来了。他又往东跑,钻进镇子东头那个有石头围墙的寨子里。

寨子立即被红军包围了。

这个事先让红军拆了的小寨子,昨天晚上竟然被东北军又修复了,也许东北军军官比他们的师长更懂得一些军事常识。

周恩来上来了,在望远镜里观察了一会儿,对带领部队冲到这里的徐海东说:"围住了就行,里面没有吃的没有水,他们总是要出来的。"

牛元峰躲在寨子里不断地发电,要求董英斌派部队解救。董英斌派出的第一一一师六三一团还没看见直罗镇就遭到红军的伏击,六三一团即刻逃回黑水寺去了。

万般无奈的牛元峰把被围的情况报告给了张学良。

晚上十时,西北"剿共"总司令部决定,在直罗镇地域与红军决战。

总司令部直辖第一〇六师、第五十七军第一一一师奉命立即向直罗镇增援,第六十七军第一一七师奉命向红军指挥部所在地张村驿发动进攻,西北军第三十八军第十七师奉命配合第一一七师作战。

二十二日上午,第一〇六、第一一一两个师起程向直罗镇增援,而第六十七军的第一一七师和西北军的第十七师竟然都原地未动。

国民党军各部队之间的芥蒂再次成全了红军。

红军抓住时机先打击第一一一师,然后集中兵力攻击黑水寺的第五十七军军部。董英斌唯恐自己的部队被红军歼灭,在第一〇六师的掩护下向太白镇方向撤退。红一军团第二师和红十五军团第七十五师兵分三路迅猛追击,终于追上了第一〇六师的后卫六一七团,并把这个团歼灭在羊角台至张家湾的途中。

被包围在小寨子里的牛元峰,此刻已经是饥渴难耐。当直罗镇的西边响起枪声的时候,他认为这一定是增援部队来了,于是决定率领身边仅剩的五百多人突围。突围前,牛师长还到各连作了最后的嘱咐:"到了紧要关头,除了死里求生,没有别的办法。"半夜十二点,突围的队伍刚一出寨子,就被一直包围着寨子的红十五军团冲得七零八落。牛元峰在卫兵的掩护下一路狂逃,连着翻过十几个山头,身边只剩下参谋处处长和一个副官了。天已经亮了,追击的红军越来越近,已经可以清楚地看见跑在前面高喊着"缴械"的红军官兵的模样了。牛师长彻底绝望了,他把自己的勃郎宁手枪递给副官说:"把我打死吧。"副官接过手枪照着牛元峰的后脑开了一枪,子弹从牛元峰的前额穿出,在面颊的上半部炸出个大窟窿。

红军全力攻击第五十七军退守的太白镇,未克。

红军掉头去找第六十七军的第一一七师,这个师早已经逃得没了踪影。

红军就此收兵。

是役,红军共歼敌一个师加一个团,毙伤敌一千余人,俘敌五千三百六十七人,缴获长枪三千四百支、短枪一百二十支、轻机枪一百七十六挺、刺刀一千三百五十九把、子弹二十二万多粒,电台两部。

红军伤亡八百四十八人。

直罗镇战斗对于红一方面军是一个转折点:经过一年的长途跋涉,红一方面军终于有了一个可靠的立脚点以及谋求新发展的出发点。

而对于中国历史来讲,一个真正的转折点就要来临了。

一九三五年十二月九日,高呼着"停止内战,一致对外"口号的六千北平学生走上了街头——对于那些已经走完漫长的征途,还要继续在征途上前行以及正准备踏上艰苦征程的红军官兵来说,此刻,他们并不知道在遥远的北平那个寒风凛冽的冬日里发生的事件将对他们的命运和前程产生多么巨大的影响。而毛泽东已经敏锐地意识到,经历了重重磨难的中国工农红军,将要与一个能够改变历史的巨大机遇迎面相逢了。

第十七章 北上北上

1936年7月·四川甘孜

一九三五年九月二十九日,已经与中共中央和中革军委失去联系数月之久的红二、红六军团突然接到来自中革军委电台的信号,信号传来的是一封明码电报:

　　弼兄,我们密留老四处。弟豪。

第二军团政委任弼时喜出望外。

"豪"即"伍豪",就是周恩来。

但是,"我们密留老四处"是什么意思呢?周恩来为什么不使用事先约定的密码,而使用明码发电报呢?

出于警惕,任弼时当日用密码发回一封询问电报:

恩:

　　(一)我们八月二十七日占领澧州、津市、石门、临澧,现已退出。

　　(二)我们将敌原"围剿"计划冲破,准备粉碎敌对我们新的大举"围剿"。

　　(三)你们现在何处?久失联系,请来电对此间省委员姓名说明,以证明我们的关系。

　　　　　　　　　　弼时
　　　　　　　　　　九月二十九日

第二天,任弼时收到的回电,使用的是事先约定的密码:

　　一、二十九日来电收到。

二、你们省委弼时书记,贺龙、夏曦、关向应、萧克、王震等委员。

三、一、四方面军六月中在懋功会合行动,中央任国焘为总政委。

四、广播蒋敌×十月在宜昌建立川×湘黔剿×行营,刘湘已调许绍宗师九个团进攻你们。

五、望你们以冲破敌之原"剿"部署的英勇和经验来冲破新的"围剿"。

六、我们今后应互相密切联络。

朱、张

三十日

"朱"自然是朱德总司令,电文中说中央已经任命张国焘为红军总政委。电报是红军总司令和总政委联名签署的,使用的又是红二、红六军团与中央约定的联络密码,那么此电确实是"中革军委"发来的。

突然恢复了与"中央"的联系,正值困境中的红二、红六军团领导人万分高兴。他们不知道,他们收到的电报并不是他们认为的中革军委发来的,实际上只能说是红军总部发来的——此时的红二、红六军团对红一、红四方面军会合后又分路北上、南下一无所知。

事情的原委是:中共中央和中革军委北上后,周恩来很想与红二、红六军团恢复联络,但是联络的电报密码保存在红军总司令部,于是周恩来不得不用明码电报与任弼时联系。明码电报中"我们密留老四处"就是"电报密码在四方面军"的意思。周恩来强调密码现在哪里,一方面是想告诉任弼时,彼此间已无法用密码联络;另一方面也许是还想告诉红二、红六军团,红一方面军与红四方面军已经分离。但是,任弼时无法理解这一点,包括他在内的红二、红六军团官兵可以设想一切,但是无法设想红军内部会产生分裂。

任弼时给周恩来发出的询问电报使用的是密码,没有密码的周恩来自然无法收到,即使收到了也无法读出。而掌握着联络密码的红军总部电台收到了任弼时的电报,并且随即译了出来。于是,张国焘回电了。回电隐瞒了红一、红四方面军已经分路行动的事实,仅仅告知任弼时两军已经"会合行动"了。

从此,红二、红六军团一直与他们认为的"中革军委"保持着密切联系。而实际上,关于他们行动的所有指示均来自红军总部而不是中革军委。直到数月之后,红二、红六军团与红四方面军会合的时候,贺龙、任弼时他们才明白这一点。

只是,无论如何,与上级恢复了联络,这对红二、红六军团的未来命运来讲万分重要。

当时,红二、红六军团总人数已达两万一千多人。他们创建并坚守的湘鄂川黔根据地,北临武汉南接长沙,对长江中游一带的国民党军威胁很大。因此,当红一、红四方面军以及红二十五军进入了中国西部最荒凉的地区之后,蒋介石调集一百四十一个团的兵力,对红二、红六军团开始实施大规模"围剿",企图彻底消灭这支仍扎根在国民党统治区腹地的红色武装。

蒋介石认为:此前湘军、鄂军对红二、红六军团的"围剿"是失败的,失败的原因在于各省军阀间的隔阂使作战指挥无法统一。目前中国国内的抗日呼声日益高涨,如果仍不能迅速解决"剿共"问题,自己的政治前途将充满危险因素。一九三五年九月,针对红二、红六军团,蒋介石采取了两项措施:一、让国民党中央军加入"围剿"作战;二、步步为营地构筑碉堡,层层严密设防,以待寻机实施攻击。

此时,在湘鄂川黔苏区的北、西、南三面,湘军和鄂军部署的兵力已达八十六个团,其主要任务是巩固和加强对红军根据地的封锁;而在东面,国民党中央军第二十六路军的三个师加一个独立旅,樊嵩甫纵队的四个师,共四十二个团,已经推进到五峰、澧县、石门和慈利一线,准备自东向西进击湘鄂川黔苏区;国民党中央军的另一支部队汤恩伯纵队的两个师,防守长沙和岳阳;黔军第一〇二、第一〇三师被配置在北面的利川和宜昌一线,作为总预备队。至一九三五年秋,部署在湘鄂川黔苏区周边的国民党军已达三十万,是红二、红六军团总兵力的十五倍。为了协调作战,一九三五年十月十日,蒋介石设立了国民政府军事委员会委员长宜昌行辕,任命陈诚为行辕主任,统一指挥在湘、鄂、黔境内与红军作战的国民党军队。

这一次,国民党军放弃长驱直入和疾进猛追的战术,采取了逐段筑堡、交替前进的方式,甚至规定部队每天只准推进三到五里,以便一边推进一边修筑碉堡:"各防区未成碉堡,赶紧增筑,以班碉为主,依实地形势,构成纵深配备梅花式之碉线网,并注意与邻区碉线双方衔接,勿留空隙。至于交通道路,亦应计划修筑,以利运输。"

面对国民党军的"围剿",红二、红六军团最初决定依靠根据地和东部的游击区,抓住时机突破东面的进攻之敌,在运动战中粉碎国民党军的"围剿"。为此,红军先后主动放弃了位于湘北的津市和澧县,集结在石门西北部地域等待战机。但是,由于国民党军步步为营地推进,封锁线不但横向连接严密,纵向也达成了前后掩护,以致红军的出击战机始终没有出现,根据地反而在国民党军的逐步推进中越来越小。根据地的缩小使红军失去了机动作战的余地,同时也使红军的补给发生了严重困难。湘鄂川黔苏区北有长江,南有酉水、沅江,东有浩瀚的湘北湖区,西有长满巴茅的崇山峻岭,对于根据地内的红军来说,国民党军的层层封锁一旦形成,生存危机即刻就会使他们陷入困境。

一九三五年十月,中共湘鄂川黔边省委和军委分会对红二、红六军团的未来行动进行了反复讨论,一致认为根据地内部的"狭小地区"已不利于红军与强大的敌人持久战斗,红军必须迅速从敌人的封锁中突围出去,转移到根据地以外的"无广大堡垒地带",创造有利的条件对"围剿"之敌进行反击。

十月十五日,朱德、张国焘致电贺龙、任弼时、关向应,同意红二、红六军团开始转移:

贺、任、关:

来电悉。

(甲)一切请按实际情况由你们自行决定,必须秘密、坚决、迅速、机动,出敌不意。

（乙）在狭小地区内固守为失策,决战防御亦不可轻于尝试,远征,减员太大。可否在敌包围线外原有苏区附近诱敌出堡垒,用进攻路线集中兵力各个击破之。上述意见供兄参考。

（丙）我方主力仍在川西北活动,当尽量与你方配合。

朱、张

删[十五日]午

红军总部的电报虽然支持红二、红六军团转移,但鉴于红一、红四方面军在转移途中的巨大损失,建议两个军团的转移作战不要走得太远。

三天以后,红军总部再次来电,电报仍没有提及中共中央已经北上,但是通报了红四方面军目前的战斗方位:

贺、任、关:

（甲）删午电收到否?你们行动方针由兄等按实况决定,我们只作一些建议。取守势是最失策,远征损失大,可否在赤区外围和附近地区诱敌,各个击破之。

（乙）我军向川敌回击,刘文辉、杨森均被打垮,现已占领绥靖、崇化、丹巴、抚边、懋功。俘获甚多正追击中。

朱、张

皓[十九日]申[十五至十七时]

自红一方面军北上之后,红军总部发出和接收的电报,朱德并不是每一封都能看见。康克清回忆说:"一连十来天不看电报,老总是无法忍受的。他天一亮就到张国焘那里要电报看,而机要员就要去请示张国焘。"

十一月四日,红二、红六军团部队陆续集结湘西桑植附近。

中共湘鄂川黔边省委和军委分会在桑植以北的刘家坪召开会议,决定部队转移到贵州石阡、镇远和黄平一带创建新的根据地。

决心已下,立即准备。

首先整编部队,将地方武装独立团改编为红二军团第五师和红六军团第十六师。同时,两个军团都裁减了机关人员以充实作战部队。红六军团第十八师奉命留下,掩护主力突围,开展游击战争,危急情况下可以追赶主力。

从哪个方向突出去?

红军官兵们说:"听贺胡子的。"

贺龙和萧克已经决定:根据地东面的国民党军最强大,敌人一定以为我们不会迎敌东进,那么我们就先往东走,然后出其不意突然南下。贺龙说,湘中富裕得很哩,只要红军能出去,往哪里打都不吃亏,打下个县城就能得到物资补充。红军的突围计划制订得很周密,重点之一是圈子不能兜得太远,尽量避免靠近广东和广西的边界,以免把陈济棠和白崇禧的部队引过来。

整编后两个军团兵力约两万人。其主要领导是:红二军团,军团长贺龙、政治委员任弼时、副政治委员关向应;红六军团,军团长萧克、政治委员王震。他们都是中国共产党和中国工农红军的精英人物。

关于为什么要转移?道理是可以向红军官兵讲清楚的,过去部队经常"跳到外线"去打仗,灵活机动的运动战才能使红军出奇制胜。但是,红军的政治工作者还遇到一个特殊的问题,而这个问题在红二军团中显得格外突出:红二军团官兵大部分都是本地人。虽然红军干部没说一旦突围就不回来了,但是什么时候回来也没人说过。家在刘家坪的一个老太太,儿子在红二军团第六师当兵,红军干部找到老人讲了红军离开的道理,老太太就去了第六师师部,说:"我把儿子交给你们了。"第六师政委廖汉生对老人说:"放心!我们会照顾好你儿子的。有我们在,就有你的儿子在。"老太太又说:"打赢了你们就回来。"说着就流了泪。廖汉生对老人说:"不管红军走到哪里,一定会回来的。"——许多年后,廖汉生对那片山清水秀的土地依旧满怀愧疚:"他们的儿子和丈夫许多人都在长征中牺牲了,有些连牺牲在什么地方我都很难说清楚。这笔沉重的感情债在我心头压了几十年。全国解放后的三十年间,我迟迟没有回去看望故乡,一个重要的原因就在于此。"那一年,红军师政委廖汉生二十四岁,他就是桑植人。部队要离开的事他一直对家里瞒着。出发前夕,母亲得到消息,走了近三个小时的路来到部队,想再看一眼自己的儿子。廖汉生安慰母亲说他一定很快就回来——廖汉生知道,所有的乡亲都怕自己的亲人一去不还,而包括他在内的一万多湘西子弟却是自此踏上了万里征途,所有活下来的红军官兵与自己的家乡都是一别数年。

陷于痛苦抉择中的,还有贺龙的妻子蹇先任,因为十八天前她刚刚生下一个可爱的女孩儿——要么把小小的孩子留下来,将来再回来寻找;要么她和孩子一起留下来,等红军有了稳定的根据地再去投奔。蹇先任,湘西的第一个女红军,当年在贺龙猛烈的追求下嫁给了她心目中的红军英雄。他们的第一个女儿生于一九三〇年。那时,贺龙率领的红四军开始东征,蹇先任因为怀孕只能留下来。在国民党军和地主武装的搜捕下,她在湘西的大山中颠沛流离直至女儿降生。第二年,部队又要离开根据地,贺龙安排她到一个秘密联络点去休养。但是,国民党军来了,蹇先任只得再次带着女儿躲进大山。湘西的冬季天阴地冷,女儿出了麻疹,蹇先任把女儿紧紧地抱在怀里,直到孩子的气息一点点地消失。现在,蹇先任无论如何不能把刚刚出生的第二个女儿丢弃,任凭谁来劝说,这位刚强的女红军就是不答应。就这样,蹇先任带着她小小的女儿踏上了万分艰苦的转移之路。红军官兵找来一个湘西农家常用的竹背篓,把那个柔嫩的小女孩儿放在了里边。红六军团政委王震听说了,特意跑过来,他给蹇先任的第二个女儿起名叫贺捷生。王胡子说:"希望这个红军的后代能给革命带来好运,让红军永远捷报频传。"贺捷生随红二、红六军团一起上路了,这个出生仅十八天的小女孩儿活了下来,在竹背篓中跟随红军从湖南一直转战到陕北,成为中国工农红军长征队伍中最小的成员——数十年后,这个有着传奇色彩的红军的女儿,成为中国人民解放军的一位将军。

一九三五年十一月十九日晚,红二、红六军团的一万六千名官兵开始了战略转移。

先头部队是第六军团第十七师四十九团,曾在惨烈的甘溪战斗中九死一生的营长刘转连现在是第十七师的参谋长。刘转连匍匐在澧水河边,向水中扔了一根木棍,棍子瞬间就被湍急的河水冲得没了踪影。刘转连和四十九团团长王烈不但对水流的汹涌感到吃惊,也对江对岸敌人防御的森严感到了巨大的压力。澧水对面的高地上布满敌人修筑的堡垒,堡垒露出的射击孔密集得像蜂窝一样。没有船,也不可能搭起浮桥,红军必须从毫无遮拦的澧水上迎着敌人的火网冲过去——突破国民党军在澧水和沅江一线构筑的封锁线,是红二、红六军团突出重围的第一步。

刘转连和王烈商量了一下,决定组织一个突击队,在夜色掩护下偷渡澧水。王烈亲自带一个营跟在突击队的后面,偷渡不成就强渡。三十名水性好的红军官兵被挑选出来,每人八颗手榴弹。天黑下来的时候,突击队开始向澧水靠近,后面王烈率领的突击营紧跟着。但是,红军刚一摸近澧水岸边,对岸的敌人就开火了。国民党军没有丝毫的松懈,他们发现了红军的偷渡行动。王烈团长不得已率领部队开始强渡。

事先预备好的竹筏刚一推下水,就被迅猛的水流冲散了架。对岸敌人的子弹在黑暗中风一样地呼啸而来,没有时间回头重新弄筏子了,红军官兵不顾一切地扑入水中,很多人就抱着一根竹竿向敌人枪口发出火光的地方游去。如果从单纯的军事角度看,红军的强渡行动几近自杀,因为在他们的身后,掩护的火力十分微弱;而在他们的面前,敌人的机枪把河面打得水花四溅。堡垒后面的炮弹打过来,在澧水上打出一个又一个巨大的浪涌。火光中的红军几乎没有还击的能力,但是他们只要还活着,就默默地向对岸奋力游去。留在北岸的刘转连焦急万分,他希望能够回来一个人报告突击情况,哪怕游回来一个伤员呢。但是,被子弹击中的沉到江底,被江水卷走的消失在黑暗的下游,红军官兵没有一个人回头。突然,澧水对岸离滩头最近的一个堡垒燃起了大火,幸存的红军官兵在火光中爬上岸。堡垒中的敌人在这一刻也冲了出来,双方官兵在泥泞的滩头展开了肉搏。

过了澧水的红军突击部队已经没有了指挥员。

四十九团团长王烈一上岸就扑倒在泥泞中,身边的战士喊他没有回应,战士们用手一摸,团长的身上黏糊糊的,把手伸向亮处一看,全是血。

那些还没有上岸的红军官兵依旧在水中游着,他们看见了滩头上的肉搏情景,他们知道自己的战友急需支援,他们用最大的力气高喊着:"杀呀!杀那些个狗娘养的!"

刘转连知道,现在唯一能做的就是抱着竹竿游过去。

到澧水上游侦察的侦察员回来了,报告说距离这里几里的地方有个地方可以徒涉。

刘转连立即带领部队火速奔过去。

徒涉点对岸的敌人已全部被强渡的红军吸引过去。

第十七师的红军官兵手拉着手迅速渡过澧水,然后扑向敌人的堡垒。砖石砌的堡垒顶盖却是稻草的,里面也铺满了稻草,只要一颗手榴弹扔过去,堡垒就燃烧起来。这个烧起来再打下一个,红军连续点着了十几个,沿着澧水南岸,国民党军的堡垒烧成了一条火龙。刘转连一直向突击队强渡的方向打,终于打到了那个渡口,滩头的肉搏战已经结束,淤泥中到处都是尸体,红军突击队以及跟随突击队前进的那个营牺牲过半。在黑暗的滩头上,刘转连找到王烈团长的遗体。红军战士说,抱着竹竿强渡的时候,团长就中弹了,但他还是坚持到了滩头,上了滩头再次中弹,团长倒下去就再没站起来。

占领渡口的四十九团官兵搭起浮桥后,刚坐在滩头的泥泞中想休息一会儿,一个声音在黑暗中传过来:"睡不得!睡不得!现在不是睡觉的时候!再坚持一下!"是军团政委王震。王震对刘转连说:"再走两百里路,必须抢在敌人前面,把沅江的大宴溪渡口拿下来!"

红军强渡澧水是突然发起的行动,现在红军的行动目标已经暴露,敌人必定会加强第二道封锁线的防守,所以红军必须赶在敌人调动完毕之前渡过沅江。四十九团的红军官兵立即出发了。一路不停顿地走,一直走到第二天晚上八点,前面的侦察员报告说,渡口对岸的村子里只有十六名民团。红军很快就解决了沅江两岸的敌人,开始架设浮桥。王震也赶上来了,正研究大部队渡江计划,江面上突然传来划船的声音,还有手电筒的光束在晃动,刘转连立即命令把机枪架起来。船慢慢接近江岸,船上的人先发问:"哪个部分的?"红军回答:"李司令的!"船上显然也是国民党军李觉纵队的官兵,因为他们马上说:"自己人!"三只大船靠了岸,立即连船带人被红军扣押了——是李觉纵队的一个营,一共三百多人,奉命前来防御沅江大宴溪渡口。这个营的营长在王震面前一个劲儿地抓头皮:"不对不对,昨晚还接到大庸的电话,说你们在澧水的潭口,怎么一夜就到了这里了?"

红军全部渡过沅江后,由于已经位于国民党军包围圈的后面,于是立即抓住有利时机出击,攻占了沅江以南的几个县城。从二十三日至二十八日,短短的五天内,红二军团第四师占领辰溪,第五师占领浦市镇,第六师占领溆浦;红六军团第十六师占领新化,第十七师占领涟源和锡矿山——这是湖南中西部面积广大的一片区域,从地图上看,这个区域处在整个湖南省的腰部,四面通达,物产丰富。一九三五年的时节已进入深秋,谷草垛堆得像山一样,收割过的稻田里放了冬水,明亮的水面照映着橘园里橙黄色的蜜橘——这里无疑是红军建立根据地的好地方,如果红军能够在这里站住脚的话。

可以想见长期受物资匮乏困扰的红军是何等的兴奋。从数个县城缴获的物资堆积如山,粮食和盐巴足够和穷苦百姓们一起分享,数万大洋再次充实了各部队供给部门的担子。红二军团在辰溪截住国民党军的一支运输船队,仅布匹就缴获了两万匹,足以使全军每个官兵都穿上新衣服。锡矿山,今名为矿山,这里有当时湖南省最大的锑矿,有几十家矿产公司和冶炼厂。在大革命时期,这里的工人就有过革命斗争经历,因此当红二、红六军团突入湖南腹地后,这里便成红军筹款和扩军的一个理想之地。

从军事上看,红军占领锡矿山的行动过于向东了,从而使得两个军团的主力部队过于分散,从最西边的浦市镇到最东边的涟源县城,红军的战线仅直线距离已达两百公里。后来的事实说明,这在军事上确实会造成不利。

占领锡矿山的行动,是红六军团第十六师完成的。第十六师四十七团为先头部队,他们穿过新化县城向东直接突击锡矿山。当时这片矿区里只有两百多名矿警守卫,保安团护卫着矿主和豪绅早在红军到达前就跑了。红军占领矿区之后,迅速分散到矿厂、街道和附近的农村,大规模地开展群众工作。第十六师政委晏福生在群众大会上的讲话,是中国红军动员百姓的一个经典范本:"矿山老板不劳动,却养得肥头大耳,整天吃喝玩乐;你们工人天天在矿厂劳动,晒得墨黑,饿得皮包骨头。这是为什么?是因为矿山老板残酷地压迫和剥削你们,是你们的血汗养活了他们。我们只有团结起来,打倒他们,才能翻身过上好日子!"矿山工人成为红军打击矿主和豪绅的助手。宝大兴北矿老板杨笃吾和南矿开源公司老板段楚贤是红军和工人斗争的重点。工人们说,杨笃吾有矿地几千亩,在冷水江和安化等地开有六家公司,每天收的大洋有几箩筐,还建有豪华的庄园;段楚贤是个暴发户,在锡矿山有采矿厂和冶炼厂十多家,雇佣的工人有六千多,每天收入大洋上万。在工人们的带领下,红军抄了这两个矿主的家。矿主早就把财产转移了,金银细软和大洋都被装进煤油桶里埋起来。工人们带领红军到处寻找藏宝地点。他们担着水,在怀疑藏有财宝的地方把水泼上去,哪里渗水就说明那里一定藏有东西。工人们的这个办法很灵,仅在杨笃吾家的院子里,红军就挖出好几煤油桶的大洋。所有没收的粮食和衣物,红军一律向矿工低价出售:只要一块大洋,就可以担回去一担稻谷;如果实在没有钱,说明情况后尽管来担;家里没有劳动力的孤儿寡女,红军战士们给担上门去。一时间,贫苦群众蜂拥而至,担粮食的人彻夜不绝。由于敌情日益紧迫，红军在锡矿山仅停留了四天。但这四天无疑是赤贫工人的盛大节日。尽管到锡矿山"打富户"的重要目的是为红军筹集现款，但是，在贫富差别巨大的社会中，突然而至的红军所讲解的阶级压迫和阶级反抗的道理，无疑将给中国社会最底层的民众留下深刻的印记。

红二、红六军团突破国民党军的合围，突然出现在湖南的中西部，蒋介石不得不把"围剿军"迅速改编成"追剿军"，任命湖南军阀何键为"追剿军"总司令，负责向红二、红六军团发起追击：樊嵩甫纵队的四个师和李觉纵队的三个师兵分两路，一部由慈利渡过沅江向新化、溆浦发展，另一部由沅陵、泸溪南下向辰溪、溆浦发展，最后东西两路实施合击。同时，陶广纵队的三个师和郭汝栋纵队的八个团，前出到沅江西岸进行堵截。在湘鄂川黔根据地，由徐源泉的第四十八师继续"围剿"留在那里的红军第十八师，并防止红二、红六军团一旦出师受挫返回根据地。

在国民党军的各路追击部队中，李觉纵队的前进速度最快。这是湘军中的一支主力，李觉辅佐何键治湘多年，深得何键的信任。红军从湘鄂川黔根据地突围后，蒋介石派来的宜昌行辕主任陈诚宣布：红军从谁的防区正面突破，就撤该防区指挥官的职。李觉知道国民党中央军此举是为了找各种机会、各种借口达到兼并湘军的目的。而李觉的部队不仅防线最长，且由于位置靠前最容易被红军突破。李觉想出的办法是，将他手下的第十六师布防在靠近陈诚指挥部的位置，因为第十六师师长章亮基与陈诚是保定陆军学校的同学，彼此之间私交甚密。有交情就会走动频繁，走动频繁就能及时获悉各种情报和动态。果然，李觉的防线至今还没让陈诚找到下手的借口。

十一月三十日，李觉的第十六、第十九和第六十三师的先头部队已经推进到浦市镇和辰溪附近，如果这时红二、红六军团兵力集中的话，李觉纵队的单独冒进正好给了红军歼灭他们的机会。但是红二、红六军团各部队依旧处在分散状态中，无法形成打击敌人大部队的合力。而等到红军开始收拢部队时，国民党中央军樊嵩甫的四个师到了——红二军团第六师在距溆浦县城约十公里处，与突击而来的李觉的部队遭遇,第六师参谋长常德善指挥十七团奋战一天,始终没能将敌人击溃,李觉部因此得以推进到被红军占领的溆浦城下。樊嵩甫的部队就是这时候到达战场的。

贺龙和任弼时骑马来到溆浦县城的时候,整个县城已处在一片混乱中,城内的百姓因惧怕战事蜂拥向城外奔逃,城门已经被人群堵塞。贺龙认为面对强敌不可硬拼,命令第六师撤出战斗,把掩护城内军团后方机关撤离的任务交给了红军学校。

贺龙的这一决定把红军学校校长谭家述急出一身汗。红军学校只有四个营的兵力,兵临溆浦城下的国民党军有好几个师,敌人对县城的冲击一旦开始,后果不堪设想。谭家述赶紧给王震发电报,请求派部队支援。谭家述的电报发出的时候,李觉的第六十三师已经开始攻城了。

王震向四十七团团长覃国翰交代:"立即从锡矿山出发,务必在明天下午五点之前到达溆浦。"

此刻的溆浦县城已处在国民党军的炮击下,民房集中的城北大火熊熊。红军学校的四个营顽强阻击着国民党军的进攻。由于敌我兵力过于悬殊,红军的城防阵地一个接一个地丢失,谭家述不得不命令官兵撤到城的西北一角拼死抵抗。

下午四点,四十七团到了。谭家述在电台里喊:"覃团长!赶快把敌人压下去!让城里的机关撤出来!"四十七团在十六个小时里跑了一百多里路,没有吃饭没喝水,红军官兵一声呐喊冲进浓烟滚滚的溆浦县城。萧克率领的教导团和警卫营也赶到了。溆浦城外,红军展开了一场拼死冲击。县城门口,红军机关的车马队、医院和家属连首先出来了,他们必须通过双方交战的地段才能转移到安全地区。谭家述对女同志们喊:"谁也不许乱!听指挥!伤员都要带走,不许丢下一个!"阻击战从下午打到第二天凌晨两点,当溆浦县城里的后勤机关全部撤离后,萧克才下达了撤退的命令。

贺龙让第六师撤出溆浦县城而造成如此险情的目的是:让第

六师从溆浦径直南下洞口方向,给敌人一个错觉,以为红军依旧会滞留湘中,有东进衡阳的态势,从而隐蔽全军即将西进贵州东部的企图。

但是,国民党军已经知道了红军主力所在,而且前所未有地与红军主力相距如此之近。于是,除了位于溆浦战场的李觉和樊嵩甫的七个师以外,西面陶广纵队的三个师以及郭汝栋纵队的八个团开始自沅江向南压缩,连防守长沙的汤恩伯的两个师也同时出动向西扑来。

为了不让敌人明了红军西进的目的,红二、红六军团继续向东南方向移动。十二月十一日,红军急促南下,造成了即将东渡资水的态势。资水纵贯安化与新化之间,渡过这条大河再向东,自北向南排列着长沙、湘潭、株洲、衡阳,皆为湘东重地。于是,国民党大军快速追击而来。当天,红军到达湖南西南部的洞口地域。此地接近桂北,广西的桂军已经闻风准备北上迎战——红军必须西进了。

贺龙的想法是:突然折向西,沿着雪峰山山脚直奔瓦屋塘,从瓦屋塘翻越雪峰山西进贵州。

但是,国民党军已经洞悉了一切。

红二、红六军团异常艰苦的作战从他们西进的这一刻开始了。

红军的先头部队是第二军团第五师,师长贺炳炎;第五师的先头部队是十五团,团长李文清。

前面就是瓦屋塘了,出现在红军官兵眼前的大山高而陡峭。

就在红军先头部队快要接近东山山顶的时候,枪声响了。

从猛烈的火力上判断,是国民党军的正规部队。

李觉和樊嵩甫的部队都在后面,前面怎么会突然出现敌人?

师长贺炳炎上来质问:"怎么不走了?"

李文清团长说:"前面有敌人。"

贺炳炎说:"你去向老总报告,这里归我指挥。"

横在红军前面的是早就迂回过来的陶广的部队。

贺炳炎大吼一声:"机枪掩护!都跟我冲!"

东山山势太陡,机枪无法架设,掩护火力无法实施。

贺炳炎一甩手,继续往上冲。

敌人的机枪子弹如暴风骤雨。

贺炳炎愤怒的吼声在猛烈的射击声中炸响。他在山上杂乱的灌木丛中时隐时现。当他再次直起身子高喊着"跟我冲!"的时候,官兵们发现他们的师长左手举着驳壳枪,右手臂整个衣袖血淋淋的。冲上来的战士喊:"快来抬师长!快来抬师长!"贺炳炎叫道:"喊什么?快给我冲!"卫生员冲上来给他包扎,他挣扎着就是不从:"别按着我!前面正在死人!"

东山山头被红军占领了。

贺炳炎躺在敌人丢弃的阵地上昏迷不醒。

贺龙赶来问卫生员:"胳膊保得住保不住?"

卫生员摇摇头,说:"只有锯掉胳膊才能保住性命。"

贺龙对参谋说:"去弄只老母鸡来。"然后问卫生员:"几时开始锯?"得到的回答是:"午饭后就干!"

给贺炳炎锯胳膊的时候他疼醒了。

没有麻药。一条大锯在开水中煮了一个小时。几个红军战士负责按住他的双腿和身体。他们还准备了一条毛巾,把师长的眼睛蒙上了。贺炳炎清醒后把毛巾扯下来,看了看说:"都靠边!锯吧!"说完把毛巾咬在嘴里,眼睛一闭。

卫生连的几个战士心一横,用脚踩住他的右胳膊,锋利的锯齿对准枪伤的伤口"嗞啦"一声锯了下去……

贺炳炎,湖北松滋人,十六岁加入中国共产党,参加了贺龙领导的工农革命军。他性格豪爽,作战勇猛,先后当过班长、排长、连长、团长、师长。终生失去一条胳膊的这一年,他年仅二十二岁。这位年轻的红军指挥员在日后转战的日子里,即使只有一条胳膊,依旧勇敢顽强地作战。在经历了中国革命赢得胜利的艰苦历程后,飘荡着一只空袖筒的贺炳炎成为中国人民解放军上将。

直到锯完了,贺龙才走到跟前,锯下的胳膊被扔在一边,贺炳炎大汗淋漓。贺龙俯下身子,对着那张因为剧痛而苍白如纸的面孔仔细端详了很久。然后,贺龙在地上的那摊血里捡起些什么,攥在了手里。从此,红军每次进行战斗动员的时候,贺龙都会打开他随身携带的手帕,然后肃然地说:"都看看,这是红军师长贺炳炎的骨头渣!"

瓦屋塘战斗结束后,红军绕过陶广部的阻击阵地,从位于瓦屋塘西南方向的竹舟江西渡巫水,然后转向西北急促前行上百公里,在托口镇附近再次强渡沅江。一九三六年一月一日那天,红二、红六军团到达芷江以西的冷水铺附近,这里已经临近贵州边界了。

国民党军队大多没有在崎岖的山路间急促行军的能力。此时,郭汝栋部在四天的路程之外;而汤恩伯的部队干脆回长沙去了,原因是"要防止广西军队进入湖南";只有李觉和陶广的部队追得很紧,其中李觉纵队的第十六师距离红军最近,其前锋已经接近芷江。

但是,年总是要过的。

这里的土豪很多,土豪的肥猪也很多,红军官兵因此很高兴。新年的晚上,炊事员们很忙,官兵们都来帮忙,把猪肉和鸭子炖得很香。第二天中午,红军官兵聚集在一起,刚要享用,枪声响了,敌人的先头部队到了。炊事员们急忙把肉捞起来,放在筐里担着就跑。

既然李觉的第十六师已经过了沅江,红军决定抓住这个机会,一方面把李觉纵队还没有过江的第十九、第六十三师阻击在沅江以东;另一方面集中兵力打一个伏击,把独自冒进的这个第十六师吃掉。战斗目的一是阻止敌人的追击,二是如果仗打好了就可以回湖南去,因为在黔东建立根据地的设想已经难以实现。

便水,位于冷水铺西侧,战斗在这里打响了。

一月五日,红军由新晃县龙溪口地区掉头,迎着敌人的第十六师而去。下午两点半,红六军团与敌人先头部队的一个旅突然遭遇。此刻,红军还没有到达预定的伏击地点,他们没想到敌人的推进速度如此之快。双方的战斗很快就到了白热化的程度,国民党军依仗着优势火力沿着公路猛烈突击,战斗一开始就显示出对红军不利的情势。这时,红二军团第四师赶到战场,没有停歇就加入了战斗。红军试图按照原来的部署,迂回到便水截断敌人后续部队的渡河点。但是,没有想到的情况又发生了,敌人的另一个旅渡过沅江到达新店坪,与赶去截断敌人后续部队的红军迎头撞上——迂回敌人后路的红军反被敌人阻击了。战斗进行得异常艰苦,红军的推进十分缓慢,战场上的来回拉锯使战斗成了一场消耗战。而这种战斗状态正是国民党军所希望的,因为只要把红军牵制在战场上,增援部队一旦到达就可以迅速形成总攻态势。

如果在这个时候,红二、红六军团果断地撤出战斗,所遭受的损失也许不至巨大,但是,撤离战场的命令始终没有下达。战斗一直打到一月六日的下午,国民党军李觉纵队的第十九、第六十三师相继到达。红军原来计划集中力量打敌人的一个师,现在已经变成要打三个师,战斗的性质即刻从伏击战变成了决一死战。第六军团第十七师五十一团从敌人的左翼插进去,位于敌人右翼的第十六师也横插着打过来,给敌人造成了一时的被动。但是,两个师都没有后续力量补充,没有能力巩固和扩大战果,在增援敌人的猛烈反击下,先后被迫开始撤退。

便水一战,红军没有达到预定的作战目的,官兵伤亡一千多人。

红二军团第四师参谋长金承忠,第四师十一团团长覃耀楚,第六师十六团参谋长常海柏在战斗中阵亡。

二十六岁的红军参谋长金承忠,在率领部队赶往战场的时候,正好从红二军团第六师的阵地前经过。第六师政委廖汉生曾在第四师代理过政委,因此两个人很熟。当时,廖汉生看着第四师的队伍开过去,就对金承忠喊:"喂!打了胜仗以后请你喝酒!注意呀,你老兄可不要被打死哟!"

金承忠参谋长还大声答应了一句:"好哇!"

然而,仅仅过了十几分钟,廖汉生就听到了金承忠阵亡的消息——廖汉生说:"打这以后,我再也不开这样的玩笑了。"

便水一战成为红二、红六军团领导心中一个无法消除的痛。

"只准备打一个师,背水战,头天布置好,两个军还搞不倒一个师?"贺龙数十年后回忆说,"要脱了裤子谈!"——"脱了裤子谈"就是要实事求是地总结教训。

便水战斗失利的原因是多方面的。除了对敌情估计不足外,两个军团的相互协调也不够,进入战斗和撤出战斗时都出现了配合脱节。同时,部署上没有对保护侧翼安全给予足够的重视,敌军陶广纵队在红军侧后的出现几乎是致命的。

红二、红六军团没能如愿地往回走,他们只有离开湖南继续深入贵州腹地了。

红军急速地越过湘黔边界,先后占领贵州东部的江口和石阡地区。

在江口镇,奉命留在老根据地的第十八师追上了军团主力。

全师仅剩六百余人的第十八师被缩编为五十三团。

石阡地区,最先开始军事转移的红六军团遭遇重创的地方,这里那个名叫甘溪的小镇令红六军团的官兵难以忘却。一年多后又回到这里,尽管眼前群山叠翠,军团长萧克和政委王震仍是心情异样,因为他们还记得红六军团有太多的官兵牺牲在这里。

红二、红六军团领导在石阡县城内的一座天主教堂里召开会议,会议认为应该放弃原来在这一带建立新苏区的计划,因为这里"居民稀少,经济落后,粮食十分困难,不利于大部队久留";同时,这里"山河纵横,机动不便",也不适于红军展开运动作战。会议最后决定:继续向西,争取在贵州西部建立根据地。

一九三六年一月七日,朱德和张国焘致电红二、红六军团,同意他们继续向西转移的计划:

贺、任、关:

(甲)蒋现组织清一色的亲日政府,现反蒋军阀企图以两广为基干拥胡[胡汉民]反蒋。

(乙)南京公开出卖华北,抗日反蒋运动在继续发展。

（丙）二、六军可在黔滇湘一带广大地区活动,在敌力较弱之处活动,寻求各个消灭敌人之机。

（丁）根据历次长征经验,不宜常采取直径行进,在未给敌严重打击时不宜久停一处,有时急行军夺取要点,有时行军勿过快,离敌策源处较远的地方活动,但勿入太荒野地。敌力虽多,我能进退自如,主动在我。

（戊）敌横的封锁线易袭破或穿过,勿硬攻纵深碉堡线。

（己）乌江下游障碍大,上游障碍较小。黔南、黔西均少大河障碍,给养也不困难。

（庚）桂军只有十七团,能作山地战,不敢远出;滇军只有二十一团,战斗力亦不甚强。滇东有广大地区亦可行动,但不可接近滇越铁路。川南只有达凤岗和穆肃中两旅兵力。

（辛）通过苗人地区必须设法争取苗人,严紧政治纪律。

（壬）经常进行政治工作,广大宣传自觉的艰苦战斗,必能最终获得胜利。

军委　七日

张国焘依旧坚持着他的"军委"。

但电报在军事上为红二、红六军团考虑周到,提醒细致,这完全是朱德的风格,也只有朱德而不是张国焘,才能对桂军、滇军、黔军的作战特点都有所知。

至于在贵州的什么地方可以建立根据地,朱德和张国焘在后来的电报中建议:"应以佯攻贵阳姿势,速转黔西、大定、毕节地区,群众、地形均可作暂时根据地。"

如果把红二、红六军团预定的转移路线画在地图上,加上一年前中央红军自湖南进入贵州后的转移路线,贵州地图上定会出现比蛛网更加密集更加复杂的路线图。在中国,没有哪一个省像贵州一样,被红军在一年内所编织的巨大而纷繁的移动线路所覆盖。如果试图把红军为什么对这个以贫困和偏远著称的省份如此感兴趣解释明白,将是一个超越军事领域的内涵极其复杂的社会政治学课题。贵州省内数座险峻的山峰与数条奔涌的大河,注定要被移动求生的红军和追击他们的国民党军的脚步踏遍,这使得中国的这个高原省份自此承载起太多沉重的历史往事。

红二、红六军团开始重走一年前中央红军的长征之路。

朱德和张国焘的建议是正确的。

如果红二、红六军团继续向西直行,必会到达乌江岸边,那样就只有渡过乌江直指遵义了,而已经被中央红军占领过两次的遵义,现在是国民党军重点防御的地方。

红二、红六军团以第六师十八团为先头部队,十八团团长成本新、政委余秋里。他们首先在龙溪附近歼灭国民党军的一个营,在敌人的堡垒线上撕开一个缺口,然后红军大部队穿过敌人的封锁线,掉头往南直逼贵州的省府贵阳。

贵阳城内即刻一片慌乱。

国民党政府贵州绥靖公署得到的报告和贵阳城里富豪之间流传的小道消息没什么两样,都说是到处流窜的贺胡子的十万大军进了贵州。国民党军第九十九师第二九五旅五九〇团副团长邱行湘回忆道:"听到传说,第二十三师各旅团遇到红军一触即溃,全部被红军打散了,大部分携带武器躲进了深山,无法收容。到一月九日,江口、石阡均被红军占领,贵阳震动。"

红军兵临城下,惊恐万分的国民党军立即调兵遣将:贵阳警备司令兼第九十九师师长郭思演奉命率部出击堵截红军,郝梦龄的第五十四师奉命扼守乌江,甘丽初的第九十三师奉命守卫贵阳。第九十九师师长郭思演和他的军官们一致认为,抢占贵阳以东约八十五公里处的马场坪至关重要,因为扼守在那里前可阻截红军入黔,后可保障贵阳的安全。于是,郭思演向马场坪派出了先遣部队第二九五旅五九〇团。郭师长的嘱咐是:"由马场坪到贵阳之间,任何一个要点,决不能落入红军之手。"副团长邱行湘率领先遣部队到达马场坪后,虽然官兵们对疲惫不堪的急行军牢骚满腹,但是又怕遭到红军的突然攻击,于是先是到处放火以壮胆子,然后就守在二十多个碉堡里不出来了。前出侦察的侦察员回来报告说:在距马场坪咫尺之遥的平越县城郊,发现大量的红军部队在运动。邱行湘赶快给平越县专员兼县长聂洸打电话核实情况,聂专员在电话里说红军根本没有进入平越县境,因为瓮安至平越的公路早已被保安队封锁,保安队的张副司令一直与县城保持着联系。聂专员的话与侦察员的报告大相径庭,邱行湘放下电话后脑子里一片混乱。

事后邱行湘才知道,与他通话的"聂专员"根本不是聂洸,而是红军。

红二、红六军团占领瓮安后,直指平越县城。平越县专员兼县长聂洸急忙纠集保安队和民团抵抗。红军还没攻城的时候,保安队和民团气壮如牛;真的看见了红军的影子,立即作鸟兽散。当邱行湘的电话打过来的时候,聂专员已经被红军枪毙了。

马场坪的守军似乎不那么紧张了,但是多疑的邱团副还是不放心,他再次给"聂专员"打电话,说要立即派两个连去平越以加强前沿的力量。"聂专员"说不必费心,现在这里很平静,部队明天再来不迟。满腹狐疑的邱团副又给师部打电话,师部也说与"聂专员"联系了,平越县城现在平安无事,增援部队正在距那里十公里的地方休息,准备明天再向县城增援。第二天清早,邱团副接到了"聂专员"的电话,语气万分焦急:"赶快派部队来!红军开始攻城啦!"邱团副感到电话里的口音不大像聂洸,但又不能不信,于是带领两个连前往平越增援。快要到达的时候,邱团副看见大批从县城里逃出来的土豪富商和他们的家眷,这些惊慌失措的人对他说,红军早就进城了,现在正在打土豪呢。接着,大批的红军就攻到了邱团副的眼前。在短促的阻击抵抗后,邱行湘带领官兵往回跑,竟然跑过了马场坪,一直跑到贵阳附近才住脚。

此时,从湖南一直尾随着红二、红六军团的国民党军已被甩在黔东北地区,而贵州境内的黔军各主力部队纷纷忙于回防贵阳,因此黔西空虚了。红军在贵阳附近虚晃一枪后,突然折向西北方向,绕过贵阳袭击了位于贵阳东北方向的扎佐和修文。在扎佐,红军先头部队第六师避开敌人的堡垒,来到一道深达数十丈的崖涧。这道崖涧两边的绝壁上,凌空悬挂着一条绳子,绳子上仅仅挂着一个木斗,里面一次只能坐进一个人。第六师的红军官兵一个一个地坐在木斗里溜过崖涧,通过了敌人认为不可能通过的封锁线,然后一举打下扎佐西面的修文县城。占领了修文的红二、红六军团,摆出北袭遵义的态势,国民党军又急忙调动部队回防遵义,而红军穿过贵阳至遵义的公路后,突然折向西,以昼夜疾进的速度直取乌江渡口鸭池河。

一九三六年一月二十八日,蒋介石再一次飞到贵阳直接指挥作战。一时间,湘军、桂军、川军和国民党中央军都进入了贵州。

红二、红六军团经过两个月的转战,伤亡人数已达两千,因负伤留在老乡家和掉队的也有一千四百人,特别是有作战经验的老战士、红军干部伤亡很大,这严重影响了部队的作战能力。为此,一月二十五日,红二、红六军团致电朱德和张国焘,请求"一、四方面军此时应以较大的行动吸引川敌及蒋敌之一部,以配合我们行动"。

三天之后的二十八日,朱德和张国焘回电:

贺、任、关:

(甲)湘敌入黔、川、滇只是部分的不积极的远追,事实上亦甚疲劳。湘蒋军一部可能跟追。桂敌与蒋矛盾较大不能离桂,但蒋企图逼你们入桂,一举两得镇压桂、粤,因此桂敌边防极严。滇敌实力不大,分散全省外,又恐我处入滇,事实上不能派多兵远出。黔敌多系蒋军,较积极,指挥亦较统一,但无主力助,又多系客军战斗,力远不及。在湘敌人,有利于你们各个击破之。川敌陈万仞部达[达凤岗]、穆[穆肃中]两旅约四团,分布南六县。杨森新开川南,尚在途中,号称是八九团,质量极差,大败之后士兵极不振,是你们入川开辟道路的最好目标。许绍宗师有可能由酉阳调入渝［重庆］、泸［泸州］，其他川军暂时不能抽调，但川军极不善守，有充分的可能争取运动战消灭拦阻之敌的好机会。

（乙）建议你们的行动有二：(1)在黔、滇、川境广大区域与敌在运动战中消灭敌之一部，争取根据地，与我们配合作战。(2)入川，一经滇渡金沙江入上川南，一经毕节入下川南，在泸州上、下游渡大江深入川中，与敌作较大的运动战，均与我们直接会合作战，一、三军也可出陕南配合。

（丙）以上两建议，均须由你们的力量与渡河技术，当前的敌情和你们的机动战术来决定。依据目前政治新形势，抗日反蒋高潮急速到来时，我军不宜与敌决战，应努力争取时间之延长和本身巩固与扩大。目前你们战略当以第一项为宜，第二项是带有决战性质，只是在极有利条件下采用。

朱、张
二十八日

这是朱德和张国焘首次建议红二、红六军团与红四方面军会合。

从各师抽调来的一百二十多名红军组成侦察队，侦察队化装成国民党正规军，成为红二、红六军团突破乌江的尖刀部队，紧跟在他们身后的是廖汉生的第六师。红军冒着寒冷的冬雨连续奔袭，到达乌江渡口边的黔军阵地时，一个连的黔军在睡梦中成了俘虏。接着，红军迅速夺取船只并开始架设浮桥。天亮的时候，主力到了，大部队立即开始渡江。顺序是红二军团在前，红六军团在后。红六军团后卫部队渡江的时候，追击的国民党军先头部队接近，最后一批渡江的红军纷纷跳进乌江奋力泅渡。就这样，近两万人的红军部队在不到一天的时间里全部渡过了乌江。等国民党军第二十三、第九十九师赶到时，浮桥已被炸掉，船只被焚毁，红军的先头部队继续西进占领了黔西县城。

黔西民众对红军很友好，因为中央红军曾在这一带活动过。更重要的是，这里的地方武装和黔军的残部多与中共地下党员有联系，这为红二、红六军团的立足提供了可能。基于建立根据地的设想，红军迅速在这一带展开部队：第十八师驻守黔西，第四、第六、第十七师集中兵力向东北方向迎击国民党军万耀煌纵队，第五、第十六师向西进攻大定和毕节。

红二、红六军团长征途中短暂的黄金时光来临了。

在贵州地下党组织的配合下，红军展开了在黔西建立根据地的工作。这项工作对于红军各级干部来讲驾轻就熟。派遣工作组，建立县、区、乡各级苏维埃政权，实行共产党的土地政策，"以最严厉之手段"镇压一切反动分子和敢于反抗的豪绅地主。一九三六年二月八日，"中共川滇黔省委"和"中华苏维埃人民共和国川滇黔省革命委员会"在黔西县成立。红军的政治主张和施政纲领，特别是红军提出的"抗日民族统一战线"的口号，受到民众的普遍拥护，尤其是得到了当地开明人士的支持。红军占领大定县城的时候，带领当地群众迎接红军的是一位名叫彭新民的士绅。彭新民虽然当过国民党政府的县长，但是他拥护孙中山先生的政治主张。当大定县县长带着细软和随从逃跑的时候，他召集县城里的工匠、教师和学生连夜赶制欢迎红军的标语。进城的红军打土豪没收了粮食五十万斤、大洋五十多万块，各种物资堆积如山。大定县城里如同过年，许多贫苦青年第一次穿上新衣服，第一次把粮食担回家，县城里到处都是"红军万岁"的口号声。红军进攻毕节的时候，一个名叫席大名的彝族人士帮助了红军。席大名曾是黔军的一个团长，由于对蒋介石遣散黔军不满，与当地的共产党地下组织取得了联系，拉起一支反蒋的队伍。红军兵临毕节，毕节城里的国民党官员以十箱子弹和一千块大洋为价让他阻击红军。席大名把这些东西收下后，却在红军攻城的时候带领自己的队伍打开城门迎接红军，而且表示要与红军"合股"。毕节城里最知名的名流，是名叫周素园的老人。早在辛亥年间，他就是贵州省国民革命的领导者之一，曾经出任贵州军政府行政总理。红军占领毕节前夕，其他的名流纷纷劝他躲避一下，他说："我没有多少家当，不必走。"红军进城后，官兵们进了他的家，要打他的"土豪"，但是却在他的书房里发现了大量的马列书籍。红军问:"你这个地主为什么读马列的书?"周素园说:"我研究马克思主义十几年了。我觉得马克思讲得对。你们共产党和红军,是讲马克思主义的,所以我用不着走。"周素园很快得到了红军高级将领的尊敬。当王震请他出任贵州抗日救国军司令时,这位已经年近六十的老人欣然答应,并以他的声望组建起一支下辖三个支队的武装。此事很快传到了坐镇贵阳的蒋介石那里,为了掩饰尴尬,蒋介石指示军令部部长何应钦发出通电,称周素园"不幸被赤匪掳去",责令贵州省绥靖主任吴忠信"设法营救"。

蒋介石不能容忍的除了辛亥元老的政治背叛,更重要的是红军要在贵州"安家落户"了。就在红二、红六军团筹建根据地的时候,国民党军万耀煌、樊嵩甫、郝梦龄、李觉和郭汝栋的五路纵队开始从四面向黔西推进。其中,以万耀煌部推进的速度最快,其先头部队到达了毕节以东的军事要地三重堰,郝梦龄的纵队紧随其后,而郭思演的第九十九师、李必蕃的第二十三师也已靠近乌江边的鸭池河渡口。

为了稳定红军刚刚打开的局面,贺龙和萧克亲自率领三个师东出毕节向三重堰迎敌。红军先以一个师深入敌后,袭击了三重堰南边的打鼓新场,然后军团主力绕到万耀煌纵队的后面,准备将之围歼。但是,第二十五军军长万耀煌作战经验极其丰富,他不但没有理会红军对打鼓新场的袭击,反而趁红二、红六军团正面兵力薄弱的时候,突然袭击了黔西县城,把被红军阻截在乌江东岸的第二十三、第九十九师接应了过来。

二月十八日,万耀煌和郝梦龄的部队会合后,向位于大定的红军发起猛烈进攻。敌人的火力和兵力都远优于红军,大定县城当日失守——红军在这里仅仅停留了十六天。

黔西、大定相继失守后,为阻击国民党军向毕节的攻击,从打鼓新场撤下来的红六军团第十七师赶到了将军山。将军山是从大定通往毕节的门户,由十几座卡在公路两边的山峰组成。红军刚一到达,国民党军的先头部队也到了。在萧克的指挥下,五十团和五十一团从公路的东侧、四十九团从公路的西侧,两面夹击,在红二军团第四师以及第五师一部的增援下,红军只用了一个多小时就把由六个连组成的万耀煌的先头部队消灭了。红军在这里修筑了阻击阵地后,等来了万耀煌纵队的大部队。国民党军反复向红军的阵地冲锋,红军在敌人强大的火力面前伤亡巨大。二十六日,红军开始向毕节方向撤退。

此时,对于红二、红六军团来说,东面的防线已经洞开,国民党军的四个纵队正齐头并进向毕节地区推进。

二十七日,中共川滇黔省委决定:放弃在这一地区建立根据地的计划。

红军官兵创建的黔大毕根据地仅仅存在了二十天。

红军撤退的时候,贺龙派人去对周素园老人说,给他一批黄金和大洋,请他到香港去寓居,以免受到国民党当局的迫害。老人当即拒绝了,他说:"我在黑暗的社会里摸索将近六十年,到处碰壁,现在参加了红军,才算找到了光明。我周素园就是死也要死在红军里!"贺龙听后一拍大腿,说:"我贺龙就佩服这样的人!我就是拿出十八个人来,也要抬着他走!"周素园老人果然跟随着红军的队伍一直走到了陕北。抗日战争爆发后他出任八路军高级参议。一九三八年返回原籍。全国解放后曾任贵州省人民政府副主席和贵州省副省长。毛泽东称他是"我们的一个十分亲切而又可敬的朋友与革命的同志"。

红四方面军也开始从天全、芦山和宝兴一线向西撤退了。

此时,无论在军事上还是政治上,张国焘都遇到了极大的困难。

百丈关战役后,红军逐步西撤,川军与国民党中央军紧追不舍。在把红军向西推出整个川西平原的边缘,直至推到夹金山以北的山区后,两军形成对峙线。

天降大雪,在对峙线上,补给充足的国民党军采取了严密防御和坚决对峙的部署:川军主力位于夹金山以东的名山和邛崃一线,中央军薛岳部位于雅安和天全一线,第十六军李韫珩部位于夹金山以西的康定和泸定一线。国民党军大军横陈,森严壁垒,并有随时向红四方面军发起攻击的态势。

严寒给红四方面军带来巨大的痛苦。

这里是高寒地区,物产不丰,经济落后,人口十分稀少,红军无法解决兵源、粮食、被服等必须解决的问题。大量的伤员由于缺少药品而死去,在恶劣的气候中生病的官兵急剧增加。位于前线的部队由于后方的全力支援,还能够吃上土豆,而分散在夹金山南北的红四方面军的后方人员,此时只能靠野草和树皮充饥。政府机关、后勤各部门、野战医院以及数千名伤员,加起来近两万人,自阿坝南下到大金川地域后,已经感到了生存的艰难。大部队东出作战,国民党军趁机骚扰或攻击红军的后方,大肆捕杀红军和支持红军的群众,并且焚毁一切可能被红军利用的物资——敌人企图在这个寒冷的冬季把红军困死在川西北的不毛之地里。

所有这一切都令声言要"打到成都吃大米"的张国焘处在极其被动的境况里。但是,对于张国焘来讲,还有一件更重要的事令他越发焦急不安,那就是中国共产党驻共产国际代表林育英已经到达陕北的瓦窑堡。

张国焘一不做二不休,以"党团中央"的名义给陕北发去电报,命令在陕北的中共中央"不得再冒用党中央的名义":

彭、毛等同志:

甲、此间已用党中央、少共中央、中央政府、中革军委、总司令部等名义对外发表文件,并和你们发生关系。

乙、你们应以党北方局、陕甘政府和北路军,不得再冒用党中央名义。

丙、一、四两方面军名义已取消。

丁、你们应将北方局、北路军和政权组织状况报告前来,以便批准。

党团中央

五日

张国焘不能不在乎共产国际的态度,因为在莫斯科待过的他始终对共产国际心存敬畏。如果把他与中央之间的冲突比作一场"官司"的话,那么,共产国际代表林育英在他眼里就是一个"法官"——张国焘之所以迫不及待地发出这样一封荒唐绝顶的电报,是因为现在"法官"并不在川西北雪山脚下他那间即使昼夜烧着牛粪依旧寒气逼人的土屋里,而是在毛泽东那孔炭火融融的温暖的窑洞里。

林育英,化名张浩,生于湖北黄冈林家染铺湾一个染工家庭,是红一军团军团长林彪的堂兄。他在著名共产党人恽代英的影响下加入中国共产党。曾在武汉、汉阳、长沙、安源、上海、抚顺等地从事工人运动。一九三三年前往莫斯科,担任中国共产党驻共产国际代表团成员。一九三四年中央红军开始大规模军事转移后,由于共产国际与中共中央的联络中断,共产国际决定派林育英取道蒙古回国。

林育英在中国革命的重要时刻出现在陕北,确实起到了任何人都无法替代的历史作用。

一九三五年十二月十七日,中共中央在陕北瓦窑堡召开了一次具有重要意义的会议,中国革命史称之为"瓦窑堡会议"。

从莫斯科回来的林育英参加了会议。

瓦窑堡会议讨论的两个重大问题是:中国政治形势的重大变化和陕北苏区面临的生存困难。

首先,随着日本军队对华北的占领,中华民族面临着民族危亡,中国国内国共双方的矛盾已经退居于次,民族矛盾骤然上升为主要矛盾。而蒋介石依旧坚持"攘外必先安内"的政策,在日本政府明显的侵略野心面前不断退让,这使得中国社会各阶层的政治态度发生了重大变化。变化的标志是:除了广大民众,包括爱国军人、知识阶层和劳动阶层日益高涨的抗日救国呼声外,中国的民族资产阶级、乡村的富农和小地主也已经显示出"停止内战,一致抗日"的政治倾向。即使是中国的大地主和大资产阶级各利益集团之间,也在民族危机日益加剧的形势下出现了分化的趋向。因此,中国共产党人必须修正政治策略,以符合中华民族的整体利益——这不仅是民族生存的需要,也是共产党人生存的需要。

瓦窑堡会议通过了《中共中央关于目前政治形势与党的任务决议》。决议指出:"我们的任务,是在不但要团结一切可能的反日的基本力量,而且要团结一切可能的反日同盟者,是在使全国人民有力出力,有钱出钱,有枪出枪,有知识出知识,不使一个爱国的中国人,不参加到反日的战线上去。这就是党的最广泛的民族统一战线策略的总路线。"历史证明,这是中国共产党人在特殊的历史时期做出的十分明智和正确的政治抉择。中国共产党人提出的"最广泛的民族统一战线"策略,虽然随着历史的发展其具体内容不断地改变,但自诞生之日起便成为共产党人赢得革命胜利的一个至关重要的"法宝"——走完了为生存而战的万里征程的中国共产党人,当他们聚集在陕北的窑洞里,在浓烈的旱烟味道中思维和眼界豁然开阔之时,正是这个只有十四年历史的年轻的无产阶级政党政治成熟之日。

瓦窑堡会议讨论的第二个重大问题是红军的军事战略问题。当时,红四方面军在川西的风雪之中处境困难;红二、红六军团依旧在国民党军的追击中移动作战。即使已经与陕北红军会合,并且有了一块可以立足的红色根据地,红一方面军同样面临着严重的危机:根据地面积狭小,土地贫瘠,经济落后,部队的供给十分困难;红一方面军兵力仅万余人,陕北人口稀少,红军没有扩大兵员的更多余地。目前,陕北苏区北面有国民党军第八十四、第八十六师和阎锡山的五个旅,那里临近长城,长城外就是沙漠地带;西面的宁夏、甘肃地区虽然敌人的兵力较少,但同样地贫民穷;南面的关中和渭北地区物产丰富,人口稠密,但是临近西安,是国民党军重兵防御的地带。为了扩大根据地和求得发展壮大,红军只剩下东面可以考虑了。陕北根据地的东面是黄河,黄河那边的山西是阎锡山的地盘。阎锡山的晋军虽然号称十万,但分散在晋绥两地,没有与红军作战的经验;且阎锡山与日本方面订立了"共同防共"密约,这无疑是一种卖国行为,红军打他有政治上的合理成分。再就是,山西人口稠密,物产丰富,是扩大根据地和发展红军的好地方。瓦窑堡会议最终接受了毛泽东提出的红军东征的主张。

毛泽东请林育英以他特殊的身份,做与红四方面军的团结工作。

林育英专门致电张国焘,特别表示:"党内争论,目前不应弄得太尖锐,因为目前的问题是一致反对敌人,党可有争论,对外则应一致。"

一九三五年十二月三十日,朱德致电林育英,提出了"应取密切联系"的请求:

毛、彭、李、林、聂并转林育英同志:

  A.育英同志电悉,我处与一、三军团应取密切联系,实万分需要,尤其是对敌与互相情报即时建立。

  B.薛纵队调川,胡宗南部到青,亦向川中开进,钟林松旅开徐州。

  C.你处敌情近况望告。

朱德

一九三六年一月一日陕北大雪。

毛泽东在给朱德的回电中指出:"本应交换情报,但对反党而接受敌人宣传之分子实不放心,今接来电,当就所知随时电告……我处不但对北方局、上海局已发生联系,对国际亦有发生联系,这是大胜利。兄处发展方针须随时报告中央得到批准,即对党内过去争论可待国际及七大解决,但组织上不可逾越轨道致自弃于党……"

五天之后,张国焘给林育英发去电报,在"一切服从共产国际的指示"的前提下,以怒不可遏的口气开列出中央的"机会主义"表现:"将五次'围剿'估计为决定胜负的战争,在受一挫折的条件下,必然成为失败主义的严重右倾……防御路线代替进攻路线……机械地了解巩固根据地,因此不能学习四次'围剿'在鄂豫皖红军在强大敌力压迫下退出苏区的教训……'忽视川陕苏区和整个川、陕、甘的革命局势'……一、四方面军会合后,放弃向南发展,惧怕反攻敌人"……张国焘表示这些"一贯机会主义路线,若不揭发,就不能成为列宁主义的党"。

一月十三日,中央负责人张闻天致电张国焘:

> 我们间的政治原则上争论,可待将来作最后的解决,但别立中央妨碍统一,徒为敌人所快,决非革命之利。此间对兄错误,未作任何组织结论,诚以兄是党与中国革命领导者之一,党应以慎重态度处之。但对兄之政治上错误,不能缄默。不日有电致兄,根本用意是望兄改正,使四方面军进入正轨。兄之临时中央,望自动取消。否则长此下去,不但全党不以为然,即国际亦必不以为然。尚祈三思为幸。

张国焘认为,无论从历史渊源上还是从个人感情上,他和林育英的关系都不一般,他们曾在汉阳钢铁厂一起从事工人运动,他们还都属于从莫斯科回来的共产党人,而毛泽东和林育英过去从不认识。因此,张国焘甚至怀疑林育英在陕北受到了某种"胁迫"。他打电报询问林育英:"是否允许你来电自由?"并要求林育英:"望告陕北同志,自动取消中央名义。"

一九三六年一月二十四日,这一天是中国农历春节的大年初一,张国焘最担心的事情发生了。

国焘、朱德二同志:

> 甲、共产国际完全同意于中国党中央的政治路线,并认为中国党在共产国际队伍中,除联共外是属于第一位。中国革命已成为世界革命伟大因素,中国红军在世界上有很高的地位,中央红军的万里长征是胜利了。
>
> 乙、兄处可即成立西南局,直属代表团。兄等对中央的原则上争论可提交国际解决。
>
> 林育英
> 二十四日

林育英的这封电报明确告知张国焘,共产国际的"裁定"是:张国焘不能自称"中央",而只能是"西南局"。只是,共产国际给张国焘留下的"台阶"是：西南局直属共产国际中国共产党代表团。

接到林育英的电报，张国焘仍不甘心，三天后致电林育英和张闻天，主张以共产国际代表团暂代中共中央，而将中共中央改为西北局，与他的西南局"平级"，共同接受共产国际的领导。因为愤怒以及无奈，张国焘提出了一系列的质问："究竟在六次大会后为何发生这许多重大事变？布尔什维克化的进程能否得着更顺利的经历？为何使过去中央和鄂豫皖领导发生隔阂？反五次'围剿'为何应是这样的经历？我们会合后为何发生争执？究竟目下有些什么政治内容？"张国焘似乎并没有期望有谁来回答他这些偏执的问题，因为第二天他的电报虽然是发给"林育英和国际代表团"的，但内容已全是关于红四方面军的军事问题了。

一九三六年二月十四日，林育英和张闻天在联名发给张国焘的电报中明确表明："主力红军可向西北及北方发展"，并说这一战略方针曾经"得[到]斯大林同志同意"。

张国焘终于决定红四方面军准备北上。

乌蒙山，中国云贵高原上山高谷深的荒僻地区。

从毕节西撤的红二、红六军团，从安全角度讲，只能进入人烟稀少、气候恶劣、道路崎岖的乌蒙山。

当时的敌情是：滇军孙渡部取保守态势，只守云南的边境地区，想把红军逼进四川；川军也不愿意进入贵州追击红军，只在川南和长江沿线布防。因此，国民政府军事委员会四川行营主任顾祝同，利用滇军和川军布防的空隙，集中了万耀煌、樊嵩甫、郝梦龄、李觉、郭汝栋各路纵队，从东、南两个方向向红军压来。

红军到达位于毕节西南方向的野马川，发现继续南进已经不可能，因为国民党军李觉纵队堵在了红军南下的路上。于是红军掉头折向西北，开始向四川境内的金沙江方向行进，计划与追击的国民党军兜一个巨大的圆弧，然后再寻找机会南下进入贵州安顺地区。

一九三六年三月八日，鉴于国民党军樊嵩甫纵队的第二十八师追击的速度极快,已走到川黔边界的红军决定回头打个伏击战。具体部署是:第二军团第四师和第六军团的第十六、第十七师在以则河附近伏击敌第二十八师,第五师至恒底钳制樊嵩甫的第七十九师。

接到战斗命令,部队立即做饭,并且是吃一顿再带一顿,然后星夜出发往回走,奔赴五十里外的伏击地点。第十七师师长吴正卿二月十日牺牲在打鼓新场的战斗中,师参谋长刘转连刚刚接任了师长。第十七师一夜急行军,天亮时分到达以则河伏击地点。红军在阴冷的风中潜伏下来,竟然等了一天一夜。第二天早晨,国民党军第二十八师的先头部队出现了。只是,进入红军伏击圈的敌人很少。刘转连正想着大部队究竟还有多远,别这边一开枪,等于给了后面的敌人部署的时间。这时候,敌人的搜索哨兵已经与红军的警戒哨兵遭遇了。打起来才知道,第二十八师只开来一个步兵连和一个侦察连。三个师的红军没费什么力气就把敌人全部解决了。战斗结束后,红二、红六军团掉头继续北上,他们计划越过川黔边界,在滇东北的镇雄附近摆脱敌人的包围,然后再回身南下进入贵州。

以则河一战,战果没有达到预先的设想,却暴露了红二、红六军团主力的位置。在顾祝同的严令下,各路国民党军纷纷向镇雄方向扑来,将红军合围在一个方圆不到五十公里的包围圈内。樊嵩甫部的四个师在红军的后面紧追不舍,而万耀煌和郝梦龄的部队已经到达镇雄。至十一日早晨,四面的敌人相继进入了战场,负责掩护的红军后卫部队第十七师已经与敌人交火了。红军军团指挥部里充满焦虑不安的气氛,如果不能迅速寻找到缝隙冲出去,就有在镇雄全军覆没的可能。十二日天亮的时候,十一团送来国民党军的两名逃兵,逃兵说万耀煌正率领第十三师经得章坝向镇雄前进。贺龙认为,这可能是一个令红军摆脱重围的战机,于是立即率领第四、第六师向得章坝方向奔袭。上午十一时到达预定位置,第六师马上开辟设伏阵地,阵地还没完全掩饰好,万耀煌部的第三十七旅到了。红军官兵没等命令,所有的武器一齐开始了猛烈射击。同时,第四师在大丫口把万耀煌的指挥机关和担任后卫的第三十八旅拦腰截断了。这一瞬间,突然发动攻击的红军占据着兵力上的多数。左翼,十一团突进了敌人的警戒阵地;右翼,十二团打进了万耀煌的指挥所。正在行进中的国民党军完全失去了控制,万耀煌在一片混乱中只身逃走。

在得章坝战斗中,红二军团第六师十八团政委余秋里身负重伤。当时,十八团负责打万耀煌的后卫部队。团长成本新率领战士一路冲锋,当迎面敌人的机枪横扫过来时,冲在他身边的团政委余秋里下意识地拉了他一把,两颗子弹纵贯了余秋里的左臂,血顺着衣袖把他的左手都染红了。剧烈的疼痛令余秋里面色苍白,但他对站在一旁懊悔不已的成本新说:"也就是流几滴血。还好是左边,要是右边就不能打枪了。"

余秋里,江西吉安人,十五岁成为农民赤卫队队长,十七岁加入中国共产党,参加过湘赣根据地历次反"围剿"作战。这个性格沉稳的红军团政委身经百战,但是在得章坝战斗中负伤却令他经历了难以想象的痛苦。部队不断在高山峻岭中跋涉,他的枪伤始终无法得到医治,只能一路用冰不断地敷着以减轻疼痛,疼得实在不可忍受时他就把伤臂浸泡在冷水里。这一年他年仅二十二岁。直到红二、红六军团与红四方面军会合后走出草地到达甘南,医生解开他胳臂上的包扎布,看见伤口已经完全溃烂,五个手指头也完全坏死。那时的余秋里高烧不止,如果再不采取断然措施就可能危及生命。医生找到一把能锯硬东西的锯条,并给余秋里注射了一针从敌人那里缴获来的镇痛剂,然后先用刀刮掉伤口处的腐肉,再用锯条锯掉已经碎了的骨头。当时,红军医生不知道镇痛剂的合理使用剂量,一针下去,余秋里就昏迷了。手术之后很长时间,余秋里侥幸苏醒,醒来的第一句话是:"这是我负伤十个月来睡得最安稳的一觉。"

成本新,湖北石首人,三年后在张云逸的建议下改名"成钧",取"雷霆万钧"的含义。他十九岁参加红军,作战英勇无畏,在短短的几年内多次负伤:一九三一年跟随贺龙在洪湖打游击的时候,他负伤四次,两条腿先后中弹;一九三二年,在与敌人的一次遭遇战中,他的腰部嵌进了弹片;一九三五年,在湖南招头寨战斗中,他一天之内两次负伤,一处在腿上一处在左臂。他对子弹和弹片多次进入他年轻的身体并没有特别在意,倒是向别人描述中弹后的感觉时格外出神入化:"伤处豁地一亮,然后感到疼痛。"好像打仗负伤在他是一件很平常的事,但是在那次腰部负伤之后,他不得不扑到冰冷的河水中,因为他感到了彻骨的疼痛——"就像一柄大砍刀斜劈在身上。"数十年后,在一次生病需要照 X 光时,医生惊讶地发现这位勇敢的军事指挥员的身体里仍残留着那些历史的弹片。

得章坝一战并没有消灭敌人的主力,国民党军的五个纵队在四周构筑起防御工事,随时可能向红军发动最后的攻击。在这个荒无人烟的地区与如此众多的敌人进行决战,对于连续作战已非常疲劳的红军来讲十分不利。

贺龙和萧克告诉红军官兵们:我们疲劳,敌人也疲劳,现在是比意志的时候了,红军最大的优点就是意志无比坚强。我们目前只能用机动的方式,在荒山中与敌人来回兜圈子,把敌人彻底拖垮,把他们拖得晕头转向。为了轻装突围,红军官兵把一切不必要的行李和装备全扔掉了。在选择突围方向的时候,红军采取了迎敌而上的非常手段。趁着黑夜,红军的先头部队在郭汝栋与樊嵩甫两部之间的狭窄缝隙中穿了过去。

国民党军各部队似乎感觉到最后的大战近在眼前,他们全都突然沉寂下来,谁也不愿意首先出动与红军交火,以免成为红军决死一战的第一个战斗目标。他们唯一做的事就是派出侦察队,严密监视包围圈里的红军。而他们的侦察队回来报告说:红军正密密麻麻地守在山头上——红军在突围的时候,使用了中国最古老的迷惑敌人的办法,这个办法是中国农民在保护自己的庄稼时使用的——红军在前沿阵地上竖起大量用树枝茅草捆扎的假人。同时,还把一部分红旗故意插在密林深处,让它们在风中时隐时现,这给敌人造成了红军正准备打埋伏的假象。

到十四日的上午,红二、红六军团悄悄移出了敌人的包围圈。

红军官兵的体力已达到透支的极限,却依旧要在大山中急促地行走。贺龙的脚底裂开一条几寸长的口子,鲜血淋淋,把警卫员看得直害怕。贺龙说:"帮个忙,划根火柴烧一烧。"警卫员以为贺龙要烤火,赶忙要去弄柴火。贺龙说:"哪里去?用火柴烧我的脚!"警卫员知道军团长的脾气,他命令的事必须坚决执行。但是,连续划了几根火柴,都因为手抖而没划着。贺龙板着脸:"怕什么?烧!"一根接一根的火柴不断地点燃,皮肉在火苗上被烧得滋滋作响。除了在火苗刚一接触到那条伤口时,贺龙的脚动了一下,直到把那条裂口两边翻起来的肉统统烧焦,他再也没动一下。烧完了,满身大汗的贺龙站起来,把脚放在地上试了试,然后满意地对警卫员说:"这下好了,我还要用这双脚板把敌人拖垮呢。"

三月十五日,红二、红六军团到达妈姑附近,部队终于休息了半天。十六日清晨继续出发。红军官兵都惊讶乌蒙山之大,因为他们已经转了几天依然看不见出山的路。当疲惫再次袭来的时候,红军官兵看见小路边压在石头下的字条,上面写着:到了宿营地都要用热水洗脚。大家一下子高兴起来,因为这表示晚上可以住上房子了。晚上真到了一个有房子的地方。官兵们都问自己住在哪里,黑暗中传来管理员的声音:"原来住在哪里还住在哪里。"官兵们先是一愣,细看才明白过来,原以为快要走到天边了,没想又走回到了那个名叫奎香的地方——十几天的行军作战中,他们曾经三次经过这里。

二十二日,红军一路南下,穿过贵州的西北角,到达云南东北部的来宾铺一带。红二、红六军团决定从这里进入川黔交界处的南盘江、北盘江地区,建立根据地。

来宾铺距离滇东要地宣威只有不到二十公里,为了给创建根据地打开局面,也为了得到兵员和物资的补充,红军决定攻打宣威县城。阵地选择在一条小河的两岸,红军埋伏好以后,等来了走出宣威县城的滇军孙渡纵队的预备旅。红六军团首先打响战斗,红二军团负责策应掩护——"激战五小时,枪声之密,胜过除夕爆竹,血肉满地,尸横枕藉。"最后的时刻,红军的两个军团全部投入到正面阻击上,但是滇军孙渡纵队的第五、第七旅到达了战场。二十三日晚,红军撤出了战斗。

滇军第三纵队司令孙渡终于在与红军的作战中获得了一些认识,他对自蒋介石"围剿"红军以来已经转了大半个中国的国民党中央军将领薛岳说:"我军专事进攻,则共军必磨旋打圈,徙移无常,以走我疲,伺机反击;我军专事封锁,则我又因构筑碉堡,旷日持久,徒使共军从容坐大,安然休整,不难一举而突出于封锁线之外。现在我军应利用装备上、数量上的优势,趁共军无根据地可供依托之际,实行外锁内攻同时并举,围堵跟追密切配合,庶使共军处处时时受攻,寝食不遑,动则处处被阻,障碍难行,以免共军随时居于主动,我则常陷于被动地位。"

离开宣威后,红军继续向南,于二十八日转移到川黔交界处的南盘江、北盘江地区。应该说,到达这里的红二、红六军团暂时脱离了危险。因为在乌蒙山里一个月的周旋,已把追击的国民党军拖得疲惫不堪,现在当面的敌人只有滇军距离最近,由于宣威一战过于惨烈,兵力单薄的滇军不敢轻易出击了。

但是,红二、红六军团的领导仍是心事重重。

几天前,红军总部发来电报,希望红二、红六军团在金沙江涨水之前过江,进入云南,经丽江、中甸地区,到四川的西康与红四方面军会合。是否向北踏上漫漫征途,关系到两个军团的未来命运,因此红二、红六军团在回电中详细报告了他们的近况,请求"军委"决定他们下一步的行动:

朱、张

电悉。

一、我军自离开毕节后,在彝良、镇雄地区直至进滇境之先的不长时期内,因粮困难,气候奇寒,居民房屋稀少,急行军和多半时间露营,故部队有相当疲劳,减员亦颇大。以则河、得章坝及宣威城北战斗,共伤亡千人左右,落伍、开小差总共在二千人左右。唯近日又在恢复疲劳中。

二、在目前敌我力量下[即包括敌之樊、万、郝、郭、李、孙等纵队]于滇黔川广大地区内,求得运动战中战胜敌人创立根据地的可能,我们认为还是有的。

三、我们渡河技术是很幼稚,但如在第三渡河点[元谋龙街渡口]或最后路线[丽江、中甸一线]通过,在春水未涨之前或不致感受大的困难。

四、最近国际和国内事变新发展的情况,我们不能甚明了。及在整个战略上,我军是否应即北进,及一、四方面军将来大举北进后,我军在长江南岸活动是否孤立和困难,均难明确估计。因此,我军究应以此时北进与主力会合,或应留在滇黔川边活动之问题,请军委决定。并上望在一、二天内电告。

五、我军于昨日进占盘县,现集结在盘[县]、亦资孔之线。

贺、任、关
三、二十九

第二天,朱德和张国焘回电表示:"最好你军在第三渡河点或最后处北进,与我们会合,一同北进。亦可先以到达滇西为目的,我们当尽力策应。"

贺龙和萧克明白了,朱德和张国焘还是希望红二、红六军团北上。

红二、红六军团在盘县地区休整了三天,筹备了物资,扩大了几百名新战士,同时进行了政治动员。

两个军团的领导经过慎重讨论,决定放弃建立根据地的计划,北进与红四方面军会合。

从这里出发,史称红二、红六军团"长征的第二阶段"。而实际上,从中国工农红军三军会合的角度讲,红二、红六军团从这里起程,才是开始了真正的长征。因为在这之前,两个军团转战湘黔只有一个目的:在滇黔川边地区建立一个新的红色根据地。

红二、红六军团选择渡过金沙江的渡口,与去年中央红军过江的地点相同,即在滇北元谋县城北面的龙街。由于中央红军已经北渡金沙江与红四方面军会合,红二、红六军团的路线和意图也就没有了任何隐蔽性。龙云立即命令滇军张冲的混成旅从昆明出发,一路向北赶往普渡河铁索桥两岸防堵。同时,命令仍位于滇东的孙渡纵队加快追击速度,配合张冲的混成旅把红军歼灭在普渡河以东地区。

普渡河,红军到达金沙江龙街渡口前必须渡过的一条大河。

三月三十一日,红二、红六军团离开位于黔西与滇东边界上的盘县,在平彝附近冲破滇军的防线,红二军团经沾益、寻甸,红六军团经曲靖、马龙,分为北南两路向普渡河渡口急促前进。

但是,张冲的混成旅先于红军到达了普渡河,而孙渡纵队的前锋也已向西推进到款庄地区,两支滇军对即将到达的红军形成了夹击之势。

滇军在普渡河边摆好了决战的架势。

普渡河一战,决定着红二、红六军团是否能够北渡金沙江。

四月八日,第二军团先头部队第四师到达普渡河铁索桥时,桥上的桥板已经被滇军拆除。第四师的红军官兵趁天未亮,从铁索桥下游不远处涉水过河,然后向滇军混成旅的阻击阵地音翁山发起攻击。战斗激烈进行的时候,红六军团正在赶赴第四师原定的渡河地点,但是部队刚刚走到款庄附近,就遭到孙渡纵队第一、第三旅的阻击。由于滇军抢先占领了有利地形,被拦阻的红六军团处境逐渐不利,只有边战边撤。下午五时,由于红六军团渡河受阻,已经渡过河的第四师面临着独自被截断在普渡河西岸的危险,因此第四师不得不从河西重新渡回东岸,追随着红六军团后撤。

红军从元谋北渡金沙江的路线已被国民党军完全封堵。

两个军团的领导人经过紧急磋商,决定放弃沿着中央红军从元谋北渡金沙江的路线,改从滇西金沙江的上游渡江。这是一个极其大胆的计划,因为要到达金沙江的上游,就意味着红二、红六军团要横穿整个云南中部地区,一直前行到云南西北部的迪庆。而眼下的危机还不是长途跋涉,而是要把包围过来的滇军顶住,给部队改变行进路线争取到足够的调整时间。

九日凌晨,贺龙和任弼时命令红二军团第六师从可郎返回到六甲阻击敌人,以掩护整个部队安全脱离普渡河地区。

接到命令的时候,第六师刚刚到达可郎。贺龙对第六师的红军官兵说:"原路回去阻击敌人,要和敌人抢时间抢地形,什么都不要怕!"

没有战斗动员的时间了,第六师立即由军团的后卫变成了一支独立前行的前锋,而十八团由原来的师后卫成为全师的前锋。

十八团在当地的一个十来岁的孩子的带领下,奔跑了十几公里的路到达石腊坨垭口。这是一个天然的山口,山口两边是林木茂密的山峰。十八团刚到,就看见穿着灰色军装的滇军正从垭口下面的河沟里往上爬。十八团立即展开部队,枪声同时响了起来。

十八团注定要不断地打恶仗。

成本新团长的新搭档是第四师原副师长杨秀山。

滇军龚顺壁旅是一支擅长山地作战的部队。官兵打仗凶悍,火力配备充足,特别是火炮和重机枪的火力十分猛烈。龙云下定决心,要把红二、红六军团彻底歼灭在这里。龙云的决心来自于部下给他提供的一份战场报告,报告说经过宣威来宾铺一战,滇军已经把萧克的军团消灭了,现在与滇军作战的只剩下贺龙的部队了。"一担桶已经打烂了一只,剩下的一只就好打了。"——龙云之所以相信显然有夸大之嫌的战场报告,是因为在滇军与红军发生战斗时,他曾陪同蒋委员长乘飞机在战场上空盘旋,他说自己亲眼看见了滇军勇猛冲锋以及红军的"狼狈逃窜"。而且,战后他还看见了滇军打扫战场时拍回来的照片,不少红军尸体的照片上都标注有"师长"、"团长"的字样。即使按照照片上的数字计算,萧克部队的营以上军官也该死光了。龙云的督练处处长说:"现在贺龙残部只剩下万余人,和我们集结起来的滇军兵力相比,相差二十倍,只要我们把硬干、蛮干和沉着三者结合起来,消灭红军指日可待。"由此,龙云产生了再打上一仗,把这股红军全部消灭在云南境内的想法。龙云仅仅在昆明留下少量的部队,把滇军主力全部调到了滇北,并给部队下达了严厉的战场奖惩令。滇军军官们都跃跃欲试,只有长期与红军周旋作战的孙渡态度消极,他说:"共军真想过去就能够过去。他不在你堵的地方过,折头一转,堵的人不小心反而要吃亏的。即使堵好了又怎么样?他一转起来问题就又多了。不如压迫他们赶快走好了。"滇军上下都说孙渡被红军打怕了,讥讽他胆子小得和老鼠一样。

滇军龚顺壁旅向红军的阵地反复冲锋,曾经一度突入十八团的前沿,双方在前沿展开了近距离的搏斗,红军面临着极其危难的考验。身经百战的十八团政委杨秀山战后回忆道:"敌人好像吃了迷魂药,显得异常顽强和凶狠。在密集的炮火支援下,他们开始了猛烈、持续的进攻。前面的刚被打下去,后面的又冒死往前冲,像大海的波浪,一波接一波地往上翻卷。几个回合之后,终于攻占了六连的部分阵地。"红军的阵地被撕开了口子,滇军不断地往上增援。杨秀山命令二营营长带领两个连包抄到敌人的侧后发起突袭,把失去的阵地夺回来。但是,这两个连在滇军猛烈的火力阻击下伤亡严重,不得不回撤。战斗中,杨秀山驳壳枪里的子弹打光了,他大喊一声叫警卫员拿子弹来,却猛然发现身边没人应声。杨秀山回头一看,警卫员已经倒在血泊里。杨秀山刚想蹲下来给警卫员包扎一下,一颗子弹打过来,把他的左眼眶划开一个大口子。杨秀山的眼睛立即被涌出的鲜血蒙住了。他抹了一把血,想继续指挥战斗,可血还是不断地冒出来。

十八团的战斗打响后,后面的第六师拼命地跑,终于在傍晚时分赶到了战场。十六团在左翼占领了新的阻击阵地,十七团在侧后建起第二道阻击防线。战斗在更大的范围内更猛烈地进行着。红军官兵们的子弹打光了,便一边捡拾敌人丢弃的弹药,一边在阵地前堆起石头和滚木,准备与敌人死拼到底。当滇军再次发起大规模冲锋时,贺龙派来增援的第五师一部突然从滇军的左翼插了进去,滇军的冲击顿时被打乱了。

六甲阻击战,红二军团第六师付出了巨大代价,第六师师长郭鹏、十八团政委杨秀山和参谋长陈刚负伤,十八团三个营长中一人负伤一人阵亡,九个连长中伤亡八个。红军撤出战场的时候,团长成本新命令:"烈士的武器一件也不准丢!"结果,包括成本新在内,十八团幸存的官兵每人身上都背满了枪支。

第二天,杨秀山找来卫生队队长,指着自己的左眼说:"把这里面的弹片给我取出来。"手术在没有麻药的情况下进行,卫生队队长用一把小刀割开杨秀山的伤口,取出一块很大的弹片。整个手术下来,杨秀山把塞在自己嘴里的一条毛巾都咬烂了。

十日凌晨,红军分成两路突然南下,穿过滇军孙渡部与张冲旅之间的缝隙。第二军团依旧是第六师为先头部队,十八团依旧是第六师的前锋。为了把滇军从红军的周围调向昆明,贺龙采取了与中央红军一样的策略:佯攻龙云必救不可的昆明。第六师派出的小部队当日抵达昆明附近,夺取了距昆明仅二十公里的富民县城。当晚,红二、红六军团主力快速南下,全部到达富民县境内。这时候,昆明城内只有滇军的四个团。龙云一面急令张冲和孙渡火速返回昆明,一面把军校学生部署在了昆明城墙上。当北面的滇军开始回救昆明的时候,红二、红六军团突然向西去了。

十七日,红二、红六军团逼近滇西,贺龙、任弼时和关向应致电朱德、张国焘,请求红四方面军前出接应:

朱、张:

(一)我们决采鹤庆、丽江、中甸路线前进。现我们已抵镇南、姚安之线,估计快则十天,迟则两星期可赶到金沙江边。

(二)查丽江附近之金江多系岩河,仅有一座铁索桥,船只少,敌必守桥、封船。我们造船无把握[因行进中无时间试造],敌人[特别是滇敌]尾后跟进,靠我们渡河技术将感重大困难。

(三)据此,我们要求军委令罗炳辉军迳开金沙江之渡河点,占领铁索桥北岸,掩护我军安全北渡,且随带具有造船技术和其他架桥器材之工兵,并请计算时日,罗部能于同一时间开抵金沙江边接应。是否可以,望即电告。

贺、任、关

十七日二十四时

二十三日,红二、红六军团到达云南大理地区与丽江地区交界处的鹤庆县城。部队在这里休整了三天。休整同时也有迷惑敌人的意思:因为鹤庆东面的梓里渡口有一座铁索桥。位于滇西的滇军部队正被紧急调往梓里渡口的对岸,而实际上,红军的先头部队早已从鹤庆出发了——红军选择的渡口是北面的石鼓。

蒋介石和龙云从昆明起飞,飞机向着西北方向一直飞到金沙江边,两个人各怀心思看着舷窗外都不说话。龙云接到跟随蒋介石同乘飞机视察前线的邀请时,心里惴惴不安,他不知道蒋介石此举隐藏着什么动机。飞机在险峻的雪山上飞,龙云往下看,突然觉得飞机好像飞出了云南省界,于是愈加慌乱起来。他害怕蒋介石像对付贵州的王家烈一样,把他弄到远离云南的某个地方,然后宣布南京政府接管了云南。但是,还好——当看见蒋介石让飞行员把他的亲笔信给地面的滇军投下去时,龙云放心了——至少飞机还在云南的上空。飞机盘旋了几圈之后,龙云打起哈欠,他的鸦片烟瘾犯了。不吸鸦片的蒋介石弄不清龙云为什么不舒服,以为他乘坐飞机难受,于是热情地用一只吹风机给龙云吹脑袋,说这样一吹就不晕了,龙云虽不敢说什么却更加烦躁了。

二十五日,红军先头部队迅速而秘密地抵达金沙江边的石鼓渡口。这是金沙江上游的重要渡口之一,是通往康藏地区的重要门户,位于长江上游的大拐弯处。石鼓小镇坐落在玉龙雪山西麓的半山上,土木结构的民居顺着山势层叠。这里的敌情是:民团头目汪家鼎已经把所有船只撤到北岸,民团就散布在北岸的山坡上。赶到石鼓的红军只找到一条船,于是动员船工和民工赶扎竹筏和木排。同时,一部分官兵用唯一的这条船先渡到江北。上了金沙江北岸,红军官兵立即开始沿江搜索,那些民团早已跑得无影无踪了。

第二天,红军大部队到达石鼓,控制了从石鼓到上游巨甸百余里的两岸滩头。红军聚集在金沙江南岸,为了征集船只,贺龙给丽江石鼓区鲁桥乡的开明绅士王赞贤先生写去一封信。这封措辞文雅而又古旧的信件,被王先生的子孙们保存了很长时间:

赞贤先生大鉴:

  此次大军道经贵地,因事先未遣派员拜谒左右,以致有惊台端。兹为冰释,万希请勿疑惧。闻贵地渡河船筏,一律隐藏东岸,此诚不幸之至,字到请阁下将渡河船筏并派人驶来,以便大军北渡。事竣当给重重劳金,决不至误。

          第三路军总司令贺龙
          阴历三月初五

自四月二十五日开始,红二军团先后在石鼓附近开设出五个渡口,依靠征集来的六只木船和一批竹筏、木排,动员了当地的二十八位船工,往返于金沙江两岸;红六军团在上游的巨甸征集到七条木船,数十名船工不分昼夜地来回运送红军。船只小坐不了多少人,就有红军官兵在船后用绳子拖上一根大木头,然后他们抱着木头漂过去。至二十八日,红二、红六军团一万七千多人马全部渡过了金沙江。

龙云无言以对蒋介石。

蒋介石对龙云甩下的一句话是:"兵无常守!"

此时国民党军十分清楚红二、红六军团马上就要与红四方面军会合,但无奈各路部队都已被长时间的追击弄得疲惫不堪,加之实在无法忍受藏区的高原气候以及物资匮乏,于是无论是滇军还是国民党中央军都在金沙江边停了下来。

渡过金沙江的红军继续向北,迎面是连绵的大雪山。

哈巴雪山海拔五千多米。来自湖南、湖北、贵州等地的红军第一次感受到翻越雪山的艰难。从山脚到山顶,哈巴雪山在金沙江边直入云霄,从闷热的峡谷底端到寒冷的雪线以上,红军官兵还都穿着单衣,干部们急忙喊:"把背包打开!把被子披上!"巨大的"之"字行队伍在雪山上显得格外渺小,随着海拔的升高,红军长长的攀登队伍明显缓慢下来。接近山顶的时候,风狂雪暴,贺龙不断地说:"不准停下来!不准坐下!赶快走!"因为绝不能在雪山上过夜,红军那天走了十几个小时。萧克说:"上下山一百五十多里。"

红二、红六军团对翻越哈巴雪山写有行军总结报告:

> 我们渡过金沙江向中甸前进,中部经过一个很大的雪山,这是事先不很清楚的,因此未曾有充分的政治动员和准备工作,结果有的在雪山上停止休息和吃雪水以致死亡近百。自百松到茨乌,走错了路,过了一雪山死亡亦数十,由东南又多过一雪山,四师当时因前面被番民破坏道路阻碍我军部队走不动,后面部队仍在山上,突然天变下大雪,冻死四十人,十三团亦因前面队伍走不动停止被冻死者近三十人,六师亦死亡数十……

五月三日,红二、红六军团到达云南中甸。

中甸——香格里拉。

到达中甸地区的红二、红六军团,最大的愿望是尽快与红四方面军会合。

四月,张国焘在军事和政治的双重压力下决定北上。

红四方面军在川军连续不断的攻击下,数万人的队伍第三次翻越大雪山,陆续撤退到甘孜一带,并在这片更偏远更荒凉的地方停留下来——红四方面军之前没想在这里停留,但是红二、红六军团已经北上,他们必须停下来等待接应。

红四方面军进行了整编。整编后的建制是:

总指挥徐向前,政治委员陈昌浩,副总指挥王树声,参谋长李特,政治部主任周纯全,政治部副主任李卓然;

第四军军长陈再道，政治委员王建安，参谋长陈伯钧，政治部主任刘志坚，下辖第十师、第十一师、第十二师、独立师；

第九军军长孙玉清，政治委员陈海松，参谋长陈伯稚，政治部主任曾日三，下辖第二十五师、第二十六师、第二十七师、教导师；

第三十军军长程世才，政治委员李先念，参谋长黄鹄显，政治部主任李天焕，下辖第八十八师、第八十九师；

第三十一军军长王树声，政治委员詹才芳，参谋长李聚奎，政治部主任朱良才，下辖第九十一师、第九十三师；

第五军军长董振堂，政治委员黄超，副军长罗南辉，参谋长李屏仁，政治部主任杨克明，下辖第十三师〔原第五军团部队〕、第十五师；

第三十二军军长罗炳辉，政治委员李干辉，下辖第九十四师、第九十六师。

方面军直辖：

妇女独立团，团长张琴秋；

骑兵师，师长许世友；

四川抗日义勇军，总指挥王维舟；

金川省军区，司令员倪志亮，政治委员邵式平，下辖独立师、独立二师。

红军大学，校长刘伯承，政治委员何畏，参谋长张宗逊，政治部主任王新亭。

方面军共计六个军四万余人。

红四方面军派出第三十二军和第四军的一部，一直南下到大雪山以西的雅江地区，与驻守在那里的国民党军第十六军李韫珩的部队对峙，以保证正在北进的红二、红六军团右翼的安全。

随着两军逐渐接近，电报往来开始频繁。

五月八日，已从云南中甸进入四川西康地区的红二、红六军团致电朱德、张国焘：

朱、张：

甲、至中旬两军团人员武器统计如下：

1. 二军团九九九五人，长短枪共四八六七支。

2. 六军团五九九八人，长短枪二九八五支。

乙、合计人一五九九三、枪七八五二，另山炮两门、迫击炮四门。

贺、任、关
五、八

红四方面军的回电尽显红军之情谊：

贺、任、关：

甲、蒋贼令刘文辉、唐式遵、邓［邓锡侯］部推进大金川东岸筑碉封锁我。薛岳部在炉［炉霍］、康［康定］、雅［雅江］线。樊［樊嵩甫］、郭［郭汝栋］、孙［孙渡］等纵在金沙江、雅砻江封锁。刘湘以一部驻大渡河。杨森、李家钰驻西昌、会理。敌企图封锁我于现地区，待我出而击我。

乙、你们依沿路粮食情形可缓进，多休息，深入卫生运动，免减员。部队被服补充情形盼告，沿路须搜集羊皮、羊毛、木子布，速补充棉衣。因北来天较寒，伏天需要冬衣，同时须节省经济物质，有做长期艰苦斗争之准备。

丙、炳辉军前占理化南之摩拉［木拉］，约今可占理化。

丁、六军在定乡［乡城］如粮食足，可休息十天以上，并查明乡城通义敦和理化两路线、粮房电告。

戊、此间存有盐待补充你们，已动员全体指战员准备物质拥护你们，现已集中一部，但你们须注意沿路补充，随时均需带冬衣。

朱、张
五、十七

甘孜是中国西部最荒僻的地区之一。

这里的藏人被称为"康巴人"。由于历史上备受清兵的袭扰和镇压,因此普遍存在着敌视汉人的心理。红军到达这里后,不进喇嘛寺庙,尊重藏民的风俗习惯,严格执行群众纪律,为贫苦藏民送粮治病,结果甘孜的藏民都管红军叫"新汉人"。对那些袭击红军的藏族土司武装,红军往往是出兵将他们三面围住,攻而不打,留出一面让他们逃走。这是方面军政委陈昌浩的主意。

红军还去甘孜县城北面的绒坝岔举行了一个阅兵式,为的是让那些土司看看红军的威风和力量。从绒坝岔回甘孜的路上,第三十军政委李先念遇到一位藏民骑着一匹黄马跑得飞快。李先念赶上去问藏民他这匹黄马换不换。藏民说:"换呀,两匹小母马,换我这一匹。"李先念就让他在警卫班的马里挑,藏民挑了两匹马,乐呵呵地走了。李先念也笑了,他把这匹黄马给了军司号长,因为这个十八岁的小红军行军总是掉在后面。李先念原来以为他不会骑马,谁知小红军说:"我会骑!可我的马不跑只走。"

红军的举动感动了甘孜白利寺的格达活佛,他不但把白利寺的一百三十四石青稞和二十二石豌豆送给红军,还动员白利乡的藏民帮助红军筹集羊毛、帐篷等北上物资。为了让藏民更加了解红军,格达活佛写下了可以传唱的诗歌:

> 云雨出现在天空,
> 红旗布满了大地。
> 未见如此细雨,
> 最后降遍大地。
> 啊!红军,红军!
> 今朝离去,何日再回?
>
> 幸福的太阳,
> 从高山上升起来了!
> 像乌云一样的痛苦,
> 被丢到山那边去了!

你不要以为山高,

有翻山的一匹骏马。

你不要以为没有人同情我们,

有搭救我们的恩人来了!

后来红军离开甘孜的时候,朱德亲自来到白利寺向格达活佛告别。朱德说:"红军至多十年、十五年一定会回来的!"格达活佛在红军走后救治掩护了两百多名被留在甘孜的红军伤员。

尽管滞留在自然环境极其恶劣的地方,官兵们也不曾有过任何灰心与绝望,因为他们始终相信红军胜利的明天定会到来。红军忙着将羊毛捻成毛绳,再用毛绳织成衣服——"不久,全军服装都是各种颜色的毛织品,其中以白色最多"。红军组织了"野菜委员会",在朱德的带领下漫山遍野地寻找可以吃的野草。红军官兵还在甘孜举办了体育比赛和文艺比赛。体育比赛的内容有:两百米赛跑,通过障碍,跳高、跳远等。文艺比赛的内容有:出墙报,团体唱歌,政治演讲——无论如何,一九三六年春天来临的时候,缭绕在中国西部那片广袤而荒凉的土地上的歌声,是人间难以想象的充满希望的天籁之声。

五月五日,红二、红六军团分成两路继续向北前进:红二军团偏西,沿着川藏边界走得荣、巴塘和白玉一线,然后从白玉东进,进入甘孜;红六军团走定乡、稻城、理化和瞻化一线,自南向北穿过甘孜地区的中部到达甘孜县城。从这两条路线上看,红二军团的路途更远更苦。

六月二十二日,红六军团与前来接应的红四方面军第三十二军到达甘孜附近的普玉隆。红军总司令朱德特意从炉霍赶到普玉隆来迎接红六军团的官兵。

八天之后,六月三十日,红二军团到达甘孜北面的绒坝岔,与红四方面军第三十军会合。朱德又从普玉隆赶往绒坝岔,迎接红二军团的官兵。

然后,朱德骑马十几里去甘孜附近的干海子迎接贺龙。

远远地看见贺龙的时候，朱德勒马停住了，泪光闪闪。

一九三六年七月一日，中国工农红军第二、第六军团全部到达甘孜县。

同一天，陕北发来贺电，"以无限的热忱"庆祝红四方面军与红二、红六军团胜利会师。并欢迎两军"继续英勇北进，北出陕甘与一方面军配合以至会合"。这是一封由林育英、张闻天、毛泽东、周恩来、博古、彭德怀、王稼祥、林彪等六十八人署名，并代表红一方面军、陕甘宁人民、苏维埃陕甘宁三省政府等十多个单位"联名致意"的贺电。

七月二日，在甘孜县，举行了庆祝红军两大主力胜利会师联欢大会。参加大会的部队"服装整齐，按高矮站，成四路纵队进入会场"。当年红六军团第十七师战士谭尚维回忆道："两支从未见过面的兄弟部队，经过了千难万险，穿过枪林弹雨，在最困难的时刻会师了。"朱德在会上讲了话。他虽然不像红二、红六军团官兵想象的那样高大，但是这位红军将领"挂着慈祥的微笑，衣着很朴素，上身穿着一件土制褐色毛布上衣，脚上是一双草鞋，十分平易近人，一切都和士兵一样"。朱德说："我们祝贺你们战胜了雪山，也欢迎你们来与四方面军会合。但是这里不是目的地，我们要继续北上。"联欢会上，红四方面军政治部剧团演出了歌曲《迎亲人》和舞蹈《红军舞》，这让刚刚历尽艰辛与牺牲的红二、红六军团官兵惊奇不已、兴奋不已。贺龙当即说："咱们也要搞一个剧团！"

只是，无论文艺演出多么美好，也无论会合后的心情多么喜悦，红军官兵明白，他们充满未知艰险的行军还远远没有结束。他们无法想象红军总司令朱德说的那个北方是什么样子——红四方面军官兵告诉红二、红六军团的兄弟，他们曾经走过的那条北上之路山险水急，还有一片处处隐藏着死亡陷阱的茫茫大草地。

第十八章　江山多娇

1936年10月 · 甘肃会宁

张国焘是这样描述红二、红六军团领导人的：

> 二方面军的领导人物以任弼时为重心，他留俄回国后，任少共中央书记，一九二七年以拥护共产国际反对陈独秀著称。中共第六次大会时，被选为中央委员，后来升任为政治局委员。他原富有青年气味，经过许多磨炼，已显得相当老成。当时他已蓄起几根胡子，我往常叫他做小弟弟，现在也要笑着叫他做"任胡子"了。贺龙当时亦已经看不出任何土匪气味，简直是一位循规蹈矩的共产军人，一切听由任弼时指挥。萧克将军倒很像个文人，爱发发牢骚，但也不坚持己见。关向应原也是少共的小伙子，这时仍富有青年气味，不遇着大问题，例不轻易发言。

而任弼时、贺龙、萧克和关向应看见张国焘时，都有些吃惊：红四方面军全军只有他一人又白又胖。

张国焘在第三十军第八十八师驻地炉霍，招待红二、红六军团领导人。饭桌上的食物十分丰富，最令人惊奇的是有海味。第八十八师政委郑维山解释说，两个月前消灭了敌人的一个保安团，这些东西是缴获物资的一部分。连同郑维山在内，红军官兵不知道这些干货是什么东西，只是听说价钱十分昂贵，于是就向上级报告了。陈昌浩说："把好东西都保存好，等和二、六军团会合了，要好好招待他们！"

这一瞬间，贺龙和任弼时都很感动。

就在红四方面军与红二、红六军团会合前夕，张国焘被迫宣布取消了他的"中央"。张国焘对红四方面军干部的解释是:"我们双方都同时取消中央的名义,中央的职权由驻国际的代表团暂行行使。如大家所知一样,国际的代表团中,负总责的有陈绍禹[王明]同志,还有别的同志,代表代表团而回国的则有林育英同志等。在陕北方面,现在有八个中央委员七个候补委员,我们这边有七个中央委员,三个候补委员,国际代表团大约有二十多个同志,这样陕北方面设中央的北方局,指挥陕北方面的党和红军的工作,此外当然还有白区的上海局、东北局,我们则成立西北局,统统受国际代表团的指挥。"张国焘慷慨激昂地说:"中国的党,因为中国无产阶级的幼稚、斗争环境的复杂与对马克思列宁主义的了解比较少,所以党内引起争论并不是什么奇怪的一件事。共产党的党内争论与国民党完全不同,国民党可以暗杀自己的人,可以用到卑鄙无耻阴谋的手段,但我们决不会如此。在共产党内有时会发生争论,可是我们可以找到团结的方法去共同对付敌人,冷笑的敌人让他们去笑吧,最后会笑的才是真正会笑的!"——原始讲话记录此处有个括弧,括弧里面的三个字是:大鼓掌。

受到"大鼓掌"的张国焘,夜深之时仍然惴惴不安。他不断地给林育英发去电报,表示"赞成此间对一方面军取协商关系,对北方局取横的关系"。

林育英、张闻天、毛泽东、周恩来等在回电中的劝告异常恳切:

> 弟等与国焘同志之间,现在已经没有政治上和战略上的分歧,过去的分歧不必谈。唯一任务是全党、全军团结一致反对日帝与蒋介石。弟等对于兄等及二、四两方面军全体同志之艰苦奋斗表示无限敬意,对于采取北上方针一致欢迎,中央与四方面军的关系可如国焘兄之意暂时采用协商方式。总之为求革命胜利,应改变过去一切不适合的观点与关系,抛弃任何成见,而以和谐团结、努力奋斗为目标,希兄等共鉴之。

张国焘认为,对于陕北来说,最重要的是要让占中国红军兵力绝大多数的红四方面军北上,以与陕北的红一方面军会合。红四方面军和红二、红六军团会合后,总兵力已达到六万,而陕北红军只有一万多人,陕北无论如何不能把这支庞大的红色武装丢下。只是,此刻红四方面军必须动身北上了,这让张国焘感到自己的政治前途充满危机。

朱德与贺龙、任弼时、关向应、萧克和王震分别谈话,详细地介绍了张国焘与中央对立的来龙去脉,还拿出两河口会议和毛儿盖会议的决议请他们一一过目。朱德认为张国焘另立中央"是大错误",但必须注意"争取、团结,促使他一起北上"。朱德还特别叮嘱道:"不要冒火,冒火要分裂。中央在前面,不在这里。"

为了影响红二、红六军团领导人的政治倾向,张国焘提出"开一个党内会议,把有些问题摆到桌面上来谈谈"。但是,这一建议遭到任弼时的反对。留着胡子叼着烟斗的任弼时话说得极其威严:"我们认为目前召开党的会议的条件不成熟。会上谁作报告都不合适,如果有不同意见,结论怎么作?现在应集中精力投入北上行动。"

私下里,老资格共产党人任弼时与张国焘、朱德、徐向前、陈昌浩、刘伯承、傅钟、李卓然一一进行了交谈,"期望了解过去一、四方面军会合时的党内争论,并努力促成我党的完全团结一致"。徐向前对任弼时说:"中央和毛泽东同志的北上方针是正确的。自己当时没有跟中央走,是不想把四方面军分成两半"。"大敌当前,团结为重,张国焘另立中央,很不应该,党内有分歧可以慢慢谈"。"现在取消了'中央'对团结有利。北进期间,最好不谈往事,免得引起新争端"。晚年的时候,徐向前回忆起此刻的任弼时时说:"他给我的印象冷静、诚恳,对促进党和红军的团结,充满信心。"

一九三六年七月五日,中革军委颁布关于组织红二方面军及其领导人任职的命令:

军委命令:

> 七月五日决以二军、六军、三十二军组织二方面军,并

任令贺龙为总指挥兼二军军长,任弼时为政委兼二军政委,萧克为副总指挥,关向应为副政委,陈伯钧为六军军长,王震为政委,即分别就职。此令。

朱德、张国焘、周恩来、王稼祥

中国工农红军第二方面军的番号出现了。

命令到达的时候,红二、红四方面军已经离开甘孜开始北上。

之前的六月二十五日,朱德、张国焘致电徐向前,发布北上部署:

徐:[密译]

A、我军拟以松潘、包座之线为出动目标,分三纵队进。

1.董、黄指挥五军、九十一师在丹[丹巴]两团及留绥[绥靖]各部为右纵队,由绥经梭磨、马河坝、侧格、杂窝、哈龙进,但到侧格须抽检并与中、左纵队行程调节。

2.你指挥九军、三十一军四个团,四军两个团,红大、总供、总卫两部由炉[炉霍]、色[色科],四科经诺科、让倘[壤塘]、三湾、按坝、查理寺、上壤口、毛儿盖进。

3.我们指挥三十军、四军两个团、三十二军、二方面军及总直各部为左纵队,由甘孜、东谷经日庆、西倾寺、让倘进,其先头须查报西倾寺或让倘到阿坝路状,再定前进路线。

A、中、左纵队准备在让倘地带补充粮并整理建制及指挥。

B、已令玉清[孙玉清]两师明寝[二十六]日由炉向色科进;洪儒[柴洪儒]两团则于建安[王建安]抵益时,即组织转色科归还建制续进。红大、总供、卫部则随建安后进,二七七团则断后,望据此指挥中纵先头速占让倘粮食地带为要。

C、我们拟在二方面军先头进。

朱、张
二十五日

按照这一部署,红四方面军由朱德和张国焘指挥一路为左纵队,徐向前指挥一路为中纵队,董振堂、黄超指挥一路为右纵队,分别从甘孜、炉霍、绥靖出发。红二方面军跟随红四方面军左纵队由甘孜东谷出发。

根据朱德的建议,任弼时跟随红军总部行动,刘伯承跟随红二方面军行动。

这是一支人数多达六万的巨大人流。一年多前,这种规模惊人的移动在中国国土的腹地曾经出现过,那是在中央红军渡过湘江之前,滚滚人流穿行在江西与广东交界处的翠绿山谷间。而这一次,规模巨大的移动发生在中国最荒凉的高原上,那里空气稀薄,人迹罕至,雪山间纵横着纷乱的冰河。

从甘孜到包座,要翻越大雪山,穿越大草地,没有任何物资补充的必经之地至少有七百公里以上。红军出发前做了大量的准备工作,一张羊皮或者一双结实的鞋子是十分必要的,更重要的是干粮。红二方面军官兵对将要走上的路一无所知,而红四方面军中许多官兵已是第三次走这条路了。

红军出发了,队伍平静而有序。

红四方面军新成立的骑兵师,是中国工农红军中第一支正规的骑兵部队,师长许世友为此觉得甚是风光。三千多人马,浩浩荡荡,风尘滚滚,担负在最前面侦察道路和筹集粮食的任务。许世友已经走过两次草地,他知道筹集粮食的重要。骑兵师出发后不久,快到色曲河时,许世友策马登上一块高地,扑面而来的景色让他眼睛一亮:弯曲的河水两岸,草地像毛毯一样,藏民的帐篷散落在河边,一群群牦牛和数不清的白羊如同初夏的繁花。

"好一座大粮仓!"许世友一声令下,三千匹战马朝着色曲河奔驰而去。

通过藏族向导的解释,牧民们知道了停在河边的红军没有任何恶意,只是对他们的粮食和牛羊特别感兴趣。红军出的价钱绝对公平,付钱时不欠分文。牛羊、青稞、豌豆、酥油、奶渣、土豆,凡是可以吃的东西红军都接受。骑兵师用白花花的大洋购买了四百多头牦牛,一千多只羊,还有一些粮食。

尽管对于长途行军的数万红军来说,这些食物可谓杯水车薪,但是终究能给后续部队的官兵带来极大的希望。

半个月之后,红二、红四方面军各路纵队相继到达阿坝地区。

这里是九个月前红四方面军南下川西平原的出发地,想必包括张国焘在内的红四方面军所有官兵重见这片土地时定会心情复杂。

红军再一次进入了松潘大草地。

第九十一师十六岁的小红军谭清林是打旗兵。打旗兵要举着红旗走在连队的最前面,因此谭清林特别留心先头部队留在草地上的毛绒绳,顺着这条弯弯曲曲延伸到草地深处的绳子就不会迷路,也不会掉到泥潭里去。但是,沼泽中的草墩子往往踩上去就会沉下去一截,接着黑水就泛上来了,谭清林脚下的毛绒绳几次都差点没在黑水里。进入大草地的第四天,一场冰雹过后天降大雪,官兵们只有躲在用手撑起的被单下。雪停了,打旗兵伸出头来先看绳子,却发现毛绒绳不见了。连长命令全连排成一路横队,一个草墩一个草墩地找。谭清林急得掉了眼泪,四野茫茫,他的红旗不知道该往哪里打了。没能找到毛绒绳,只好原地等待后续部队。一天又一天过去了,全连只有谭清林还剩有最后一碗炒面,他把这碗炒面倒进炊事班的大锅里,用水搅得稀稀的,让全连官兵每个人都喝了一口。后续部队仍不见踪影,这支掉队的连队必须走了,因为再等只能全都死在这里。有人从泥泞中挖出一种像萝卜一样的东西,咬上去有些甜味,于是大家疯狂地吃起来,吃着吃着就有人开始呕吐。另一种长满刺的灌木上结着豆粒大的红果实,红军官兵尝了,没中毒,于是每当发现这种灌木,大家就不顾一切地跑过去。谭清林又饿又累,走着走着,眼前的草墩一晃,人跟着栽进了泥潭里。那一瞬间,他仍用一只手举着红旗,他想挣扎着爬出来,却是越挣扎陷得越深。卫生员赶快用一根木棍拉他,可是没把他拉出来,自己差点陷进去。后面的官兵看见前面的红旗没了,急忙赶上来。一个大个子战士把自己的被子铺在草地上,再取下身上的两支步枪,十字交叉地横在被子上,然后几个人趴在被子上一起拉,终于把小红军谭清林拉了出来。队伍继续向前走,来到一条河边,暴雨使河水涨得很高,先头部队在河上拉了一根铁丝。谭清林下了河,拉着铁丝往前游,游到河中央的时候,铁丝断了,他抱着红旗被河水冲向了下游。连长骑上一匹马,跟着河里的红旗追,然后连人带马冲进河里,让谭清林抓住马尾巴。连长拼命打马朝河岸冲。"别松手!坚持住!"官兵们都在岸边喊。喝了一肚子水的谭清林上岸后,呕吐了一会儿,接着,红旗又湿淋淋地竖在队伍前面了。晚上的时候,官兵们围着一堆火,用茶缸煮水喝。一个战士从衣服里像摸宝一样摸出一小块干姜,抠下一些姜末放进谭清林的茶缸:"喝吧,喝了姜水打旗有力气。"喝了热姜水,疲惫的打旗兵和卫生员挤在一起睡了。第二天天亮时,谭清林怎么也起不来,身子与地面冻在一起了。连长使劲地摇晃,把他拉起来。他回过身去拉卫生员,卫生员一动不动,仔细看,与谭清林年龄差不多的卫生员已经死了,身体和结着薄冰的大草地一样冰冷。连队继续出发,连长和指导员都落在了后面,他们还在宿营地一遍又一遍地推推这个喊喊那个,他们总觉得那些官兵没有死,只是太累了,睡得很深。这个连队一百多人,走出草地的时候只剩下不足二十人。

红四方面军副总指挥王树声前两次过草地的时候是指挥员,而这一次他却躺在了担架上。王树声高烧不退,烧得不断地说胡话:"老子枪毙你!老子枪毙你!"谁也不知道他要枪毙的是哪一个。北上出发前,张国焘找他谈了一次话,原因是"有人反映王树声对张主席有意见"。张国焘开口就问:"我刚到鄂豫皖的时候,你是什么职务?"——一九三一年五月,张国焘到达鄂豫皖根据地任中央分局书记,王树声那时任根据地红四军第十一师副师长兼三十二团团长。张国焘话中有话地对王树声说:"你眼光要放远一点,不能把自己降到一个普通士兵的水平。"当王树声从昏迷中醒来时,发现抬自己的两名战士不见了,一问,警卫员没说话眼圈先红了。王树声说:"把我的马牵来!"他坚持不让战士抬他,可是这位骁勇善战的红军指挥员已经在马背上坐不住了。于是只能他昏迷的时候抬着他,他清醒的时候再把他捆在马背上。红四方面军快出草地的时候,王树声不再说"枪毙你"之类的胡话了。他知道,红军所遭受的所有磨难就要到头了。

小文书邓仕俊因枪伤伤口化脓高烧不止。部队进入大草地后,第二十六师政委杨朝礼安排四个战士抬着他。小文书躺在担架上昏迷了好几天,醒来的时候发现四个抬他的战士只剩下三个了。又走了几天,好容易爬上一座地势稍高一点的山坡,能有一块地方坐下来喘喘气了。一个战士刚坐下来,身子往后一仰说了句:"我不行啦。"然后就死了。剩下的两个战士对邓仕俊说:"我们两个人一定会把你抬出草地!"邓仕俊的伤口实在痛得厉害,打开一看,皮肉已经完全溃烂。两个战士建议烧点热水把伤口洗一洗,于是就去捡柴。邓仕俊躺在担架上远远地看着他们。看着看着,其中一个战士在往回走的时候突然栽倒,倒下的那个地方瞬间就泛起一圈翻着沫的黑水。只剩下最后一个战士了,他烧了热水,给邓仕俊洗伤口。邓仕俊问:"同志,把你的名字告诉我吧。"那个战士说:"我叫刘宏,四川巴中人。"又说:"别担心,我结实得很哩!"小文书邓仕俊说:"刘宏同志,趁着还结实,你先走吧!"刘宏说:"丢下伤病员自己走,算什么红军?"在接下来的日子里,刘宏背着邓仕俊走。因为负重,他越走越慢,直到落在全师的最后。没有任何吃的,连皮带都已经煮了,刘宏实在背不动了,邓仕俊一定要他去赶部队,他对刘宏说:"你赶上了,吃点东西,再回来接我。"刘宏知道快要走出草地了,就把邓仕俊放在一个草坡上,说:"就在这里,别动,我去找人来抬你。"小文书邓仕俊没有在那个草坡上等,他一个人一点一点地爬,当他终于遇到另一支红军队伍时,已经瘦得让所有看见他的官兵都落了泪。邓仕俊被送到第二十六师师部,杨朝礼政委说:"这不是咱们的小文书嘛。"一年以后,杨朝礼政委在战斗中牺牲,邓仕俊听到这个消息的时候大哭了一场。在以后的日子里他总是说:"我的生命不是属于自己的。"

七月七日,红二方面军从甘孜出发。

关向应在日记中记录道:

> 七月七日,六军行军约百里,沿途均无房屋,到大吉岭附近露营。
>
> 七月十三日,六军经点头寺进沟,顺沟而上,翻了两个山,最后一个较高,下山坡很滑,行军约一百二十里到绒玉。
>
> 七月十六日,六军上午出发,沿河而上,下午到玉楼。各部队还是没有找到粮食,全吃野菜。指挥部及二军四师到打盆、大古岭。六师在东谷。因河水涨,需架设浮桥,明日才能续进。
>
> 七月十九日,六军到作木沟露营,大风大雨,接着下大雪雹,部队人员一夜满身通湿,寒冷似湖南三九天气。
>
> 七月二十一日,六军到离阿坝四十里的地方露营,通宵大雨,帐篷大漏,地下很湿,睡不成。
>
> 七月二十二日,六军过一个上下约四十里的横排山。过山时,大雨倾注,狂风折树,非常寒冷。

红二方面军第一次过草地。为了获得过草地的经验,在甘孜时他们曾不断向红四方面军的同志取经,让他们介绍过草地的注意事项以及应对困难的方法措施,甚至把草地里可以吃的野菜形状都一一记了下来。但是,由于红四方面军已经在甘孜驻扎数月,红二方面军能够筹集到的粮食十分有限。

朱德命令红四方面军直属队把所有驮帐篷和行李的牦牛全都留给红二方面军,而从牦牛上卸下来的东西一律由人背着。临出发的时候,朱德嘱咐贺龙:"牦牛的皮、肠子、蹄子,千万不要扔掉,那些东西都是可以吃的。"后来,当红四方面军渡过嘎曲河的时候,朱德又亲自安排在那里设立兵站,留下一批牛羊,以接济后面的红二方面军。——嘎曲河,红四方面军第一次北上折返的地方。

红二方面军最后筹到的粮食仅够维持七八天,而根据红四方面军的介绍,通过松潘大草地即使一切顺利也需要十二天。

贺龙把所有可能遇到的困难都列了一遍,但是部队出发不久遇到的危机还是令他吃惊不小。由于奉命跟随红四方面军前进,他们严格地走在红四方面军的行军路线上,这样一来带来一个严重的问题,就是宿营地可以筹集到的粮食全被前面的大部队筹走了。更令人担忧的是,前面大部队的伤病员和掉队人员全被收容到了红二方面军的队伍中,人员的增多使粮食危机更加紧迫,部队很快就出现了因冻饿而减员的现象。贺龙给各师都下了命令:"不管多么难,都不许丢掉伤病员。活着的人只要有一口气,就要抬着他们走。"贺龙把自己剩的一点炒面,给了身负重伤的警卫连连长朱声达。他命令成立一个由党员组成的"试吃组",尝试着吃各种野草,然后把不会引起中毒的野草挑选出来,仅这个工作就牺牲了不少党员。胡子已经长得像乱草的贺龙心急如焚,因为这些红军还是孩子的时候就与他一起出生入死。贺龙把一个倒在路边的战士扶上自己的马,然后对警卫员说:"把他送到军医院去,不许半路让他死了,让军医院给我打个收条回来。"松潘大草地上,那些倒下的红军官兵为了不拖累其他同志,索性拒绝收容。他们用草把自己的脸盖上一动不动,希望走过他们身边的同志以为他们已经死了。收容队很快知道了这个情况,于是他们扒开每一个人脸上的草,只要发现还有一口气,就要抬到担架上。可是他们看见的更多的是已经冰冷的尸体。

由于是后卫部队,红二方面军不断遭到土司武装的袭击。开始的时候,没有与骑兵作战经验的红军伤亡很大,他们没有力气抵挡旋风一样冲过来的马以及从马上劈下来的锋利的刀。但是,很快红军就摸索出了办法,比如坐在地上背靠背围成一个大圆圈,然后射击。最猛烈的袭击发生在方面军总部宿营地。七百多敌人的骑兵从一座小山丘的背后突然冲出来,担任警卫的特务连人少力单,附近的二八八团听到枪声立即赶来增援。这时候,贺龙正在一个小水洼旁钓鱼。红军过了嘎曲河以后,草地里的小水洼很多,贺龙号召大家钓鱼以补充食物。这里是藏区,藏民不吃鱼,因此鱼很多。敌人的子弹从贺龙的头顶上飞过,警卫员跑过来让他隐蔽,贺龙一动不动,直到把一条大鱼拉上岸才站起来说:"我去看看。"贺龙赶回来,看见二八八团一营营长正命令战士们坐下来围拢成一个圆阵,这给土司的骑兵造成了红军投降的假象,当他们毫不迟疑地再次冲过来时,红军的枪一齐响了。贺龙对一营营长说:"打得很好!把这个办法通报给全军!"

进入草地后,红二方面军副总指挥萧克却被另一个突如其来的问题苦恼着:他的夫人蹇先佛就要生孩子了。

蹇先佛是一个刚满二十岁的活泼开朗的女红军。部队到达甘孜的时候,姐姐蹇先任发现妹妹的肚子大了起来。部队北上出发后,蹇先任因为担心一直跟着妹妹行军,她要帮助妹妹渡过女人生产的这道"鬼门关"。只是,蹇先任没有想到,妹妹会在最艰苦的草地生产。草地无边无际无遮无拦,妹妹仰在马背上,血顺着双腿往下流。蹇先任赶快让马停下来,萧克随即拍马赶到了。

那个夜晚风雨交加,茫茫草地中支起了一顶小帐篷。由于漏雨,蹇先任和正在忍受阵痛的妹妹浑身都湿透了。蹇先佛在极度的痛苦中呻吟了一个晚上,第二天天亮的时候,孩子终于生了下来。

蹇先佛抱着孩子躺在担架上。

看见抬担架的战士艰难行进的样子,萧克和蹇先任都把自己的那份干粮省下来给了抬担架的战士。

为了让更多的官兵活着走出大草地,第十八师师长张振坤提出了"交公粮"的建议。所谓"交公粮",就是大家把携带的干粮或者其他可以吃的东西拿出来,然后所有的人平均分配。张振坤向红军官兵强调的理由是:"革命不是一个人能干成功的。"这是草地中最艰苦的时刻,一粒粮食比金子都宝贵。张振坤在地上铺了块雨布,首先把自己的干粮全倒在上面,红军官兵们也都跟着他这样做了。然后,张振坤拿着个小碗叫名字,全师每个官兵都分到了一份。分配的时候,张振坤听见有战士说:"要是能抽上口烟,就不会感到那么饿啦。"张振坤放下小碗骑马走了,一会儿他带回来一小袋子烟叶,说:"这是贺老总交的'公粮',他的烟我要来了一大半。"三十八岁的红军师长张振坤,后来在"皖南事变"中被俘,被国民党当局杀害于上饶集中营。

第六师是红二方面军的后卫,或者可以说,他们是中国工农红军穿越松潘大草地的最后一支队伍——当第六师走出草地的时候,他们从这片苍茫荒凉的土地上带走了最后一个关于生命的不朽故事。

第六师在甘孜筹粮的时间只有一个星期,于是每人只带了仅够两天的干粮。进入松潘大草地后,第六师的队伍越来越庞大,因为他们必须收容前面所有的掉队人员以及伤病员。每到部队宿营的时候,师长贺炳炎都要带着马匹返回去接应再次掉队的官兵。他把躺在地上的战士拉起来,扶上自己的马,然后用他仅有的一只胳膊拉着马缰绳在前边引路。贺炳炎边走边说:"小鬼,坚持一下,出了草地,就有村子了,咱们搞饭吃,吃它个够。"

晚上,天气突变,暴雨夹杂着冰雹。

第六师的后卫十六团在那个晚上竟然冻死了一百七十多人。

第二天早晨天空明朗起来。休息的时候,跟随红二方面军行军的廖承志坐下来开始画画。廖承志原是红四方面军政治部秘书长,在"肃反"扩大化中被撤职"关押"。红二、红四方面军会合后,任弼时把他要了过来。因为有了任弼时的关照,廖承志不但获得充分的自由,而且还担负起大量的宣传工作。红军开大会张贴的马克思和列宁的像都是他画的。他给刘伯承画了一张像,酬劳是一捧青稞;他还给傅钟画了一张,这张画像傅钟一直保存着,画上写着:"11.7.1936,绒玉。"傅钟后来始终记得松潘大草地那个晴朗的早晨:

> 霎时乌云散了,久违的太阳露出火红的圆脸,把灿烂的光洒满草地。走在队伍中的刘伯承总参谋长情不自禁地高呼了一声:"太阳万岁!"……于是长长的行列上空,像有万顷波涛喧嚣一样,连连响起"太阳万岁!""太阳万岁!"的喊声。

尽管许多人倒下了,但是在松潘大草地上,红军的队伍逶迤不断,一直向北。

国民党军新编第十四师师长鲁大昌最近格外心神不定。几天前他派出去几十名通晓藏语的侦探,至今一个也没回来。前面的部队送来的情报说,红军在这一带派遣了许多侦探,专门侦察岷县附近的驻军兵力,还培训了六十多名当地人作向导。而新编第一军军长邓宝珊的来电更让鲁大昌迷惑不解了:"据战俘供称,共军之口号,要爬到最高高原地方,建成一所根据地,请注意。"——"最高高原"是什么地方?目前向腊子口和岷县靠近的这股红军,是要通过,还是要占领这里?

看来红军是非来岷县不可了,鲁大昌向全师官兵发布公告:

查岷县扼洮河之上游,为由川入甘要冲,共军倾巢北窜,以其所经之路线判断,必先争取洮岷作根据地,再图进犯;如果岷县不守,则西北将受动摇,影响国家大局,诚非浅显。彼等此种企图,早经委员长艳[三十日]电指出:消灭共军之计划,第一项须凭借天然险要及原有碉堡,采用攻势防御;第二项应参照过去教训,利用碉堡处处设防,原期封锁严密,但因兵力分散,反使处处薄弱,仍难堵其突围。今后除严密封锁,坚壁清野外,尚须集中兵力于重点;第三项从黄河、洮河经岷县西至临潭,南至旺藏为第一线,以兰州、临洮、岷县为重点。是本师驻防岷县,在防务上所负之责任至重且巨,自应坚定意志,抱与城共存之决心,固守岷县;况本师官兵,半系黄洮之间健儿,对于家山,尤应努力保卫,如有疏虞,不但无以对国家,更何以对地方父老子弟?今共军已入我堂奥,唯有抱定"有我无敌"之决心,与其作殊死战以尽军人之天职。且非如此,难立足以图生存。务期我官兵共坚信念,则众志成城,必固若金汤矣!

鲁大昌发布这个布告的时候,朱德、张国焘和任弼时接到了西北革命军事委员会主席毛泽东、副主席周恩来、彭德怀的电报：

朱、张、任同志：

岷州一带仅鲁大昌部。毛炳文军部及三十四师部在秦安、天水者，须待八月份款到才能西移，先派员赴岷与鲁师联络侦察情况，估计该部到岷当需七天以外。兄处以一部迅占腊子口天险，则进出便利。

毛、周、彭
八月二日

八月五日，到达草地东部包座一线的红二、红四方面军领导在求吉寺召开中共西北局会议。

求吉寺里的每一层台阶上都洒下过红军官兵的热血。一年前的八月，红四方面军年轻的师长王友钧就牺牲在这里的大殿前。开会之前，徐向前专门去寺院东侧的山上，看望了长眠于此的王友钧。那座低矮的坟已被乱草遮盖，徐向前一个人在这片乱草前站了许久，一年以来所经历的一切令他恍如隔世。

求吉寺会议制订了《岷洮西战役计划》，决定集中两个方面军的主力，采取钳形攻势和东西夹击的战术，先机攻占岷县、洮州［临潭］、西固地区，为红军继续北上打开通路。战役部署是：红四方面军第三十军、第九军、第五军为第一纵队，其主力由包座、俄界、旺藏直出哈达铺，攻击岷县，另一部取道白骨寺、爪咱坝相机夺取岷县以南的西固，并向西固以南的武都方向佯动。红四方面军第四军、第三十一军为第二纵队，首先夺取临潭旧城，得手后向位于临潭东北方向的临洮前进，另一部向临潭西北方向的夏河、临夏发展，以确保方面军左翼的安全。红二方面军为第三纵队，北出哈达铺，策应第一、第二纵队的行动。

同日，红四方面军各部队从包座一线开始北进。

这是一个令人振奋的时刻。

去年的这个时候，红一、红四方面军就是在这里分开的。经过近一年的艰苦辗转之后,红四方面军掉头南下的部队重又回来,并且决定沿着北上红军的路线继续前进。红二、红四方面军如果能够迅速冲破当面国民党军的阻截,中国工农红军三大主力的最终会合,数天之内就可以实现。为此,八月一日,朱德、任弼时、张国焘曾致电中央:"我二、四两方面军全体指战员对三个方面军大会合和配合行动,一致兴奋,并准备好了一切,谋西北首先胜利奋斗到底。"

八月三日,中央回电朱德、张国焘、任弼时:

朱、张、任同志:

(甲)接八月一号电,为之欣慰。团结一致,牺牲一切,实现西北抗日新局面的伟大任务,我们的心和你们的心是完全一致的。

(乙)我们已将你们的来电通知全苏区红军,并号召他们以热烈的同志精神,准备一切条件欢迎你们,达到三个方面军的大会合。

(丙)军事情况,由此间军委随时电告你们。

(丁)国际来电除前次一电已照转外,尚未继续对二、四方面军单独指示的电报,以后接到当照转你们。昨日来电我们已原文转告国际。

英、洛、恩、泽、博
八月三日

八月九日,红四方面军第一纵队先头部队第三十军第八十八师接近了天堑腊子口。

在腊子口防守的是鲁大昌部的一个营。从防御兵力上看,去年鲁大昌将两个旅放在了这里,而攻击的红军仅仅是一个团;现在,鲁大昌仅仅放了一个营,而攻击的红军却是整整一个师。战斗并不激烈,第八十八师一个冲击,就把鲁大昌的这个营赶回了岷县县城——鲁大昌轻易放弃腊子口的举动,引起了红四方面军领导人的警觉。

红四方面军妇女团一营一连负责护送方面军五百多名伤病员通

过隘口。

袭击红军伤病员的不是鲁大昌的部队,而是土司的骑兵。

骑兵突然出现,马蹄如风,一路砍杀过来。

那时,红军伤病员正在通过腊子口间的那座小木桥。

连长向翠华带领一个排在前边开路。

指导员刘桂兰带领一个排在伤病员的两侧掩护。

副连长谭怀明带领剩余的战士迎击土司的骑兵。

谭怀明是个面容清秀的姑娘。她背着钢刀,举着步枪,面对即将冲到跟前的敌人,脸色由于紧张和冲动而涨得通红。她对战士们说:"现在伤病员正在过桥,咱们就是死在这里,也不能让一个敌人接近。"

土司的骑兵也看清楚了,阻挡在他们面前的是一群女子。

狂暴的马队一下子就冲乱了妇女连的阻击线。

枪声、砍杀声和咒骂声顿时混杂在一起。由于敌人骑在马上,年轻的女红军都站立着射击。那些被击中的骑兵纷纷落马,女红军的大刀接着就砍了下去。受伤的马匹恐惧地嘶鸣着,在狭窄的山谷中狂奔,而剽悍的土司骑兵与身体单薄的红军女战士扭打成一团。双方都使用了大刀,土司骑兵的马刀刀面窄而长,砍得女红军血肉飞溅;女红军的刀宽而厚重,砍得敌人血肉模糊。谭怀明光洁的额头被砍出一道口子,伤口即刻翻卷起来,血汹涌而出。那把马刀在她眼前寒光一闪之后,她的大刀也砍了下去,土司的骑兵栽倒了。混战进行到最残酷时,连长和指导员都赶了过来。连长向翠华很快就牺牲了,敌人从她的身后袭来,马刀砍在她的头上,向翠华的黑发混在鲜红的血沫里飞扬起来,然后飘落在布满尸体的战场上。指导员刘桂兰也倒在了血泊中。最后的时刻,满脸鲜血的谭怀明喊:"同志们!敌人已经支持不住了!杀死他们呀!"谭怀明即刻成了土司骑兵攻击的主要目标,她被几名骑兵死死围住,前胸、肩膀都已被砍伤,最后,敌人的两把马刀斜着劈下来,她的左肋骨被砍断了——生在江南的女红军谭怀明,倒在了中国西北苍凉的大山里,两眼直直地望向腊子口上那一线淡青色的天空。

红四方面军妇女团一营一连,全连近百名官兵,七十多人阵亡于腊子口。

红四方面军大部队通过腊子口后,相继占领大草滩和哈达铺,击溃鲁大昌部三个团的阻击,扫清了岷县外围据点,包围了岷县县城。

红四方面军领导的警觉得到了证实:鲁大昌决心不惜一切代价死守岷县县城。

就在红军在求吉寺开会研究攻打岷县的那天,鲁大昌也主持了一个军事会议研究岷县防御。除了加强岷县最重要的屏障二郎山的阻击工事外,鲁大昌还特别强调了县城里的粮食储备。会后,鲁大昌清点了防守城池必需的炸弹和炮弹数量:炸弹十万发,迫击炮弹一万多发。鲁大昌还要求岷县县长和各乡乡长配合城防司令部清查户口,"以防共探潜伏"。会后没几天,鲁大昌就接到自哈达铺一线往北各要点被红军占领的战报。最后,当在岷县外围阻击红军的伤员被抬进县城的时候,引起了县城守军的巨大恐慌。

八月十四日晚六时,风狂雨暴,红军对岷县县城以及外围要地二郎山发起攻击。

整整一个晚上,红军以一个团的兵力反复攻击二郎山阵地。防守山顶大碉堡的王咸一的一个团几乎伤亡殆尽。天蒙蒙亮的时候,碉堡里只剩下一个排的官兵在苦撑着,他们已经没有弹药了。红军利用云梯攀上大碉堡,在碉堡的顶上与敌人展开白刃战,眼看着碉堡即将陷落,鲁大昌派来的蒋汉城旅到了。冲在最前面的是杨伯达营,全营每人手持两把驳壳枪,左右射击,火力猛烈,从山脚一直冲到碉堡下面。最后红军退去,杨伯达营包括营长和连长在内全部负伤,排长伤亡一半,士兵伤亡了三分之一。

鲁大昌分析战场形势后,感到了问题的严重:二郎山需要继续增加兵力,但是他的新编十四师已经无兵可调。他立即给兰州绥靖公署打电报请求增援:"敌众我寡,防阔兵单,数日以来,后续共军越来越多。职部以寡敌众,颇多伤亡,总不惜孤注一掷,究无裨国家之寸土，恳请速令就近部队，来岷协防，借固吾圉。"鲁大昌的电报发出后不久，蒋介石亲自回电了："已派队应援并补给，希督励所部杀贼，勇建殊勋。"跟着，张学良的电报也到了："攻岷县与陇西之共军，系敌三十军之第八十八、八十九两师，九军之第二十五、二十六、二十七三师。敌五军现围攻岷县，其口号为消灭在甘之中央军。现毛[毛炳文]军增援，虽被敌牵制，而周[周浑元]师北开援军，计日可达，万望沉着应战，以竟全功。"——两个大人物亲自打来电报，鲁大昌有点受宠若惊，立即上街去巡查城防。

到了傍晚，还是昨天的那个时辰，狂风又起，红军以主力攻击二郎山，以另一部攻击岷县县城，致使鲁大昌的部队终"不能彼此兼顾"。午夜十二时，二郎山阵地被红军突破。鲁大昌焦急万分，命令梁应奎旅和蒋汉城旅立即组织敢死队，由两个旅长亲自率领，由县城的小南门冲出去，直奔距离城门一公里的二郎山阻击阵地，同时命令迫击炮和机枪集中火力掩护。凌晨四点，消息传来，二郎山阵地保住了，但是官兵伤亡巨大，九个步兵连中七个连长生死不明，一个团的兵力只剩下四百人。

而在二郎山阵地前的战壕里，红军官兵的尸体已有千余。

十六日，国民党军的飞机往岷县县城内空投了大量的子弹、炮弹和粮食。但是在晚上的战斗中，红军的攻势更加凶猛，整整一夜轮番进攻，不曾有过一刻停止。鲁大昌的二郎山阵地虽没丢失，可阵地与县城的联络中断了。十七日清晨，红军的一部开始攻进县城南关，鲁大昌命令城墙上的两个团用机枪掩护，然后动用预备队进行反击，双方在南关的街巷中用大刀、刺刀和手榴弹战斗。两个小时后，红军撤走了。为防止红军再度攻城，鲁大昌下令把南关一带的民房全部拆除，限居民五个小时内一律搬走。同时还决定，放弃岷县外的一切阵地，死守二郎山和县城。最后，鲁大昌把开战以来唯一允许军民通行的北门也彻底封闭了，"以示全城军民破釜沉舟之决心"。这一天，鲁大昌还发放了赏金："以团为单位，凡能固守二郎山三天三夜者，各赏现洋四千元。"

可是,到了十八日凌晨的时候,县城的东、西城门都显现出危机,红军的攻击部队逐步逼近。鲁大昌严令部队不准撤退,而且要立即组织反击。反击的敌人与红军警戒哨接触的时候,占领了县城边缘的红军大部队正在做饭,饭锅里煮着黄米粥、炖着牛肉。双方即刻在锅前开始了肉搏战。红军撤离之后,有报告送到鲁大昌面前,报告说:进攻岷县县城的红军部队,"全系第九军之教导营和工兵营,官兵年龄半系十三至二十一岁之间"。

蒋介石再一次亲自致电鲁大昌:"该师应鼓励士气,凭城固守。中正已派飞机三架,增援接济,望勿顾虑。"

鲁大昌接到侦察情报,说红军正在城外广泛征集木头、柴草、木板,制造攻城的云梯,扬言"不把县城攻破决不罢休"。果然,二十二日晚上,红军动用了一百多架云梯,开始了前仆后继的攻城。红军的攻击整整持续三天,双方在城墙两侧形成了残酷持久的拉锯战。

《陆军新编第十四师战斗详报》:

一、上午九时,梁[梁应奎]旅长报告:昨夜十二时十分,匪在后所利用故城墙隐蔽演说:中国现在国家存亡关头,全国统一抗日救国,非红军不能引导。我守兵向之射击,而演说者如故,且数人更换;约二时余,大呼赤军万岁而罢。早间在城壕内拾来印刷品多件,皆告将士书及标语数十条。

二、上午九时,王[王咸一]团长报告:昨夜十二时,匪在阵地附近隐蔽处演说或唱歌或射击或吹号,至三时始止。

红四方面军攻击岷县的战斗持续了五十天。

最后,红军前沿部队指挥员不断给鲁大昌写信"商洽停止战事"。鲁大昌派人与红军方面接洽,提出"只要不再攻城,不占岷县地盘,愿意走哪条路就走哪条路"。红军给鲁大昌写去一封回信,提出了停止战斗和交换战俘等建议,但是对"不占岷县地盘"一事只字未提。

事实是，红军确有占据甘南的意图，不然决不会付出如此代价来攻击一个县城。

一九三六年二月二十日，红一方面军东渡黄河，发起东征战役，攻占了山西西南部的广大地区。国民党中央军的八个师又两个旅以及阎锡山晋军的四路纵队，于三月下旬开始了对东征红军的大规模"进剿"。

五月五日，毛泽东和朱德联名发出《停战议和一致抗日通电》。通电指出："中国人民红军抗日先锋军，本意集中全力消灭蒋氏拦阻抗日去路的部队，以达到对日直接作战之目的，但苏维埃中央政府与红军革命军事委员会，一再考虑，认为国难当前，双方决战，不论胜负属谁，都是中国国防力量的损失，而为日本帝国主义所称快。且在蒋介石阎锡山两氏的部队中，不少愿意停止内战一致抗日的爱国军人目前接受两氏的命令拦阻红军抗日去路，实系违反自己良心的举动。因此，苏维埃中央政府与红军革命军事委员会，为了保存国防实力以便利于迅速执行抗日战争，为了坚决履行我们屡次向国人宣言停止内战、一致抗日的主张，为了促进蒋介石氏及其部下爱国军人们的最后觉悟，故虽在山西取得了许多胜利，然仍将人民抗日先锋军撤回黄河西岸，以此行动，向南京政府全国海陆空军、全国人民表示诚意，我们愿意在一个月内与所有一切进攻抗日红军的武装队伍实行停战议和，以达到一致抗日的目的。"《停战议和一致抗日通电》发布的这天，红一方面军东征部队全部西渡黄河返回到陕北苏区。——一九三六年初，中国国情的变化使中国共产党人面临着需要极大智慧的政治抉择。

四月九日，在延安城边降落下一架飞机，从飞机上走下来的是身穿飞行服的张学良。

张学良驾机在延安降落，是中国当代史上一个重大事件。

迎接张学良的是中国共产党人周恩来。

之前，在红十五军团发起的劳山战斗中，红军俘虏了东北军一个名叫高福源的团长。高福源是北京大学毕业生,抗日情绪十分强烈,并与张学良有着密切的私人关系。被俘期间,他受到红军方面非同寻常的礼遇,在与红军高级将领的接触中,他感受到了共产党人抗日的决心。高福源对彭德怀说,东北军普遍希望打回东北去,关键是张学良的态度,如果让张学良了解红军的政治立场,他就有可能与红军合作。彭德怀当即建议高福源回去做张学良的工作。

回到洛川的高福源与张学良谈了一个晚上。

天亮的时候,张学良说:"你谈得很好,我基本上同意。你休息一下就回去,请红军方面派个代表来,我们正式谈一谈。"

高福源立即回到瓦窑堡,当面向毛泽东和周恩来作了汇报。中共中央立即指派李克农前去洛川会见张学良。从此,红军与东北军的谈判通道打开了。在与李克农的交谈中,张学良表示愿意为建立抗日民族统一战线出力,并赞成中国共产党人提出的建立"国防政府"与"抗日联军"的主张。张学良说:"内战不停止,很难造成抗日之局势,从前我认为非先统一则不能抗日,现在我认为非抗日不能统一。"

四月九日,周恩来和张学良在延安城里的交谈进行了一个晚上。张学良承认红军的抗日是真诚的,承认"剿共"与抗日不能并存。他对蒋介石的民族情绪和领导能力表示了认同,但又对蒋介石身边有许多的亲日派感到担忧。张学良坦率地表示,现在中国的武装力量几乎全部掌握在蒋介石手里,蒋介石是有抗日的可能的,因此要实现中国全国的抗日必须联蒋。而如果蒋介石真对日本投降,他就辞职另起炉灶单独抗日。最后,张学良建议,他在里面劝,共产党在外面逼,促使蒋介石走上全面抗日的道路。

周恩来还对陕西实力派军阀杨虎城进行了耐心的工作。杨虎城时任国民党军第十七路军总指挥和国民政府西安绥靖主任,他十分赞同共产党人提出的抗日民族统一战线的主张。在与张学良秘密取得一致的看法后,他的陕军也与红军方面达成了取消经济封锁和互不侵犯的协定。

从一九三六年五月开始,陕北苏区的周边呈现出一种奇特的现象:红军与国民党东北军和西北军之间默契地形成了相对平和的关系。虽然张学良必须执行蒋介石的"围剿"作战命令,但是双方的战斗已经逐渐减少;即使前面偶尔发生了摩擦性的战斗,后方集市上双方的采购人员仍然互相打着招呼。红军剧团还可以去白区演出,台下坐着的国民党军无比惊奇,当红军剧团演出话剧《亡国恨》的时候,台下的东北军官兵哭声一片。

陕北苏区获得了相对的安全。

八月十日,在中共中央政治局扩大会议上,毛泽东说:蒋介石在国内外的压力下,开始倾向全国统一的抗日战线了。我们愿意和南京谈判,应该承认南京是一种民族运动的大力量。我们可以承认统一指挥、统一编制,但是国民党一定要停止"剿共",一定要实行真正的抗日。会议决定以公开宣言的方式表明共产党人的抗日立场。八月二十五日,《中国共产党致中国国民党书》发表,中国共产党声明,愿意与中国国民党"结成一个坚固的革命的统一战线",以"实行大规模的抗日战争"——这是中国共产党人在民族危亡之际政治态度的巨大转变,这一转变符合中华民族的根本利益,即捍卫民族的生存与国土的完整。

八月九日,中共中央向张学良提出,与东北军联合占领以兰州为中心的战略枢纽地带,从西、北两个方向打通苏联,然后出兵绥远抵御日军的进攻,首先在西北造成抗日的局面。这一建议得到张学良的赞同。因此,当红四方面军开始攻打岷县的时候,中共中央电告朱德、张国焘和任弼时,提出红军有配合东北军打通苏联、巩固内部、出兵绥远的任务。要求红四方面军迅速夺取岷县,以甘肃南部为临时根据地,以求得补充和休整。之后红四方面军以一部出陇西威胁兰州,另一部出夏河威胁青海,以利于红军的三个方面军在甘肃北部会合——红四方面军之所以以巨大的牺牲持续攻击岷县,实际上是为了实现在岷县地区建立临时根据地的军事计划。

在红四方面军第一纵队攻击岷县的同时,第二纵队在第四军军长陈再道的带领下开始向甘南东部的临潭进军。第十一师沿着洮河西行,第十、第十二师和妇女团在占领临潭新城后,沿着大道向临潭旧城急促行进。八月二十日拂晓,红军逼近临潭旧城。这座四面环山的古城有四座城门,其中东、西、南三门有瓮城,瓮城上都筑有碉堡。鲁大昌的新编第十四师在这里驻有一个团的兵力。第十师在师长余家寿的指挥下开始了攻击。红军冲过五米深的城壕,搭起云梯攀爬城墙,很快就把守城的敌人打垮了——原来,驻守在这里的一个团的敌人在红军到来之前只剩下了一个营。

两天之后,敌人开始反击。

奉命夺回古城的是马步芳的警备第一旅的一个加强营。二十四日,第十师在城外设伏,将这个骑兵营包围,随即展开了歼灭战。受到打击的警备旅旅长马彪集中全旅兵力,向红军的阻击阵地发起反复冲击。在城外的西峰山阵地,马步芳凶悍的骑兵旋风一样砍杀过来,混战中红军的子弹用光了,官兵们只有与敌人拼刺刀。敌人的骑兵一度冲入县城,巷战在每一条街道中展开。骑兵闯入狭窄的小巷里显得十分被动,守城的红军在巷内设置了绊马索,挖了陷马坑,然后爬到房顶上向下扔手榴弹。马彪旅长是个亡命徒,骑兵的攻击受挫后,他把银元和烟土统统抬到前沿,亲自提刀督战。在阻击阵地被敌人连续突破数道后,红军抱着成捆的手榴弹前仆后继地与冲上来的敌人同归于尽,直至把敌人的进攻压下去。

至九月七日,在徐向前的指挥下,红四方面军第三十军一部占领漳县,第十二师占领洮州,第八十九师占领渭源,第九十三师占领通渭——至此,红四方面军突破国民党军在四川与甘肃边界设置的封锁线,控制了甘南的一部分地域。

岷洮西战役结束。

红四方面军终于在甘肃南部开辟出一小块可以暂时立足的区域。

在红四方面军之后,红二方面军也相继到达甘南哈达铺一带。

至此,中国工农红军的三个方面军,全部集中在了中国西部的甘肃、陕西与宁夏三省的交界处。世上已经没有任何力量能够阻止中国工农红军三大主力部队的最终会合了。

红四方面军占领通渭县城后,负责警戒的红军哨兵给第三十一军参谋长李聚奎带来一个骑毛驴的老头。见到李聚奎后,老头摘下了胡子,竟是一个十七八岁的少年。少年说他是红一方面军先遣支队派来送信的。信是九月一日写的,藏在少年的鞋底里,信的内容显示:红一方面军先遣队已到界石铺,离通渭还有两天的路程。

李聚奎万分激动,当即写了回信:

驻界石铺红一方面军先遣支队负责同志:

你们九月一号来信收到,我们早已闻你们到界石铺并闻有来通渭讯,故悬望数日,至今始接来信,不胜欢迎!

亲爱的同志们,主力红军大集西北地区,这无疑的是领导和推动全国革命的中心。

目前甘南敌情,王钧在天水礼县西和一带。最近我军一部占领了威县续向徽县推进。鲁大昌被我军围困于岷城一月有余,毛炳文在陇西城及其附近。我军也有一部监视中。其余如你们所知。

致以

胜利的敬礼。

廿日夜于通渭

直到新中国成立后,李聚奎才知道,写信的人是红一军团第一师政委杨勇——为了接应红二、红四方面军,在红一军团政委聂荣臻的率领下,一支以第一师为主的特别支队,此时已经从陕北南下到甘肃的静宁与会宁之间了。

尽管红军各部队都已经开始书写"为即将实现的伟大会合欢呼雀跃"的标语,但是中国工农红军的危难时刻并没有最后结束。

自一九三四年以来,全国的工农红军分成数支,选择最荒僻的路径,转战上万里的路途,就是为了在这片国土上寻找到一块可以立足的地方。但是,当中国红军各支部队相继到达中国的西部之后,一个巨大的难题始终缠绕着红军的领导者们:在广袤而荒凉的中国西部,究竟哪里才是会合之后数万红军可以休养生息的家园?究竟哪里才能让共产党人建起一个符合他们信仰的苏维埃共和国?——这一难题的出现基于一个严峻的现实:面积不大、土地贫瘠、经济落后的陕甘宁苏区很难支撑数万红军的未来。

一九三六年八月二十五日,张闻天、周恩来、博古和毛泽东联名致电中国共产党驻共产国际中国代表团团长王明,探讨中国红军的生存与发展问题。这是一封极具史料价值的电报——

王明同志:绝对保密

二、四方面军已经全部集中甘南,整个红军的行动方针,必须早日确定。为着避免与南京冲突,便利同国民党成立反日,为着靠近苏联反对日本截断中苏关系的企图,为着保全现有根据地,红军主力必须占领甘肃西部宁夏绥远一带。我们这一企图除在九月以下三个月中加紧与蒋介石进行谈判,求得在一般基础上要求他承认划出红军所希望的防地外,还须解决一个具体的作战问题,因为我们所希望的地区,为青海、甘西宁夏至绥远一带,这一带的特殊地形条件是为黄河沙漠草地所束缚着的一个狭长地带,而且其中满布着为红军目前技术条件所不能克服的许多坚固的城池堡垒及围寨,即使蒋介石承认红军占领这个地带[这个可能是极大的],但不见得能使这一地带的土著统治者自动地让出其防地[这个可能是很少的]。依红军现时条件如果不取得这一地带,则不可避免地要向现时位置之东南方面发展,但要取得这一地带没有新的技术之及时的援助是很困难的。在时机上进取这一地带仅能利用冬季黄河结冰之时,红军虽能奋勇抵抗最冷的天候,因地冻,也不利于用坑道方法攻城,在坚城面前即使平时坑道法也是不能必克的。但如果苏联方面能答应并且能做到及时地确实地替我们解决飞机大炮两项主要的技术问题，则无论如何困难我们决乘结冰时节以主力西渡接近新疆与外蒙。其部署拟略变前电计划大致可定为：

（甲）以一方面军约一万五千人攻宁夏，其余担任保卫苏区。十二月开始渡河，因宁夏地形狭小不利回旋，城寨甚多守备坚固，估计红军本身只能占领其一部分，主要的多数的城寨非借助从外蒙来之飞机与炮兵没有攻克之把握。如机炮能在十二月下旬或明年一月确实到达宁夏附近则可及时占领宁夏，宁夏占领则陕北与甘北苏区均有保障，如不能及时占领则红军须乘河冰未解之际退回甘北，以后发展方面亦不得不往甘南与陕南。因陕北甘北苏区人口稀少粮食十分困难，非多兵久驻之地，且北不出宁夏，东不出山西，亦无红军活动之余地，故势必向甘南陕南一带发展。然主力向南之后，苏区必被汤恩伯马鸿逵高桂滋高双成等用堡垒主义逐步侵占而化为游击区。目前陕北苏区，即已大为缩小，红军之财政粮食已达十分困难程度，只有占领宁夏才能改变这一情况。

（乙）以四方面军十二月从兰州以南渡河，首先占领青海之若干地方作为根据地，待明年春暖逐步向甘凉肃三州前进，约于夏季达到肃州附近，沿途坚城置之不攻，待从外蒙或新疆到来之技术兵种配合攻取。

（丙）以二方面军位于甘南，成为苏区南陕甘苏区联系。

以上是基于从今冬至明年以占领黄河以西为基本方针之作战计划。如此方针为苏联方面所赞同，则请兄代表红军直接向苏联关系方面谈判许多具体准备之问题，主要的是援助中国之技术兵种组成输送与按时到达，以及到达后使用的问题，因为我们即使得到技术在开始阶段也不善于使用。此方针与准备问题希望早些解决。如果苏联不赞成目前直接援助之方针，而我们与南京之谈判不能及时成立协定,或协定中不能达到使宁夏甘土著统治者自动让防之程度,红军攻取不克,结冰渡河时机又已过去,则我们只好决心作黄河以东之计划,把三个方面军之发展方向放到甘南陕南,川北豫西与鄂西待明年冬天再执行黄河以西的计划。但这种做法我们认为有下列的损失:甲、将被迫放弃现有陕甘宁苏区,这是非常不利的。乙、红军发展方向不是与日本进攻方向迎头,而是在相反方向,即不是抗日方向而是内战方向。丙、因此也就无法避免与南京在军事行动上发生冲突。丁、日本帝国主义有利用此时机截断中苏关系的可能。戊、宁夏、青海、甘肃等反革命也将利用明年大大加强其堡垒主义,将更加投靠日本,使得而后红军西进发生困难。邓发同志为此使命赴苏,但时机迫促,拟请兄全权代表红军进行交涉并以结果见告。我们希望同南京谈判红军驻地问题的结果,能够与向苏联提出的问题在大体上不相抵触,使国际与苏联对中国的方针不致因红军局部要求而破坏其统一性,我们是想两方面同时进行交涉以期不失时机地解决此问题。

洛甫、恩来、博古、泽东

在等待共产国际回电的时候,八月三十日,中共中央鉴于蒋介石已令胡宗南部迅速北上,并且有分化东北军的企图,认为目前首要任务是必须把胡宗南的部队遏制在甘肃东部,将甘南变成红军的战略根据地之一,以保持陕北根据地与甘肃根据地的呼应,从而在冬季到来的时候执行占领宁夏打通苏联的计划。因此,命令红一方面军继续南下策应红四方面军,命令红四方面军进一步控制甘南地区,命令红二方面军东出哈达铺控制陕甘南部的交界地带。中央的电报特别表明:"三个方面军的行动中,以二方面军向东行动为最重要。不但是冬季红军向西北行动的必要步骤,而且在目前我们与蒋介石之间不久就将举行的双方负责人谈判上也属必要。"

九月十一日,红二方面军开始行动。左纵队的红六军团向东,沿着礼县北面的崖城、娘娘坝一线,向位于陕甘边界的两当前进。红军选择的路线,是国民党军两军之间的接合部,因此东进的速度相当快。十八日,第十六师和第十七师已经到达两当城下。在当地共产党地下组织的配合下,红军一枪未发便开进了县城。同时,第十八师占领了两当南面的徽县。

中纵队的红二军团第四师以及第三十二军,在左纵队的南侧一路向东奔袭成县,于十七日向县城发起攻击。成县守敌为一个营和一个保安团,火力配备猛烈。红军的先头部队十团首先突破敌人在东门和南门的阻击阵地。进入县城的红军发现,敌人隐蔽在街道两边的墙壁后面,射出的子弹打不到他们。十二团政委杨秀山观察了一会儿,想起在一次战斗中,一颗子弹打在他跟前的石头上,飞溅起来的石片使他的两腿七处受伤。杨秀山随即命令机枪向街道上的石板路上打。顿时,石板上飞溅起无数的小石片,躲在死角里的敌人果然出现了伤亡,他们只有从那些墙壁后面出来试图跑向另外的地方,红军的机枪一下子就扫了过去——杨秀山,余秋里负伤后出任十八团政委,十二团政委负伤后他又来到十二团。

右纵队红二军团第六师十九日攻克位于甘肃最南边的康县,之后继续东进威胁着陕西的略阳。

至一九三六年九月二十日,红二方面军十天之内连续作战,相继占领甘南的礼县、两当、徽县、成县、康县以及陕西南部的略阳、凤县等部分地区,使红二、红四方面军在甘南至陕南地区的控制范围得到了扩大。之后,根据中共中央的指示,红二方面军在这一带开展了建立根据地的工作。

红四方面军到达甘南后,朱德和陈昌浩都认为大军不能久留这里,必须迅速通过西兰公路去与红一方面军会合。但是张国焘反对,他说红军最好的出路是往西而不是往北。为此他给中共中央打电报,提出了他主张的两个方案:一是往西进入青海、新疆,接通苏联获得武器后再回来;一是往东南,向川陕豫发展,也就是回到红四方面军的老根据地去。中共中央回电表示:向西的行动中央已经向共产国际请示;至于往东南,那是背向抗日的方向,是向南京进攻的方向,这只能在与南京方面谈判彻底破裂后才能考虑。

千方百计不愿意北上的张国焘只有盘算在甘南落脚的问题。

张国焘开始制订在这一带建立根据地的计划,组织大量的工作组去建立地方各级苏维埃政权,连夜起草建立根据地需要的各种文件。但是,中共中央要求红四方面军迅速北进的电报到了。电报要求红四方面军迅速"以主力占领以界石铺为中心"之隆德、静宁、会宁、定西之间的西兰公路及其附近地区,决不能让胡宗南部"占领该线"。并表示"我们已派一个师向静隆线出动,如此可滞阻胡宗南之行进,而便于四方面军之出至隆定大道"。

第二天,张国焘得到的消息令他的心情更加暗淡了:由红一军团政委聂荣臻率领的近三个团的人马,于九月九日开始南下,其先头部队已于十六日占领西兰公路上的要地——界石铺。

红四方面军必须北上了。

中共中央试图占领宁夏为巩固的根据地,是为了从地理上更加靠近苏联,以期得到苏联的帮助,特别是重武器的援助。从当时中国红军面临的严峻局面以及开辟抗日战场的意图上看,这也许是最稳妥的一个具有战略意义的计划——中国工农红军即将结束万里长征,只有打通与苏联的往来通道,才能解决战役后方和战略依托问题。无论是红军的生存,还是抗日的需要,没有优良的武器和物资保障将是很困难的。同时,张学良对红军打通苏联的计划也抱有极大的热情,他积极建议红军占领宁夏,甚至建议与新疆军阀盛世才达成政治联盟。从某种意义上说,张学良之所以冒着与蒋介石发生政治对立的风险愿意与红军联合,正是基于存在于国民党内部的"联俄抗日"的呼声日益高涨,这种呼声的目的也是为了东北军的抗日能够得到苏联的支持。而打通中国与苏联的通道,其实也符合斯大林的需要。斯大林明白,中国的对日作战将牵制日本从东方进攻苏联的力量。这就是日后共产国际同意中国红军"占领宁夏及甘肃西部",并答应"占领宁夏地域后"给予帮助的重要原因。

但是，随着中国国内政治形势的变化，斯大林答应给予中国红军的帮助并没有实施，国共两党抗日联合统一战线最终形成后，苏联的飞机大炮全部给了国民党军队，这使最终还是在陕北扎下根来的中国共产党人明白了一个道理，就是毛泽东直至晚年依旧坚忍不拔地保持着的"自己动手，丰衣足食"。

九月十六日，中共西北局在岷县三十里铺召开会议。会议制定了《静会战役纲领》，决定：四方面军在胡敌未集中静宁、会宁以前，"先机占领静、会及定西通道"，争取尽快与红一方面军会合。

北上，与中央的会合近在眼前，张国焘对其政治前途的担忧也达到了他所能承受的极限。当得知红一方面军为确保陕北根据地，只有一个师南下配合红四方面军作战时，张国焘突然觉得转机出现了：原定计划是红一方面军南下，红四方面军北上，共同对胡宗南进行夹击，而现在红四方面军几乎是要单独与胡宗南作战了。于是，张国焘决定将北上静宁、会宁的计划改为西渡黄河。

静宁、会宁均位于甘肃北部，从那里再向北就进入宁夏了。

而西渡黄河将进入人烟稀少的青海，再往西就是与苏联接壤的新疆了。

红四方面军再一次面临着严峻抉择。

二十一日深夜一时，位于漳县前线指挥部的张国焘给朱德发去电报："请你负责本夜令军委纵队〔红军总司令部及直属队〕电告停止待命。"

朱德接电后，立即致电陕北："西北局决议通过之静、会战役计划正在执行，现又发现少数同志不同意见，拟根本推翻这一原案。"

二十二日凌晨三时，朱德回电张国焘："国焘同志电悉，不胜惊诧。为打通国际线路与全国红军大会合，似宜经静、会北进。忽闻兄等不加同意，深为可虑。昌浩今早可到漳，带有陕北来新译长电，表示国际态度，望详加研究……静、会战役各方面均表赞同，陕北与二方面军也在用全力策应，希勿失良机，党国幸甚。"

然而,二十二日晚八点,张国焘已将红四方面军即将西渡黄河的计划致电告知了陕北的毛泽东、周恩来、彭德怀,同时还告知了此刻仍停留在甘肃东南部的贺龙与任弼时。

天一亮,朱德骑马赶了一百二十里路,到达漳县前敌指挥部。

二十三日,西北局在漳县再次召开会议。张国焘在会上侃侃而谈,说北上作战会断送红四方面军,方面军自穿越草地之后连续作战,部队从未得到过休整,而且十个炸弹有五个打不响,可胡宗南的部队武器精良,两下一比不得不作万一之想。宁夏地域狭小,红军集结在那里,前有敌人的封锁,后有黄河与沙漠,一旦出师不利必将陷于困境。况且陕北很穷,根本不能解决大军的吃饭问题。共产国际的电报同意我们靠近苏联,所以我们应该立即西渡黄河,占领兰州以北地带。这样既避免了与强敌决战,也不违中央夺取宁夏的意图,同时还可以解决方面军的粮食供应问题。朱德表示:有红一、红二方面军的配合,北上的困难是可以克服的。如果再不北进,三军会合不知要等到哪一天,这样将延误抗日统一战线的形成,且会使红一、红二方面军的侧翼暴露。但是,会议最终还是采纳了张国焘的西进计划。朱德仍坚持自己的意见,他对张国焘说:"若强我们赞同是不可能的。"

张国焘的西进计划再次打乱了中央和红军的整个战略部署。

毛泽东二十四日急电彭德怀:

彭并告聂:

甲、接朱电国焘又动摇了北上方针,我们正设法挽救中[对外守密]。

乙、为使胡敌不占去先机,请加派有力部队南下,交一军团指挥,增加界石铺分兵至隆静道游击至要。

毛

二十四日十六时

红四方面军官兵对突然改变的军事命令感到不解。绝大部分红军官兵不愿意再往西走了。第四军第十二师先奉命到渭源接防,之后又突然命令他们撤离渭源；刚从渭源撤下来还没走出二十里路，又命令他们再度夺取渭源。师长张贤约和政委胡奇才让部队在洮河边停下来，两个人在河边徘徊良久，内心充满着莫名的疑惑。军长陈再道亲自赶到洮河边，催促他们赶快执行命令。第十二师的官兵打了整整一夜，才重新占领刚刚放弃的渭源县城。第三十一军距离红一方面军控制的界石铺最近，他们满心希望成为第一支与红一方面军会合的部队，但是接到的命令却是让他们立即返回岷县，而他们几天前才离开岷县到达这里。返回的路上大雨瓢泼，道路泥泞，红军官兵们对部队前途的猜测五花八门。

红四方面军一旦西渡黄河，对于已经东出甘南的红二方面军来说，他们将即刻失去侧翼与身后的策应。二十五日，贺龙、任弼时、关向应、刘伯承、甘泗淇、王震、陈伯钧，联名致电朱德、张国焘、徐向前、陈昌浩，表示关于目前的行动"比过去任何时期迫切要求能协同一致。否则，只有利于敌人各个击破，于革命与红军发展前途有损。我们已向陕北建议，根据目前情况和三个方面军实际情况做出三个方面军行动的最后决定"。红二方面军请求红四方面军不要立即西渡黄河："我们请求你们暂以四方面军停止在现地区，以待陕北之决定。陕北与国际有联络，对国内情况较明了，而且与各方面行动、统一战线工作有相当基础，必能根据各种条件定出有利整个革命发展的计划。"

第二天，中共中央的电报到了：

朱、张：

  确息：胡宗南部在咸阳未动，其后续尚未到齐。四方面军有充分把握控制隆、静、会、定大道，不会有严重战斗。一方面军可以主力南下策应，二方面军亦可向北移动钳制之。北上后粮食不成问题，若西进到甘西则将被限制于青海一角，而后行动困难。

英、洛、恩、博、稼、泽

二十六日十二时

而这时候,红四方面军前敌指挥部已经从漳县向西移动到了临潭附近。

二十六日,张国焘一天内给中央发去四封电报,不但放弃了同中央保持"取横的关系"的立场,对于中央的指示愿意"遵照执行",并且自红一、红四方面军分路北上、南下以来,第一次在电报中使用了"党中央"这一称呼。

张国焘的心绪复杂而矛盾——

电报一:"关于统一领导万分重要。在一致执行国际路线和艰苦斗争的今日,不应再有分歧。因此我们提议,请洛甫等同志即以中央名义指导我们。西北局应如何组织和工作,军事应如何领导,军委主席团应如何组织和工作,均请决定指示,我们当遵照执行。"——这是张国焘第一次放弃"对一方面军取协商关系,对北方局取横的关系"的立场,表示愿意接受中央的领导。

电报二:"此次西渡计划决定,绝非从延误党和军事上统一集中领导观点出发,而是在一、二、四方面军整个利益上着想。先机占领中卫,既可更有利实现一、二、四方面军西渡打通远方,又能在宽广地区达到任务。此心此志千祈鉴察。关于统一领导问题已有具体提议,因恐同志对西渡计划可发生延误统一领导之误会,故决然如此,从此领导完全统一可期,当可谅解西渡计划确系站在整个红军利益的有伟大意义的正确计划,现我们仍照西渡计划行进,望以此实情多方原谅。如兄等仍以北进万分必要,请中央明令停止,并告今后行动方针,弟等当即服从。"

电报三:"如兄等认为西渡计划万分不妥时,希即明令停止西渡并告今后方针,时机紧迫,万祈鉴察。"

最后一封电报发自这一天的二十二时:"四方面军已照西渡计划行动,通渭已无我军。如无党中央明令停止,决照计划实施,免西渡、北进两失时机。我提议一方面军主力,不必延伸到西兰公路,防敌从黑城镇、同心城截断我一方面军。我们一月内能在靖远附近会合,请善解释,决不可使全党全军对会合失望。"

二十七日，毛泽东、周恩来、彭德怀回电，告知政治局"详细慎重"地谈论了红四方面军西渡黄河的问题，现在"特将结果奉告如下"：

> 中央认为：我一、四两方面军合则力厚，分则力薄；合则宁夏、甘西均可占领，完成国际所示任务，分则两处均难占领，有事实上不能达到任务之危险。一、四两方面军合力北进，则二方面军可在外翼制敌；一、四两方面军分开，二方面军北上，则外翼无力，将使三个方面军均处偏狭地区，敌凭黄河封锁，将来发展困难。且胡敌因西兰路断，怕我夹击，又怕东北军不可靠，不敢向隆德、静宁，拟向天水靠王钧。如四方面军西渡，彼将以毛[毛炳文]军先行，胡军随后，先堵击青兰线，次堵击凉兰线，而后敌处中心，我处僻地，会合将不可能，有一着不慎全局皆非之虞。

这时候，红一方面军已有四个团以上的兵力即将通过隆德、静宁一线，以监视胡宗南的部队，确保红四方面军安全北上。因此，中央要求红四方面军"迅从通渭、陇西线北上"。

同一日，党中央致电朱德、张国焘：

> 朱总司令、张总政委并告一、二、四方面军首长：
> 　　四方面军应即北上与一方面军会合，从宁夏、兰州间渡河夺取宁夏、甘西，二方面军应暂在外翼钳制敌人，以利我主力之行动。一、二、四方面军首长应领导全体指战员发扬民族与阶级的英勇精神，一致团结于国际与中央路线之下，为完成伟大的政治任务而斗争。
> 　　　　　　　　　　　　　　党中央
> 　　　　　　　　　　一九三六年九月二十七日

紧接着，向西探路的先头部队派人回来报告：黄河对岸大雪封山，气候寒冷，道路难行，西渡黄河怕是异常艰险。

张国焘终于知道大势已去。

二十九日,朱德下达了北进的命令。

自一九三六年九月三十日起,红四方面军分为五路纵队,由甘南向北面的通渭、庄浪、会宁和静宁前进。第一纵队的第四军是先头部队,他们刚刚到达通渭县城,胡宗南的部队就追了上来,鲁大昌和毛炳文的两个师也从兰州方向压来。为避免与敌人纠缠,尽快地与红一方面军接应部队会合,第四军一个昼夜急行军二百三十里。北上沿途全是黄土山坡,村庄极其罕见。在连续的行军中,官兵在忍受极度疲惫的同时,还要忍受严重的缺水。出发的第三天,红军官兵终于看见一个小茅屋,只有一个老婆婆住在里面。经过官兵们的解释,老婆婆把她积攒下的半桶浑浊的雨水和一小罐蜂蜜送给了红军。官兵们每人喝了一小口,然后把蜂蜜和剩下的水混在一起全给了伤员。

与此同时,为了迎接红四方面军,红十五军团奉命从同心城出发突袭会宁县城。徐海东对骑兵团团长韦杰和政委夏云飞说,敌人企图阻截我们与红四方面军会合,我们要抢在敌人的前面占领会宁。骑兵团连续奔袭二百多里,于十月二日凌晨对会宁发起攻击。由于红军奔袭的速度太快,敌人还没来得及加强对会宁的防御,会宁县城很快就被红十五军团攻占。

十月八日,红四方面军先头部队第四军第十师在会宁附近的青江驿、界石铺与红一方面军第一军团第一师会合了。

在那个秋日晴朗的天空下,最先相向走来的是红四方面军第四军军长陈再道和红一军团第一师师长陈赓。

随后,红四方面军第三十军占领通渭,红军总司令部顺利通过了西兰公路。

十月九日,朱德、张国焘、徐向前、陈昌浩等人到达会宁。

一九三六年十月十日,中国西北部偏僻的会宁小城一下子成了红军之城。满城的红军无不兴高采烈,来来往往的任何一个红军,无论过去认识还是不认识,都如久别重逢的兄弟。晚上,红四方面军第十师和红一方面军第一师聚集在县城文庙前的广场上,举行了庆祝会师大会。毫无疑问,这是所有的红军官兵万分激动的时刻。尽管官兵们并不清楚中国红军的会合经历了多少曲折与艰难,但是他们知道红军主力一旦会合在一起未来就会无比光明。

会后举行了大会餐。红一方面军官兵把准备好的礼物——毛衣、毛袜、粮食、蔬菜纷纷送给红四方面军各部队,这让两个方面军的官兵都想起了一年多以前,在夹金山北麓那个名叫木城沟的藏族村庄里他们各自经历了千难万险后会合在一起时的情景。那时雪域高原一片金黄,木城沟里杜鹃怒放,红四方面军官兵为红一方面军送来的也是毛衣和毛袜。此刻,中国的西北天高地阔,长风浩荡,红军官兵们吃着新鲜的羊肉,喝着当地产的一种名叫呢呢的土酒,直喝得所有的人无不热泪滚滚。

红一、红四方面军会师于会宁城的时候,红二方面军正在北渡渭河。

九月下旬的时候,红四方面军停留在甘南,就是否北上的问题一再争论,宝贵的时间因此被严重耽搁,胡宗南部的十多个团趁机进至甘肃东部的清水、秦安一带,向驻扎在天水的国民党军第三纵队司令毛炳文部逐渐靠拢。这不但给红四方面军的北上带来了危险,更严重的是,由于红四方面军从甘南移动而出,位于甘东南的红二方面军的侧翼暴露了。红四方面军开始北上后,胡宗南的十多个团迅速自北向南推进;而在红二方面军的南面,国民党中央军第一纵队司令王钧的第三十五旅和补充团也已靠近成县,第十二纵队司令孙震部也由武都推进到康县一带。红二方面军已腹背受敌。

在向中央请示并得到同意后,红二方面军开始单独突围北进。

这一行动,被贺龙视为"长征中最危险的一次"。

敌人的大军夹击而来,残酷的战斗不可避免。第三十二军在成县阻击王钧部。敌军火力强劲,阻击阵地很快告急。第四师十二团和第六师十八团奉命增援,两个团到达战场即投入了战斗。十八团在团长成本新的带领下向敌人发起反冲击,敌人的炮火十分密集,在十八团的冲击道路上打出一片火海。十八团新任政委周盛宏被爆炸的气浪抛出去一丈多远而阵亡,团长成本新再次负伤。敌人越打越多,从红军的阵地上看下去密密麻麻的,十八团的伤亡越来越大。最后时刻是已经分不清敌我的肉搏战。十二团的阵地上战斗同样惨烈,政委杨秀山又一次负伤,敌人的子弹打中了他的臀部。二营营长蔡久背起他就跑,跑下阵地后,杨秀山发现身上挎着的挎包又被子弹打了个洞,里面的两本书也被打穿了,这两本书是他最喜欢的,一本是《苏联红军步兵战斗条令》,另一本是《列宁主义概论》。前一本是一九三六年一月牺牲在湖南便水战斗中的师参谋长金承忠留下的遗物,后一本是已经身负重伤的师政委方理明送给他的新年礼物。

十月五日,毛泽东、周恩来致电红四方面军,要求他们出兵策应单独北上的红二方面军:

朱、张、徐、陈:

甲、为彻底消灭迫近会宁城西南门之敌人,请你们令向会、静前进之部队即速截断会、静、定西间道路,以便我第一师及守城陈[陈漫远]支队明日将敌击溃后全部俘虏之。该敌大约是邓宝珊部一团至二团。

乙、胡宗南先头才到清水、秦安,大部尚在咸阳、清水道上,判断该敌再需十天左右才能全部集中并开始展开。二方面军从六号起以四天行程经天水以西到达通渭。千万请你们派有力一部立即占领庄浪,在通渭、庄浪两地部队均向秦安迫近游击。以确实掩护二方面军之到达。

毛、周

五号十五时

并告贺、任、关、刘

红二方面军担任突围后卫的,是由师长张辉和政委晏福生率领的第十六师。部队出发没多久,师长张辉就牺牲了。到达盐关镇时,第十六师再次与胡宗南的部队遭遇。为掩护主力北进,第十六师在兵力和火力都占绝对优势的敌人面前誓死不退,因为在他们的背后,模范师师长刘转连正指挥着军团直属机关和后勤部门转移。战斗最终变成了残酷的拉锯战,第十六师参谋长杨旻和政治部主任刘礼年先后负伤。师政委晏福生一个人指挥部队开始突围,一颗炮弹呼啸而至,落在晏福生的身边爆炸了,断了一条胳膊的晏福生倒在地上。他从自己的口袋里掏出电报密码本,对警卫员说:"你负责把这个带出去。"然后他把自己的驳壳枪给了另外一个战士:"这枪很好使,你带上。"晏福生严厉命令他身边的官兵赶快突围。警卫员和战士们不肯走,晏福生喊道:"你们好胳膊好腿,革命需要!把我的枪给我,谁不走我就枪毙了谁!"官兵们把昏迷的晏福生藏在灌木丛中,走了。

前边就是渭河。

连日的大雨使渭河河水猛涨。

红二方面军两翼没有掩护,前面也没有接应,岸边找到的船只根本不够,官兵们就往汹涌的河水中跳,不少人瞬间就被河水卷走了。更严重的是,两个旅的敌人已经包围上来。过了河的红军官兵上了岸就开始阻击,仍没过河的官兵一边向河边撤一边回击追击的敌人。红二方面军整个部队被牵制在渭河两岸,掩护、抢渡、阻击同时进行着,部队出现巨大的伤亡。

渡过了渭河的王震,得知第十六师政委晏福生负伤的事,立即派刘转连带领一支精干的小分队返回去寻找。战斗已经结束,战场上遍地都是尸体,刘转连没有找到晏福生。回来报告了王震,王震说:"让我们为晏福生同志默哀三分钟。"——这已经是红军官兵第二次为晏福生"默哀三分钟"了。在去年四月的一次战斗中,晏福生因为追击敌人追得太远,没能及时归队。大家都以为他牺牲了,师长提议为他默哀三分钟,红军官兵们刚把头低下来,晏福生回来了,身上挂着好几支枪。一个多月后,驻扎在黄河边的萧克接到一个报告,说是有个流浪汉被老乡用门板抬着送到了红军这里,因为门板上的人自称是第十六师政委晏福生。萧克说:"立即抬到军部来!"门板从望不到边的黄土高坡上起起伏伏地过来了,还没走到跟前,萧克一眼就认出了已经脱了相的晏福生,他大步上前,一把握住晏福生的手说:

"你受苦了!"

红二方面军的单独北进,令贺龙每每想起便心疼不已:

> 我们把四县打下,张国焘不打,向西一跑,所有的敌人都加到我们头上……我们损失了十七团……十七团一个团收不赢,很紧急,我们过河也很仓促。在盐关镇六军团被侧击,晏福生负伤。行军受到敌人的侧击,二军团甩了个团,到海原又吃了点亏,我差点被炸弹炸死……过渭河,狼狈极了,遭敌侧击。渭河上游下暴雨,徒涉,水越来越大……这是长征中最危险的一次。

一九三六年十月二十一日,贺龙在平峰镇[宁夏西吉县]见到了红一军团代理军团长左权、政委聂荣臻。

第二天,红二方面军到达会宁东北方向的将台堡,与红一军团第一师会合了。两军的红军官兵彼此见到的那一刻,双方都向对方跑过去,红一军团官兵的手里捧着热乎乎的土豆。

此时,中国工农红军的三个方面军已全部集中在甘肃与宁夏的交界处。

而国民党军正在加紧准备"通渭会战"。

蒋介石明白红军占领宁夏的意图在于打通苏联,但他认为红军长途跋涉,人马疲惫,伤亡累累,粮弹奇缺,目前处在一个狭小的地域内,基本上再也无路可走。随着国际国内形势的急促变化,国民党军的对日作战日益紧迫,这也许是消灭红军的最后的机会了。蒋介石调集了近二十个师,分兵四路,北堵南攻,企图把红军一举歼灭于黄河以东的甘、宁边界地区。

十月十五日,毛泽东以苏维埃中央政府主席的名义,通过苏维埃通讯社发表了讲话:

苏维埃中央政府与人民红军军事委员会,现已发布命令:

(一)一切红军部队停止对国民革命军之任何攻击

行动；

（二）仅在被攻击时，允许采取必需之自卫手段；

（三）凡属国民革命军，因其向我进攻而被我缴获之人员武器，在该军抗日时，一律送还，其愿当红军者听；

（四）如国民革命军向抗日阵地转移时，制止任何妨碍举动，并须给以一切可能之援助。

吾人已决定再行恳切申请一切国民革命军部队与南京政府，与吾人停战携手抗日。该项申请书，已在草拟中。目前察晋绥三省形势，已属危急万状。吾人极愿与南京政府合作，以达援绥抗日救亡图存之目的。如南京政府诚能顾念国难停止内战出兵抗日，苏维埃愿以全力援助，并愿以全国之红军主力为先锋，与日寇决一死战。

苏维埃中央政府主席　毛泽东
一九三六年十月十五日

因为徐向前与胡宗南是黄埔军校的同学，所以中央又让徐向前致信胡宗南停止内战：

黄埔学别，忽又十年，回念旧情，宛然如昨。目前日寇大举进攻，西北垂危，山河震动，兄我双方宜弃嫌修好，走上抗日战线，为挽救国家民族于危亡而努力。敝部已奉苏维埃政府与红军军事委员会命令，对于贵军及其他国民党军队停止攻击，仅在贵军攻击时取自卫手段，一切问题均函商洽，总以和平方法达到停止内战一致抗日之目的。非畏贵军也，国难当前，不欲自相残杀，伤国家力，长寇焰也；若不见谅，必欲一战而后已，则敝方部队已有相当之准备，逼不得已，当立于自卫地位，予必要之还击。敝部我军仅为抗日之目的而斗争，靡愿与贵军缔结同盟，携手前进。蒋校长现已大觉悟，实为佩服，吾辈师生同学之间倘能尽弃前嫌，恢复国共两党之统一战线，共向中华民族最大敌人日本帝国主义决一死战,卫国卫民,复仇雪耻在今日。吾兄高瞻远瞩,素为弟所钦敬,虽多年敌对,不难一旦言欢。特专驰函,征求盍兄高见,倘蒙惠予采纳,停止军事行动,静候敝党中央与蒋校长及贵中央之谈判。如承派员驾临,敝部自当竭诚欢迎。时危事急,率而进言,叨在同门,知不以为唐突也。

专此顺叩戎绥!

胡宗南没有回音。但是他对心腹说的一句话还是被共产党人得知了——胡宗南说:"剿共是无期徒刑。"

一九三六年十月二十二日,蒋介石飞抵西安。

蒋介石的部署是:毛炳文第三十七军的两个师、王钧第三军的两个师和关麟征的第二十五师,经会宁向靖远攻击前进;胡宗南的第一军四个师经静宁向打拉池方向突击;以王以哲、何柱国指挥东北军的三个步兵师及五个骑兵师,加上马鸿宾的第三十五师,经隆德、固原北进。同时,在西线和北线,以东北军第一一四师由兰州进抵一条城,以邓宝珊的新编第一军固守靖远城,以马鸿逵的新编第七师担任中卫、中宁及其以东黄河沿岸的防守,阻截红军西渡或北渡黄河。

蒋介石把他制订的战役计划,称为与共产党红军的"最后五分钟的决战",他甚至打电报给兰州绥靖主任朱绍良说,在彻底消灭了红军之后"收编者不得超过五千"其余"一律铲除"。

鉴于国民党军队四面合围而来,会宁前线的局势越来越严峻,中共中央决定提前发起宁夏战役,实现"占领宁夏,打通苏联"的计划,使红军能在一个相对安全的地域里得到急需的休整。

执行宁夏战役计划的时候,红四方面军承担了主力作战任务。

国民党军很快到达会宁城下。

会宁县城遭到国民党军飞机的疯狂轰炸。

二十二日黄昏,国民党军逼近会宁城。第五军在军长董振堂的率领下,开始了极其惨烈的会宁保卫战。战至二十三日凌晨,红军三千多人的部队伤亡已达八百多人。在南北两面城防都被国民党军突破后,第五军被迫放弃了会宁。

会宁的失守给正在西渡黄河的部队带来巨大威胁。如果让敌人从会宁继续向西推进,一旦占领了红军渡河的渡口,宁夏战役计划将被迫终止。在陈昌浩的严厉命令下,第五军在会宁城北再次建立起阻击阵地,徐向前迅速从两翼调动了两个团增援会宁。

黄水滔天,浊浪翻卷。

身后的敌情万分紧急。

二十四日晚,已经西出靖远附近的红四方面军第三十军不顾一切开始强渡黄河。至二十五日晚,第三十军从虎豹口渡口全部渡过了黄河。接着,第九军、第五军也开始了渡河。

国民党军立即调集飞机,对黄河渡口实施狂轰滥炸,同时从东、西、南三面快速调动兵力向黄河两岸压来。第四军奉命在会宁至靖远的大道上阻击向渡口扑来的国民党军。大道上没有利于阻击的地形,进攻的敌人兵力多于红军八倍。第四军军长陈再道和政委王宏坤分了工:陈再道指挥第十二师和第十一师的两个营以及骑兵大队,在大道以西面向兰州方向阻击敌人;王宏坤指挥第十师、独立师和第十一师的另一个营,在大道以东阻击从会宁来的胡宗南部。红军的阻击阵地失而复得,得而复失,残酷的拉锯战从早上一直打到黄昏,然后又从黄昏打到天亮,如此进行了三天三夜。第四天,国民党军逼近了黄河渡口,红军被分割在黄河两岸,敌机开始向河面上的渡船轰炸,合围而来的国民党军分成三路,正面突击左右迂回,开始了最后的攻击。第四军边打边撤,已经撤退到距黄河渡口仅十公里的地方,与准备渡河的第三十一军挤在了一起。王宏坤跑到第三十一军军部,见到了军长萧克和政委周纯全。王宏坤说:"后面快守不住了,再往前就没有可以建立阻击阵地的地方了。敌人一突破,就没有办法了,你们赶快准备走吧!"正说着,炸弹落了下来。王宏坤在硝烟中回身又往阻击前沿跑,迎面与撤退下来的第十师师长余家寿碰了头。王宏坤说:"三十一军没有准备,我们得回去坚持!不能撤!谁撤我枪毙谁!坚决执行纪律!"第四军依然艰难地坚持着阻击线。国民党军的飞机飞得很低,机枪子弹暴雨一样倾泻下来。为了给身后的第三十一军赢得渡河时间,第四军与敌人拼杀近四个小时。王宏坤不断地把身边的警卫人员派出去寻找联络,直到身边的人都派光了,指挥所里只剩下他一个人。最危险的时刻,独立师副师长李定灼带着一个营出现了,于是王宏坤指挥着这个营继续阻击。

晚上,国民党军占领了黄河渡口。

渡过黄河的红四方面军部队有第五军、第九军、第三十军以及包括徐向前在内的方面军指挥部,共两万一千八百多人。

没有渡过黄河的部队是第四军、第三十一军。

至十一月初,国民党军各路部队打通了增援宁夏的道路。宁夏战役计划"暂时已无执行之可能"。

红军必须回到陕北苏区去。

十一月十五日,甘肃东部,红一方面军已经移至豫旺堡以东地区,红二方面军到达环县西南地区,红四方面军的第四、第三十一军到达豫旺堡以东的萌城地区。而国民党军毛炳文部准备西渡黄河追击红军,王钧部因军长病逝到达同心城后便停止了推进,东北军王以哲部在胡宗南部的右翼向豫旺堡缓慢推进,只有胡宗南部兵分三路,孤军深入,在向豫旺堡方向展开围堵。

打击胡宗南的时机出现了。

十一月十五日,中革军委向红军总部下达指示,要求红军主力"应即在豫旺县城以东,向山城堡迅速靠近",集结全部兵力,打破敌人的进攻——中国工农红军必须遏制国民党军的大举进攻,这样才能彻底结束移动的状态,才能获得一个相对稳固的陕北根据地,才能赢得长征的最后胜利。

十七日,为了控制战略要点,胡宗南命令部队急促前进。第二天,红四方面军第四、第三十一军在萌城以西地区设伏,击溃胡宗南中路部队的第二旅,毙伤其团以下官兵六百多人。受到伏击后的胡宗南立即命令中路撤退休整,由第四十三师接替继续前进。十八日,胡宗南右路部队的第七十八师丁德隆部向山城堡方向突进,红军等待的战机终于出现了。

该日,毛泽东、张国焘、彭德怀、任弼时、朱德、周恩来、贺龙联名发布《粉碎蒋介石进攻的决战动员令》:

一、二、四方面军各兵团军事政治首长钧鉴:

从明日起粉碎蒋介石进攻的决战,各首长务须以最坚决的决心、最负责的忠实与最吃苦耐心的意志去执行。而且要谆谆告诉下级首长转告于全体战斗员,每人都照着你们的决心、忠忱与意志,服从命令,英勇作战,克服任何的困难,并准备连续的战斗,因为当前的这一个战争,关系于苏维埃,关系于中国,都是非常之大的,而敌人的弱点我们的优点又都是很多的。我们一定要不怕疲劳,要勇敢冲锋,多捉俘虏,多缴枪炮,粉碎这一次进攻,开展新的局面,以作三个方面军会合于西北苏区的第一个赠献给胜利的全苏区的人民的礼物。

红军胜利万岁!

苏维埃胜利万岁!

抗日民族战争万岁!

毛泽东、张国焘、彭德怀、任弼时、朱德、周恩来、贺龙

十八日

十九日晚,彭德怀下达作战命令:红一军团隐蔽于山城堡以南;红十五军团以小部诱敌,主力隐蔽于山城堡以东和东北山地;第三十一军主力隐蔽于山城堡以北;第四军隐蔽于山城堡的东南,红二方面军为预备队。另外,以第二十八军和第二十九军以及第三十一军一部,分别钳制胡宗南部的左路和中路;第八十一师,红一方面军特务团、教导营协助红六军团在环县、洪德城以西,分别阻止东北军王以哲各部的推进。

这是除了西路军之外中国工农红军的全部力量。

这是中国工农红军与一直追击堵截他们的国民党军的决死一搏。

二十一日,山城堡总攻开始。

红一军团第二师和红十五军团一部迂回到敌人的侧后断其退路,红一军团第一、第四师由山城堡以南向北实施突击,红十五军团主力由山城堡东北向西南突击,第三十一军由北向南突击。黄昏时分,在各路红军的猛烈攻击下,单独冒进的胡宗南部第七十八师被迫急切转移,红军占领了山城堡并开始追击。由于退路已断,敌军除小部分突围外,大部分被压缩在山城堡西北方向的山谷中。至二十二日上午,胡宗南部第七十八师基本被全歼。

聂荣臻回忆道:

> 战斗从当天黄昏打起,一直打到第二天上午结束。先截断了敌人西逃的退路,然后从东、南、北三个方向向敌人展开猛烈攻击。战斗开始,五团政委陈雄同志亲自带领一排人一下子就冲入敌人阵地。他们用手榴弹将敌人的临时堡垒一个一个地炸毁,一连占领十个堡垒,随后又把敌人几处主要阵地都拿下来了,敌人就溃败下去了。部队一追就和敌人混战在一起。这时天已经很黑,伸手不见五指,也分不清敌我,枪也不能打,手榴弹也不能投,上去就摸帽子,摸着是国民党军戴的那种帽子就用手榴弹砸头。夜晚打乱了敌人的部署,白天的仗就比较好打了。经过一夜多的激烈战斗,将敌七十八师二三二旅及二三四旅的两团全部歼灭。与此同时,胡宗南派向盐池方向进攻的另外几个师也被我二十八军击溃。

山城堡战役是中国工农红军长征的最后一战。

一九三六年十一月二十三日,中国工农红军第一、第二、第四方面军在山城堡集会,这是中国工农红军三个方面军的官兵经过了万里转战第一次相聚在一起。中国工农红军总司令朱德说:"三大红军西北大会师,到山城堡战斗结束了长征。长征以我们胜利敌人失败而告终。我们要在陕甘苏区站稳脚跟,迎接全国抗日救亡运动的新高潮。"

山城堡战斗结束后,红军炊事员朱家胜挑着担子跟着部队往陕北走,因为战友牺牲了,他一个人担着的东西太多,渐渐地落在了队伍的最后。夜色沉寂,雪落无声。朱家胜踩着战友们在雪地上留下的脚印一直向前。天边出现了一抹淡红色的光亮,朱家胜看见了向他跑来的红军。红军接过他肩上的担子,扑打着他身上的雪花,往他手里塞了个热乎乎的洋芋。一位红军干部从背包里翻出一个蓝布小包,拿出里面的针线对他说:"同志,到家了,补补吧。"红军干部一针一线地缝补朱家胜那件破得很难再补的衣服,那是他自一九三四年十二月离开根据地后一直穿在身上的一件单衣。天边那片朦胧的亮色逐渐扩大,苍茫的河山骤然映入红军战士朱家胜流着泪的双眼——雪后初晴的黄土高原晨光满天,积雪覆盖下的万千沟壑从遥远的天边绵延起伏蜿蜒而来……

　　　　北国风光,
　　　　千里冰封,
　　　　万里雪飘。
　　　　望长城内外,
　　　　惟余莽莽;
　　　　大河上下,
　　　　顿失滔滔。
　　　　山舞银蛇,
　　　　原驰蜡象,
　　　　欲与天公试比高。
　　　　须晴日,
　　　　看红装素裹,
　　　　分外妖娆。

　　　　江山如此多娇,
　　　　引无数英雄竞折腰。
　　　　惜秦皇汉武,

略输文采；
唐宗宋祖，
稍逊风骚。
一代天骄，
成吉思汗，
只识弯弓射大雕。
俱往矣，
数风流人物，
还看今朝。

2001年10月至2006年8月写于北京
2015年11月至2016年6月修订于北京
2020年10月至2022年9月再次修订于北京

引文参考书目

《人类1000年》,〔美〕时代生活出版公司编,《21世纪》杂志社译,上海三联书店。

《红军长征回忆史料》1、2册,中国人民解放军历史资料丛书编审委员会,解放军出版社。

《红六军团征战记》上、下册,《红六军团征战记》编辑组,解放军出版社。

《一个外国传教士眼中的长征》,〔瑞士〕薄复礼著,张国琦译,昆仑出版社。

《萧克回忆录》,萧克著,解放军出版社。

《外国人笔下的中国红军》,金紫光、靳思彤主编,陕西人民出版社。

《我的长征》上册,新华社军分社采访,解放军文艺出版社。

《1934:沉寂之年》,李继锋主编,山东画报出版社。

《目击中国一百年》,成勇编著,广东旅游出版社。

《红旗飘飘》1,中国青年出版社编,中国青年出版社。

《中华苏维埃共和国史》,舒龙、凌步机主编,江苏人民出版社。

《红军初创时期游击战争回忆史料》,中国人民解放军历史资料丛书编审委员会,解放军出版社。

《土地革命战争时期各地武装起义》,中国人民解放军历史资料丛书编审委员会,解放军出版社。

《毛泽东选集》第四卷,人民出版社。

《中共党史人物传》第二卷,中共党史人物研究会编,胡华主编,陕西人民出版社。

《朱德传》,中共中央文献研究室编,金冲及主编,中央文献出版社。

《毛泽东年谱》上,中共中央文献研究室编,金冲及主编,中央文献出版社。

《毛泽东诗词》,人民文学出版社。

《毛泽东诗词赏析》,周振甫著,中华书局。

《土地革命战争纪事》,蒋凤波、徐占权编著,解放军出版社。

《毛泽东军事活动纪事》,中国军事博物馆编著,解放军出版社。

《毛泽东一九三六年同斯诺的谈话》,吴黎平整理,人民出版社。

《毛泽东传》,〔英〕菲力普·肖特著,仝小秋、杨小兰、张爱茹译,中国青年出版社。

《毛泽东传》,〔美〕R.特里尔著,刘路新、高国庆等译,河北人民出版社。

《毛泽东传》(1893—1949),中共中央文献研究室编,金冲及主编,中央文献出版社。

《贺子珍》,贺传圣著,中央文献出版社。

《"朱毛红军"历史追踪》,王健英著,广东人民出版社。

《中国红军人物志》,王健英著,广东人民出版社。

《红军长征文献》,中国人民解放军历史资料丛书编审委员会,解放军出版社。

《红军长征参考资料》,中国人民解放军历史资料丛书编审委员会,解放军出版社。

《彭德怀传》,《彭德怀传》编写组,当代中国出版社。

《彭德怀自述》,《彭德怀自述》编辑组编,人民出版社。

《红军反"围剿"回忆史料》,中国人民解放军历史资料丛书编审委员会,解放军出版社。

《"围剿"边区革命根据地亲历记——原国民党将领回忆》,中国文史出版社。

《共产国际与中国革命》,陈再凡著,华中师范大学出版社。

《洋钦差外传》,卢弘著,解放军出版社。

《中国纪事》(1933—1939),〔德〕奥托·布劳恩著,李逵六等译,东方出版社。

《周恩来传》,中共中央文献研究室编,人民出版社、中央文献出版社。

《聂荣臻传》,《聂荣臻传》编写组,当代中国出版社。

《伍修权回忆录》,伍修权著,中国青年出版社。

《西行漫记》,〔美〕埃德加·斯诺著,董乐山译,生活·读书·新知三联书店。

《长征——前所未闻的故事》,〔美〕哈里森·索尔兹伯里著,过家鼎、程镇球、张援远译,解放军出版社。

《峰与谷——师哲回忆录》,师哲口述,师秋朗整理,红旗出版社。

《张闻天传》,程中原著,当代中国出版社。

《刘英自述》,刘英著,人民出版社。

《张闻天与刘英》，王林育著，中央文献出版社。

《陈毅传》，《陈毅传》编写组，当代中国出版社。

《中共党史人物传》第三十八卷，中共党史人物研究会编，胡华主编，陕西人民出版社。

《叶剑英传》，《叶剑英传》编写组，当代中国出版社。

《中共党史人物传》第四卷，中共党史人物研究会编，胡华主编，陕西人民出版社。

《李聚奎回忆录》，李聚奎著，解放军出版社。

《康克清回忆录》，康克清著，解放军出版社。

《围追堵截红军长征亲历记》上、下册，中国文史出版社。

《黄克诚自述》，黄克诚著，人民出版社。

《刘伯承传》，《刘伯承传》编写组，当代中国出版社。

《中国工农红军长征史》，中国人民解放军军事科学院历史研究部编著，山西人民出版社。

《红军长征编年纪实》，李勇、殷子贤编著，中共中央党校出版社。

《中国工农红军红一方面军长征史事日志》，费侃如编著，贵州人民出版社。

《中国工农红军第一方面军史》上、下，中国工农红军第一方面军史编审委员会，解放军出版社。

《中国工农红军第一方面军史》附册，中国工农红军第一方面军史编审委员会，解放军出版社。

《中国工农红一方面军长征记》，人民出版社编辑，北京出版社。

《历史的惊叹——中国工农红军长征纪实》，卜松林、李向平主编，上海人民出版社。

《红色铁流》，谢学远主编，中央文献出版社。

《大迁徙》，李镜著，解放军出版社。

《回忆与研究》上，李维汉著，中共党史资料出版社。

《杨成武回忆录》上，杨成武著，解放军出版社。

《耿飚回忆录》，耿飚著，解放军出版社。

《星火燎原》选编之三，中国人民解放军战士出版社。

《国民党军追堵红军长征档案史料选编》（中央部分），中国第二历史档案馆编，档案出版社。

《何长工传》,《何长工传》编写组,中央文献出版社。

《中共党史人物传》第二十五卷,中共党史人物研究会编,胡华主编,陕西人民出版社。

《中共党史人物传》第四十卷,中共党史人物研究会编,胡华主编,陕西人民出版社。

《长征中的毛泽东》,蒋建农、郑广瑾著,红旗出版社。

《国民党军追堵红军长征档案史料选编》(湖南部分),中国第二历史档案馆、湖南省档案馆编,档案出版社。

《贺龙传》,《贺龙传》编写组,当代中国出版社。

《廖汉生回忆录》,廖汉生著,八一出版社。

《中共党史人物传》第二卷,中共党史人物研究会编,胡华主编,陕西人民出版社。

《中国工农红军第二方面军战史》,中国工农红军第二方面军战史编辑委员会,解放军出版社。

《中国工农红军第二方面军战史资料选编》一、二、四,中国工农红军第二方面军战史编辑委员会,解放军出版社。

《粟裕传》,《粟裕传》编写组,当代中国出版社。

《粟裕战争回忆录》,粟裕著,解放军出版社。

《中国工农红军第四方面军战史资料选编——鄂豫皖时期》上、下,中国工农红军第四方面军战史编辑委员会,解放军出版社。

《中共党史人物传》第三十九卷,中共党史人物研究会编,胡华主编,陕西人民出版社。

《徐海东大将传》,张麟著,解放军文艺出版社。

《王诚汉回忆录》,王诚汉著,解放军出版社。

《艰苦的历程——中国工农红军第四方面军革命回忆录选辑》上、下,徐向前等著,人民出版社。

《中国工农红军第二十五军战史》,中国工农红军第二十五军战史编辑委员会,解放军出版社。

《中国工农红军第二十五军战史资料选编》,中国工农红军第二十五军战史编审委员会,解放军出版社。

《中共党史人物传》第五卷,中共党史人物研究会编,胡华主编,陕西人民出版社。

《中共党史人物传》第十四卷,中共党史人物研究会编,胡华主编,陕西人民出版社。

《长征回忆录》,成仿吾著,人民出版社。

《中共党史人物传》第三十三卷,中共党史人物研究会编,胡华主编,陕西人民出版社。

《中国工农红军第一方面军人物志》,中国工农红军第一方面军史编审委员会,解放军出版社。

《中共党史人物传》第六卷,中共党史人物研究会编,胡华主编,陕西人民出版社。

《莫文骅回忆录》,莫文骅著,解放军出版社。

《杨得志回忆录》,杨得志著,解放军出版社。

《民国高级将领列传》7,王成斌主编,解放军出版社。

《国民党军追堵红军长征档案史料选编》(四川部分),四川档案馆编,档案出版社。

《陈赓传》,《陈赓传》编写组,当代中国出版社。

《宋任穷回忆录》,宋任穷著,解放军出版社。

《国民党军追堵红军长征档案史料选编》(云南部分),云南档案馆编,档案出版社。

《彭雪枫传》,《彭雪枫传》编写组,当代中国出版社。

《红军长征记》,丁玲主编,董必武、陆定一、舒同等著,解放军文艺出版社。

《徐向前传》,《徐向前传》编写组,当代中国出版社。

《历史的回顾》,徐向前著,解放军出版社。

《中国工农红军第四方面军战史》,中国工农红军第四方面军战史编辑委员会,解放军出版社。

《中国工农红军第四方面军战史资料选编——川陕时期》上、下,中国工农红军第四方面军战史编辑委员会,解放军出版社。

《中国工农红军第四方面军战史资料选编——长征时期》,中国工农红军第四方面军战史编辑委员会,解放军出版社。

《中国工农红军第四方面军战史资料选编》附卷,中国工农红军第四方面军战史编辑委员会,解放军出版社。

《李先念传》(1909—1949),《李先念传》编写组,朱玉主编,中央文献出版社。

《中国工农红军第四方面军英烈名录》,中国工农红军第四方面军战史编辑委员会,解放军出版社。

《秦基伟回忆录》,秦基伟著,解放军出版社。

《我所知道的龙云》,文思主编,中国文史出版社。

《民国高级将领列传》1,王成斌主编,解放军出版社。

《刘亚楼将军传》,齐春元、杨万青著,中共党史出版社。

《儒将萧华》,李镜著,解放军文艺出版社。

《红旗飘飘》13,中国青年出版社编,中国青年出版社。

《我的回忆》第三册,张国焘著,东方出版社。

《在毛主席身边的日子》,吴吉清著,江西人民出版社。

《李德生回忆录》,李德生著,解放军出版社。

《战将韩先楚》,韩先楚传记编写组编,湖北人民出版社。

《国民党军追堵红军长征档案史料选编》(陕西部分),陕西档案馆编,中国档案出版社。

《红军长征日记》,中国革命博物馆编,档案出版社。

《陈锡联回忆录》,陈锡联著,解放军出版社。

《我所知道的张学良》,文思主编,中国文史出版社。

《大将王树声》,范怀江著,解放军文艺出版社。

《中共党史资料》一九八二年第一辑,中共中央党史资料征集委员会编,中共中央党校出版社。

《王震传》(上),《王震传》编写组著,当代中国出版社。

《戎马一生——记贺炳炎上将》,姜平编著,解放军出版社。

《余秋里回忆录》,余秋里著,解放军出版社。

《陈再道回忆录》上,陈再道著,解放军出版社。

《星火燎原》四,"中国人民解放军三十年"征文编辑委员会编,人民文学出版社。

后 记

记得那是一个夏夜,妻子王瑛突然问我:"为什么长征能够影响人类的文明进程?"

我愣了一下。

王瑛把她刚读完的《人类1000年》放在我面前的书桌上。

我随即翻看了这本书中对长征的评述,那是一种中国人从未有过的认知。

那个夏夜,我们就世界何以这样看待中国的长征讨论甚久。

这个夜晚就是我写作《长征》的开始。

我试图将中国工农红军所创造的历史,从对人类文明进程产生重要影响的角度,还原给今天的中国读者也还原给我自己。

我用了六年的时间写作《长征》。

历史衍生的千山万水,生命承载的万水千山,无不令我动容。

《长征》出版后的十几年间,常常有读者与我讨论与长征相关的问题。这些问题涉及历史学意义上的史料与史实、军事学意义上的策略与战术、政治学意义上的信仰与革命、社会学意义上的文明与进步。这些读者社会身份各异,在冗繁纷杂的当代生活中,也许他们对人生的体会五味杂陈,也许他们对生活的追求千差万别,但是他们思考的焦点却有惊人的相近之处,那就是即使相隔数十年,为什么当我们回顾中国工农红军所进行的那次异常艰险的远征时会怦然心动?为什么年轻的红军战斗员所付出的牺牲会让我们不自觉地审视自我的精神与意志?有读者告诉我,他们拿着《长征》去了江西、广西、贵州、云南、四川……因为他们在阅读了《长征》之后渴望立即动身,走向那一座座山、一条条河——遵义北面的土城郁郁葱葱,遍地怒放的三角梅红得像鲜血染过,群山环抱中的小镇静谧而安然;狭窄湍急的乌江上游修建了水库,水流平缓许多的江面上架起连接高速公路的桥梁;娄山关依然云雾缭绕,山上高耸入云的是中国移动的发射塔……甚至还有读者去了《长征》开篇写到的黔北甘溪小镇,去找当年桂军对红军发动突袭时利用过的那条暗水沟,当地的老人说暗水沟就在小镇街道的石板路下面……

而我在写完《长征》后,又去了湘江上游的道县,那里是长征途中最为惨烈的湘江战役的发生地。去道县是为祭拜一座坟茔,那里埋着一位没有头颅的红军师长。红五军团第三十四师在湘江战役中担负后卫任务,当中央红军的其他部队渡过湘江后,第三十四师陷入国民党军各路部队的重围。拼死突围中,全师官兵大部分阵亡,师长因为负伤被俘。在湘军用担架抬着他押往长沙时,他在担架上撕开自己腹部的伤口掏出肠子拧断了。湘军军阀何键将他的头颅砍下来,挂在他出生的那条小街前的城门上——红军第三十四师师长陈树湘,牺牲时年仅二十四岁。

我又去了贵州遵义,驻足在被当地人称为"红菩萨"的小红军的墓前。四渡赤水时,红军小卫生员因给穷苦百姓看病,没能跟上出发的大部队,被民团捉住后残忍杀害。当地百姓悄悄地埋葬了这位小红军。自此之后,百姓只要有灾病,都会来到这座坟前烧香跪拜,说小红军是上天送来的一个救苦救难的菩萨。今天,小红军的坟已迁至绿树成荫的烈士陵园内,墓前矗立着一座雕像:一顶红军帽下是一张稚气的脸,小红军的头微微垂着,望向怀里抱着的一个垂危的孩子。这座雕像已经被摸得闪闪发亮,当地百姓都说摸一摸能却病消灾。小红军是广西百色人,自幼跟随父亲学医,十二岁参加红军,是红三军团第五师十三团二营的卫生员,名叫龙思泉,牺牲那年刚满十八岁。

我又去了四川若尔盖大草地,想重温心中的另一座雕像。首先进入草地的是红一军团第二师四团,队伍里有个十六岁的红军小宣传员。小宣传员背着背包和柴火,一直走在最前面,宣传鼓动的时候会讲故事还会唱歌。几天后,官兵们发现看不到他们喜欢的小宣传员了,原来他生了病。团长把自己的马给他,可是他已经坐不住了,红军官兵只好把他绑在马背上。又过了几天,马背上的小宣传员突然说:"让政治委员等我一下,我有话要对他说。"走在前面的团政委跑回来,小宣传员断断续续地说:"政治委员,我在政治上是块钢铁,但是我的腿不管用了,我要掉队了,我舍不得红军,我看不到胜利了。"四团走出草地的前一天,红军小宣传员死在马背上。他是江西石城人,名叫郑金煜,死时刚满十七岁。

所有牺牲在长征路上的红军官兵,心里无不向往着没有苦难的生活,这种向往令他们不畏艰险、前赴后继、舍生忘死,尽管他们倒下的时候、鲜血流尽的时候,每个人都年轻得令我们心疼不已。

为有牺牲多壮志,

敢教日月换新天。

分散在这片国土上不同区域内的红军,无不是在根据地遭到敌人毁灭性"围剿",或是在军事指挥发生失误的情况下,开始长征的。如何一次次地在绝境中突围、在巨创中重生,如何一次次地进行严峻的自我纠正、自我修复,长征考验了中国共产党人的信仰和意志,历练了中国共产党人的政治和军事智慧,并最终促使中国共产党形成高度的团结一致,独立自主地开创中国革命的历史进程。

分散在这片国土上不同区域内的红军,在各自经历了千难万险的长征后终于集结在一起。尽管总兵力损失将近四分之三,但是集结在一起的红军都是经过了艰苦卓绝的生命历练与意志洗礼的。红军的敌对者永远没有明白的是,他们要"剿灭"的并不是一群"匪",而是伫立在人间的一种信仰、一种主义、一种理想!世界历史上迄今还没有用杀戮手段将一种信仰、一种主义乃至一种社会理想彻底剿灭的先例。那么,在未来的岁月里,中国工农红军以及之后的中国人民解放军,必将是一支不畏一切艰难险阻的不可战胜的力量。

分散在这片国土上不同区域内的红军,历尽苦难和牺牲转战大半个中国,令之前从未见过共产党人和工农红军的百姓了解到他们的政治信仰与社会理想:反对剥削和压迫,建立公平和平等,而工农革命将给予劳苦大众一个崭新的人民共和国。长征为中国共产党和他领导的工农武装赢得了相当广泛的社会民众基础。在紧接着到来的全面抗日中,当中国共产党人提出抗日民族统一战线的主张时,这种基础让中国共产党受到了全国绝大多数民众的信任与拥护,并为中国人民最终赢得抗日战争的胜利提供了政治保障。

长征是黑暗天际间迸裂出的一道照彻大地的光亮。

回首长征,我们始知什么是信仰的力量,什么是不屈的意志,什么是一个民族、一个国家、一支军队的英雄主义。

无疑,人类历史上所有的不败皆源于此。

具备了这样的精神,中国革命才得以取得胜利。

具备了这样的精神,中华民族才得以历经苦难而生生不息。

具备了这样的精神,中国就有希望争取到光明灿烂的未来。

长征永存人类史册。

感谢人民文学出版社,他们在十几年的时间里厚爱有加,为《长征》的出版付出了极有价值的劳作;感谢所有的读者,你们的支持与赞誉支撑着我的写作,并令我尽管万分辛苦依旧锲而不舍。

2016 年 6 月 19 日一稿于北京
2021 年 6 月 12 日二稿于北京

一渡赤水河要图
(1935年1月19日—2月9日)

二渡赤水河要图

(1935年2月11日—3月1日)

三渡赤水河要图

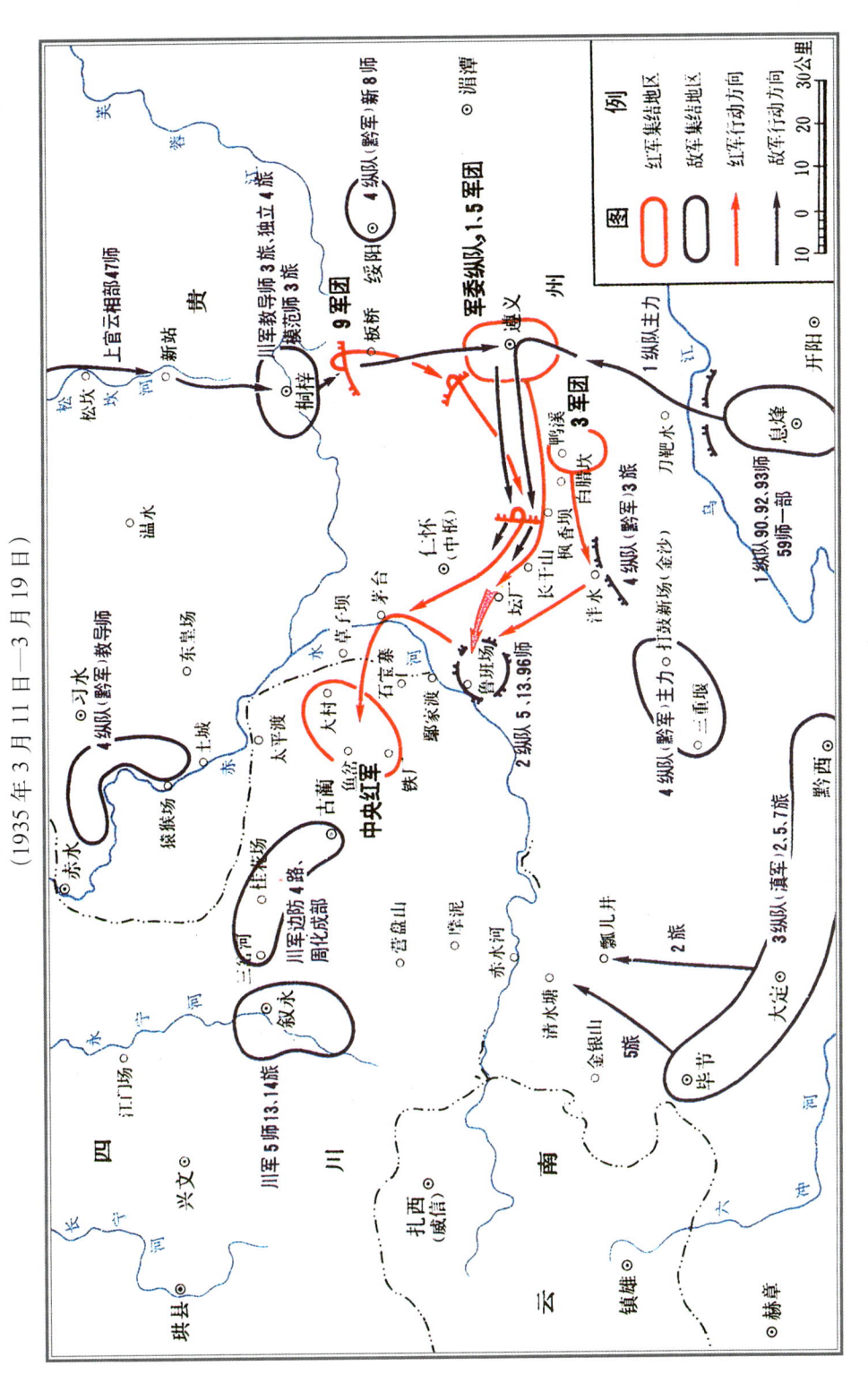

(1935年3月11日—3月19日)

四渡赤水河、南渡乌江要图

(1935年3月20日—4月5日)

进军云南，巧渡金沙江要图

(1935年4月8日—5月9日)

强渡嘉陵江经过要图

(1935年3月28日—4月3日)

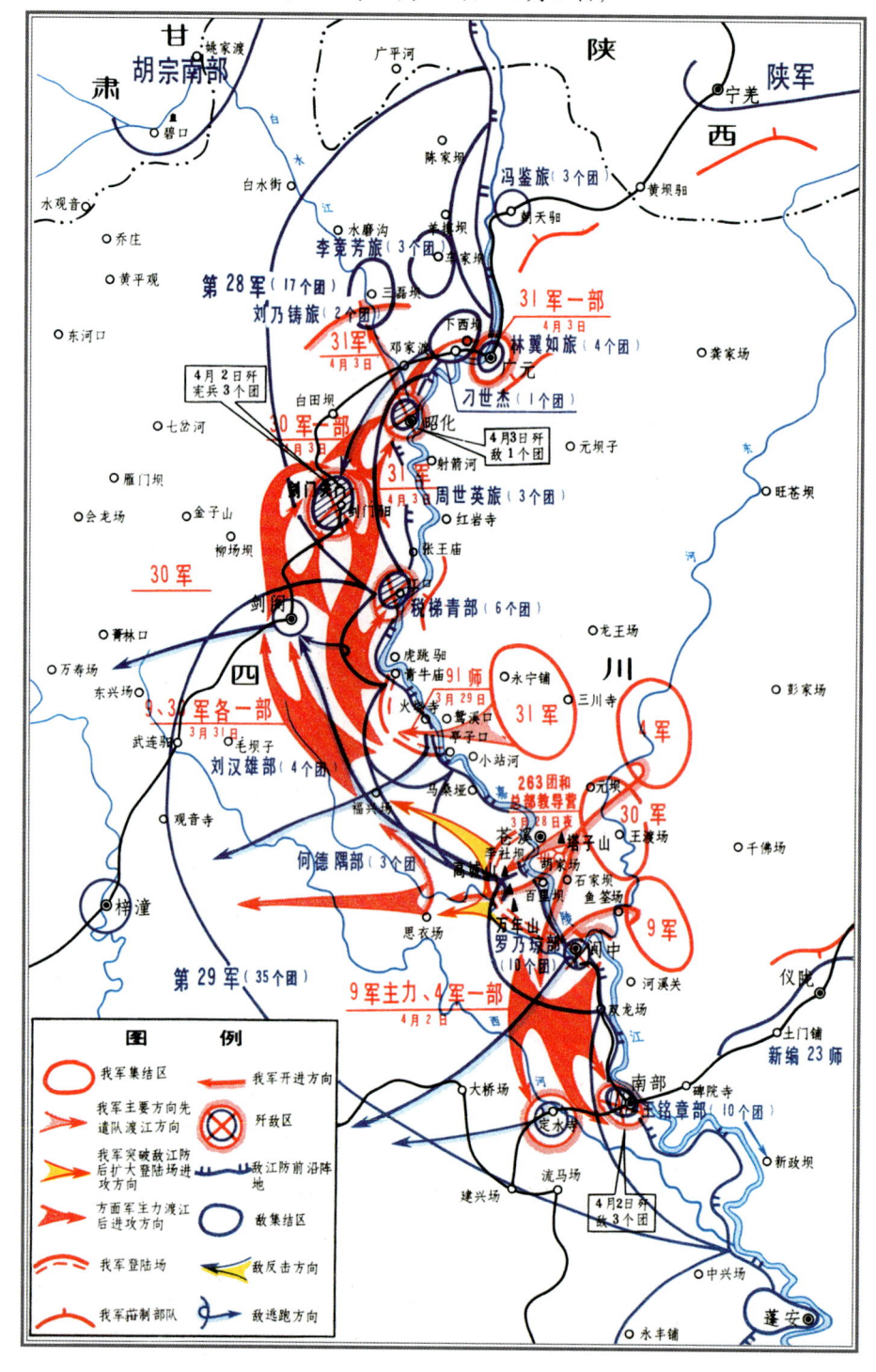

包座战斗经过要图

（1935年8月29日—31日）

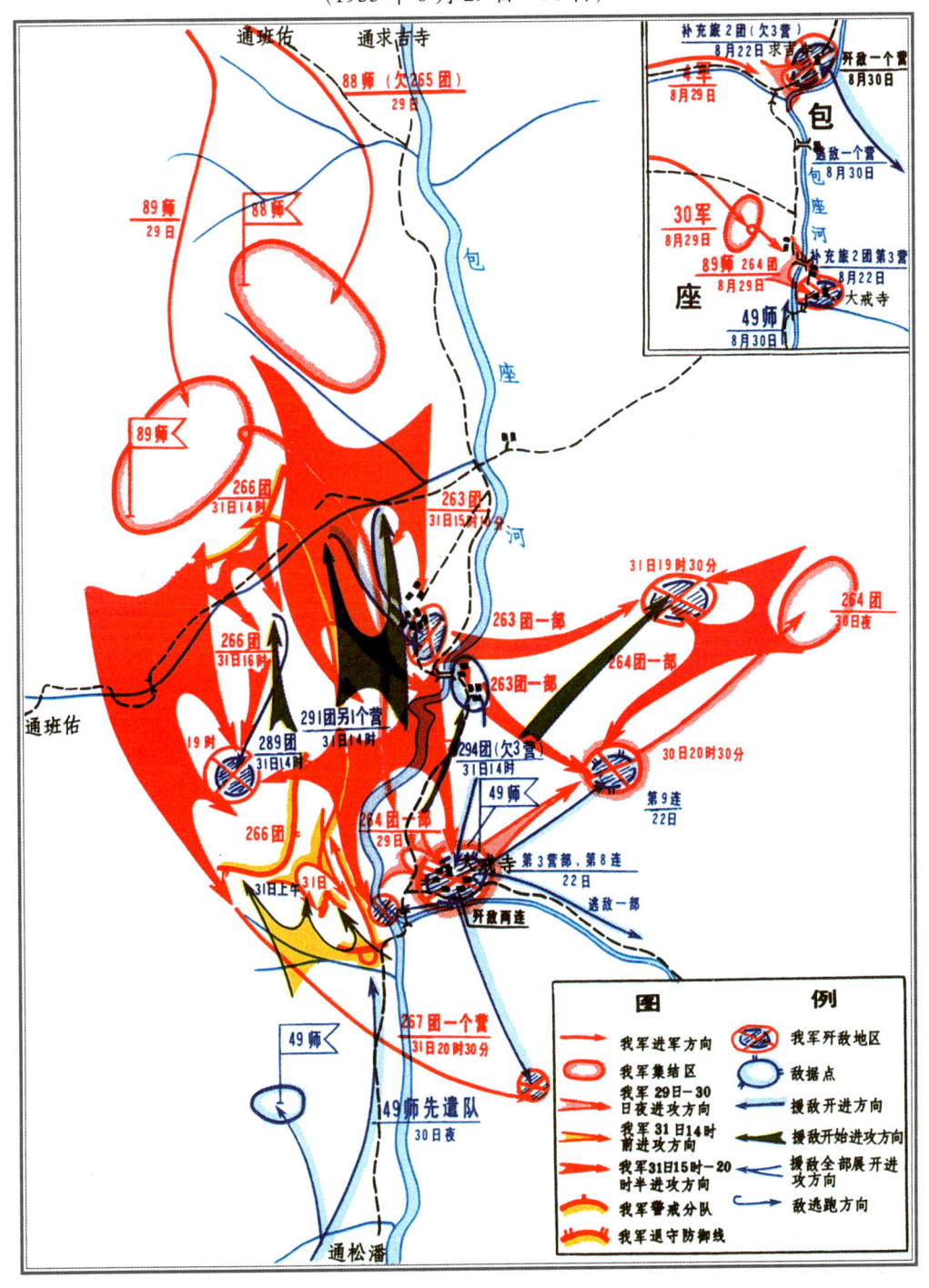

山城堡战役经过要图

(1936年11月17日—22日)

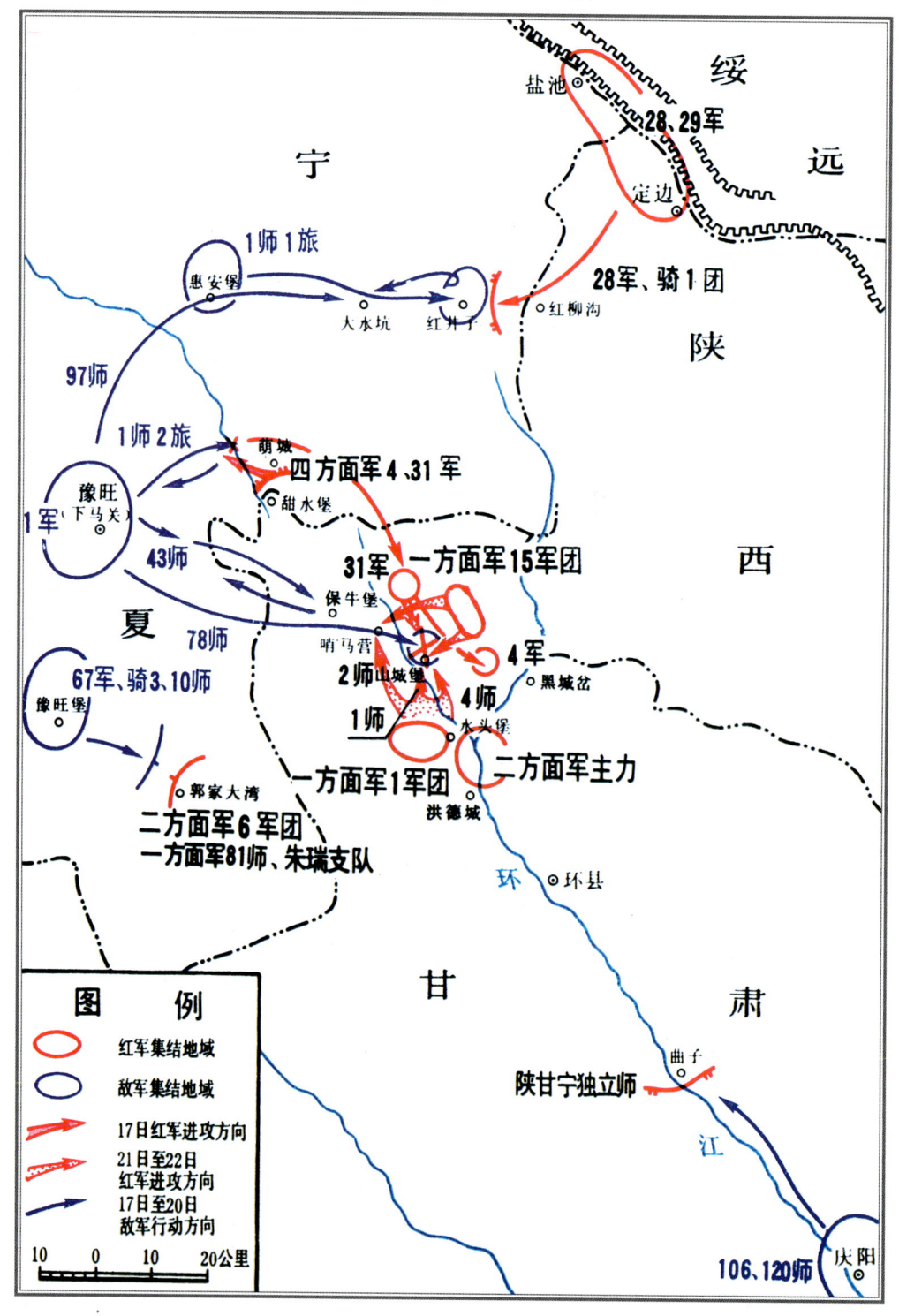